大変を生きる

日本の災害と文学

小山鉄郎
Koyama Tetsuro

作品社

大変を生きる——日本の災害と文学／目次

【凡例】

一、地震の発生日、マグニチュード（M）などは国立天文台編『理科年表』（平成二十七年版）に依った。

一、引用は基本的に各テキストに従った。仮名遣いや字体が新旧交じるテキストもあるが、そのままにした。ただし前後の文章から、一部、仮名遣いや字体を改めたものがある。

一、旧暦・元号の年月日表記の後に、それに対応する新暦の年月日を加えた。ただし引用の関係から新暦の年月日を優先して、対応する旧暦・元号の年月日を加えた部分がある。

一、死者数、家屋の数などの数字は位を交えないで表記したが、二桁の数字表記は「二三」などとせず「二十三」とした。また引用や前後の文章の関係から位を交えない表記にした部分もあるし、位を交えた表記にしたところも多い。

一、引用、参考の文献については、本文中にほとんど名前を記したが、西村伊作の関係については『愛と叛逆――文化学院の五十年』（一九七一年、文化学院出版部）に収録されたものから記した部分がある。また寺田寅彦に関する部分では中公文庫『地震雑感／津浪と人間――寺田寅彦随筆選集』（二〇一一年、千葉俊二・細川光洋編）の註解、解説に教えられるところがあった。

大変を生きる

——日本の災害と文学

50メートルの津波　吉村昭

「海岸からせり上がった津波の高さが、このホテル以上だったのです」

二〇〇六年の夏に亡くなった吉村昭の最後の随筆集『ひとり旅』（二〇〇七年）に収められた「高さ50メートル　三陸大津波」に、そんな言葉が記されている。

吉村昭には、明治二十九年（一八九六年）と昭和八年（一九三三年）の三陸地震津波の体験者らを取材した記録文学『三陸海岸大津波』（昭和四十五年、一九七〇年）があって、二〇一一年三月十一日に発生した東日本大震災以降、たいへんなベストセラーとなった。

「高さ50メートル」の津波の話は、その『三陸海岸大津波』の刊行から三十一年後、岩手県田野畑村羅賀地区で講演した際のことだ。講演会場のホテル羅賀荘は十階建て、三十五メートル。その高さを超えて津波が来たことを聴衆は知り「一様に顔をこわばらせ、会場の窓から見える海におびえた眼をむけていた」。

吉村昭は東京生まれだが、三陸海岸に深い縁があった。芥川賞の候補になること四回、だがすべて落選。そんな時、田野畑村出身の渡辺耕平という友人から「おれの故郷の海は、小説にふさわしい地だ」と何度か聞かされ、三陸を訪れたのだ。

友人の言う通り、海に面した村の情景は魅力にあふれ、断崖は日本屈指の規模と言われているだけあって、凄絶、壮大だった。そして吉村昭は、田野畑村の鵜の巣断崖を舞台に、少年の集団自殺を書いた「星への旅」が昭和四十一年（一九六六年）に太宰治賞を受けて、作家として出発しているのである。

▽長く厚い防潮堤

吉村昭には、芥川賞を四回落ちただけでなく、昭和四十年（一九六五年）夏には第五十三回芥川賞を夫人の津村節子が「玩具」で受賞してしまうということもあった。

この芥川賞受賞の決定直後、津村節子は吉村昭に「会社をやめて小説を書いてほしい」と頼んだという。そんな話を津村節子から直接聞いたことがある。

その言葉を受けて吉村昭は、勤めていた兄の会社を一年間だけ休職、小説に専念して書いたのが太宰賞受賞作「星への旅」だ。エッセイ「高さ50メートル　三陸大津波」は、その「星への旅」の取材のため、昭和四十年（一九六五年）の秋、吉村昭が夜行列車で東京をはなれ、途中一泊後、田野畑村についたことから書き出されている。昭和四十年の秋とは、つまり夫人の津村節子が芥川賞を受けた直後のことである。

吉村昭には、強く深く心に期すものがあったのだろう。実は太宰治賞に、もう一作書いて応募、その二作ともが最終候補に残ったのだ。編集部からの「どちらかを候補作にするので」という問い合わせを受けて、「星への旅」を残すように、吉村昭が自ら選んだという。そのことも津村節子から聞いた。

その受賞作「星への旅」は当時の太宰治賞を主催していた筑摩書房の雑誌「展望」（一九六六年八月

号）に掲載されるのだが、それ以外にもう一作が最終候補に残っていたということから、小説に専念する一年間の猶予の中、吉村昭は死にものぐるいで小説に向き合っていたことがよくわかる。そして太宰治賞は吉村昭にとって、初の文学賞受賞となった。

こんな縁から、以後、吉村昭はたびたび三陸を訪れるようになった。当時は交通機関はバスのみで、海岸を行くバスから異様な物をしばしば眼にした。それは通りすぎる村々の海に向かって立つ長く厚い鉄筋コンクリート製の豪壮な防潮堤だった。

リアス式海岸の三陸海岸が日本で最も多く津波が襲来する土地であることは知っていたが、その防潮堤を眼にして、津波の規模が想像を超えた大きさであることを感じたのだ。

そして田野畑村に逗留中に、津波のことを耳にするようになった。津波から逃れるために高台に駆け登っている時、ふと振り返ると、二階家の屋根の上に白い波しぶきをあげた津波が見えたという話。さらに常宿旅館の女主人からは、津波の来襲前、海水が急激に沖にひいて海底が広々と露出した話を聞いた。海底には海草がひろがっていると思ったが、海底は茶色い岩だらけであったという。これらの津波の回想に、生々しさを感じた吉村には、自分の胸の中に動くものがあった。

「この津波災害史を書いた人はだれもいない」「徹底的に調査して書いてみよう」と思い立ち、宮城県女川《おながわ》を起点にして、気仙沼、山田、宮古、田野畑、久慈、八戸と、三陸海岸を一カ月近く泊まりがけで歩き取材して書いたのが『三陸海岸大津波』である。

明治の三陸地震は明治二十九年の六月十五日午後七時三十二分、現在の岩手県釜石市の東方沖二百キロメートルを震源として起こった、Ｍ８・２の地震だ。

この地震に伴って津波が発生したのだが、『三陸海岸大津波』によると、それは約六分間の間隔をおいて襲来、第一、第二、第三波を頂点として波高は徐々に低くなったが、津波の回数は翌十六日正午まで大小合計数十回にも及んだという。津波の高さは平均十メートルとも十五メートルともいわれている。

▽「ヨダ（津波）だ！」

だが、吉村昭が聞いた話は違った。

吉村は、取材当時（一九七〇年）の田野畑村村長・早野仙平氏の案内で、同村の羅賀地区に入る。急坂を登り、坂の途中からさらに石段をのぼった高所に建つ家に、明治の大津波体験者、田野畑村の中村丹蔵さん（当時八十五歳）を訪ねた。

中村氏は地震発生時十歳の少年だった。この日は陰暦の五月五日（新暦六月十五日）で端午の節句に当たっていて、その節句の夜は小雨が降り、家の周囲には濃い霧が立ちこめていたという。

中村少年は家で遊んでいると、突然、背後の山の中からゴーッという音が起こり、一瞬、豪雨が山の頂きからやってきたのだなと思った。ところが、山とは逆の海の方向にある入口の戸が鋭い音を立てて押し破られ、海水が激しい勢いで流れ込んできた。

「ヨダ（津波）だ！」と祖父が叫んだ。中村少年は家人とともに裏手の窓からとび出すと山の傾斜を夢中で駆け上ったという。翌日、海も穏やかになったので、おそるおそる家にもどってみると、家の中にはおびただしい泥水にまじって漂流物があふれていた。

その話をきいていた案内役の早野村長も驚く。田野畑村の防潮堤は高さ八メートルで、専門家もそれで十分だとしているが、「ここまで津波が来たとすると、あんな防潮堤ではどうにもならない」と思うのだ。

吉村昭も中村宅からの風景に自然の驚異を感じたのだろう。中村宅から望むと、海面は遥か下方に輝いていた。

「四〇メートルぐらいはあるでしょうか」と吉村が問うと、早野村長は、

「いや、五〇メートルは十分あるでしょう」と呆れたように答えたのだ。

羅賀地区は楔を打ち込んだような深い湾で、押し寄せた津波は湾の奥に進むにつれてせりあがり、高みへと一気にのぼっていったのだろう。それにしても五十メートルの高さにまで津波が達したという事実は驚きだった。

吉村昭は、もう一人の明治の三陸大津波の体験者である当時八十七歳の早野幸太郎氏も取材。田野畑村の島ノ越在住の早野氏から、地震の前兆か、六月初旬をすぎた頃になると、魚が途方もない大漁となり、地震まで一週間を切る、同月十日頃から本マグロの大群が、海岸近くまで押し寄せてきて、後から後からマグロが陸揚げされて、マグロを入れる箱がなくなってしまったことを聞いている。早野氏の家は網元で、多くの定置網を海面に張っていた。網の中にマグロがひしめき合いながら殺到してくる。「マグロは、出口をもとめて網の壁に沿って一方向に円をえがいて泳ぐ。その光景は、壮観さを越えたすさまじいものだった」と吉村は記している。「大漁も大漁。あんな大漁は生涯聞いたことも見たこともない」という早野氏の述懐が残っている。

▽親しい者が声をかけると

そして昭和八年の三陸地震津波は三月三日午前二時三十分に発生。震源地は明治二十九年の三陸地震と同じ場所だった。M8・1。陰暦、新暦の違いはあるが、今度は桃の節句の深夜だった。

『三陸海岸大津波』の中で、この昭和八年の三陸地震津波の体験者を取材した部分に、現在の岩手県宮古市田老地区の田老尋常小学校の児童の作文が「子供の眼」として収録されている。吉村昭も

「子供の無心な眼に映った津波だが、それだけに生々しいものがある」と感想を記しているほどの内容。なかでも、胸を打つ作文のいくつかを紹介しよう。

まず三年生の大沢ウメさんの「つなみ」という作文。

「がたがたと大きくゆり（揺れ）だしたじしんがやみますと、おかあさんが私に、『こんなじしんがゆると、火事が出来るもんだ』といって話して居りますと、まもなく、

『つなみだ、つなみだ』

と、さけぶこえがきこえてきました」

ウメさんが馳《は》せてお山へ上がると、すぐ波が山の下まで来た。そして寒い夜が明けて辺りが明るくなり、下を見下ろすと死んだ人が見える。「私は、私のお父さんもたしかに死んだだろうと思いますと、なみだが出てまいりました」とウメさんは書いている。

下におりていって死んだ人を見たら、ウメさんの友だちだった。

「私は、その死んだ人に手をかけて、

『みきさん』

と声をかけますと、口から、あわが出てきました」

とウメさんは記している。

この「口から、あわが出てきた」という言葉に吉村昭はぎくりとした。

そして吉村は、この作文を書いた大沢ウメさんに会って取材しているのだが、彼女は田老町の大きな食料品店の主婦になっていた。

昭和の三陸大津波当時、ウメさんの家族は父、母、姉、弟と自分の五人家族だった。父は栄宏丸という漁船の船長で、浜に出ていて、作文に記されたようにウメさんの予感は不幸にも的中して、津波

で死んでしまった。

そして「みきさん」と書かれている友だちは「山本ミキ」という親友だった。

口から、あわが出てきたことを吉村昭が詳しく質問すると、この地方では、死人に親しい者が声をかけると口から泡を出すという言い伝えがあって、その時も泡が出てきたので、幼い少女の死体をかこんでいた人たちは「親しい者が声をかけたからだ」と、涙を流したという。

さらに吉村昭はウメさんの話として、「山の上に駆け上った時、まだ田老村には灯がともっていた。それがゴーッという物凄い響きをあげて津波が来襲し、白い水煙が舞い上がったと同時に、ちょうど焚火に水をぶちまけるように、灯がまたたく間に消えた」ということを書いている。さらに「この話には、津波の恐しさをしめす妙な実感があった」と吉村昭は加えている。

この田老地区は明治、昭和の三陸大津波で被害を受け、東洋一とされた高さ十メートルのスーパー防潮堤を築いていた。だが二〇一一年三月十一日の東日本大震災で発生した津波は「万里の長城」と呼ばれた巨大防潮堤を乗り越え、田老地区はまた津波にのみ込まれ、地区では百四十人以上もの死者が出た。

私も東日本大震災後、田野畑村に行き、閉鎖中のホテル羅賀荘を見て、鵜の巣断崖を訪れた後、バスと電車を乗り継いで田老地区に行ったことがある。「万里の長城」と呼ばれた田老の巨大防潮堤の上を歩くと、遠くから見ただけでは無傷で残ったように見える防潮堤だが、その構造物をつなぐ太い鋼鉄が津波の力で飴のように曲がり、所々破壊され、防潮堤の一部がもがれて、無残に転がっていた。

そして、その防潮堤の周囲の家は土台しか残っていなかったが、高台に目を転じると無事に残る建造物が並んでいた。その風景を見て、『三陸海岸大津波』で、この大沢ウメさんの作文やそれを記した吉村昭の言葉を思い出した。

▽七名の家族が死亡

その『三陸海岸大津波』でもう一つ、強い印象を残す作文がある。「悲惨な内容をもつ作文である。ただ一人取り残された少女の悲しみがよくにじみ出ている秀でた作文でもある」と吉村も書いている文章だ。

それは「津波」と題された六年生の牧野アイさんの作文だ。

ガタガタとゆれ出しました。

そばに寝ていたお父さんが、

「地震だ、地震だ」

と、家の人達を皆起して、戸や障子を開けて外に出たが、又入って来ました。

けれどもおじいさんは、

「なあに、起きなくてもいい」

と言って、平気で寝て居ました。すると、だんだん地震も止んできました。

お父さんは、それから安心した様子で火をおこして、みんなをあててくれました。

ちょうど体があたたまったころに、お父さんが
「なんだかおかしい。沖がなってきた、山ににげろ」

と言いますから、私は惣吉を起しました。


そのようにして、地震で起こされて、津波から逃げる。

でも、おばあさんは火を消しているし、お父さんは「提灯を付けろ、付けろ」と騒いでいる。牧野

アイさんが表へ出ると、町の人々は何も言わずに無言で山の方へ行くので、牧野アイさんは小学二年の妹に「静子、あべ（行こう）」と言ったら、妹は「やった（いやだ）、おらあ父さんといく」と言って家に入っていった。牧野アイさんだけが家の前に立っていると、「そこへ玉沢さんのとし子さんが真青な顔をして来ましたので、二人手をとって山の方をさして逃げました」と書いている。

この作文はまだ、その後の文章も長いものだが、結果だけを記すと、牧野アイさん一家は、祖父、父、母、父方の叔母、妹（静子）、弟（惣吉）、妹（せい）とアイさんの八人一家だったが、そのうちのアイさんを除く七名の家族が死亡。「私は、ほんとに独りぼっちの児になったのです」という言葉で、結ばれている。

孤児となったアイさんは田老の叔父の家に引き取られ、その後、宮古に一年、北海道の根室に五年と、親戚の家を転々として、十九歳の年に再び田老にもどり、翌年教員の荒谷功二氏と結婚する。夫の荒谷氏も津波で両親、姉、兄を失った人だった。

吉村昭がアイさんに会って、話を聞いた時には、アイさんは四十九歳で、田老町第一小学校校長の夫人となっていた。

荒谷夫妻は、当時も地震があると、顔色を変えて、子供を背負い山へと逃げる。豪雨であろうと、雪の深夜であろうとも、山道を必死に駆け登った。

「子供さんはいやがるでしょう?」との吉村昭の問いに、「いいえ、それが普通のことになっていますから一緒に逃げます」とアイさんは答えている。

この荒谷アイさんは、その後も昭和三陸大津波の体験を伝えることを自分の使命として活動を続けてきたが、二〇一一年三月十一日の東日本大震災にも遭っている。だがたまたまアイさんは老人ホームのデイサービスを受けていて無事だった。

『三陸海岸大津波』の、この「子供の眼」の作文がきっかけになって、東日本大震災で被災した子どもたちの作文を集めた森健編『つなみ』が刊行されて話題となったが、その後の話を書いた『「つなみ」の子どもたち』の中で、著者・森健は荒谷アイさんと家族に取材している。それによるとアイさんの一家は、どこへ行くときも津波から逃れる避難路を確認することを家訓としてきたという。

吉村昭は『三陸海岸大津波』の中で、アイさんの作文を紹介した部分の最後を「荒谷氏夫妻にとって津波は決して過去だけのものではないのだ」と結んでいるが、まさにその通りの一家として、生きてきたのだろう。

そして「高さ50メートル　三陸大津波」の講演記録のテープが、東日本大震災の後、発見され、その講演録が雑誌「文藝春秋」(二〇一一年七月号)に掲載された。それによると、二〇〇一年一月二十三日に行われた三陸国道事務所主催のシンポジウムで、吉村昭は「災害と日本人」という題名で基調講演。

「私は今回の講演を引き受けますのに、ある使命感といいますか、私でなければ話すことができないというような自負を持っております。

と申しますのは、明治二十九年の大津波、これは今から百五年前ですが、私はその体験者お二人からお話をうかがっております。今から考えると、たいへん貴重な経験をしたと思っております」と聴衆に語り始めている。

「高さ50メートル　三陸大津波」は読売新聞夕刊に連載された「月日あれから」の中のエッセイの一つだ。随筆集『ひとり旅』に収められた「月日あれから」には、他に『桜田門外ノ変』について書いた「『事件』が『歴史』になる時」や、『破獄』について書いた「『脱獄の天才』の護送記録」など代表作に触れた文章が並んでいる。吉村昭の心に刻まれた自作を振り返るエッセイシリーズの中に

『三陸海岸大津波』のことが書き留められているのである。

津波への脅威を吉村昭は忘れることはなかった。必ず自分の目と足で確かめて書き続けた吉村昭が作家として感じ取った強い懸念と深い祈りのような思いがあったのだろう。自分を作家として出発させてくれた、愛する三陸の地の人々のことが心配でならなかったに違いない。

明治の三陸大津波の死者は二万一九五九人、昭和の三陸沖地震（M８・１）と大津波の死者・行方不明者は三〇六四人、東日本大震災（M９・０）の死者・行方不明者は二〇一五年十月九日現在、警察庁のまとめによると、死者一万五八九三人、行方不明者二五六七人で、合計すると死者・行方不明者は一万八四六〇人である。

村民を救った「生神様」小泉八雲

明治三十六年（一九〇三年）、ロンドンのジャパンソサエティーで、濱口担が講演をする。滞英七年の濱口による英語での話が終わると、英国人の若い女性が質問に立った。

「皆さまはラフカディオ・ハーン氏が書いた『生神様《いきがみさま》 A Living God』のことをご存じでしょうか。紀州沿岸に大津波が襲来した時に、身をもって村民を救った濱口五兵衛の物語でした。私は深く濱口を慕い、濱口の名を忘れたことがありません。あなたは濱口という名ですが、何かつながりが？」と聞く。

この質問に濱口担は感極まって答えることができない。それは自分の父親のことなのだ。司会者からの紹介で事実を知った聴衆たちから大きな拍手が起こったという。

その担が英国に留学した明治二十九年（一八九六年）の六月十五日に三陸地震が起き、津波で約二万二千人もの人が亡くなった。

その明治の三陸地震があった時、ラフカディオ・ハーン（小泉八雲）は神戸に在住していた。明治二十三年（一八九〇年）に来日したハーンは松江中学や熊本の第五高等学校で教鞭をとった後、明治二十七年（一八九四年）に、神戸クロニクル社に転職して英文記者となった。翌年には同社を退社してしまうのだが、引き続き神戸に滞在していた。そして明治二十九年（一八九六年）二月には、日本への帰化手続きも完了して、小泉八雲と名乗り、同年九月から東京帝国大学の講師になることが内定していた。

▽奇妙な揺れ

そのような時に三陸地震が起きたのだ。その三陸地震の津波被害が、関西で報道される中で、明治二十九年六月二十一日付の大阪毎日新聞に、次のような記事が載った。

「紀州に起こりし海嘯一進一退漸次に増水したるものにして当時有田郡の住民は夜中のことゆえ逃道に迷ひたるを土地の豪農浜口儀兵衛氏は早くも機転を利かして後ろの山に積みありし稲むらに火を附けさせたれば全村之を目的《めあて》に駆け出して生命を助かりたりとぞ」（府川源一郎著『「稲むらの火」の文化史』より）

海嘯とは津波のこと。安政元年（一八五四年）に起きた安政南海地震の際に、紀州和歌山藩広村（現在の和歌山県広川町）にも津波が押し寄せたが、醤油醸造（現在のヤマサ醤油）を営む濱口儀兵衛が、機転をきかせて、道ばたの稲むら十余りに火を放たせた。この火を頼りにして、非常に危ないところを、辛うじて命が助かった者も少なくなかった。

このことなどから濱口儀兵衛（引退後は濱口梧陵を名乗った）は村民から〝生き神様〟として崇められた。その濱口儀兵衛が濱口担の父である。

ハーンは、おそらく家人に朗読してもらったこの新聞記事などから、作家としての想像力を働かせてエッセイ的な短編「生神様」を書いた。ハーンは「儀兵衛」を「五兵衛」と改めて、入り江を見下ろす小高い台地の家に住む「長者」として設定した。

ある秋の夕方のこと。もう老人となった濱口五兵衛は下の村の景色を見ていた。その年、村は非常な豊作で、村の百姓たちは豊作祝いに、氏神様の境内で豊年踊りを催そうとしているのだった。五兵衛の家人たちも、村の方に出かけていて、留守で家にいるのは五兵衛と十歳の孫の二人だけだった。

その日は一日暑苦しい日で、そのような熱気は、日本のお百姓の経験によると、ある時には地震の前触れとなることがある。そしてまもなく実際に地震がやってきた。それは奇妙な揺れの地震で、長いゆっくりとした、ふわっとした揺れ方だった。

ふと、沖合を見ると、海は既にもう暗くなりかけていたが、その暗くなりかけた海が奇妙な動きをしていた。

海が、陸地から沖の方へ走るように引いてゆくのだ。

じきに村の人たちも異変に気づく。濱口が見ているうちにも、肋骨のようにうねのついた砂底や、藻や海草のついた岩や石が累々と露わな姿をあらわした。

「濱口五兵衛もこうした事を前に見たことはなかった。しかし五兵衛は子供の時に父親の父親から聞かされたことをおぼえていた。そしてこの地方の海岸にまつわる言伝えはことごとく聞き知っていたのである。五兵衛には海がこれから何をしようとするのかもうわかっていた」(平川祐弘訳)

そのようにハーンは記している。

五兵衛は孫に呼びかける。「忠《ただ》や、急ぎの用だ、大至急、松明《たいまつ》に火を点けてくれ」

五兵衛老人は孫の手から松明をひったくるように取るが早いか、急いで田圃に飛び出していった。そこには、長者の家の全資産ともいうべき稲むらが何百も出荷を待って並んでいる。

そして「松明を次々とあてて稲むらに火を放ちはじめた」。

燃え上がる火を見て丘の上の寺の小僧が大きな鐘を力いっぱい撞きはじめた。村人は稲むらの火を見て、それを消そうと次々に下から上がってくる。

みんなが集まったとき。「来た！」。五兵衛が甲高い声をあげ、海の方を指さして叫んだ。

そして村民が高台から海を見下ろすと、海の中に一条の線が見える。その線が厚みを増し、急激に左右に広がった。「津波だ！」と人々は叫んだ。五兵衛の資産は灰になってしまったのだが、四百余人の命は救われたのだ。

▽物語の五兵衛、実際の儀兵衛（梧陵）

このハーンの「生神様」は明治三陸海岸大津波があった年の末、アメリカの雑誌「大西洋評論」に発表され、翌年アメリカとイギリスで出たハーンの著作集『仏の畑の落穂』では巻頭に置かれて、よく読まれた。

その「生神様」は三章構成になっていて、紹介した話のほとんどは、第三章の部分に書かれている。第一章は日本における神様の在り方が書かれており、日本の神様は存命中の人が祀られる場合もあることなども記されている。第二章では日本の相互扶助的な社会が論じられ、火事などの際には全員が駆けつけるのが義務であることなどが記されている。さらに五兵衛が村民を救った後の後日譚も「生神様」にはある。五兵衛は「濱口大明神」として、崇め尊ばれて、神社が建立されたということまで記されているのだ。

だから、この「生神様」は、第一章で日本の神様は存命中の人の魂のために神社が建立されて、神様として遇される場合もあることを記したハーンが、その実例としての神を濱口五兵衛という人物に託して描いたという面が強い作品にもなっている。

「生神様」というタイトルもそこから付けられたものだろうし、本の『仏の畑の落穂』という題名やその冒頭に「生神様」が置かれた事実から見ても、ハーンが西欧とは異なる日本の神様の姿を紹介したかったという意図があった作品なのだろう。

だからというわけでもないかもしれないが、この濱口五兵衛の物語と、実際の濱口儀兵衛（梧陵）の体験はかなり違った部分がある。最もわかりやすい違いは「生神様」の五兵衛は「老人」と記されているが、実際の儀兵衛（梧陵）は津波襲来の時、三十四、五歳という年齢だった。

安政元年十一月四日（一八五四年十二月二十三日）に安政東海地震（M８・４）が起き、さらに翌十一月五日（一八五四年十二月二十四日）に安政南海地震（M８・４）という二つの海溝型巨大地震が、わずか三十二時間の間に相次いで発生している。

関東、東海、近畿、四国、九州にまで、広範囲の地震被害と津波災害を起こしているが、儀兵衛（梧陵）のいた紀州の広村は二日目の安政南海地震による被害のほうが大きかった。家屋三九六戸のうち一二五戸が流失。三十六人の死者がでたという。

「濱口梧陵手記」などによると、二日目の地震は午後四時になって大震動が起こり、その激しさは前日のものとは比べものにならないほどだった。瓦は飛び、壁は崩れ、塀は倒れ、ほこりや細かい砂が舞い上がり煙のように空を覆った。

しばらくして、津波が川上まで遡ってきて、一瞬のうちに潮流は、儀兵衛（梧陵）の半身をのみ込み、沈んでは浮かび、浮かんでは沈みして、やっとの思いでどうにか一つの丘陵にたどりついた。

すでに日は完全に暮れてしまっていたので松明をつけて、道端の稲むら十余りに火を放たせた。その火によって、漂流者に、その身を寄せて安全を得る事のできる場所を指示しようとした。この火を頼りにして、非常に危ないところを、辛うじて命が助かった者も少なくない、というものだった。

つまり儀兵衛（梧陵）も一度は津波に流されているのだ。道端の稲むらも、稲の実を含んだものなのか、刈り取った後の藁なのかも不明である。

さらにハーンの五兵衛と実際の儀兵衛（梧陵）の一番の違いは、「生神様」の五兵衛は「濱口大明神」として、祀られて、神社が建立されたということになっているが、神社などは建っていないのだ。広村の多くの人たちが「濱口大明神」として、儀兵衛（梧陵）を祀ろうとしたが、そのことを耳にした梧陵は「私は神や仏になりたいと思わない」と村民に厳しく述べている。おそらく儀兵衛は、さらに村民の尊敬を集めたことだろう。

▽「ｔｓｕｎａｍｉ」

同じ和歌山出身のジャーナリストで、朝日新聞記者として知られた楚人冠・杉村廣太郎著の『濱口梧陵伝』が、昭和十二年（一九三七年）日本評論社刊の『楚人冠全集』の第七巻に収録されていて、冒頭紹介した濱口梧陵の長男・担と英国婦人のやりとりも紹介されている。

その若い英国婦人ステラ・ラ・ロレッツ嬢に対して、濱口担はロンドンのジャパンソサエティーでのやりとりの後、ハーンの「生神様」の五兵衛と実際の濱口儀兵衛（梧陵）の違いについて、手紙を出したらしく、それに対するロレッツ嬢の長い手紙が残っている。

それによると、二人は講演の後、握手を交わしたようだ。そして担からの手紙に謝意を記した後、ロレッツ嬢は「只一つ遺憾なのはハーンが彼の爲めに神社を建立された様に誤り傳へた一事であります。何となれば、私は他日機會を得て、日本へ旅行する事が出来たら、是非其の神社へ參詣し、その拜殿に額づきたいと、友達に向かつても常に申して居たからであります」などと記しているのだ。

また濱口担が感極まってしまったことについても、「あの晩、會衆はどんなに感動したでせう。拍手喝采の聲はほんとうに割れる様でした。私も日本協會に於て、あんなに嬉しかつた事はなく、あれに似寄りの事さへ、未だ曾て見聞した事がありません。實際小説の一齣でした」と加えている。

つまり「生神様」の小説的な想像世界と実際とには幾つかのズレがあったということだが、もう一度冒頭紹介したロレッツ嬢が質問に立ち上がったところまで戻ってみれば、ハーンの書いた「生神様」に、それだけ文章としての力があったということだと思う。

ラフカディオ・ハーンは「生神様」の中で「津波」を日本語の音に基づき「ｔｓｕｎａｍｉ」の表記で書いている。これが世界に「ｔｓｕｎａｍｉ」という言葉が広がっていくきっかけとなった。一九六八年にはアメリカの海洋学者から国際語として「ｔｓｕｎａｍｉ」の使用が提案され、今各国で使われている。

▽長く記憶に残った「稲むらの火」

「日本では小学校の教科書で、子供の時から津波対策を教えていると言いますが、本当ですか」

二〇〇四年十二月二十六日、スマトラ島沖で発生した巨大地震（Ｍ９・１）は、インド洋沿岸諸国に未曾有の津波被害をもたらした。死者行方不明者の数は二十万人以上にのぼっている。その津波被害をめぐる首脳会議が二〇〇五年一月六日インドネシアのジャカルタで開催された際、シンガポールのリー・シェンロン首相（リー・クアンユー同国初代首相の息子）が小泉純一郎首相（当時）にそう尋ねたが、小泉首相はこの話を知らなかったという。随行していた外務省の役人に聞いても知らず、東京の文部科学省に問い合わせても分からず、防災研究家の伊藤和明氏に問い合わせて、初めてそれが「稲むらの火」の物語であることが分かったという。

一方、美智子皇后が一九九九年十月二十日の六十五歳の誕生日に際し、宮内記者会の質問に対して次のような回答を寄せている。

皇后は天皇とともに北海道南西沖地震（一九九三年七月十二日夜、M7・8、日本海側で発生した地震としては、近代以降、最大規模）の復興状況視察などのために、一九九九年八月に、奥尻島をフェリーで訪問している。

奥尻島では、この地震で死者・行方不明者一九八人という被害を受けていた。その津波の被害から復興した奥尻島訪問や集中豪雨などによる被害者が出ていることについて振り返りながら、「最近、災害の中でも、集中豪雨が、その集中度、雨量共にひときわ激しいものとなり、犠牲者の出ていることが心配です。子供のころ教科書に、確か『稲むらの火』と題し津波の際の避難の様子を描いた物語があり、その後長く記憶に残ったことでしたが、津波であれ、洪水であれ、平常の状態が崩れた時の自然の恐ろしさや、対処の可能性が、学校教育の中で、具体的に教えられた一つの例として思い出されます」と答えていた。

▽より切迫感が増す

この「稲むらの火」は、前述したように安政南海地震（一八五四年）による津波が現在の和歌山県広川町に襲来した際、豪商の濱口梧陵が、田に積まれた稲わらに火をつけて避難路を示し、村民を高台に誘導した実話に基づく物語。

その実話から小泉八雲が「生神様」を英語で書いたことまでは紹介したが、これを濱口の地元の小学校教員・中井《なかい》常蔵《つねぞう》が子供でもわかるように再話したのが「稲むらの火」だ。

「『これは、たゞ事でない。』とつぶやきながら、五兵衛は家から出て來た」という言葉で「稲むらの火」は書き出されている。

地震は、別に烈しいというほどのものではなかったが、長くゆったりとした揺れ方と、うなるような地鳴りは、年をとった五兵衛にとっても、今まで経験したことのない不気味なものであった。自分の家から海のほうを見ると、風とは反対に波が沖へ沖へと動いて、見る見る海岸には広い砂原や黒い岩底が現れてきた。

「大變だ。津波がやつて來るに違ひない」と思った五兵衛は、家にかけ込み、大きな松明を持って飛び出してきて、刈り取ったばかりのたくさんの稲たばに火をつける。五兵衛は夢中で走って、自分の田のすべての稲むらに火をつける。

稲むらの火が天をこがすと、「火事だ。莊屋さんの家だ」と、村の若いものが急いで山手へかけ出す。彼らは、すぐ火を消そうとするが、「うつちやつておけ。――大變だ。村中の人に來てもらうんだ」と五兵衛は大声で言った。

村の老若男女が集まってきたところで、「見ろ。やつて來たぞ」と五兵衛が叫び、海の方を指さす。「津波だ」と誰かが叫ぶ。二度三度、村の上を海は進み、また退いていく。

稲むらの火は、風にあおられてまた燃え上がり、あたりを明るくした。我にかえった「村人は、此の火によつて救はれたのだと氣がつくと、無言のまゝに五兵衛の前にひざまづいてしまつた」という言葉で「稲むらの火」は終わっている。

実在の濱口梧陵の儀兵衛という名前ではなく、「五兵衛」の名前を採用しているなど、ラフカディオ・ハーンの「生神様」からの再話であることは明かだが、「生神様」では、一緒にいた孫に火をつけた松明を持ってこさせるのに対して、「稲むらの火」では、孫の存在が省かれており、五兵衛自身が松明を家から持ってくることによって、より切迫感が増しているし、話の展開も全体的にスピーディーで鮮明かつ印象的な話になっている。

▽教材を公募

昭和八年（一九三三年）、文部省は国定教科書の制作にあたり、国語と修身の教材を全国に公募した。それに中井常蔵がハーンの「A Living God」（生神様）を教材用に書き改め、「津浪美談」と題して応募したところ、入選採用されたのだ。その際、タイトルだけは「稲むらの火」と変更されたが、本文は応募時のままだったという。

この「稲むらの火」は、その三年後の昭和十二年（一九三七年）から十年間、小学国語読本（五年用）に掲載され、児童たちに深い感銘を与えた。

美智子皇后は、「稲むらの火」などが公募された翌年の昭和九年（一九三四年）の生まれ、小泉元首相は、昭和十七年（一九四二年）の生まれである。子供のころに学校の教科書で「稲むらの火」を学んだ世代と、それを学ぶことがなかった世代の差が、先に紹介したエピソードに反映していると思われる。

だが小泉元首相も、ジャカルタでの津波被害をめぐる首脳会議の後、当時の「小泉内閣メールマガジン」で安政南海地震の時の濱口梧陵の活躍やラフカディオ・ハーンの小説の話、さらにそれが子供向けに書き改められて、一九三〇年代、四〇年代に小学校五年生の国語の教科書に載っていたことなど、さらにジャカルタの会議で会ったシンガポールの首相もこの話を知っていたことなどを紹介しているのだ。

そのジャカルタでの会議の直後の二〇〇四年一月十八日から、阪神・淡路大震災十年の節目として、神戸市で「国連防災世界会議」が開催され、小泉首相は会議初日の演説の中で「稲むらの火」の物語を紹介して、このことが「稲むらの火」が再び注目されるきっかけとなったことが、伊藤和明のブックレット『津波防災を考える　「稲むらの火」が語るもの』の中で紹介されている。

▽村民自身の力の結集

さてここで、「稲むらの火」の話から、いったん離れて、津波災害後の実際の濱口梧陵（儀兵衛）の行動を紹介しておきたいと思う。

濱口梧陵は勝海舟や福沢諭吉らとも親交があった著名な人物で、私塾（後の「耐久社」。現在の耐久中学校）を作り、人材を育成するなど、広い視野と深い見識を持った人だった。

安政南海地震の津波後、いつまた津波が襲ってくるかもしれないと思って故郷の広村を嫌い、よその土地に移ろうとする人がどんどん出てきたが、その惨状を目の当たりにした梧陵は、村人の安全と幸福を図り、根本的に村人に安心を与えようとするのであれば、津波を防ぐ堅固な堤防をつくるしかないと奮い立ち、巨額な私財を投じて、堤防づくりに取り組むのだ。

津波の恐ろしさに、いまだふるえている今こそ、心をこめて堤防が築けるのではないか。そんな思いもあったようだ。

安政二年（一八五五年）から約四年の歳月をかけて、高さ五メートル、幅二十メートル、長さ六百メートルの大堤防を築いた。四年の大工事に延べ五万六七三六人の村民を雇用して村からの離散を防ぎ、村民自身の力の結集による村の復興を果たしたのだ。

そして安政南海地震（一八五四年）から九十二年後の昭和二十一年（一九四六年）十二月二十一日午前四時二十分頃に昭和南海地震（M８・０）が発生、約三十分後に高さ四〜五メートルの津波が広村を襲ったが濱口梧陵と村民たちがつくった広村堤防は村の居住地区の大部分を津波から護った。（ただし堤防の外側に建てられた地域に津波が流れ入り、二十二人の死者が出ている。）

▽「稲むらの火」、再び

そして、昭和五十八年（一九八三年）五月二十六日正午ごろ、秋田県能代市沖八十キロを震源に日本海中部地震（M７・７）が発生する。この地震や津波よって、一〇四人の死者が出た。そのうちの百人が津波による死者で、特に遠足中の小学生十三人が津波で亡くなるという被害があったので、それから五年後の一九八八年に「稲むらの火」をテレビ番組で、取り上げることになったのである。

この時、伊藤和明氏がハーンの「生神様」から「稲むらの火」を再話した中井常蔵氏に面会する機会があった。この章の最後に『津波防災を考える　「稲むらの火」が語るもの』の中から、その中井氏の話を紹介してみよう。

中井氏は広村の隣の湯浅町に生まれ、濱口梧陵が創立した耐久中学に入学、梧陵がつくった大堤防の上を歩いて通ったという。

長じて、師範学校に入った中井氏は、英語の教材としてラフカディオ・ハーンの選集を学んだが、その中の「A Living God」に出会った時、これこそ自分の故郷に語り伝えられているあの物語だと直感し、大きな感動を覚えたという。

やがて教壇に立った中井氏は、ハーンの短編に描かれた五兵衛の心を何とか子供たちに植え付けたいと願っていた。そして、国定教科書の教材募集を知り、「A Living God」に出会った時の感動をそのまま伝えたいと思って、その再話を書き上げ、国定教科書の教材として応募したようだ。

その「稲むらの火」は防災教育の不朽の名作と言われている。これまでもいろいろな形で紹介されてきた。東日本大震災が起きる直前の二〇一一年の二月、三月にもＮＨＫ教育テレビの「おはなしのくに」で「津波！　命を救った稲むらの火」として繰り返し再放送されていた。「稲むらの火」は、日本に暮らす人たち全員が、小学生の頃に、学校教育の中で学ぶべき教材なのである。

広村堤防は現在、国に史跡指定されている。私が訪れた日は、堤防の上を散歩する人たちと何人かすれ違ったという穏やかな日だったが、広村堤防の近くにある「稲むらの火の館」で観た3D映像は非常にリアルなものだった。

最後に重要なことを一つだけ。「津波の来襲前には必ず潮が引く」とは限らないという点だ。地震の起こり方によっては、逆に潮が引かないで、急に高い津波が襲うこともある。「稲むらの火」の教訓を伝えていく時に、この点は、最も重要な注意点である。

投込寺の永井荷風「震災」碑

或年大地俄《にわか》にゆらめき
火は都を燬《や》きぬ。
柳村先生既になく
鷗外漁史も亦《また》姿をかくしぬ。
江戸文化の名残烟《けむり》となりぬ。
明治の文化また灰となりぬ。
今の世のわかき人々
我になな語りそ今の世と
また来む時代の芸術を。
くもりし眼鏡ふくとても
われ今何をか見得べき。
われは明治の児ならずや。
去りし明治の世の児ならずや。

東京・南千住の浄閑寺《じょうかんじ》にある永井荷風の碑にこう記されている。大正十二年（一九二三年）九月一日の関東大震災（M7・9）と、その後の世の中の変化を詠んだ「震災」という荷風の詩だ。柳村・上田敏は震災七年前、森鷗外は震災前年に死亡。荷風は二人を師と仰いでいた。

昭和十二年（一九三七年）六月二十二日、荷風は三十年ぶりに浄閑寺を訪れた。荷風の日記『断腸亭日乗《だんちょうていにちじょう》』には、「今日の朝三十年ぶりにて浄閑寺を訪《と》ひし時ほど心嬉しき事はなかりき。近鄰のさまは変りたれど寺の門と堂宇との震災に焼けざりしはかさねぐ〳〵嬉《うれ》しきかぎりなり」とある。「今日の朝」とは、吉原からの朝帰りだったようだ。

▽娼妓の墓乱れ倒れたる間を選びて

その浄閑寺は明暦元年（一六五五年）の創建。二年後の「明暦の大火」で、江戸はその大半を焼失していた。この明暦の大火は、死者十万人と言われる火事で、関東大震災、東京大空襲などによる火災を除けば、日本の火災史上最大の火事である。その大火の後、幕府は日本橋の遊郭を浅草に移転させて「新吉原」と称した。これが浄閑寺と遊女の関係の始まりだ。

安政二年（一八五五年）の江戸地震（M7・0〜7・1）で死んだ多くの遊女が近くの浄閑寺に投げ込むように運ばれたので投込寺《なげこみでら》とも呼ばれる。関東大震災で死んだ遊女も運ばれ、供養された遊女らは一説には推定約二万五千人にのぼるという。

「生れては苦界　死しては浄閑寺」と台座に刻まれる「新吉原総霊塔」という石碑が寺の裏にあるが、その石碑と向き合う形で、この荷風の碑はある。

昭和十二年六月二十二日の『断腸亭日乗』には、関東大震災を経て、浄閑寺が残ったことの嬉しさを記したあとに、すぐ続いて「余死するの時、後人もし余が墓など建てむと思はば、この浄閑寺の塋《えい》域《いき》娼妓の墓乱れ倒れたる間を選びて一片の石を建てよ。石の高さ五尺を超ゆべからず、名は荷風散人墓の五字を以て足れりとすべし」と記されている。

「塋域」は墓地のこと。この二週間ほど前の六月五日には、森鷗外の日誌を荷風は半日読んでいるので、「名は荷風散人墓の五字を以て足れり」の部分は尊敬する鷗外の「余ハ岩見人森林太郎トシテ死セント欲ス」「墓ハ森林太郎墓ノ外一字モホル可ラス」という著名な言葉を踏襲していることが指摘されている。

関東大震災は東京の都市の姿を大きく変えていくきっかけになった。震災後の東京は、古きを捨てて、新しい都市へ変貌していくのだが、文学者の中には「東京生れの谷崎潤一郎が関東大震災後に関西にのがれて感受性の安定をはかり、永井荷風や石川淳が地方人にたいして強固に武装しながら〝下町〟の江戸文化に固執し、さらに小林秀雄、永井龍男、福田恆存、中村光夫らが、東京の近代化に絶望して鎌倉に〝第二の江戸〟を求めざるをえなかった」（磯田光一著『思想としての東京』）という人たちがいたのである。

確かに荷風は震災翌年、自分が幼少期を過ごした下谷の家と、そこに住んだ母方の祖父・鷲津《わしづ》毅堂《きどう》から江戸幕末から明治維新の漢詩人たちの姿を描いていく。毅堂は漢詩人でもあった父・永井禾原《かげん》の師だが、その『下谷叢話』に、永井荷風は、この下谷の家が震災で焼失したことを述べ「災禍の悲しみを慰めよう」としたと執筆動機を記している。

▽『濹東綺譚』と関東大震災

その荷風は昭和七年（一九三二年）から、自分の家や尊敬する文人たちの墓参りを始めていた。昭和七年の元日には「歩みて雑司谷墓地に赴き先人の墓を拝す。墓畔の蠟梅今なほ枯れず二、三輪の花つけたり。小泉八雲成嶋柳北二家の墓にも香花を手向けて」いる。

さらに昭和八年元日は「午後雑司谷墓地に往き先考の墓を掃ふ。墓前の蠟梅馥郁たり。先考の墓と相対する処に巌瀬鷗所の墓あればこれにも香華を手向け、また柳北先生の墓をも拝して」とある。巌瀬鷗所は岩瀬《いわせ》忠震《ただなり》のこと。老中阿部正弘の下で外交に活躍した江戸末の幕臣で、日米修好通商条約の調印者の一人だが、井伊直弼によって左遷された人だ。島崎藤村の『夜明け前』にも繰り返し登場。「心あるものはいずれもこの人を推して、幕府内での第一の人とした」という人である。「例えば阿蘭陀《オランダ》から観光船を贈って来た時に矢田堀景蔵、勝麟太郎などを小普請役から抜いて、それぞれ航海の技術を学ばせたのも彼だ。下曾根金三郎、江川太郎左衛門には西洋の砲術を訓練」させたのも岩瀬忠震だと『夜明け前』に記されている。

さらに成島柳北も漢詩人、かつ欧州視察経験者であったし、小泉八雲といい、日本の文化を愛しながら、外国に開かれた人物の墓を荷風が拝していることも印象的である。

そして荷風にとって、三十年ぶりに浄閑寺を訪れた昭和十二年という年は、九月八日に母親・恆が亡くなっているし、七月三日には荷風の姪で荷風がとてもかわいがっていた鷲津光代が亡くなった年でもあるのだが、いずれも、関係のうまくいっていない自分の弟や親類縁者と顔を合わせたくなかったのか、葬儀にも顔を出していない。元旦の墓参も、その昭和十二年までで、途絶えている。

母や姪が亡くなった昭和十二年に、浄閑寺を三十年ぶりに訪れたり、荷風は代表作となる『濹東綺譚』を朝日新聞に連載していた（四月十六日から六月十五日まで）。

その書き出しは「わたくしはほとんど活動写真を見に行ったことがない」という有名な一行だが、数行後には「震災の後、わたくしの家に遊びに来た青年作家の一人が、時勢におくれるからと言って、無理やりにわたくしを赤坂溜池の活動小屋に連れて行ったことがある。何でもそのころ非常に評判のいいものであったというが、見ればモオパッサンの短編小説を脚色したものであったので、わたくしはあれなら写真を看るにも及ばない。原作をよめばいい。その方がもっとおもしろいと言ったことがあった」と、関東大震災によって変貌していく東京の、その時勢に遅れまいとする人たちの出現が記されているのである。

▽東北との縁と繋がり

そして永井荷風の死は、それから二十年と少しした昭和三十四年（一九五九年）。その年の四月三十日朝、胃潰瘍の吐血による心臓発作で、独り亡くなっているところを通いのお手伝いの女性によって発見されている。

だが、その墓は、浄閑寺ではなく、雑司ケ谷霊園の永井家の墓所内に、実業家でもあった父・永井禾原（永井久一郎）の墓と並んで建てられた。墓石の表には「永井荷風墓」と刻まれている。墓の場所や刻まれた名をみれば、荷風の思いやいかにという感じだ。

雑司ケ谷霊園を訪れてみれば、かつて荷風が元日に墓参をした小泉八雲（ラフカディオ・ハーン）の墓は永井家の墓所と同じ区域にあるし、深く敬愛した成島柳北の墓も遠くない。それがせめても慰めだろうか。

そして荷風没後の昭和三十八年（一九六三年）五月十八日、荷風を追慕するために、谷口吉郎設計の「震災」の碑が浄閑寺内に建立され、除幕式が行われたのだ。『偏奇館吟草』に入っている「震災」という詩は、冒頭紹介した部分は詩の後半で、前半には次のようにある。

今の世のわかき人々
われにな問ひそ今の世と
また来る時代の芸術を。
われは明治の児ならずや。
その文化歴史となりて葬られし時
わが青春の夢もまた消えにけり。
団菊はしをれて桜痴は散りにき。
一葉落ちて紅葉は枯れ
緑雨の声も亦絶えたりき。
円朝も去れり紫蝶も去れり。
わが感激の泉とくに枯れたり。
われは明治の児なりけり。

もちろんそれらも詩碑に刻まれている。

個人主義を貫き、近代日本の姿を拒否した荷風にとって、関東大震災は江戸の名残を残す明治の児《こ》である自己のルーツと、自分の最期の形を考えさせる体験だったのだ。

「新吉原総霊塔」と荷風の「震災」の詩碑を取材するため、二〇一一年の五月に浄閑寺を訪れると、その二カ月前に起きた東日本大震災の被災者に対する同寺の檀家たちによる寄付の張り紙があった。寺の者に尋ねると、亡くなって浄閑寺に葬られた遊女には東北出身の人たちが多く、今でも東北との縁と繫がりを感じている檀家の人たちが多いようです、と話していた。

▽天罰、天譴論

東日本大震災の際、「天罰だ」と言って、後に撤回した石原慎太郎都知事（当時）の発言が話題となった。被災者を思えば、あまりに言葉不足の発言だったが、大災害に遭い、それを天罰と考えてしまう日本人は少なくない。永井荷風もそんなひとりだった。

「日まさに午ならむとする時天地 忽《たちまち》 鳴動す」

永井荷風の日記『断腸亭日乗』の大正十二年（一九二三年）九月一日。荷風は読書中だった。「予書架の下に坐し『嚶鳴館遺草』を読みゐたりしが、架上の書帙頭上に落来るに驚き、立つて窗《まど》を開く。門外塵烟濛々殆咫尺《しせき》を弁せず。児女雞犬の声頻なり。塵烟は門外人家の瓦の雨下したるがためなり。予もまた徐《おもむろ》に逃走の準備をなす。時に大地再び震動す。書巻を手にせしまま表の戸を排《おしひら》いて庭に出でたり。数分間にしてまた震動す。身体の動揺さながら船上に立つが如し」と関東大震災発生時のことを記している。

荷風が読んでいた『嚶鳴館遺草』は江戸中期の儒学者・細井平洲の遺稿集。平洲の弟子には上杉鷹山や寛政の三奇人として知られる高山彦九郎らがいる。その『嚶鳴館遺草』の読書中に書架から頭上に書物が落ちて来るのに驚き、本を手にしたまま荷風は庭に出た。

一方でこれも驚くのは、直後に、近くのホテルで昼の食事をしていることだ。夕食もホテルで食べている。「ホテルにて夕餉をなし、愛宕山に登り市中の火を観望す。十時過江戸見阪を上り家に帰らむとするに、赤阪溜池の火は既に葵橋に及べり。河原崎長十郎一家来りて予の家に露宿す。葵橋の火は霊南阪を上り、大村伯爵家の鄰地にて熄《や》む。わが廬を去ること僅に一町ほどなり」という言葉で震災当日の日記を終えている。

▽自業自得天罰覿面

三日後の九月四日には、西大久保の弟・威三郎宅にいる母・恆を訪ね、母方の実家である下谷鷲津氏の一家が上野博覧会自治館跡の建物に避難していると聞き、荷風は歩いて上野公園に行き、所々尋ね歩いたが見当たらず、むなしく西大久保へ帰っている。この日に初めて、威三郎の妻を見て「威三郎とは大正三年以後義絶の間柄なれば、その妻子と言葉を交《まじ》る事は予の甚《はなはだ》快しとなさざる所なれど、非常の際なればやむ事をえざりしなり」とある。

秋庭太郎『考証　永井荷風』によると、この日、威三郎は南洋方面に出張中で留守だった。そして母からの下谷の鷲津家を心配する申し出に、荷風も疲労困憊していたが、誰か同行してくれるなら探しに行ってもよいという意向だったので、見かねた威三郎の妻・誉津がお伴をすることにして、一緒に上野公園まで行ったが見つからなかったのだ。疲れ切って歩けないという荷風を、誉津は背負って、夜に西大久保の威三郎宅に帰宅。その晩、威三郎家の風呂まで荷風はいただいているようだ。

そのうち鷲津家からも連絡があって、荷風は数日威三郎の留守宅に寝泊まりしていった。震災直後、荷風は焚出しの玄米で腸を害してたので、誉津は荷風の食事の世話には苦労したという。荷風と威三郎とは姿恰好が生き写しで、荷風を父親と間違えた威三郎の幼児がまつわりついても、荷風は迷惑そうにもなく睦み合っていて、それを荷風の母・恆が見て、涙ぐんでいたという。恆は誰よりも総領息子の荷風を愛していたのだ。

それらのことは『断腸亭日乗』には一切触れられていない。誉津についても、前記したように「威三郎とは大正三年以後義絶の間柄なれば、その妻子と言葉を交る事は予の甚快しとなさざる所なれど、非常の際なればやむ事をえざりしなり」などとあるだけなのだ。実際には、数日の寝泊まりをして、食事の世話を誉津から受けているのだが、「疲労して一泊す」と『断腸亭日乗』にはある。

大変時にあらわれた『断腸亭日乗』の記述と荷風の実際の行動の、この乖離は実に興味深い。つまり『断腸亭日乗』は文学的創作をたぶんに含む作品と読むべき日記なのだろう。

そして、大震災から一カ月が過ぎた十月三日は次のようなことが記されているのだ。

この日、荷風は丸の内の三菱銀行に行こうとして日比谷公園を過ぎると「林間に仮小屋建ち連り、糞尿の臭気堪ふべからず」などと記しているが、帰途銀座に出て烏森を過ぎて、愛宕下から江戸見阪を登って、阪上に立って東京を眺めている。

「来路を顧れば一望唯渺々たる焦土にして、房総の山影遮るものなければ近くに取るが如し。帝都荒廃の光景哀れといふも愚なり。されどつらつら明治以降大正現代の帝都を見れば、いはゆる山師の玄関に異ならず。愚民を欺くいかさま物に過ぎざれば、灰燼になりしとてさして惜しむには及ばず。近年世間一般奢侈驕慢、貪欲飽くことを知らざりし有様を顧れば、この度の災禍は実に天罰なりといふべし」と書いている。

さらに続いて「何ぞ深く悲しむに及ばむや。民は既に家を失ひ国帑（こくど＝国の財産）また空しからむとす。外観をのみ修飾して百年の計をなさざる国家の末路は即かくの如し。自業自得天罰覿面《てきめん》といふべきのみ」と加えている。

江戸文化の名残を失っていく東京への荷風の怒りが込められた記述である。自分が幼少年期を過ごした母方の鷲津家が関東大震災で焼失。鷲津毅堂と大沼枕山を中心に幕末明治の漢詩人たちの群像を描いた『下谷叢話』のもとになる「下谷のはなし」は大正十三年（一九二四年）二月一日発行の雑誌「女性」から掲載が始まっている。毅堂の娘が荷風の母であり、毅堂の弟子が漢詩人でもあった父・永井禾原（久一郎）であった。

大正十二年の『断腸亭日乗』を読んでいくと、七月二十七日に「毅堂鷲津先生の事蹟を考証せんと欲す」とあるし、八月十四日には「夜大沼枕山の詩《し》鈔《しよう》を繙《ひもと》く」とある。さらに八月十九日には「午後谷中瑞輪寺に赴き、枕山の墓を展す。天龍寺とは墓地裏合せなれば、毅堂先生の室佐藤氏の墓を掃ひ、更に天王寺墓地に至り鷲津先生及び外祖母の墓を拝し、日暮家に帰る」と記されている。

『考証　永井荷風』にも、この年の八月中、荷風は枕山、毅堂の行実を調査するために人を訪ね、関係の詩文集を購入したりして、尊敬する鷗外に倣うかのように、ひたすら史伝編述の準備に明け暮れていたことが記されている。関東大震災発生時に読んでいた『嚶鳴館遺草』もそのためのものだった。そして八月三十一日夕刻より、枕山、毅堂の伝記考証の筆を起こした。その翌日昼の大震災だった。「自業自得天罰覿面」など荷風の言葉の激しさの中には、この史伝起筆と大震災が重なったことの反映もあるのではないだろうか。

そのようなことを思って、この章の冒頭に紹介した『偏奇館吟草』の中の「震災」の詩を見ると、興味が増してくる。『嚶鳴館遺草』と『偏奇館吟草』の名も重なって感じられてくるのだ。

▽成島柳北の「地震行」

前にも少し記したが『下谷叢話』の第一章には「下谷の家は去年癸亥《きがい》九月の一日、東京市の大半を灰にした震後の火に燬《や》かれてしまった。わたくしが茲《ここ》に下谷叢話と題して下谷の家の旧事を記述しようと思立ったのは、これによって聊《いささか》災禍の悲しみを慰めようとするの意に他ならない」と永井荷風は書いている。

そんな荷風が敬愛した幕末明治の文人でジャーナリスト、成島柳北も『下谷叢話』に何度か登場する。成島家は江戸幕府に仕えた儒者の家だ。成島家の墓域は荷風や父・禾原などが眠る永井家の墓域の近くにあるが、その成島柳北も安政二年十月二日（一八五五年十一月十一日）の江戸地震（M7・0

〜7・1）を経験している。

死者・行方不明者、約十万五千人にものぼった関東大震災では著名な文学者の死は意外と少なかったが、安政の江戸地震では尊皇攘夷のイデオローグであった水戸藩の藤田東湖が江戸水戸藩邸内で圧死している。

その安政の江戸地震は午後十時ぐらいのことだったが、成島柳北は読書中で、走って戸を開けて庭に出たようだ。このあたり荷風とよく似ている。もしかしたら『断腸亭日乗』の記述も敬愛していた成島柳北にならっていたのだろうか。

その成島柳北が江戸の安政の江戸地震を書いた「地震行」という漢詩がある。それを読み下し文と現代語訳で紹介してみよう。

「乙卯《きのとう》十月二日、夜、地大いに震ふ。圧死する者万を以て数ふ。蓋《けだ》し百餘《ひやくよ》年来未だ有らざるの変なり」などの前文があり、詩の最後には、天は「故《ことさ》らに大戻《だいれい》を降《くだ》して　侗氓《とうぼう》を警《いま》しむと　仰ぎて天に問ふも　天答へず　天答へずして　白日明らかなり」（わざと大きな災厄を下して愚かな民に警告を与えた。天をふり仰いでその心を問おうとしても、天は答えてくれない。天は答えないが太陽は明らかに下界を照らしている。天の心も、実は明らかなのだ）と書いている。

成島柳北も天罰について、詩の中で書いているのである。永井荷風は自分の日記の中で天罰論を記した人だが、この部分も成島柳北とよく似ている。

▽お調子づいていなかったか

この天のとがめの論を「天譴《てんけん》」論という。荷風は、それを『断腸亭日乗』に記したわけだが、関東大震災の際にその天譴論を述べたことで知られるのは、実業家の渋沢栄一だ。そして、その論を真っ向から批判したのが、若手流行作家だった菊池寛らだった。

「地震が渋沢栄一氏の云《い》う如《ごと》く天譴だと云うのなら、やられてもいい人間が、いくらも生き延びているではないか。渋沢さんなども、自分で反省したら、自分の生き残っていることを考えて、天譴だなどとは思えないだろう」と菊池は書いた。

菊池の意見は実に明快。だが渋沢は震災直後に大震災善後会を組織し復興に尽力した人である。

その渋沢栄一の天譴論を読んでみた。大正十二年に書かれた「大震災と経済問題」には「我《わ》が国民が大戦以来所謂《いはゆる》お調子づいて鼓腹撃攘に陥りはしなかつたか、これは私の偏見であれば幸ひであると述べ、続けて「兎に角、今回の大震災は到底人為的のものでなく、何か神業のやうにも、考へられてならない。即《すなは》ち天譴といふやうな自責の悔《くひ》を感じない譯には行かない」とある。

天譴は渋沢の頭上にも落ちている。渋沢はそれがわかって述べているように読める。天罰・天譴論は日本人だけのものではないが、自分への戒めとして、災害の当事者意識がどこかにあって、初めて説得力を持つ考えなのだろう。

宮沢賢治の内心の祈り「雨ニモマケズ」

雨ニモマケズ
風ニモマケズ
雪ニモ夏ノ暑サニモマケヌ
丈夫ナカラダヲモチ
慾《よく》ハナク
決シテ瞋《いか》ラズ
イツモシヅカニワラツテヰル
一日ニ玄米四合ト
味噌ト少シノ野菜ヲタベ
アラユルコトヲ
ジブンヲカンジヨウニ入レズニ
ヨクミキキシワカリ
ソシテワスレズ

野原ノ松ノ林ノ蔭ノ
小サナ萱ブキノ小屋ニヰテ
東ニ病気ノコドモアレバ
行ッテ看病シテヤリ
西ニツカレタ母アレバ
行ッテソノ稲ノ束ヲ負ヒ
南ニ死ニサウナ人アレバ
行ッテコハガラナクテモイイトイヒ
北ニケンクワヤソシヨウガアレバ
ツマラナイカラヤメロトイヒ
ヒデリノトキハナミダヲナガシ
サムサノナツハオロオロアルキ
ミンナニデクノボートヨバレ
ホメラレモセズ
クニモサレズ
サウイフモノニ
ワタシハ
ナリタイ

岩手県の詩人・童話作家、宮沢賢治のこの「雨ニモマケズ」が、二〇一一年三月十一日の東日本大震災以降、世界各地で朗読された。

震災直後に俳優渡辺謙と脚本家小山薫堂が被災者を励ますインターネットサイトを始め、渡辺謙が「雨ニモマケズ」を朗読した。

同年四月には香港の慈善イベントに俳優ジャッキー・チェン、歌手ジュディ・オング、岩手県出身の歌手千昌夫や宮城県出身の俳優中村雅俊らが参加、「雨ニモマケズ」を取り入れた曲を日本語と広東語で合唱。パリではピアニストのマルタ・アルゲリッチらが参加した公演でフランス語で読まれ、震災一カ月の時は米国ワシントンの大聖堂での追悼式で英語で朗読された。さらにウィリアム英王子が結婚式を挙げたロンドンのウェストミンスター寺院でも同六月五日に震災追悼式が行われ、雨の中、約二千人が参列。そこでも朗読されたのだ。

▽二つの三陸地震の間を生きる

賢治は多くの未発表原稿を残したことで知られ、この「雨ニモマケズ」も未発表のものだが、原稿用紙に書かれたものではなかった。

亡くなる二年前の昭和六年（一九三一年）の二月に、賢治は砕石工場の技師嘱託となり、広告文を書くことや炭酸石灰の営業を担当。同年九月、壁材料の営業のため、ズックのトランクの中に石灰岩の製品見本を詰め、家族がとめるのを押し切って上京した。だがその翌日には肋膜炎を再発させて発熱、死を覚悟し遺書まで書く。そして三十九度の熱の中、寝台列車に乗って、家のある岩手県花巻に帰郷して病臥していたが、同年の十一月三日に、病床で自分の願望を手帳に書きとめたものが「雨ニモマケズ」である。

つまり、これは発表前提の「作品」ではなかった。賢治の深い内心の祈りを記したものだ。それが震災後の世界に届き、被災者を励ましたのである。

その宮沢賢治と震災の縁は深い。生年の明治二十九年（一八九六年）は三陸地震大津波の年。没年の昭和八年（一九三三年）も三陸地震が起き、大津波があった年だ。その二つの三陸地震の間を生きた人である。

そんな宮沢賢治が五歳の時、三歳の妹・トシと写ったツーショットの写真が残っている。小正月で二人は晴れ着を着ているが、これを撮影したのは、賢治の父・政次郎の弟・治三郎である。

治三郎は当時まだ珍しい写真に凝っていて、腕前も既にプロ並みだった。賢治が生まれた明治二十九年に起きた三陸地震の際には、三陸沿岸最大の犠牲者を出した岩手・釜石の現場に夜道をかけて急行。津波の惨状を撮影して、新聞にも写真を提供するほどの写真家だった。

このため津波による溺死者の死体や災害の様子を撮したたくさんの写真アルバムが、米軍による花巻空襲で焼失するまで、宮沢家にはあった。賢治の実弟・清六は著書『兄のトランク』の中で「幼児の賢治が度々それを見たりして災害への関心が特に深くなったと思う」と記している。

また賢治の生後五日目の八月三十一日に、内陸直下型では東北最大級の陸羽地震（M7・2）が起き、賢治が入った嬰児籠《えじこ》という籠の上に母親が身をかがめて、念仏を唱えながら守ったという。おそらく賢治は、この話を何度も聞かされて育ったであろう。賢治にとって震災は自分の人生と切り離しがたいこととしてあったに違いない。

▽農民のために

そんな賢治について「この周期的に天災の訪れる三陸海岸に近い寒冷な土地に生まれたことと、彼が他人の災厄や不幸を常に自分自身のものと感じないでいられなかった善意に満ちた性格の持主であったこととは、実に彼の生涯と作品とを決定する宿命であった」と清六は書いている。賢治や清六の父・政次郎は質・古着商を営む岩手・花巻の有力者だった。貧しい庶民、農民を相手にする質屋や古着商という職業が賢治に与えた影響も非常に大きい。

その一方で父は若い時から仏典を好む求道の人でもあった。同志たちと中央から各宗派の碩学や名僧を呼んでは仏教講習会を開き、仏典のパンフレットまで自費配布するような人だった。一緒に家業の質・古着商を手伝ってくれていた弟・治三郎が二十七歳で夭逝してからは、さらに信仰の道に熱心になったという。賢治も父に伴われて仏教講習会に参加して、熱心に聞く子供であった。

仏教的な環境の中で、名家の長男として育った賢治は、生活が苦しい庶民、農民を相手にする質屋や古着商という職業について、後年、父・政次郎と激しく衝突するようになる。宮沢家は浄土真宗の信徒だったが、賢治は法華経に傾倒して日蓮の考え方によっていくようになった。自己を否定して、困っている農民のために、無償で奉仕するということが、宮沢賢治の中心になっていったのだ。

「雨ニモマケズ」は、宮沢賢治の死（昭和八年、一九三三年九月二十一日）の翌年、草野心平、高村光太郎、横光利一の尽力で全集が刊行されることになり、清書された原稿をトランクに詰めて、弟・清六が上京。そのトランクの中の蓋の後ろのポケットから見つかった手帳に記されていたものだ。昭和九年（一九三四年）二月十六日の東京・新宿の映画館の地下にあったモナミ店での追悼会の席上、手帳が参加者に公開されて、大きな関心を呼ぶようになった。

▽否定の働き伴う思想

その後、この「雨ニモマケズ」を絶賛したのは哲学者の谷川徹三である。戦争中の昭和十九年（一九四四年）九月二十日、東京女子大学での講演「今日の心がまえ」の中で、谷川徹三は「この詩を私は、明治以来の日本人の作ったあらゆる詩の中で、最高の詩であると思っています。もっと美しい詩、あるいはもっと深い詩というものはあるかもしれない。しかし、その精神の高さにおいて、これに比べうる詩を私は知らないのであります」と語っている。

「思想というものは、いつでも否定の働きを伴っていまして、否定の働きを伴っていないところに思想はないと言ってもよい」と、その講演で谷川徹三は語っており、谷川は「ミンナニデクノボートヨバレ」るような「サウイフモノニ／ワタシハ／ナリタイ」という賢治の言葉に思想の否定的な働きを見ている。

つまり、あらゆる手段をつくして平凡に到達しよう、凡人にまでなり下がろうと努力をしたのが宮沢賢治であり、その「内心の戦いを不断に戦ったので、『雨ニモマケズ』はその彼の内心の祈りだったのであります」と谷川徹三は語っている。

宮沢家の商いのことばかりでなく、宗教上の考えの違いからの言い争いも、賢治と父・政次郎との間にあったようだが、その父・政次郎も「賢治には前生に永い間、諸国をたった一人で巡礼して歩いた宿習」があり、その癖が大人になってもとれなかったと話していたことを清六が『兄のトランク』の中で紹介している。さらに清六も父・政次郎の考えに同意して、前かがみにうつむき歩く姿、人より派手な服装をしようとしなかった宮沢賢治に「前生から持って生まれた旅僧というようなところがあった」と述べているのだ。

▽科学技術者の責任

「被害は津波によるもの最多く海岸は実に悲惨です」。そんな宮沢賢治のはがきが発見され、雑誌「文芸月光」第2号（福島泰樹、立松和平ら編集）で二〇一〇年の夏に特集された。

昭和八年（一九三三年）三月七日に岩手県花巻の賢治から東京の詩人大木実に送られたもので、同月三日に起きた昭和三陸地震四日後のはがき。同年九月二十一日の賢治の死の半年前の便りだ。二〇一一年の東日本大震災で、このはがきが注目されている。

同特集号にも寄稿した花巻市宮沢賢治記念館の牛崎敏哉副館長によると、東日本大震災に遭ってみると「このはがきの文面はあまりに予言的に感じられる」と言う。

童話「ポラーノの広場」に主人公が三陸海岸に出張する場面がある。同作でイーハトーヴォ海岸と呼ばれる三陸海岸で歓迎を受けた主人公は「もうこれで死んでもいい」と思うほどの体験をする。

また昭和五年（一九三〇年）十一月、賢治は教え子への手紙に「たぶん四月からは釜石へ水産製造の仕事へ雇はれて行くか例の石灰岩抹工場へ東磐井郡へ出るかも知れません」と書いた。

結局賢治は砕石工場のほうに勤務。だが牛崎副館長は「三陸海岸での水産製造業も賢治には大きな選択肢でした。『海岸は実に悲惨です』は客観的な言葉ではなく、自分が暮らしたかもしれぬ愛する海岸が悲惨だと述べているのです」と指摘する。

▽『銀河鉄道の夜』と関東大震災

さらに代表作『銀河鉄道の夜』にも東日本大震災が新しい視点を投げかけている。同作は書き損じた原稿用紙の裏を使い書かれているのだが、ある場面は「この度御地の震災に就ては何とも申し上げやうございません」という関東大震災と思われる震災への見舞い書簡の下書きの裏側に書かれているのだ。

つまり『銀河鉄道の夜』は関東大震災（大正十二年、一九二三年）のころに書き出され、賢治が亡くなる昭和三陸地震大津波（昭和八年、一九三三年）の年まで、ずっと手を加えられた作品なのである。

「その場面はカムパネルラとジョバンニが離別する重要な場面。『銀河鉄道の夜』の死者の旅に関東大震災が関係しているのかもしれないということも、東日本大震災で分かりました」と、牛崎副館長は語っていた。

その『銀河鉄道の夜』のジョバンニとカムパネルラの二人のモデルは、一説にはジョバンニが宮沢賢治で、カムパネルラのモデルが盛岡高等農林学校の寄宿舎自啓寮での賢治の同室者で、賢治たちが結成した同人誌「アザリア」の同人でもあった保阪嘉内という説もある。

昭和四十三年（一九六八年）に保阪庸夫・小沢俊郎編著『宮澤賢治　友への手紙』が刊行され、そこで賢治から保阪嘉内へのたくさんの手紙の存在が明らかになった。その中には「わが友の保阪嘉内よ、保阪嘉内よ。わが全行為を均しく肯定せよ」「私が友保阪嘉内、私が友保阪嘉内、我を棄てるな」という賢治から、保阪嘉内に宛てた言葉も記されていて、この若き賢治の内面の声を記す資料の公開は、宮沢賢治の研究者・ファンたちに驚きを与えた。

ジョバンニが賢治で、カムパネルラが保阪嘉内であるかは、ここではこれ以上は触れないとして、これまで書いてきたことの中で、少しだけ述べておきたいことがあるので、それを紹介したい。

▽二つの「銀河鉄道」

「銀漢ヲ行ク彗星ハ　夜行列車ノ様ニニテ　遥カ虚空ニ消エニケリ」。保阪嘉内が旧制甲府中学の生徒だった時代、明治四十三年（一九一〇年）五月に、地球に接近するハレー彗星を見て、その姿をスケッチブックに書いたものが残っているのだが、この言葉はそのスケッチに書き込まれたものである。

スケッチはアルプス鳳凰三山から甲斐駒ケ岳など南アルプスの山々と、その上空に見えるハレー彗星を描いたもの。このスケッチが『銀河鉄道の夜』との関係を確定するものではないが、後に、このスケッチが『銀河鉄道の夜』のモチーフになったのではないかとも言われている。「銀漢ヲ行ク彗星ハ　夜行列車ノ様ニニテ　遥カ虚空ニ消エニケリ」とは、つまり「銀河鉄道」のことを述べていて、それがまるで死者の魂のようにだろうか……「遙か虚空に消え」ていく。つまり宮沢賢治と保阪嘉内とによる、二つの「銀河鉄道」があったことだけは間違いない。

保阪嘉内がハレー彗星を見た明治四十三年（一九一〇年）は、彼が旧制甲府中学に入学した年。そして旧制甲府中学には、後に星の研究や日本の天文普及に大きな功績を残す英文学者の野尻抱影がいて、保阪嘉内も教えを受けている。

星に関するエッセーをたくさん書き、冥王星の命名者としても知られる野尻抱影は、早稲田大学の出身で、小泉八雲の教えを受けた人である。

小泉八雲は、夏目漱石がその後任となったので、明治三十六年（一九〇三年）に東京帝国大学を退職しているが、翌春からは早稲田大学の講師となった。

半年後の明治三十七年（一九〇四年）九月二十六日には狭心症で小泉八雲は急死してしまうのだが、その早稲田大学時代の教え子の一人が野尻抱影である。

野尻は小泉八雲に傾倒して、怪談、幽霊、心霊に関する書籍の翻訳をしたという人だ。星に興味を抱いていた保阪嘉内もきっと野尻から影響を受けたであろうし、英語の授業の中で小泉八雲の話を聞いたことも十分想像できる。

甲府中学を卒業後、盛岡高等農林に入り、自啓寮で宮沢賢治と同室になった保阪嘉内。その二人は大正六年（一九一七年）七月十四日、十五日に岩手山登山を二人だけで行き、銀河の下で、語り明かしている。

その時に保阪嘉内は、銀漢ヲ夜行列車ノ様ニ行ク、ハレー彗星のことを宮沢賢治に話しただろうか……。また野尻抱影や、さらに小泉八雲のことを話しただろうか……。

以上のことは、牛崎敏哉副館長に教えていただいたことが端緒になっているが、「怖い話を話すことは、賢治も好きだったようだから、保阪嘉内を通して小泉八雲のことを知っていた可能性もないわけではないですね」と牛崎副館長も話していた。

脇道にそれて、震災とはあまり関係のないことを紹介してしまったが、これまで震災と小泉八雲（ラフカディオ・ハーン）のことを何回か書いて来たので、その延長線上に、もしかしたら……小泉八雲と宮沢賢治の間も何かの糸で繋がっているかもしれないと思うことを記してみた。

▽『グスコーブドリの伝記』

震災と宮沢賢治のことに戻ろう。

新たな詩人よ
雲から光から嵐から
新たな透明なエネルギーを得て
人と地球にとるべき形を暗示せよ

そんな宮沢賢治の詩が東日本大震災復興構想会議の検討部会で、京都造形芸術大学の竹村真一教授から紹介された。

その賢治の「新たな透明なエネルギー」の像が具体的にわかるのは童話『グスコーブドリの伝記』だ。同作では火山活動による激しい地震の中、四年間に潮汐《ちょうせき》発電所がイーハトーブの海岸（三陸海岸）に二百も設置される。潮の干満差を利用した発電で、自然と調和した新しいエネルギーの姿だ。賢治が死ぬ前年の昭和七年（一九三二年）に雑誌発表された同作での潮汐発電所の目的は干魃・飢饉からの救済だった。

当時、東北は何度も飢饉に襲われ、賢治が東京で倒れ、遺書まで書き、「雨ニモマケズ」を手帳に記した昭和六年の賢治関係の年譜を見ると、「東北、北海道地方冷害凶作のため娘身売り多く各地で家族離散の悲劇続出」と書かれている。

東北は繰り返し、凶作と飢饉に見舞われていて、賢治の年譜には必ず、その年が凶作・飢饉か、豊作かが記されているほどだ。

『グスコーブドリの伝記』にも飢饉の最中、父母が家からいなくなり、ブドリの妹ネリが目の鋭い男に連れ去られる場面がある。ここに「東北、北海道地方冷害凶作のため娘身売り多く各地で家族離散の悲劇続出」の反映があるのだろう。

『グスコーブドリの伝記』が「児童文学」の第二冊に棟方志功の挿絵で発表されたのは、その翌年の昭和七年の三月である。

▽山室機恵子

そして同作の冒頭近くに「その年は、お日さまが春から変に白くて、いつもなら雪がとけると間もなく、まっしろな花をつけるこぶしの樹もまるで咲かず……」とあり、さらに「みんなでふだんたべるいちばん大切なオリザという穀物も、一つぶもできませんでした」と冷害と凶作の描写がある。

「オリザ」とはラテン語からきた言葉で「コメ（rice）」のこと。鈴木梅太郎が米糠から抽出した「オリザニン」（ビタミンB_1）は有名だ。

ブドリたちのその冬はどうにか過ぎて、次の春になるのだが、「その年もまたすっかり前の年の通りでした。そして秋になると、とうとうほんとうの飢饉になってしまいました」と書かれている。たまたま岩手・花巻の宮沢家のすぐ近くに賢治より二十二歳年長で、後に日本救世軍の母と呼ばれる山室機恵子（旧姓佐藤）の家があった。機恵子は花巻で一、二の秀才として知られ、明治二十八年（一八九五年）に東京の明治女学校高等文科を卒業した後、東洋人で最初の救世軍将官となった山室軍平と結婚した。

救世軍は売春の禁止や廃娼運動に取り組んでいて、明治三十三年（一九〇〇年）八月七日の「朝日新聞」には、助けを求めてきた娼妓救出のため、東京の吉原遊郭に機恵子が単身乗り込み、暴徒に囲まれたことが記事となって掲載されたという話も残っている。

賢治の祖父や父は「おきえさんの精神は実に見上げたものだ」と口癖のように言っていたということが、賢治の弟清六の『兄のトランク』に記されている。花巻の宮沢賢治の実家の近くには、古い町並みの住宅地図も掲示されているが、それを見てみると、宮沢家、佐藤家はすぐ近くに隣接するような位置にある。その見事な思想の実践において、若い賢治も強い影響を受けただろう。

『グスコーブドリの伝記』の終盤、目の鋭い男に連れ去られたネリが無事に生きていて、ブドリと再会する場面がある。ブドリを訪ねてきたネリは三、四年前に小さな牧場の一番上の息子と結婚したという。そして、その後、ネリに可愛い男の子が生まれたりする。

私はここに、救世軍や機恵子が取り組んだ「婦人救済所」などの運動の反映を感じたりもするのである。

機恵子の実家、佐藤家の祖先は南部藩に仕えた素封家だが、天明の飢饉の際、窮民を救うために全財産を投げ出したという家である。さらに、それから約五十年後に起こった天保の飢饉の時にも、再興した家産を再びすべて投げ出して貧者を救済したという。

　機恵子の行動には、その佐藤家で育った血が脈々と流れている。冷害や大雨で食糧に窮乏する東北の農民たちの実情を見た機恵子たち救世軍は、半奴隷的な人身売買から女子を救おうと「東北凶作地女子救護運動」を行った。この救世軍の運動には国も理解を示して、便宜を与えている。

▽科学技術者の責任

そして『グスコーブドリの伝記』の最後、火山局技師となったブドリは単身、カルボナード火山島に残る。自らの命と交換に火山を爆発させ、冷害から救うのだ。

　賢治研究家で詩人の入沢康夫は同作の解説で「この作品が『自然と人とのかかわりにおける、科学技術者の責任』という、今日の世界でもっとも重視されている課題を、半世紀以上もまえに、はやくもはっきりと提示していることには、まったく驚かされます」と記している。

『グスコーブドリの伝記』では、干魃と飢饉から人々を救うため、激しい地震の中、潮の干満差を利用した潮汐発電所がイーハトーブの海岸（三陸海岸）に二百も設置される。そしてブドリは冷害から救うため火山島を爆発させるのだ。

　入沢康夫も解説で「最新の科学的知識から見ると、疑問の生ずる点もあります（火山の爆発は、灰が日光を遮るので、かえって冷夏をまねくのではないか、など）」と書いているのだが、でも科学技術者の責任という点からとらえてみれば、東日本大震災で起きた原子力発電所の事故にも関係するような宮沢賢治の問題提起だといえる。

　この作品を発表した翌年の九月二十日、賢治の病状が急変し最悪となるが、同夜七時ごろに農家の人が肥料の相談にくる。「そういう用ならぜひあわなくては」と賢治は言い、衣服を着替えて相談にのっている。その翌日の午後一時三十分、宮沢賢治は亡くなった。

巨大地震を阻止した、かえるくんの「ぼく」と「非ぼく」
――村上春樹

唯一の被爆国である日本人は、核への「ノー」を叫び続けるべきだった。村上春樹のカタルーニャ国際賞授賞式（二〇一一年六月九日）での、そんなスピーチが話題となった。「非現実的な夢想家として」と題されたカタルーニャ国際賞受賞スピーチの中で、村上春樹は、三カ月前に起きた東日本大震災（M９・０）と福島第一原発事故について語り、唯一の被爆国日本にとって、この原発事故は二度目の大きな核被害であることを述べ、日本人は「核を使わないエネルギーの開発を、日本の戦後の歩みの、中心命題に据えるべきだった」と話したのだ。

村上春樹は、しゃれた都会的な作品を書く作家で、歴史や社会に対する関心をあまり示さない作家だと思っている読者もいるかもしれないのだが、実は村上春樹ほど、近代日本への歴史意識をもって作品を書き続け、自然を破壊する現代社会への怒りを一貫して書き続けているという作家は珍しいのである。カタルーニャ国際賞授賞式での、日本のエネルギー問題への発言も、東日本大震災での原発事故に遭遇して、急に出てきたものではなく、これまでの小説作品やエッセイの中で、繰り返し書かれていた考えの中から述べられたものだろう。

▽村上春樹の「ブーメラン的思考」

だが、このスピーチで注目すべき点は、村上春樹の「ブーメラン的思考」という考え方が、ハッキリと述べられていることではないかと、私は思う。

村上春樹は、このカタルーニャ国際賞の受賞スピーチの中で、広島の原爆死没者慰霊碑に刻まれた「安らかに眠って下さい　過ちは繰返しませぬから」という言葉を紹介しながら、この言葉の中には「我々は被害者であると同時に、加害者でもある」という意味が込められていると述べた。

「安らかに眠って下さい　過ちは繰返しませぬから」という言葉と、「我々は被害者であると同時に、加害者でもある」という考え方に、どのような関係があるのか、それを示すのが、村上春樹の「ブーメラン的思考」なのである。

つまり、あらゆる問題を、相手に対する問題として捉えるだけでなく、その問題を自分の問題として捉え直して、常に二重に考えを進めていく思考方法だ。

例えば、カタルーニャ国際賞の受賞スピーチで、村上春樹は東日本大震災での福島第一原発事故について、「原子力発電所の安全対策を厳しく管理するべき政府も、原子力政策を推し進めるために、その安全基準のレベルを下げていた節が見受けられ」るという指摘をして、そのような事情を調査し、もし過ちがあったなら「我々は腹を立てなくてはならない」と話した。だが、それに続いて「しかしそれと同時に我々は、そのような歪んだ構造の存在をこれまで許してきた、あるいは黙認してきた我々自身をも、糾弾しなくてはならないでしょう」と述べているのだ。

「我々は腹を立てなくてはならない」。それと同時に「そのような歪んだ構造の存在をこれまで許してきた、あるいは黙認してきた我々自身をも、糾弾しなくてはならない」と村上春樹は言う。

相手に対して「我々は腹を立てなくてはならない」のはもちろんのことだが、でも同時に「我々自身をも、糾弾しなくてはならない」。「こちら側」の我々は「向こう側」の原発事故と無関係ではないのだ。原発事故に対して、腹を立てなくてはならないが、だが同時に、原子力発電にともなう問題を「これまで許してきた、あるいは黙認してきた我々自身をも、糾弾しなくてはならない」。こういうふうに考えていくのが、「村上春樹のブーメラン的思考」である。

このブーメラン的思考は、カタルーニャ国際賞の受賞スピーチの中に、いくつも指摘することができる。

今回の原発事故は「日本が長年にわたって誇ってきた『技術力』神話の崩壊である」ことを村上春樹は述べた。そしてそれと同時に「そのような『すり替え』を許してきた、我々日本人の倫理と規範の敗北でもありました」とも語っている。さらに続けて「我々は電力会社を非難し、政府を非難します。それは当然のことであり、必要なことです。しかし同時に、我々は自らをも告発しなくてはなりません。我々は被害者であると同時に、加害者でもあるのです」と述べているのだ。

これらのブーメラン的思考から、村上春樹は、広島の原爆死没者慰霊碑に刻まれた「安らかに眠って下さい　過ちは繰返しませぬから」という言葉を紹介しながら、この中には「我々は被害者であると同時に、加害者でもある」という意味が込められていると述べているのだ。つまり「過ち」は、当然「向こう側」にもあるが、同時に「こちら側」にもあると考えていくのが、村上春樹のブーメラン的思考なのである。

原発事故に抗議し、原発に反対するのは当然としても、そのような我々の中にも原発を黙認してきた自分自身があって、その自分を自ら糾弾しなくては、原発事故を受けとめて、それを無くしていくという思考になっていかないのではないかと述べているのだ。

このブーメラン的思考は、注意深く読んでいけば、村上春樹の作品の中に随所に記されている。例えば『ノルウェイの森』（一九八七年）の冒頭に、主人公の「僕」が十八年前、直子という女性と歩いた草原の風景を思い出す場面があるが、それは次のようにある。

「僕は僕自身のことを考え、そのときとなりを並んで歩いていた一人の美しい女のことを考え、僕と彼女のことを考え、そしてまた僕自身のことを考えた。それは何を見ても何を感じても何を考えても、結局すべてはブーメランのように自分自身の手もとに戻ってくるという年代だったのだ」

また『スプートニクの恋人』（一九九九年）には「この文章は自分自身にあてたメッセージだ。それはブーメランに似ている。それは投じられ、遠くの闇を切り裂き、気の毒なカンガルーの小さな魂を冷やし、やがてわたしの手の中に戻っている。帰って来たブーメランは、投げられたブーメランと同じものではない。わたしにはそれがわかる。ブーメラン、ブーメラン」という言葉があるし、さらに『世界の終りとハードボイルド・ワンダーランド』（一九八五年）にも「私は舵の曲ったボートみたいに必ず同じ場所に戻ってきてしまうのだ。それは私自身だ。私自身はどこにも行かない。私自身はそこにいて、いつも私が戻ってくるのを待っているのだ」と村上春樹は記している。

▽「かえるくん、東京を救う」

このようにブーメラン的な思考は、村上春樹の基調をなす考えなのだが、実際の村上春樹作品の中で、どのように描かれているか、それを災害に関連した作品を通して、具体的に紹介してみたいと思う。

カタルーニャ国際賞の受賞スピーチの中で、東日本大震災と福島第一原発事故について発言した村上春樹の脳裏には、自分が育った土地を平成七年（一九九五年）一月十七日に襲った阪神大震災（M7・3、死者・六四三四人）のことが当然あっただろう。

村上春樹に、その阪神大震災をテーマにした連作短編集『神の子どもたちはみな踊る』(二〇〇〇年)があるが、その中から「かえるくん、東京を救う」という短編を紹介しながら、村上春樹のブーメラン的思考について、さらに考えてみたい。

「かえるくん、東京を救う」は、信用金庫に勤める、あまりぱっとしない中年の片桐のアパートの部屋を、ある日、巨大な蛙が訪れ、その「かえるくん」と片桐が協力して、三日後に起きるはずの死者十五万人と想定される東京の巨大直下型地震を未然に防ぐという話だ。

それは「かなり奇妙な筋の物語」と作者自身が述べている作品なのだが、その一方で、阪神大震災を統一テーマにした連作短編集『神の子どもたちはみな踊る』について、「時間が経つにつれて、『かえるくん、東京を救う』の存在意義が、この短編集の中で確実に重くなってきたようです」「どうやらそのときの波のてっぺんに到達した、中心的な作品であるようだからです」と村上春樹は述べている小説でもあるのだ。

この作品は、最後の場面をどのように受け取るかが、非常に難しい。その問題を村上春樹のブーメラン的思考を通して考えてみたいのだが、その前に「かなり奇妙な筋」について、ざっと紹介してみよう。

片桐は東京安全信用金庫新宿支店の融資管理課に勤務していて、みなが嫌がる返済金の取りたて係をずっとやってきた。返済の督促に行って、何度か、やくざにまわりを囲まれ、殺してやると脅されたこともあるが、でも片桐は「とくに怖いとは思わなかった」。

片桐の両親は亡くなっているので、自分が弟と妹の面倒をみて大学を出してやり、結婚もさせたが、自分には妻子もいない。「今ここで殺されたところで、誰も困らない。というか、片桐自身、とくに困りもしない」「信用金庫の外回りを殺して、それが何の役に立つというのだ」と思っているので、片桐はその世界では肝の据わった男としていささか名前を知られるようになっていた。つまり片桐は「恐怖」というものを持たない人間なのだ。

▽最高の善なる悟性とは

かえるくんは、そんな片桐に対して「あなたは筋道のとおった、勇気のある方です。東京広しといえども、ともに闘う相手として、あなたくらい信用できる人はいません」と言う。東京直下型地震の原因は、地下50メートルにいる「みみずくん」の中に蓄積された様々な憎しみで、かえるくんは片桐に、そのみみずくんの憎しみと一緒に闘ってほしいと頼むのだ。

かえるくんは「ぼくだって暗闇の中でみみずくんと闘うのは怖いのです」と言う。みみずくんとは、かえるくんがひとりで闘うが、その闘いの際、恐怖を持たない片桐に支えてほしいと頼む。そのかえるくんは、かなりのインテリらしく、ニーチェの「最高の善なる悟性とは、恐怖を持たぬことです」という言葉を紹介して、「片桐さんにやってほしいのは、まっすぐな勇気を分け与えてくれることです。友だちとして、ぼくを心から支えようとしてくれることです」と訴えるのである。かえるくんにとって、片桐こそが〈恐怖を持たぬ最高の善なる悟性の人〉なのだろう。

そして、かえるくんは、片桐とともに、地下50メートルの闇の中で闘う。

「ぼくと片桐さんは、手にすることのできたすべての武器を用い、すべての勇気を使いました。闇はみみずくんの味方でした。片桐さんは運び込んだ足踏みの発電器を用いて、その場所に力のかぎり明るい光を注いでくれました。みみずくんは闇の幻影を駆使して片桐さんを追い払おうとしました。しかし片桐さんは踏みとどまりました。闇と光が激しくせめぎあいました。その光の中でぼくはみみずくんと格闘しました。みみずくんはぼくの身体《からだ》に巻き付き、ねばねばした恐怖の液をかけました。

ぼくはみみずくんをずたずたにしてやりました。でもずたずたにされてもみみずくんは死にません。彼はばらばらに分解するだけです」

▽原子力を廃絶できるシステムを

そのように、片桐の力を借りたかえるくんとみみずくんの闘いを村上春樹は書いている。闇の世界は、みみずくんに有利なので、片桐は運び込んだ足踏みの発電器を用いて、その場所に力のかぎり明るい光をそそぐ。『世界の終りとハードボイルド・ワンダーランド』（一九八五年）や『海辺のカフカ』（二〇〇二年）に出てくる発電所が「風力発電所」であり、この「かえるくん、東京を救う」の発電が「足踏みの発電器」であることなどには、村上春樹の一貫したエネルギー観があらわれていると言えるだろう。

「世の中に『これからの二十一世紀、日本の進むべき道がよくわからない。見えてこない』と発言する人々がいるけれど、そうだろうか？　僕は思うのだけれど、現在我々の抱えている最重要課題のひとつは、エネルギー問題の解決——具体的に言えば、石油発電、ガソリン・エンジン、とくに原子力発電に代わる安全でクリーンな新しいエネルギー源を開発実現化することである。もちろんこれは生半可な目標ではない。時間もかかるし、金もかかるだろう。しかし日本がまともな国家として時代をまっとうする道は、極端にいえば『もうこれくらいしかないんじゃないか』と、五年間近く日本を離れて暮らしているあいだに、実感としてつくづく僕は思った」「技術的に原子力を廃絶できるシステムを作りあげることに成功すれば、日本という国家の重みが現実的に、歴史的にがらっと大きく違ってくるはずだ。『いろいろあったけど、日本はその時代やっぱりひとつ地球、人類のために役に立つ大きなことをしたんだな』ということになる。それはまた唯一の被爆国としての日本の、国家的な悲願になりうるはずだ」

これはエッセイ集『村上朝日堂はいかにして鍛えられたか』の中の言葉である。しかも同エッセイ集の最後に置かれた「ウォークマンを悪く言うわけじゃないですが」という文章の言葉なので、このエッセイ集の中でもひとつのメッセージが込められたものだと思われる。この『村上朝日堂はいかにして鍛えられたか』が刊行されたのは、平成九年（一九九七年）のことである。つまり東日本大震災の発生の十四年前の発言である。

東日本大震災後、その村上春樹の発言は加藤典洋の指摘などで、知られるようにもなったが、この言葉の延長線上に、カタルーニャ国際賞授賞式での村上春樹のスピーチがあることもわかる。小説の中の「足踏みの発電器」や「風力発電所」も一貫した村上春樹の思考の反映であることもよくわかる。

インターネットサイトでの読者とのやりとりをまとめた『村上さんのところ』（二〇一五年）で、この『村上朝日堂はいかにして鍛えられたか』での村上春樹のエネルギー観やカタルーニャ国際賞授賞式での原発事故に対するスピーチについての質問があり、それに対して、これからは「原子力発電所」ではなく「核発電所」と呼ぼうと答えていたことも話題となった。

つまり「ニュークリアプラント（nuclear plant）」は本来「原子力発電所」ではなく「核発電所」。つまりニュークリアは「核」のことで、「原子力」はアトミックパワー（atomic power）。「核」が核爆弾を連想させ、「原子力」が平和利用を連想させるので「原子力発電所」と言いかえているのだろう。今後はちゃんと「核発電所」「核発」と呼んだらどうかという提案をしていた。平成二十七年（二〇一五年）春の、私のインタビューにも、同じことを答えているが、これらは、みな急に発想されたことではなく、おそらく村上春樹デビュー以来の考えなのである。

▽自己解体と再編成

さて、「かえるくん、東京を救う」のかえるくんと、みみずくんの闘いのほうに戻ろう。かえるくんは恐怖を持たない片桐の助けを借りて、ついに、巨大地震の発生を未然に防ぐ。だが、みみずくんに打ち勝って、それを抹殺して、防いだのではなかった。

「ぼくはみみずくんを打ち破ることはできませんでした」「地震を阻止することはどうにかできましたが、みみずくんとの闘いでぼくにできたのは、なんとか引き分けに持ち込むことだけでした」と、かえるくんは片桐に語っている。かえるくんは、みみずくんとの闘いを「なんとか引き分けに持ち込むこと」で、地震を未然に防いだのだ。

そして、前に述べたように、この小説の最も難しい点なのだが、地震の原因であるみみずくんのほうではなく、地震を未然に防いだかえるくんの体のほうが、片桐の夢の中で醜い瘤だらけとなり、その瘤がはじけて、皮膚が飛び散り、悪臭だけの存在となっていく。そこからさらに蛆虫のようなものがうじゃうじゃと出てきて……というふうに、かえるくんの身体が解体していくのである。

この、巨大地震を未然に防いだ、かえるくんの解体を通して、村上春樹はどんなことを書いているのだろうか。それが、この「かえるくん、東京を救う」の最大の難問である。それを考えるうえで、大切なことが作中に記されている。かえるくんは、みみずくんとの闘いの後で、片桐にこんなことを語るのだ。

「ぼくは純粋なかえるくんですが、それと同時にぼくは非かえるくんの世界を表象するものでもあるんです」「目に見えるものが本当のものとはかぎりません。ぼくの敵はぼく自身の中のぼくでもあります。ぼく自身の中には非ぼくがいます」

つまり「かえるくん」の中には、地震を未然に防ぐ「かえるくん」だけではなく、それと違う「非かえるくん」もいるのだ。その「非かえるくん」は、みみずくんと同じように「長いあいだに吸引蓄積された様々な憎しみ」の力を有しているのかもしれない存在なのである。

だから、かえるくんは相手のみみずくんを打ち破り、抹殺することによって、闘いに勝つのではなく、自分の中の地震を起こすような何か、大きな災いを起こすような「非ぼく」を否定し、打ち破らなくてはならないのだ。

何かを阻止したり、世界を新しく再編成していくには、自分の中にある、それにかかわる部分を否定して、自己を再編成しなくては、ほんとうに新しい世界は生まれない。

人はつい、相手が間違っている、相手が正しくないと判断して、相手を殲滅して、打ち破って、自分の考えを実現しようとする。しかし「向こう側」に起きていることは「こちら側」にも起きているのだ。我々が生きている世界では、「向こう側」と「こちら側」が、きれいに分離されているということはない。我々が生きている世界では「向こう側」と「こちら側」はつながっているのである。そういう世界を生きているのだ。

「向こう側」が駄目な時には、「こちら側」も駄目なのである。「向こう側」だけが、一方的に駄目であるということはあり得ないのだ。別な言葉で言えば、「向こう側」の駄目の部分に「こちら側」がかかわっているのである。

原発事故は「日本が長年にわたって誇ってきた『技術力』神話の崩壊である」とともに、同時に「そのような『すり替え』を許してきた、我々日本人の倫理と規範の敗北」でもあるのである。

そのような村上春樹のブーメラン的思考が反映した「かえるくん」の「ぼく」と「非ぼく」なる存在、その自己否定と、その再編成に向けた自己解体なのだと思う。

「我々は被害者であると同時に、加害者でもある」という考え、そのような思考を持った人間が、世界を再編成するには、自分の中にある、「非ぼく」の部分をしっかり認識して、それにかかわる部分を含めて、自己を解体して、再編成しなくては、ほんとうに新しい世界は生まれてこないのだ。

かえるくんとみみずくんとの闘いでも「ぼくはみみずくんをずたずたにしてやりました。でもずたずたにされてもみみずくんは死にません。彼はばらばらに分解するだけです」と村上春樹は書いていた。この「みみずくんは死にません。彼はばらばらに分解するだけです」という言葉にも、おそらく自己解体とその再編成への村上春樹の思考が反映されているのではないかと思う。

▽恐怖を乗り越える

人は、つい相手を打ち破って、自分の正しさを確認しようとしてしまう。でも「ぼく」の中には「非ぼく」がいる。自分の中の、「非ぼく」を越えていくには、自己を解体して、再編成する道でしか、新しい世界は生まれないのだが、人はなかなか自己を解体して、自分の意識を再編成するという、その恐怖を越えていくことができないのである。

「真の恐怖とは人間が自らの想像力に対して抱く恐怖のことです」。イギリスの作家、ジョセフ・コンラッドのこんな言葉が「かえるくん、東京を救う」の中に記されているのだが、再編成することへの、その「自らの想像力に対して抱く恐怖」に負けてしまう人が多いのである。

かえるくんはみみずくんとの闘いについて片桐に述べるとき、次のように話している。

「すべての激しい闘いは想像力の中でおこなわれました。それこそがぼくらの戦場です。ぼくらはそこで勝ち、そこで破れます」

「勝ち」「敗れます」ではなく、「勝ち」「破れます」と村上春樹は書いている。この言葉が、最後のかえるくんの自己解体を予告しているのだろう。

ここで、カタルーニャ国際賞授賞式でのスピーチにもう一度、戻ってみると、村上春樹は東日本大震災と福島第一原発事故に触れて、唯一の被爆国である日本の人びとは「核を使わないエネルギーの開発を、日本の戦後の歩みの、中心命題に据えるべきだった」と語る前、日本という国が、常に多くの自然災害とともにあることについて述べていた。

「地震そのものの被害も甚大でしたが、その後、襲ってきた津波はすさまじい爪痕を残しました。場所によっては津波は三十九メートルの高さにまで達しました。三十九メートルといえば、普通のビルの十階まで駆け上っても助からないことになります」と語り、死者・行方不明者のことを思うと、胸が締めつけられると話した。

そして「日本人であるということは、どうやら多くの自然災害とともに生きていくことを意味しているようです。日本の国土の大部分は、夏から秋にかけて、台風の通り道になっています。毎年必ず大きな被害が出て、多くの人命が失われます。各地で活発な火山活動があります。そしてもちろん地震があります。日本列島はアジア大陸の東の隅に、四つの巨大なプレートの上に乗っかるような、危なっかしいかっこうで位置しています。我々は言うなれば、地震の巣の上で生活を営んでいるようなものです」と話して、今後、二、三十年の間には、東京でも巨大なＭ８クラスの大型地震が襲うだろうと多くの学者たちが予測していることなどを語ったのだ。

▽「七番目の男」

つまり、村上春樹は地震と、それにともなう災害だけを述べたのではなく、台風や火山活動による自然災害をも語っていた。地震、津波、原発に加え、台風や火山噴火のことも話す村上春樹を知って、短編「七番目の男」（「文藝春秋」一九九六年二月号）のことを思った。この「七番目の男」は阪神大震災があり、村上春樹がアメリカから帰国後、まもなくして書かれた作品である。おそらく台風や地震という自然災害が、村上春樹の中で、どこか結び付いて考えられているのだろう。

「その波が私を捉えようとしたのは、私が十歳の年の、九月の午後のことでした」。「七番目の男」の冒頭は、主人公の男がそう語り出す場面で始まっている。

少年の「私」が住む町に、この十年ばかりのあいだでは最大級の台風が襲来する。そして、強い風が吹きはじめてから、一時間ほど経過したころ、台風の目に入って、強い風が静まり、あたりはしんと静まりかえる。台風の静寂の中、私は、親しいKと海岸まで出かけるのだが、でも二人が気付かない間にも波は近づいていて、ついにKは大波にさらわれてしまう。私は、急いでKをつかんで逃げようと思うのだが、実際は自分一人で逃げてしまうのだ。

一人で逃げて、防波堤にたどり着いた私が「危ないぞ。波が来るぞ」と大声を出し、Kもその叫びに気づいて顔を上げたが、もう手遅れだった。

「そのときには大きな波が、蛇のように高く鎌首をもたげて、海岸に襲いかかっていました。そんなすさまじい波を見たのは初めてのことです。高さはじゅうぶん三階建てのビルくらいはありました」とある。そして「波はKを呑み込んだまま、どこか遠くに去っていってしまった」のだ。

友達を見捨てた「私」は、海のある町に住めなくなり、長野県で暮らしている。そこから「私」は、どうやって回復してくるのかという物語である。

そして、四十年以上がたち、父が死んで、財産処分のために生家を売却した兄から、「私」の子供時代の持ち物を詰めた段ボール箱が送り届けられてきた。その中にかつてKが描いて「私」にくれた絵が一束あったのだ。

「私」が記憶していたよりも、それらの絵はずっと巧く、芸術的にも優れたものだった。Kという少年の深い心情のようなものをひしひしと感じとることができる絵で、彼がどのようなまなざしをもってまわりの世界を見ていたか、まるで我がことのように切実に理解することができた。「私」はその絵を見ながら、自分がKとともにやったことや、ともに訪れた場所のことを鮮やかに思い出していく。

その絵を見ているうちに「ひょっとして自分はこれまで重大な思い違いをしていたのではあるまいか」と「私」は思うのだ。つまり、Kが恨んでいるように感じていたのは自分の心の中の深い恐怖の投影にすぎなかったのではないかと思うようになるのである。

そう思わせるような穏やかな絵だった。これが転機となり、「私」はあの町を再訪。自分の心の闇と恐怖を乗り越え、海とKと和解する物語が「七番目の男」である。

「私は考えるのですが、この私たちの人生で真実怖いのは、恐怖そのものではありません」「恐怖はたしかにそこにあります。……それは様々なかたちをとって現れ、ときとして私たちの存在を圧倒します。しかしなによりも怖いのは、その恐怖に背中を向け、目を閉じてしまうことです。そうすることによって、私たちは自分の中にあるいちばん重要なものを、何かに譲り渡してしまうことになります。私の場合には……それは波でした」という、「私」の言葉で「七番目の男」の話は終わっている。

『村上春樹全作品１９９０～２０００』の村上春樹の解題によれば、「僕には実際に溺死した友だちもいる（現場には居合わせなかったが）」とあるで、その思いを含んだ作品が「七番目の男」なのだろう。その「七番目の男」と、阪神大震災をテーマにした連作の一つである「かえるくん、東京を救う」を並べてみればよくわかるのだが、そのテーマに「恐怖」を乗り越えていくということが、中心にあるのである。

▽「めくらやなぎと、眠る女」

阪神大震災の後、長く滞在していたアメリカから帰国した村上春樹が、一九九五年の夏に、神戸と芦屋で、日本ではめったにやらない朗読会を催した。その時に一九八三年十二月号の「文學界」に掲載された「めくらやなぎと眠る女」を四割ほど短くして、朗読した。そのショートバージョンは「めくらやなぎと、眠る女」という題名で、一九九五年十一月号の「文學界」に掲載された。

この「めくらやなぎと眠る女」と「めくらやなぎと、眠る女」にもジョセフ・コンラッドの言う「真の恐怖とは人間が自らの想像力に対して抱く恐怖のことです」という言葉の反映ではないかと思われる会話がある。

この作品は、二つとも、久しぶりに自分が育った神戸・芦屋地区に帰った「僕」が、年下のいとこの耳の治療に付き添っていく話である。いとこは十四歳、僕は二十五歳。その時、病院までのバスの中で、いとこと僕がこんな話をしている。

「それに恐《こわ》いんだよ、本当はね。痛いのが嫌《いや》なんだ。本当の痛みより、痛みを想像することの方がつらいんだよ。そういうのってわかる？」

そのように、いとこが言うと、「もちろんわかるよ」と僕は言う。「それが普通の人間だもの」と。さらに、いとこは「僕が言いたいのはさ、こういうことなんだよ。つまりさ、僕以外の誰かが痛みを感じていて、それを僕が見てるとするね。それで僕はその他人の痛みを想像してつらいと思うね。でもさ、そんな風に想像する痛みって、本当にその誰かが経験している痛みとはまた違ったものだよね。うまく言えないけどさ」と言う。

それに対して、「僕」は何度か肯いて、「うん、痛みというのはいちばん個人的な次元のものだからね」と応えると、「これまででいちばん痛かったのって、どんなこと？」といとこが質問してくる。

ロングバージョンの「めくらやなぎと眠る女」では、そうやって、いとこと僕の痛みに関する会話が、二ページ近くも続いている。そして会話の最後のほうには「年なんてとりたくないんだよ」「つまりこれから先、何度も何度もいろんな種類の痛みを体験しなくちゃならないのかと思うとさ」という、いとこの言葉が記されている。

これが短い「めくらやなぎと、眠る女」のほうでは、「いちばん辛いのは、怖いことなんだよ。実際の痛みよりは、やってくるかもしれない痛みを想像する方がずっと嫌だし、怖いんだ。そういうのってわかる?」と、いとこが言うと、「わかると思う」と僕が答える、たったこれだけのやりとりが記されているだけである。

四割削減どころか、八分の一か、あるいは十分の一ぐらいの長さに縮められているのだ。長い版と、短い版も「真の恐怖とは人間が自らの想像力に対して抱く恐怖のことです」というコンラッドの言葉を受けての会話であると読めるが、長い版のほうは「そんな風に想像する痛みって、本当にその誰かが経験している痛みとはまた違ったものだよね」(いとこ)、「うん、痛みというのはいちばん個人的な次元のものだからね」(僕)、「これまででいちばん痛かったのって、どんなこと?」(いとこ)と、話が展開していくゆえに、「真の恐怖とは人間が自らの想像力に対して抱く恐怖のことです」という言葉の意味から、会話が拡散していってしまう印象が強い。

それに対して、短い版は「いちばん辛いのは、怖いことなんだよ。実際の痛みよりは、やってくるかもしれない痛みを想像する方がずっと嫌だし、怖いんだ」というとこの言葉に僕が「わかると思う」と同意するだけなので、短いのに、こちらのほうが、「真の恐怖とは人間が自らの想像力に対して抱く恐怖のことです」というコンラッドの言葉が、直接、響いてくるような強い印象を残している。

そして、長い版の「恐い」という言葉を、短い版では「怖い」と、村上春樹は、わざわざ漢字を替えている。「恐い」「怖い」を合わせたら「恐怖」という言葉だが、この漢字の交換は「恐怖」についての考えをよりクリアにしたことへの意識的な作業の表れなのだろう。

その「恐怖」というものを越えていくということが、村上春樹作品の大きなテーマであり、阪神大震災で、それがより鮮明になったということでもあるだろう。

▽『1Q84』の青豆とリーダーの対決

さらに長編『1Q84』(二〇〇九年―二〇一〇年)には、殺し屋である「青豆」という女主人公が、カルト宗教集団のリーダーと対決して、殺害する場面が描かれている。その場面は同作BOOK2の第7章から始まって、9章、11章、13章、15章と計5章にもわたっていて、この長編の中心部である。

その第13章で、リーダーが青豆に「怯えることはない」と語る。青豆は「怯える?」と問い返すのだが、それに応えて、リーダーは「君は怯えている。かつてヴァチカンの人々が地動説を受け入れることを怯えたのと同じように。彼らにしたところで、天動説の無謬《むびゅうせい》性を信じていたわけではない。地動説を受け入れることによってもたらされるであろう新しい状況に怯えただけだ。それにあわせて自らの意識を再編成しなくてはならないことに怯えただけだ」と言うのだ。

ここにも「かえるくん、東京を救う」と同じように、新しい状況に対応する自己解体と自分の意識の再編成の必要性が表明されている。

私たちは、東日本大震災にともなって起きた福島第一原発事故によって、新しい時代に突入したことを、深く、自覚している。それは、日々の我々の生活を考えれば、よく分かる。しかし、新しい状況に対応するためには、自己の解体と意識の再編成が必要なわけなのだが、自らの意識を再編成するには、それにともなう怯えを、恐怖を越えていかなくてはならないのである。

原発事故のような大きな問題を乗り越えていくには、自分の中の「非ぼく」を否定し、解体して、自己を再編成しなくてはならない。その「非ぼく」に気づくには、相手に問うた問題に対して、それなら自分はどうなのかと、ブーメラン的に自己を常に問うていくことが大切だ。そして「ぼく」の中の「非ぼく」の部分を知って、新しい世界に向けて、自己を再編成しなくてならないのだ。

だが、それまでの自分を解体して、自己を再編成することは、恐怖である。でもその恐怖と向き合って、各自が自分を再編成しなくては、新しい世界を生み出すことはできないのである。村上春樹の作品は、いつも、そのような新しい世界へ向けて、恐怖を越え、自己が再編成していく物語となっている。

谷崎潤一郎『細雪』と阪神大水害、その報道管制

日本では、地震ばかりでなく、台風や低気圧の通過にともなう豪雨、また冬期の豪雪などの自然災害でも多くの死者が出ている。

二〇一五年九月、台風18号の影響による大雨で、茨城県常総市の鬼怒川の堤防が決壊して、死者がでているし、東日本大震災があった二〇一一年にも、七月に新潟、福島両県への豪雨被害があり、九月には、台風12号による豪雨で死者・行方不明者が百人近くにものぼった。この大型台風では、特に紀伊半島（和歌山県・奈良県・三重県）での被害が大きく、土砂崩れによって生まれた堰止め湖が奈良県や和歌山県で数多くできて、決壊の可能性があるため、住民への避難が指示された。この堰止め湖の問題はかなり長く続いたので、紀伊半島豪雨と呼ばれるこの大雨による被害のことを記憶している人も少なくないだろう。

日本は、しばしばこのような激しい雨に襲われるが、そんな豪雨による阪神大水害の山津波（土石流）を描いた有名な場面が、谷崎潤一郎の『細雪』にある。その阪神大水害とは、昭和十三年（一九三八年）七月三～五日の豪雨で発生、阪神間での死者行方不明者は七百人以上にのぼったという大災害だ。

「いったい今年は五月時分から例年よりも降雨量が多く、入梅になってからはずっと降り続けていて、七月に這入ってからも、三日に又しても降り始めて四日も終日降り暮していたのであるが、五日の明け方からは俄に沛然たる豪雨となっていつ止むとも見えぬ気色であった。が、それが一二時間の後に、阪神間にあの記録的な悲惨事を齎《もたら》した大水害を起そうとは誰にも考え及ばなかった」

『細雪』中巻の前半に出てくるその場面は、このような言葉から始まっているが、これは日本文学の自然災害を描いたものの中でも、そのリアルさ、迫真の描写において、屈指の文章となっている。『細雪』の中心人物である四姉妹の次女・幸子と夫の貞之助たちの家の周辺の蘆屋川や住吉川の氾濫ぶりが次のような文章から書きはじめられている。

「阪神間でも高燥な、景色の明るい、散歩に快適な地域なのであるが、それがちょうど揚子江や黄河の大洪水を想像させる風貌に変ってしまっている。そして普通の洪水と違うのは、六甲の山奥から溢れ出した山津波なので、真っ白な波頭を立てた怒濤が飛沫を上げながら後から後からと押し寄せて来つつあって、恰も全体が沸々と煮えくり返る湯のように見える」

戦後の昭和三十一年（一九五六年）五月の雑誌「文藝」の臨時増刊「谷崎潤一郎読本」での谷崎潤一郎を交えた座談会でも三島由紀夫が『細雪』の、この洪水の描写について「今の作家にあれだけ書けないと思う」と感嘆。伊藤整も「非常にリアル」と述べている。だが、実はこれは谷崎がすべてを体験して書いたものではなかった。

座談会でも「實際あの時はあそこにいたもんだから、見ていたんだけれども、自分で見ないこともたくさんあつたんですね。あの時に甲南小學校の生徒の作文を、作文集があるんですよ。それをみんな讀みました」と谷崎は正直に語っている。つまり谷崎は自宅の倚松庵《いしょうあん》からほとんど外に出ず、被害に遭った近くの甲南学園児童生徒の文集を参考に書いたのだ。

▽二匹の蟹

三島も「ああ、なるほど」と応えているが、さらに谷崎は「小さい蟹が出て來る所なんかは作文集から取つたんです」と具体的に述べている。

それは作中で谷崎に相当する貞之助が濁流を行く場面。「ふと貞之助は、足許に小蟹が二匹ちょろちょろ歩いている」のを見つけるという場面があって、伊藤整が言うように「非常にリアル」なのだが、これは甲南高等學校々友會編纂『昭和十三年七月五日の阪神水害記念帳』の中の甲南学園尋常科一年富山康吉君の「不圖足もとにかにが二匹居るのを發見した。住吉川に居られなくなつたので上つて來たのだらう」という作文の中の言葉から採られている描写なのだ。

この記念帳は昭和十三年末に刊行されているが、平成七年（一九九五年）一月十七日、阪神間を襲った阪神大震災でやはり甲南学園が被災、それを契機にして学内に設けられた調査委員会の手で、半世紀前に刊行された同記念帳が再び注目されて、甲南大学阪神大震災調査委員会の編によって復刻され、翌年一月に神戸新聞総合出版センターから刊行された。

久武哲也・甲南大学文学部教授の復刻版解題にも、谷崎、三島、伊藤らの座談会のことが紹介されているが、その解題によると、この阪神大水害の豪雨は昭和十三年六月十一日の入梅以降、間断なく降り続いていた雨に、七月三日から五日にかけての集中的な降雨が重なってひき起こされたもの。三日の梅雨前線の北上に伴って、午後六時頃から降り始めた雨は、四日午後六時までに一九一・四ミリに達して、「雨の音で話し声も聞えないほどの時間雨量五～二〇ミリ」の降雨が続いた。さらに七月五日になると時間雨量一〇ミリ以上の強雨が降り始め、午前八～九時には時間雨量三一・八ミリ、九～一〇時には四四・八ミリ、一〇～一一時には四七・三ミリ、一一～一二時には四二・〇ミリという豪雨が降っている。七月三日～五日の総降水量は六甲山周辺で四〇〇ミリ～六〇〇ミリに達していた。

これは神戸市の年間総降水量の約三分の一にも相当する降雨で、それが二日間に集中して降ったということだった。

この阪神大水害で、六甲山地から河川を通って流出した土砂量は、五〇〇〇万～八〇〇〇万立方メートル。一〇トントラックで搬出すると、一〇〇〇万～一五〇〇万台分にも相当する量で、トラックを縦に並べると神戸からハワイ諸島にまで達する土砂量なのだそうである。

さて、『細雪』は京都での観桜や岐阜の蛍狩りなどもある雅な物語なのだが、その中になぜ谷崎は、この阪神大水害を挿入したのだろう。その問題を少し考えてみたい。

昭和十八年、雑誌「中央公論」に「細雪」の連載が始まると、優美な世界が「時局を考えぬ」内容という理由で掲載禁止となる。翌年私家版として上巻が刊行されると、中巻の出版がまた禁じられている。

そんな谷崎が『細雪』に使った『昭和十三年七月五日の阪神水害記念帳』の冒頭に当時の旧制甲南高校の保々《ほぼ》隆矣《たかし》校長による「はしがき」というものが記されていて、そこに「其の被害の深刻さはまさに關東大震災にも比すべきで　人命の損傷　巨石の堆積　家屋の埋没等々　普通の洪水に比しては極めて特殊性を有ち　苟《いやしく》も現場を目撃せざる人には想像し得られぬ大慘害であつた」と記されていて、続けて「故に其の眞相を寫眞を中心に當時の人心興奮せる際の談話を加へ　之を後世へ傳ふることは極めて有意義の事であると　余は直覺したので」「校外の被害地にも『調査班』『寫眞班』を派遣し　危險を冒し材料を蒐集したのであつた」と書かれている。

▽時局、事変下

さらに加えて「當時、縣當局は中央の意を奉じてか　此の災禍を新聞等に喧傳することは　事變下、

内外　特に支那に悪用さるゝを怖れ　寫眞の撮影を禁じ　又新聞記事を拘束して居たので爲めに　東京を首め全國に亘つて此慘禍を知る者少く　又寫眞撮影等も比較的少なかつた　此の間にありて　本校は縣當局の厚意と　生徒の冒險によりて　比較的多數の材料を蒐め得たるは望外の幸であつた」と保々校長は述べている。

つまり昭和十二年（一九三七年）七月、盧溝橋事件を契機に日本は全面的な日中戦争に突入していて、昭和十三年には、国家総動員法が制定されていた。そのような時局の中での阪神大水害で、報道の規制、報道管制の下にあったことが記されているのである。阪神間には当時の、製鉄・造船・車輛などの軍事工場が多く、神戸港や鉄道施設が大きな被害を受けている状況が敵に悪用されないよう報道管制され、広く一般には知らされなかったようだ。

そのような報道管制が敷かれていたことが推測される保々隆矣校長の「はしがき」なのだが、そんな状況下にあったにもかかわらず甲南高等學校々友會編纂の『昭和十三年七月五日の阪神水害記念帳』は刊行された。保々隆矣校長のその判断、行動力、また報道管制が敷かれていたような状況をかいくぐっての作文集の刊行、それを身近にあって知り、読んだ谷崎潤一郎には、心に動かされるものがあったのではないだろうか。

『昭和十三年七月五日の阪神水害記念帳』復刻版の改題によると、阪神大水害の中を貞之助が四姉妹の一番下の妹・妙子を助けようとして、洋裁学院へ単身向かう場面の描写には甲南学園の児童生徒の作文十五編からとられているという和田實・神戸大名誉教授の指摘なども紹介されている。

また実際に『細雪』で妙子を助ける板倉という男の仕事が写真師であることも、「其の眞相を寫眞を中心に」後世へ伝えようとしたという保々校長の「はしがき」と重なって、私には感じられてくる。その「はしがき」には、「又新聞記事を拘束して居たので爲めに　東京を首め全國に亘つて此慘禍を知る者少く」とあるが、その阪神大水害が東京に詳しく報道されていなかった事実も『細雪』には出てくるのである。

「東京では水害のあった当日、夕刊にその記事が出たけれども、委しい様子が分からないので渋谷の家では可なり心痛したのであった。新聞で見ても、住吉川と蘆屋川の沿岸が最も被害激甚であることは明かであったが、甲南小学校の生徒の死んだことなどが載っているのを読んだ雪子は、何よりも悦子の安否を知りたかった」とある。

三女の雪子はこの時、東京の長女・鶴子の家に滞在していた。『細雪』の物語の中では完全な報道管制というようには記されていないが、「翌日、貞之助が大阪の事務所から電話をかけて来たので、鶴子と雪子が代る〴〵出て、聞きたいと思うことを一と通り聞いた」とある。その後、心配な雪子が関西に帰るという展開になっているので、やはり阪神大水害の詳細が報道されていたわけではなかったと思われる。雪子が心配した悦子とは貞之助と幸子との子のことである。

『細雪』上巻の私家版までが問題となり、中巻の出版が発禁となった谷崎は戦時下、『細雪』を独り書き続けるのだが、非常に詳しくリアルに阪神大水害を描くことは、その大惨事に報道管制を敷いた〝時局〟への抵抗の意思を記すことであったのかもしれない。

「此の事変下に不謹慎であると云う批難は免れない」「郷土会も、去年の七月以来時局に遠慮して暫く中止していたところ」「いったい啓ちゃんがそんなことを云うのは時局への認識が足りないからで、今は子供欺しの人形などを拵《こしら》えて喜んでいられる時代ではあるまい」。『細雪』中巻の阪神大水害を描いた場面の近くには「時局」や「事変下」という言葉が繰り返し出てくるのである。「去年の七月以来時局に遠慮して」の「去年の七月」とは盧溝橋事件のことである。

▽母譲りの地震嫌い

さて、谷崎潤一郎はもともと関西と縁のあった作家ではなく、関東大震災を機に関西に移住した作家として有名である。

その谷崎潤一郎と地震との関係について、少し紹介してみよう。

誰でも地震は大嫌いだが、近現代の作家で一番の地震嫌いを挙げてみれば、やはりこの谷崎潤一郎ではないだろうか。自らの激しい地震嫌いぶりを何度も書いている。

「想ひ起す、大正十二年九月一日のことであつた、私は同日の朝箱根の蘆の湖畔のホテルからバスで小涌谷に向ふ途中、蘆の湯を過ぎて程なくある地震に遭つたのであるのであるが、そこから徒歩で崖崩れのした山路を小涌谷の方へ降りながら、先づ第一に考へたのは横濱にある妻子共の安否であつた」

こう起筆されている「東京をおもふ」（「中央公論」昭和九年一月号—四月号）に、谷崎潤一郎の関東大震災の被災体験と、地震嫌いぶりが詳しく書かれている。それによれば「私は大の地震嫌ひで、天明や安政の大地震の話や地震學者の説などをかねがね注意して聞きも讀みもしてゐたので、今、自分がかうして山路を辿りつつある最中、横濱では大火災が起つてゐるに違ひないと思つた」とも記されている。

そして、この谷崎の地震嫌いは母親の影響である。谷崎の生い立ちから小学校卒業までを描いた『幼少時代』によると、谷崎の母親は地震を恐れること、実に甚だしき人だった。

明治二十四年（一八九一年）十月二十八日の濃尾地震（M8・0、死者七二七三人）の時、東京もかなり揺れて、午前六時半すぎ、谷崎の母親は床の中から真っ先に飛び起き、幼い谷崎を連れて戸外へ走って出た。

「私は地震そのものよりも、母の慌てかたを見て自分も慌てた。母は夢中で、家の前の往来を亀嶋川の方角へ向って走って行ったが、私も後から追って行った。母は寝間着のまま素足で地面を歩いていた。その時分亀嶋川の岸から二、三軒手前の左側に、私たちのかかりつけの松山セイジという医師の家があったが、母はそこまで駈けて行って、そこの玄関の式台に上った。そうこうするうちに地震が止み、ばあやが漸く追い着いて来たが、母の白い小さい素足が、足の蹠《うら》だけ泥にまみれて、まだぶるぶると顫えが止まらないでいた」と谷崎は記している。なるほどこんな母に育てられたら、地震嫌いになるのも無理はない。

明治二十七年六月二十日午後二時ごろ、東京では明治期最大の明治東京地震（M7・0、死者三十一人）が発生した。「二十四年の濃尾の時より遙かに大きな地震に遭遇した」と谷崎は書いているが、それは小学校から帰宅した谷崎が台所の板の間で氷あずきを食べていた時に起きた。「地震と気がついた瞬間には、早くも街頭に飛び出していた」「表通りに比べると裏通りは道幅が狭かったので、私は両側から家が崩れ落ちて来るのを恐れつつ、無我夢中で一丁目と二丁目の境界の大通りへ出て、活版所の方へ曲る広い四つ角の中央に立った」のだが、続けて「前から私と一緒だったのか、その時私に追い着いたのか、私は始めて、母が私をぎゅっと抱きしめているのに心づいた」と記している。

確かに東京の揺れとしては、濃尾地震の際とは比べものにならないものだったようで、「最初の急激な上下動は既に止んでいたけれども、地面は大きくゆるやかに揺れつつあった。私たちが抱き合って立っている地点から、一丁ほど先の突き当りにある人形町の大通りが、高く上ったり低く沈んだりするように見えた」という。

「地震に限って特に強い影響を母から受けるようになったのは」「幼い時に二回大きな地震に遇《あ》い、その二回とも偶然母と二人きりで恐怖を体験したことが原因であろう」と谷崎は記している。よく谷崎の地震嫌いの原点を納得できるエピソードだ。
谷崎の母は美人絵《え》双紙《ぞうし》に大関で載るほどの美女で、彼の女性崇拝の原点のような存在。地震の中、母に抱かれた谷崎は「私の顔は母の肩よりなお下にあったので、襟《えり》をはだけた、白く露《あら》わな彼女の胸が私の眼の前を塞いでいた」と加えている。岩波文庫版の『幼少時代』には明治東京地震に遭って、抱き合う谷崎母子の姿を描いた鏑木清方の挿絵が収録されているので、興味があったら読まれたらいいだろう。

この『幼少時代』は谷崎七十歳ごろの回想記だが、地震ばかりでなく、母らと行った歌舞伎観劇のことなども詳述されており、「私の『幼少時代』について」という文章には「自分が小説作家として今日までに成し遂げた仕事は、従来考えていたよりも一層多く、自分の幼少時代の環境に負うところがあるのではあるまいか」と記されている。つまり地震嫌いの母からの影響を探ることは谷崎の場合、自分の文学全体のルーツを探ることにつながることでもあったのだろう。

▽東京の薄ッぺらさ

そんな地震嫌いの谷崎潤一郎が、箱根で関東大震災に遭遇して、それを機に関西に移住後、書いた代表作が『細雪』だが、その時代背景は昭和十年代前半ごろとなっており、作中に大きな地震場面は登場しない。だが関東大震災を機に関西に移り住んだ谷崎のこの大作を読むと、やはり震災が大きな影響を与えていることがわかる。

『細雪』はかつて大阪船場で古い暖簾を誇った旧家の四姉妹の物語だが、長女・鶴子の一家が夫の東京転勤に伴い、渋谷・道玄坂の新築の家に引っ越し、その家を次女の幸子たちが関西から訪れる場面がある。

阪神大水害が描かれる『細雪』中巻の第十六章は「すると、その明くる日、九月一日の夜のことであった」と書き出されていて、このまさに九月一日の震災記念日に三女の雪子を交えて、地震の話や阪神大水害の山津波の話をしていると、「その夜、大正何年以来と云う猛烈な颱風が関東一帯を襲って、幸子は自分に関する限り、生れて始めてと云ってよい恐怖の二三時間を経験した」ということが書かれている。

停電で真っ暗の中、幸子は「此の家が倒潰しはしないかと云う危険」を感じている。強い一陣の風が家を揺すぶると「平生でもミシミシ撓《しな》うへギのような梯子段が、両側から帆のように膨らむ壁と壁に挟まってメリメリ壊れかけて来た」と思う。「柱と壁の隙間が離れてそこから風が砂塵と共に吹きつけた」。「恐いよう、恐いよう」と子供が言い、家の倒壊を心配して一家は恐怖の群像となるのだ。そして、この東京の家は新築にもかかわらず「風がごうッと吹き付ける度に、此の家の柱と壁の隙間が一二寸離れる」のを幸子ははっきり目撃する。「風が止むと隙間が合わさり、吹き出すと又開くのである。そして一回は一回と開きかたがひどくなるのである」と谷崎は記している。

谷崎の自然災害の描写のリアルさは見事なものであるが、この場面は台風のすごさを書いているだけでなく、東京の薄ッぺらさ、東京人の薄ッぺらさを記している場面である。「平生でもミシミシ撓うへギのような梯子段」という言葉が、その薄ッぺらさをそのまま書いているものだが、新築の家が風が吹くと柱と壁が開いたり、合わさったりするという点にも、明治以降の、また関東大震災以降の東京の姿が重ね合わされているのだろう。

関東大震災に箱根で遭った谷崎は、その夜は箱根で野宿。家族は横浜にいたが東に向かう列車は不通ゆえに関西の旧友を頼り西に向かった。その後、船で関西から東京に向かい、家族と再会後、一家で船に乗り関西に移住している。

「東京をおもふ」の中で、震災の最中に「しめた、これで東京がよくなるぞ」とまで谷崎は記した。自分が生まれ育った古き東京は捨て去られ、だがまだ新しい日本は来ない。その東京の乱脈ぶり、険悪な人情への反感は大きかった。この文章で繰り返し「東京人の薄ッぺらさ」を書いている。

「多分東京に住んでゐる中流階級以上の男女は日本人中で自分達が一番氣の利いた人種のやうに己惚れてゐることであらうが、正直のところ、どうも私にはあゝ云ふ連中が何となく薄ッぺらで、氣障《きざ》で、纖弱で、何處かに淋しい影が纒はつてゐるやうに思はれてならない」などと述べているのだ。

もともと東京出身の谷崎は、それに続いて「尤も斯くいふ私自身も、生れは爭はれないものであるから、關西人の眼から見たら定めし御他聞に洩れないであらう。それで東京に住んでゐた頃は、他人のことにも自分のことにも一向氣が付かなかつたのであるが、此方へ來てから遙かに東京の生活を想ひ、又はとき〴〵上京してみると、それが切實に分かるやうな氣がする」と記してもいるのである。

震災記念日、九月一日の夜の台風の『細雪』の場面は、そのような思いが反映した東京の新築住宅の「薄ッぺらさ」なのだろう。

この『細雪』は三女・雪子の縁談がまとまるまでの長い物語。その雪子の容姿は「一番細面の、なよなよとした瘦形《やせがた》」。姉妹の中では「一番日本趣味」。つまり雪子は日本美の象徴なのだ。『細雪』の題も雪子の名とつながっている。まばらに降る細雪はまもなく消えていく。その消えゆく日本美がどんなものと結ばれていくのか……。関東大震災後、さらに増した東京の「薄ッぺらさ」とは反対の価値へのオマージュとして『細雪』はあるのではないだろうか。

▽結びの神、芥川龍之介

「變ると云へば大正末年私が關西の地に移り住むやうになつてからの私の作品は明らかにそれ以前

のものとは區別されるもので、極端に云へばそれ以前のものは自分の作品として認めたくないものが多い。戯曲はさうでもないが、小説の方は自分で全集を編むとなれば、これに組み込むことに大いに躊躇せざるを得ないものが少くない」

谷崎潤一郎自身が「『細雪』回顧」で、そう記すように、関東大震災による、谷崎の関西移住は、その文学に大変化をもたらした。

大阪船場の御寮人で、後に夫人となる松子との出会いも大きいと思われるが、でも松子は最初から谷崎ファンだったわけではなかった。彼女は芥川龍之介のファンだった。谷崎松子『倚松庵の夢』によると、松子は「いくぶん文学趣味で、芥川氏のものを読み、機会があれば会って見たいと思っていた」という。

松子は『細雪』に出てくる「大阪のボンボンのモデルと云われ、恐らく船場のボンボンの最後の人であろう、と評された夫」と結婚した、船場の御寮人だった。その「夫の行きつけの南地のお茶屋のお内儀が、芥川氏を知っている、と云うことを聞いていたので、早速来阪の機会に逢わせて欲しい」と頼んだら、間もなく、芥川来阪の報せがあって、松子が「お洒落もそこそこに、胸をときめかせ車を走らせた」ら、その場に谷崎もいたのだった。昭和二年（一九二七年）三月初めのことである。

この時期、実は谷崎と芥川は文学史に残る論争中で、「話」らしい話のない小説の純粋さを説く芥川と、筋の面白さを除外するのは小説という形式が持つ特権を捨ててしまうという考えの谷崎との間に雑誌上で、やりとりが盛んに行われている時だった。

『倚松庵の夢』によると、その松子の谷崎、芥川との初対面の時、「筋のない小説とかゞ盛んに話題になっているかと思うと、白秋、茂吉、晶子の歌が論じられる。よく暗誦が出来たものと感心して聞いていたが、私はあとにも先にも谷崎の文学論らしきものをきいたのは初めてのことであった」「あとで思い合わせると、谷崎は『饒舌録』で、芥川氏にさかんな論鋒を向けていたころであった」とある。

その論争は、その四カ月後の芥川の自死で途絶えるのだが、昔の作家というものは、つくづく偉いものだと思う。それだけ激しい論争を繰り広げながら、文学の友としての交友は変わらず続けていたのだ。またこれはもちろん偶然だろうが、芥川の死んだ七月二十四日はたまたま谷崎の誕生日であったという。

そして、谷崎と松子が出会った、その翌日かにも、芥川、谷崎は、松子と、南地のダンスホールに出かけている。谷崎はダンスホールへ行った時にはタキシード姿で、女性への敬意の溢れた、その礼儀正しさに、松子は驚いている。松子は憧れの芥川とも踊ってもらいたかったが、芥川は終始壁の人であった。松子はダンスを踊りながらも、芥川の視線を感じていて、「美しく澄みきったその哀愁のたゝえられた眼が、絶えず心を捉えていた」と記している。

このようにして、谷崎とダンスを楽しんだりするうちに、谷崎のほうが松子に引かれていった。こんな出会いゆえに、谷崎潤一郎・松子夫妻は「芥川龍之介氏を結びの神と云っている」と『倚松庵の夢』には書かれている。

さてここでは、その二人の恋愛ではなく、松子夫人が見た谷崎の地震嫌いぶりを紹介したい。

▽夫人の前では、かなり分が悪い

谷崎のダンスは突進型で、軽やかなステップではなかった。それは横浜時代の名残らしく、大変勇ましく、「ソレ機関車が動き出したよ」と言われるようなものだった。だからか松子夫人も谷崎の「運動神経は鈍い方かと思っていたが、地震の時の逃足の早さ、いつの間にか庭に裸足で飛び出していて、その早業は若い人も及ばない」と書いている。

取り残された松子夫人が恨み言をいうと谷崎は「顔付きだけは済まなさそうに眼を見詰めて黙りこくっていた」という。

「横浜時代に箱根の芦ノ湯で大震災に遇い、それ以来地震の恐怖は此の上なく、それが敏捷な動作をとらせるのであろう」と『倚松庵の夢』にある。

さらに谷崎が熱海に住んでいたころのことだが、「昭和三十五年一月に熱海方面に大地震があると予言をする人があって、それが真しやかに伝わり、熟慮の末に名古屋まで避難をしたが、流言蜚語とは思いながらも逃げ出さなければいられない位恐怖に駆られるのであった」とも松子夫人は書いている。

こんな谷崎夫妻が、結びの神と呼ぶ芥川龍之介。関東大震災の際、芥川はどうだったのか。芥川文夫人の『追想　芥川龍之介』から紹介しよう。

その時、芥川は自宅にいた。関東大震災は正午直前に起きた地震だが、「お昼のおかずに、ずいきと枝豆の三杯酢があったことを妙に覚えています」と文夫人は述べている。

いつもはお昼には子供が、二階の書斎の階段の下で、「とうちゃん、まんま」と呼ぶ習慣だったが、当日は芥川一人だけが先に食べ了えて、お茶碗にお茶がついであったという。

そして、地震発生と同時に「地震だ、早く外へ出るように」と芥川は言いながら、門の方に走りだした。

だが、二階には次男が寝ており、夫人はとっさに二階に駆け上がり、子供を抱きかかえて階段を下りようとしたが、建具がバタバタと倒れかかる。階段の上に障子をはずしてまとめてあったのが落ちて来て階段をふさぐ。それをかいくぐって、文夫人はやっと外へ出たようだ。部屋で長男を抱えて椅子にかけていた芥川の養父も、長男を抱き外に逃れ出てきた。

「赤ん坊が寝ているのを知っていて、自分ばかり先に逃げるとは、どんな考えですか」と夫人がひどく怒ると、芥川は「人間最後になると自分のことしか考えないものだ」とひっそりと言ったそうだ。

地震時の振る舞い、どうも大作家の谷崎、芥川ともに夫人の前では、かなり分が悪い。それでも芥川は地震の揺れが収まると、直ちに大八車を借りてきて、青物市場から食料をたくさん買ってきた。

芥川は「食糧が必ず足りなくなるし、食糧難が一番こわいと言って……」いたという。

▽二人の終戦記念日

この章の最後に、谷崎潤一郎と永井荷風の関係について書いておきたい。

「明治現代の文壇に於て今日まで誰一人手を下す事の出来なかつた、或は手を下さうともしなかつた藝術の一方面を開拓した成功者は谷崎潤一郎氏である」

谷崎潤一郎は「刺青」などに対する、そんな永井荷風の絶賛によって文学界にデビューしてきた。

兵庫県芦屋市にある谷崎潤一郎記念館に掲示されている谷崎潤一郎の年譜の明治四十四年（一九一一年）の欄にも「11月永井荷風に「三田文学」誌上で激賞され文壇に登場」とある。

谷崎潤一郎はその恩義を終生、忘れずにいたのだろう。永井荷風の死後、浄閑寺に「震災」の詩碑が建立される際には、その発起人を務めている。「震災」の詩が刻まれた碑には「谷崎潤一郎を初めとする吾等後輩四十二人」が、故人追慕の情に堪えず、荷風が生前、浄閑寺の娼妓の墓乱れ倒れた間を選んで、墓を建ててほしいという希望を日記に残していたことから、同境内に荷風碑を建てたことが刻まれている。

また終戦の日の二人には、次のようなエピソードも残っている。

谷崎潤一郎、永井荷風は、戦争末期、同じ岡山県に疎開していた。谷崎は津山、さらに勝山に、荷風は岡山に避難していた。だが荷風は岡山でも空襲に遭い、心配した谷崎から荷風に生活や執筆に必要なものが贈られている。

『断腸亭日乗』の昭和二十年（一九四五年）七月二十七日の項には「午前岡山駅に赴き谷崎君勝山より送られし小包を受取る、帰り来りて開き見るに、鋏、小刀、印肉、半紙千余枚、浴衣一枚、角帯一本、其他あり、感涙禁じがたし」とある。

谷崎潤一郎『疎開日記』のほうの同年八月十三日には「午前中永井氏より来書、切符入手次第今明日にも来訪すべしとの事なり」とある。それにすぐ続いて「ついで午後一時過頃荷風先生見ゆ。今朝九時過の汽車にて新見廻りにて来れりとの事なり。カバンと風呂敷包とを振分にして担ぎ外に予が先日送りたる籠を提げ、醤油色の手拭を持ち背廣にカラなしのワイシャツを着、赤皮の半靴を穿きたり。焼け出されてこれが全財産なりとの事なり」とあるが、「然れども思つた程窶《やつ》れても居られず、中々元気なり」とも谷崎は加えている。

この時、疎開先の谷崎宅は満員で、夜は近くの旅館に案内したが、旅館で夜食後、また荷風は谷崎宅を訪れ、夜更けるまで話しこんだようだ。

その時、荷風は自作の「ひとりごと」（一巻）、「踊子」（上下二巻）、「来訪者」（上下二巻）の小説原稿を谷崎に託している。

時局を理由に発表が禁止された『細雪』を、戦時下も独り書き続けた谷崎潤一郎。そして永井荷風もまた時局を無視するかのように、昭和十二年（一九三七年）、『濹東綺譚』を朝日新聞に連載した後、同年八月に出版していた。『濹東綺譚』が刊行された昭和十二年八月とは、盧溝橋事件をきっかけとして日中戦争が始まった翌月のことである。その荷風も空襲を逃げる戦時下においても、独り小説を書き続けていたのだ。また『濹東奇譚』の「わたくし」が、私娼窟・玉の井で出会う女が「過去を呼び返す力においては一層巧妙なる無言の芸術家」の「お雪」（雪子）であり、『細雪』の題名にも繋がる三女の名前が「雪子」であることの重なりにも、どこか響き合うものを両者に感じる。

疎開先の谷崎を訪れた翌日（昭和二十年八月十四日）、谷崎、永井の二人は街を散歩。荷風は「出来得れば勝山へ移りたき様子なり」と谷崎の『疎開日記』にある。ただし食料事情は勝山より、岡山のほうがよかったようで、「予は率直に、部屋と燃料とは確かにお引受けすべけれども食料の点責任を負ひ難き旨を答ふ」と谷崎は書いている。

でも「本日此の土地にて牛肉一貫（二〇〇圓）入手したるところへ又津山の山本氏より一貫以上届く」とあり、さらに「酒二升入手す」ともあって、夜も谷崎は荷風を招いてスキ焼をご馳走している。吉井勇宛に寄せ書の葉書を書いたりして、その夜も九時半頃まで谷崎、荷風は語り合っている。

あくる八月十五日、荷風は十一時二十六分の列車で岡山に帰っている。谷崎は駅まで見送りに行って帰宅。「十二時天皇陛下放送あらせらるとの噂」を聞いて、玉音放送を聴くが、ラジオが不明瞭で聞き取れず、帰宅して、荷風が託していった「ひとりごと」（戦後改題後は『問はずがたり』）の原稿を読んでいると、家人が来て、警察の人々の話では「日本が無条件降伏を受諾したるにて陛下がその旨を国民に告げ玉へるもの」らしいことを伝える。「皆半信半疑なりしが三時の放送にてそのことが明瞭になる」と谷崎は『疎開日記』に記している。

一方の荷風は勝山を発して、岡山の宿舎に帰って初めて終戦のことを知った。当日の『断腸亭日乗』によれば、荷風が岡山駅に着いたのは午後二時過ぎ。荷風は列車で移動中に終戦を迎えたことになる。

列車から降りた後、焼け跡の岡山の町の水道で顔を洗い、汗を拭った。休み休み三門町の宿舎に帰ると、旧知のS君夫妻から、正午に終戦の放送があったことを知らされる。『断腸亭日乗』には「恰も好し、日暮染物屋の婆、鶏肉葡萄酒を持来る、休戦の祝宴を張り皆々酔うて寝に就きぬ」と荷風は記している。

戦争中も独り書き続けていた永井荷風は、戦後、いち早く〝復活〟。谷崎潤一郎も戦中書き続けていた代表作『細雪』を昭和二十三年（一九四八年）に完成させている。

芸術は無用の贅沢品か、人生の底へ深い根を張っているか

——菊池寛と芥川龍之介

地震や津波の悲惨さの前に「文学って、いったいどんな力があるんだろう」と人々は考える。大変時、「結局文学は無力ではないか」とも思う。

大正十二年（一九二三年）九月一日の関東大震災の際、それについて繰り返し発言したのは菊池寛である。震災直後、雑誌「中央公論」（十月号）が「前古未曾有の大震・大火惨害記録」を特集、菊池も「災後雑感」を寄せた。

そこで「我々文芸家に取って、第一の打撃は、文芸と云うことが、生死存亡の境に於ては、骨董書画などと同じように、無用の贅沢品であることを、マザマザと知ったことである。かねて、そうであることは、知っていたものの、それを、マザマザと見せられたのは、悲しいことだった」と書いた。

今度の震災では、人生に於て何が一番必要であるかと云うことが、今更ながら分かったとして、次のようなことを記している。

「生死の境に於ては、ただ寝食の外必要のものはない。食うことと寝ることとだ」「震後四五日、我々は食うことと寝ることの外は、何も考えなかった」「『パンのみにて生くるものに非ず』などは、無事の日の贅沢だ」

いかにも生活感あふれるリアリスト菊池寛らしい率直な発言だった。

関東大震災での文人の死者は意外と少ない。文学関係では菊池の京大時代の師で英文学者・厨川《くりやがわ》白村（小泉八雲の教え子）が鎌倉で津波により死亡したぐらいで、菊池も地震被害は少なかった。

だが菊池は揺れが収まった後、日本橋の身寄りを訪ねた帰途、周囲を火の手に囲まれ、危うく難を逃れている。菊池が、万世橋に出ようと思って進むと、黒煙が、濛々として掩いかかっている。「これは、駄目だと思って引返すと、三越の裏手が焼けている。北方は、神田が焼けている。ただ神田と、丸の内との煙の間に、わずかに青空が見える。私は、其処を目指して進んだ」と菊池寛は書いている。

神田橋と一ツ橋の間の河岸に出たが、道路が避難者と荷車とで、雑沓していて、二、三度動けなくなり、火の子が、頭の上に振りかかっていて、でも、辛うじて車の間をすりぬけて、一ツ橋を渡ったときに、初めて蘇生の思をしたという。「もう、二三十分遅ければ、私も煙に捲かれていたと思う。従って、私には焼死した人の場合がよく分る」「まだ大丈夫、まだ大丈夫と思っている裡に、煙に捲かれて死んだ人が沢山あるだろうと思う」「私も生死の境に一歩丈け踏み入れて居たと思う」と述べているのだ。

この年一月、菊池寛は雑誌「文藝春秋」を創刊したばかりだった。同誌九月号も震災で製本中に灰となってしまった。再刊された十一月号で「災後雑感」という「中央公論」に発表したものと同名の文章を書いているが、そこでも菊池は「人は、つきつめるとパンのみで生きるものだ。それ以外のものは、余裕であり贅沢である」と「中央公論」（十月号）の「災後雑感」に記したことと同様の内容を書いている。「ひどい現実の感情に充ちているときは、芸術を考える余裕はない。烈しい失恋に悶えているときは、ゲーテもシェイクスピアもない。烈しい忿怒の念に駆られている時は、ストリンドベルヒもドストエフスキイもない」「地震から来るいろいろな実感に打たれたものには、芸術的感興は容易に湧かないだろう。生々しい実感は、容易に芸術化をゆるさない。若し、当座に地震小説を書くものがあったら、ほんとに地震を体験していないものだ」などと述べているのだ。

「中央公論」に寄せた「災後雑感」では、震災で「文芸が衰えることは、間違ないだろう」と菊池は思っているし、書店は長く店を閉じ、「量に於ける文芸の黄金時代は去った」と思う。ならば、震災後にどんな文芸がやってくるのか。「娯楽本位の通俗的な文芸が流行するだろう。読者は、深刻な現実を逃れんとして娯楽本位的な文芸に走るだろうと思う。そんな意味でも、文芸の衰頽は来る」と、菊池は予想している。

▽無意識の芸術的衝動

さて、そんな菊池寛の親友といえば、芥川龍之介であるが、その芥川は震災と文学について、どう考えたのだろうか。

関東大震災の直後、菊池寛が生死存亡の境では、文芸は「無用の贅沢品である」と書いた雑誌「中央公論」（大正十二年十月号）の震災特集の言葉を受けて芥川龍之介が「妄問妄答」（「改造」同十一月号）という主人と客による問答形式の文を発表。客が菊池寛の意見を紹介して「我我は今度の大地震のように命も危いと云う場合は芸術も何もあったものじゃない。まず命あっての物種と尻端折りをするのに忙しいそうだ」と述べて後、「しかし実際そう云うものだろうか？」と問う。すると、主人は「現在頭に火がついているのに、この火焔をどう描写しようなどと考える豪傑はいまいからね」とまず同意する。

では「芸術的衝動はああ云う大変に出合ったが最後、全部なくなってしまうと云うのかね」と客が問う。今度は主人が「そりゃ全部はなくならないね」と答える。続けて遭難民の話には「思いの外芸術的なものも沢山ある」というのだ。「元来芸術的に表現される為にはまず一応芸術的に印象されていなければならない筈だろう。するとそう云う連中は知らず識らず芸術的に心を働かせて来た訳だね」とも加えている。

客が反語的に「しかしそう云う連中も頭に火でもついた日にゃ、やっぱり芸術的衝動を失うことになるだろうね？」と問うと、今度は主人が「さあ、そうとも限らないね。無意識の芸術的衝動だけは案外生死の瀬戸際にも最後の飛躍をするものだからね」と答えている。つまり結局、菊池寛の「人は、つきつめるとパンのみで生きるものだ」「ひどい現実の感情に充ちているときは、芸術を考える余裕はない」という考えとは、ずいぶん異なる意見を芥川龍之介は述べているのである。「菊池氏の説には信用出来ぬ部分もあるね」とまで芥川は述べている。

主人（芥川）は「芸術的衝動は無意識の裡にも我我を動かしている」「芸術は人生の底へ一面深い根を張っているんだ。——と云うよりも寧ろ人生は芸術の芽に満ちた苗床なんだ」とまで述べていて、菊池寛とは対極的な意見を表明しているのである。

では、その芥川が述べる「無意識の芸術的衝動」とはどんなことなのだろうか。

菊池が書いた「中央公論」にも、芥川は「大震雑記」を寄稿。それによると震災直前、八月にもかかわらず、藤、山吹、菖蒲の花が狂い咲きしているのを芥川は見て、以来人の顔さえ見れば、「天変地異が起こりそうだ」と予言していたようだ。でも誰も真に受けてくれない。震災が起きるまでは大いに嘲弄していた久米正雄も、〝予言通りに〟地震が発生したので、「あの時は義理にも反対したかったけれど、実際君の予言は中ったね」と言ったようだ。

その芥川によると、大地震がやっと静まった後、屋外に避難した人々が急に人懐かしさを感じ出したらしく、親しそうに話し合ったり、煙草や梨をすすめ合ったり、互いに子供の守りをしたりしていた。それが至る所に見受けられたという。芥川が住む田端のテニスクラブの芝生に避難した人なぞ「ピクニックに集まったのかと思う位、如何にも楽しそうに打ち解けていた」。

多くの人々の中に「いつにない親しさの湧いているのは兎に角美しい景色だった。僕は永久にあの記憶だけは大事にして置きたいと思っている」と記している。

その「大震雑記」の最後には、丸の内の焼け跡を芥川が歩いていると、近くの濠の中を三、四人もの人が泳いでいる風景が記されている。その景色を見ながら、芥川がさらに歩き続けていると、すると突然、濠の上から、思いもよらぬ歌声が起った。歌は「懐しのケンタッキイ」だった。水の上に頭ばかり出した少年が歌っているのだ。芥川は「妙な興奮を感じた」。「少年は無心に歌っているのであろう。けれども歌は一瞬の間にいつか僕を捉えていた否定の精神を打ち破った」と書いている。

大災害に遭遇すると人はつい否定的精神の虜となってしまう。でもその否定的精神を打ち破る力も人間にはあるのである。

「芸術は生活の過剰だそうである。成程そうも思われぬことはない。しかし人間を人間たらしめるものは常に生活の過剰である。僕等は人間たる尊厳の為に生活の過剰を作らなければならぬ。更に又巧みにその過剰を大いなる花束に仕上げねばならぬ。生活に過剰をあらしめるとは生活を豊富にすることである」と記していて、菊池寛とは、まったく対蹠的な考えを示している。その考えに続いて「僕は丸の内の焼け跡を通った。けれども僕の目に触れたのは猛火も亦焼き難い何ものかだった」という言葉で「大震雑記」を芥川は結んでいる。無意識の芸術衝動の力のことだろう。

▽「譃だよ、君」

この「大震雑記」には、菊池寛との問答形式の注目すべき対話がある。

それは関東大震災時の流言蜚語をめぐる対話だ。大地震などの際には流言蜚語の類いが飛び交う。東日本大震災の直後にも千葉県市原市のコスモ石油千葉製油所の火災で、「有害物質が飛散する」として外出などを控えるよう求める事実無根のチェーンメールが出回り、各方面に広がった。

関東大震災の時には「朝鮮人来襲」との流言が走り、罪のない数多くの朝鮮人が殺害されたのだが、この朝鮮人殺害に結びつく、流言をめぐる菊池寛との問答形式の文章が次のように書かれている。

「僕は善良なる市民である。しかし僕の所見によれば、菊池寛はこの資格に乏しい」と、その部分は書き出されていて、さらに「戒厳令の布かれた後、僕は巻煙草を啣えたまま、菊池と雑談を交換していた」という。戒厳令は関東大震災直後の暴動を防ぐため、京浜地区に布かれたのだが、その菊池との雑談で芥川が「僕は大火の原因は○○○○○○○○そうだと云った。すると菊池は眉を挙げながら、『譃《うそ》だよ、君』と一喝した。僕は勿論そう云われて見れば、『じゃ譃だろう』と云う外はなかった」と書いている。さらに「何でも○○○○はボルシェヴィッキの手先だそうだと云った。菊池は今度も眉を挙げると、『譃さ、君、そんなことは』と叱りつけた。僕は又『へええ、それも譃か』と忽ち自説（?）を撤回した」と書かれているのである。

この「○」の伏せ字は朝鮮人来襲のことだが、善良な市民はそういう陰謀の存在を信じるが「野蛮なる菊池寛は信じもしなければ信じる真似もしない」。だが自分は善良なる市民だと芥川は書いている。大正十三年刊行の随筆集『百艸《ひやくそう》』に芥川龍之介の関東大震災直後のこれらの文章はほとんど収録されているが、もちろん、昭和二年（一九二七年）の芥川の自死があるからだが、昭和十三年（一九三八年）刊行の新潮文庫版『百艸』を見ても「大震雑記」の○○○の部分は空白のままである。

その「大震雑記」で書かれた朝鮮人来襲のことは、非常に微妙な表現だが、これを芥川が流言を信じていて、現実認識が希薄だと見るのは、間違いのようだ。

芥川研究家の関口安義が『芥川龍之介とその時代』などで詳しく論じているが、ここで芥川は菊池をだしにして、とぼけながら朝鮮人による放火などの流言を否定。それはデマであることを伝えていることを指摘している。ただ、だしに使われた菊池寛の発言がまったく芥川の創造ということもないだろうから、朝鮮人来襲の流言やその陰謀の存在を信じもしなければ信じる真似もしない「野蛮なる菊池寛」もなかなかの人物である。

関東大震災とそれに続く大火で、東京は混乱の極みに達していて、流言が飛び交い、震災の翌日の九月二日には朝鮮人暴動のうわさが急速に広まり、各地で自警団が組織され始め、同日、警保局長名で「不逞鮮人取締」が通達されるなどして、流言と通達とが重なるようになって、自警団が半ば公的なものとして作られていった。憲兵大尉甘粕正彦の大杉栄・伊藤野枝虐殺もこのような中で起きていた。

一家の主か、その代理人が自警団員となり、町の要所を固めることになり、その自警団員を芥川も務めているので、「大震雑記」の言葉に対する従来の評価では、「朝鮮人暴動」を芥川が真に受けていたという見方も強かった。

しかし、いま読んでみれば、菊池寛の言葉を使って、繰り返し朝鮮人来襲を「謔《うそ》だ」と否定していると受け取ることもできる。

さらに、もう少しだけ詳しく紹介すれば、次のような言葉がこの項の終わりに置かれている。

「再び僕の所見によれば、善良なる市民と云うものはボルシェヴィッキと〇〇〇〇との陰謀の存在を信ずるものである。もし万一信じられぬ場合は、少くとも信じているらしい顔つきを装はねばならぬものである。けれども野蛮なる菊池寛は信じもしなければ信じる真似もしない。これは完全に善良なる市民の資格を放棄したと見るべきである。善良なる市民たると同時に勇敢なる自警団の一員たる僕は菊池の為に惜まざるを得ない」とあって、続いて「尤も善良なる市民になることは、――兎に角苦心を要するものである」との言葉で結ばれている。

陰謀の存在を「もし万一信じられぬ場合は、少くとも信じているらしい顔つきを装はねばならぬ」「尤も善良なる市民になることは、――兎に角苦心を要するものである」という言葉から伝わってくる意味は、関口安義が指摘するように、制限された言論活動の中で、朝鮮人来襲は流言であり、デマであることを、読者に伝えているのだろう。

▽「金将軍」

そのような芥川の深い歴史認識は、震災から間もない大正十三年一月に、朝鮮を舞台に小説「金将軍」を書いたことでも明らかだ。

文禄・慶長の役の際、秀吉の命で朝鮮に攻め込んだ小西行長や加藤清正に対して祖国朝鮮を救おうとした英雄・金応瑞が主人公。金将軍が行長の朝鮮人愛妓・桂月香と組んで、行長を殺害する話である。

ある夏、笠をかぶった僧が二人、朝鮮平安南道の田舎道を歩いていた。実は二人は日本から朝鮮を探りに来た加藤清正と小西行長。道端に農夫の子らしい童児が一人いて、円い石を枕にしたまま、すやすや寝ていた。清正が童児を見て「この小倅は異相をしている」と言って、枕の石を蹴はずしたが、頭を下に落とさず、石のあった空間を枕にして、静かに寝入っている。「この小倅は唯者ではない」と清正は、将来、倭国の禍になるものは芽生えのうちに斬り殺そうとするのだが、「この小倅に何が出来るもんか？　無益の殺生をするものではない」と行長に押しとどめられる。

それから、三十年後に小西行長、加藤清正は朝鮮に襲来した。京城も陥落、平壌も既に王土ではなく、宣祖王も逃げている。その朝鮮を救ったのが金応瑞だ。行長が平壌で桂月香を寵愛、ある冬の夜、小西行長が桂月香とその兄と酒盛りをしていたが、行長は眠り込んでしまう。酒には眠り薬が仕こんであったのだ。桂月香の兄とはあの唯者ではない小倅が長じた金応瑞だった。金応瑞は行長の首を青龍刀で打ち落としてしまうのである……。

もちろん行長は朝鮮では死なず、これは嘘の話だ。芥川も「これは朝鮮に伝えられる小西行長の最後である。行長は勿論征韓の役の陣中には命を落とさなかった」と記している。だが続けて「歴史を粉飾するのは必ずしも朝鮮ばかりでない」として、最後に『日本書紀』での朝鮮・白村江の日本敗戦の記述を芥川は記す。「日本の歴史教科書は一度もこう云う敗戦の記事を掲げたことはないではないか？」と、その時に書いているのだ。

また一緒に組んで行長の殺害に協力した桂月香が行長の子を宿しているのを知った金将軍は、桂月香を殺し、その腹の中の子供を引きずり出してしまう。武将の非情残忍な姿には、日本も朝鮮も変わりないこともちゃんと書いている。

紹介したように「この小倅は唯者ではない」と、のちの金応瑞を斬り殺そうとした清正を「無益の殺生をするものではない」と押しとどめたのは、行長である。

この関東大震災から間もないころに、自由で平等な歴史認識を示した芥川の「金将軍」に対して、韓国では高い評価があるという。

▽「鸚鵡」

もう一つ、芥川龍之介が関東大震災直後に書いた「鸚鵡」という小品がある。副題に「大震覚え書の一つ」とあり、震災翌月に雑誌発表された。覚え書ゆえか単行本未収録だが、深い印象を残す作品だ。「覚え書を覚え書のまま発表するのは時間の余裕に乏しい為である。或は又その外にも気持の余裕に乏しい為である。しかし覚え書のまま発表することに多少は意味のない訳でもない。大正十二年九月十四日記」という短い前文がついていて、震災直後に書き留めておいた作品のようだ。

芥川家は浄瑠璃の一中節を皆で習うほどの下町的な江戸趣味の家庭だったが、この「鸚鵡」の中心人物も東京・本所に住む一中節の六十三歳の師匠だ。彼は十七歳の孫娘と二人暮らし。震災後、家に火事が迫り、鸚鵡の籠だけを携えて孫娘と逃げる。

鸚鵡の名は五郎。五郎の芸は少なく、その一つは「ナアル」という言葉のまね。「ナアル」とは「成程」の略である。

途中で師匠は孫娘とはぐれてしまう。火事はひどく、火に面した方の顔が焼けるかと思うほどの熱さ。ようやく丸の内、日比谷に出るが孫娘が気になり、避難民の間を捜し回る。夜空は火事で真っ赤である。すると鸚鵡が突然「ナアル」と言うのだ。この場面、書かれていることは、悲惨であるわけだが、思わず笑ってしまう。

鸚鵡を持って逃げるというのも、印象的だが、その師匠によると、避難の途中、「カナリヤの籠を持ちし女を見る。待合の女将かと思はるる服装。『こちとらに似たものもあると思いました』という。その位の余裕はあるものと見ゆ」と書かれている。

「大震雑記」の中で「人間を人間たらしめるものは常に生活の過剰である。僕等は人間たる尊厳の為に生活の過剰を作らなければならぬ。更に又巧みにその過剰を大いなる花束に仕上げねばならぬ」と記した芥川らしい着目点が鸚鵡やカナリアなのであろう。

一中節の師匠は、翌日も孫娘を捜すが飢えと渇きが強い。そして晩は、鸚鵡の籠を枕べに置いて寝た。日比谷公園の池のアヒルが避難民に食べられるのを目撃したからだ。

次の日は谷中の寺を頼って行くが、いよいよ飢え渇きが甚だしい。だがようやく役所の者から玄米をもらい、生のままかみ砕いて食べる。思えば鸚鵡を携えて寺の世話にはなれない。残りの米を鸚鵡に食わせ、濠端から鸚鵡を放すという話だ。

震災五日目に芥川家へその師匠が来る。彼は「五郎を殺すのは厭」だが、死んだら「食おうと思いました」と語る。ここにも非常にリアルな手触りがある。

「自然は人間に冷淡なり」。震災翌月に雑誌発表された「大震に際せる感想」で芥川はそう記した。東京壊滅の火の中、自然の側にいる鸚鵡は冷淡に「ナアル」と言う。

だが芥川はその「冷淡なる自然の前に、アダム以来の人間を樹立せよ。否定的精神の奴隷となること勿れ」と書いた。危急存亡のときにも人間の自由な精神はある。鸚鵡と逃げ、米を与え、放すような精神の余裕はどこかにある。それが芸術の源なのだろう。「鸚鵡」はそんなことを感じさせる作品だ。

その文章の最後に附記がついていて「新宿の甥の家は焼けざりし由。孫娘は其処に避難し居りし由」とある。孫娘の無事の附記もほっとする。全体で三ページほどの短文にもかかわらず、芥川にとって、時間にも、心にも余裕に乏しい中で、これだけは書き留めて置きたいと思ったことが、覚え書として記されている。芥川にとって、自分の心が動いたことだけが記されていることの力と言ったらいいのか、確かに「覚え書のまま発表することに多少は意味のない訳でもない」という印象的な一文である。

なお芥川龍之介が震災の翌月に書いた「芭蕉雑記」にも鸚鵡が登場。杜甫の詩「秋興八首」に鸚鵡が稲粒をついばみ余すという意味の句があり、それを引用しながら芭蕉を論じている。「鸚鵡」の一中節の師匠が役所の者から玄米をもらい、生のままかみ砕いて食べる。残りの米を鸚鵡に食わせ、濠端から鸚鵡を放すという場面。師匠が残した米粒を食う鸚鵡と、稲粒をついばみ余す鸚鵡とに、もしかしたら関係があるのかもしれない。もし関係があるとすれば、「鸚鵡」という小品は単なる覚え書ではなくて、大いに小説的な要素を含んでいる作品であるだろう。

▽古文書の焼失

東日本大震災の際、三陸沿岸の図書館や文化財センターが津波に襲われ、貴重な古文書が水をかぶったりして、ニュースとなった。関東大震災の際には火災で貴重な書籍が灰になってしまった。その中で東京帝国大学図書館の火災は有名である。

鈴木三重吉「大震火災記」には、その震災で多くの建物が焼失したが、「中でも五十万冊の本をすっかり焼いた帝国大学図書館以下、いろいろの官署や個人が二つとない貴重な文書等をすっかり焼いたのなぞは何と言っても残念」と書かれている。

現在の東京大学「総合図書館の歴史と現在」というホームページ上の文書を見ても、関東大震災で「東京大学も甚大な被害を被りました。中でも、深刻だったのは図書館の全焼でした。旧幕時代から受け継ぎ、築きあげられた所蔵図書が、瞬時に灰燼に帰してしまいました。その中には、マックス・ミューラー文庫や『古今図書集成』など和漢洋の貴重な図書が数多く含まれていました」とある。

鈴木三重吉によると「大学図書館の本は、すっかり灰になるまで三日間も燃え」続けていた。鈴木は東大英文科卒。きっとその図書館で学んだ思いもあったのだろう。

もしかしたら、その鈴木の文は東大英文科の後輩で同様に漱石門下だった芥川龍之介が震災直後に書いた「古書の焼失を惜しむ」も意識にあったのかもしれない。震災後、すぐの大正十二年十月一日発行の雑誌「婦人公論」に掲載されたこの芥川の文章は、「短い感想ながら文化遺産への適格な提言である」と関口安義が『芥川龍之介とその時代』で記しているが、その指摘通り、現代でも十分価値ある芥川の「適格な提言」を含んだものである。

▽芥川龍之介の提言

「今度の地震で古美術品と古書との滅びたのは非常に残念に思う」と芥川は書き出しているのだが、民間施設に保存されていた蔵書もたくさん焼けたが、「個人の蔵書は兎も角も大学図書館の蔵書の焼かれたことは何んといっても大学の手落ちである」と述べている。

芥川はその焼失について、図書館の位置が火災原因になりやすい医科大学（医学部前身）の薬品のあるところと隣接していることがよくなかったことを指摘。さらに、「休日などには図書館に小使位しか居ないのも宜しくない」と書いている。なぜなら、「その為に今度のような火災にもどういう本が貴重かがわからず、従って貴重な本を出すことも出来なかったらしい」ということを書き残しているのだ。

そして「もっと突き詰めたことをいえば、大学が古書を高閣に束ねるばかりで古書の覆刻を盛んにしなかったのも宜敷くない」と指摘。「徒らに材料を他に示すことを惜んで竟《つい》にその材料を烏有に帰せしめた学者の罪は鼓を鳴らして攻むべきである」とまで述べている。芥川の指摘は深い怒りを持って、書かれているが、しかし感情論に流れたものではなく、ただ慨嘆するものでもない。「古書を高閣に束ねるばかりで古書の覆刻を盛んにしなかった」というのは、現代にも価値ある貴重な指摘ではないだろうか。

古美術品同様、古文書にもオリジナル信仰が強くあると思うし、オリジナルな文献が貴重であることはその通りかもしれないが、だが古文書が復刻されて、各場所に分散していれば、その古文書を通しての文化は伝わっていくものである。また古文書というものの多くが、写本によって、我々にその姿と内容が伝わっているのも事実であろう。

災害から貴重な文書を守る手だてを普段から考えておく大切さ。復刻出版やデジタルデータでの保存と公開など、考えられることはたくさんある。貴重な文献であればあるほど、いろいろな形でコピーを残しておくべきで、そのことを震災直後に指摘した芥川の考えは現在も傾聴に値する。

▽渋沢栄一の懺悔と

実業家・渋沢栄一は大震災は「天のとがめである」という天譴論を震災時に述べた人物であることは、前にも紹介した。その天譴論を菊池寛とともに批判したのが芥川だが、その渋沢も、火災で大切な書物を焼いてしまった一人である。

渋沢は地震発生で慌てて兜町の事務所から飛び出し、自分が関係する第一銀行に避難。事務所が火災になることは考えもしなかった。翌日立ち寄ると事務所は焼けていて、徳川慶喜の伝記を編纂するために集めていたたくさんの資料が灰燼に帰してしまったのだ。そんな「大切な書類を焼いて了《しま》った懺悔話」を講話「社会公共の利福を念とせよ」の中で述べている。

渋沢は青年のころ、一橋家に三年ほど奉公したことがあり、「慶喜公があの当時の難局に立たれて、国家の為に一方ならぬ苦心をなされて、遂に慶応三年の大政を奉還さるるに至りました。其間の事情について私も聊か承知して居ることもありますし、何とかしてこれを後世にも伝えて、慶喜公の心事を明かに致したいという存念からこの事業に着手致しましたので御座います」と渋沢は話している。

「慶喜公が居られなかったなら、当時の政変は、到底混乱の世となるであったろうということを深く推察致しまして、その当時の事情と公の心事とを、他日世人に広く了解させたいという希望から、公の伝記編纂を思い立った」のだという渋沢は、加えて「しかし乍《なが》ら公の良い方ばかりでも、或いは身贔屓になりまする虞《おそれ》がありまして、その反対の方面の資料をも出来るだけ多く集めて居たのであります」と語っている。

その資料を自分の家の「家宝と致しまして、兜町の事務所に蔵《しま》っておいたのでありまするが、それを私の不注意から全部焼いて了《しま》いましたので、何共《なんとも》面目次第もないのであります。これは実に私の一生涯の大失策であると、今に自責の念を禁じ得ぬのである」と語っている。

▽地中に埋めた東洋生命

渋沢が、この「大切な書類を焼いて了った懺悔話」をしたのは、関東大震災の翌年の大正十三年（一九二四年）の東洋生命・支店長会議の席上である。

東洋生命は渋沢栄一が経営に関わっていた保険会社だが、その東洋生命で、この話をしたのには、こんな事情があった。

東洋生命では、関東大震災の混乱の中、重要書類を残らず運び出し、中には土中に埋めてまで火災から書類を守っていた。その経営陣、社員に対して、渋沢は感服していて、「若《も》し木村君（東洋生命専務＝引用者注）と私が入れ替って居《お》ったならば、あの大切な資料を焼かずに済んだであろうにとつくづく後悔しているのであります」と述べている。

渋沢栄一が関係した会社は数百に上り、明治期の日本資本主義の発展に貢献した財界の指導者で、日本経済近代化の最大の功績者の一人である。

関東大震災の時の「天譴論」によっても、知られているが、しかし関東大震災後の復興のためには、大震災善後会副会長となり寄付金集めなどに奔走、大活躍をしている。またその一生を、福祉事業に尽くした人としても知られる。明治維新のために、東京はホームレス化した人たち、子供たち、老人、病気の人、障害者たちで溢れていたが、それらの生活困窮者の保護施設として設立された養育院の責任者に明治九年(一八七六年)に就いて以来、九十一歳で亡くなるまで、約六十年間も事務長、院長を務め続けたことでも知られている。

その死に際して、短歌雑誌「アララギ」には「資本主義を罪悪視する我なれど君が一代《ひとよ》は尊くおもほゆ」という歌が掲載されたという。幸田露伴も『渋沢栄一伝』の最後、その慈善事業への渋沢栄一の情熱を記している。

外国で知った関東大震災　斎藤茂吉

東日本大震災の惨状はテレビの同時映像やネットの情報で、瞬く間に世界中に伝わっていった。だが、東日本大震災から、八十八年前に起きた関東大震災の時、海外にいた日本人はこの地震をどのように知っていったのだろうか。

東日本大震災が起きた二〇一一年の秋に亡くなった北杜夫の『楡家の人びと』に楡脳病院の二代目院長となる徹吉がドイツ留学中に知った関東大震災のことが記されている。北は歌人・斎藤茂吉の次男。徹吉とは茂吉のことだ。北の『楡家の人びと』や斎藤茂吉についての評伝四部作のうちの『壮年茂吉』、茂吉が書いた「日本大地震」から、それを紹介してみよう。

留学生と言っても斎藤茂吉の場合は中年の留学生である。留学前には長崎医専の教授を務めていたこともある。

「長崎は石だたみ道ヴエネチアの古《ふ》りし小路《こうぢ》のごとごとこそ聞け」。

そんな歌にもあるように、異国情緒豊かな長崎での茂吉は、やがて留学するつもりのドイツ、ヨーロッパのことなどを思っていたようだ。そして大正八年（一九一九年）五月、その茂吉を長崎旅行中の芥川龍之介と菊池寛の二人がたずねてくる。当時、茂吉は長崎県立長崎病院に勤務中。芥川龍之介、菊池寛と茂吉は、それが初対面である。少しだけ、その日のことなどを記してから、茂吉の留学と関東大震災のことを紹介しよう。

▽看護婦たちも盗見した芥川、菊池

「私が長崎に行っていた時である。或る日の昼過ぎに県立病院の精神科部長室にぼんやりしていると、そこに芥川龍之介さんと菊池寛さんのお二人がたずねて来られた。これは私にも非常におもいもうけぬ事で、お二人とも文壇の新進としてもはや誰知らぬ者も無いという程であったから、私の助手や看護婦なんかが、物めずらしそうにお二人を盗見したり、私もあわてて紅茶か何かを持ってくることを看護婦に命じたりしたことを今も想起することが出来る」

「芥川氏」という、この茂吉の言葉は昭和三年一月一日発行の「改造社文學月報」(現代日本文學全集附録)に載ったもの。「助手や看護婦なんかが、物めずらしそうにお二人を盗見したり」していたという言葉から、芥川・菊池の人気ぶりがよくわかる。

芥川は、この初対面以前から、茂吉の『赤光』を愛読していたが、この対面後、芥川は茂吉を終生慕うようになる。茂吉のほうが十歳年長だが、両者の交友は続き、芥川の作品にも茂吉のことと思われる人物や東京・青山の茂吉の病院のことが登場しているし、手紙のやりとりも頻繁となり、芥川は自分の病気の相談なども茂吉にしきりにしている。

そして茂吉は大正十年(一九二一年)三月に長崎を去り、同年十月二十七日東京を離れ、横浜から日本郵船熱田丸に乗って、待望の留学の旅に出た。時に茂吉三十九歳だった。

▽ミュンヘンの夕刊

それから二年後の大正十二年九月一日に発生した関東大震災のことを茂吉が知ったのは九月三日、その時、茂吉はミュンヘンにいた。

茂吉の書いたものと『楡家の人びと』には少しの異同があるが、『楡家の人びと』によると、徹吉（茂吉）が日暮れに行きつけの食堂でビールを飲んでいると夕刊売りが来た。新聞二種類を買うと「日本大震災」のことが出ていた。「東京横浜の住民は十万人死んだ」「富士山の頂が飛び、大島は海中に没した」……。

さらに翌朝刊では「東京はすでに戒厳令が布かれ戦時状態にはいった。横浜の住民二十万は住む家もなく食もない」とある。また「日本の地震はミュンヘンの地震計に感応し、朝の四時十一分に始まり五時少し前にもっとも強く感応した」そうである。

九月五日の新聞になると「死者は五十万」と記されていた。「日本の大小の休火山はふたたび活動を始め、東京、横浜、熱海、御殿場、箱根は滅亡してしまった。政府は一部大阪一部京都に移転した。東京は今なお火焰の海の中にあり、電報電信の途はまったく杜絶している」と書かれている。

北杜夫『楡家の人びと』には「こうした真相の定かではない報道を異国で読む心理はまた別物である。一行のこまかい活字が、その何層倍もの不吉な予感を育み成長させた。徹吉はほとんど家族のことを諦めかけた」とある。

茂吉自身の「日本大地震」によると、茂吉は夜眠れず、夢をよく見た。夢の中では妻のような恰好をし、妻か誰か分からぬ一人の女と、一人の童子とが畳の上に座っていて、向こうを向いていて、いくら呼んでも向こうを向いたままだった。ある夜、ビールに酔って帰宅して寝ると「もうもうと火焰が靡《なび》いて居る」夢も見た。「東京の家族も友人も皆駄目だ」と茂吉は観念した。

だが十日ごろ、友人のNの元に「ヂシンヒドイブジ」という電報が来る。そして十三日の夕方には、茂吉のところにベルリンの友人Mから「Your family friends safe」という電報が届いたのだ。

この電報は、歌人の中村憲吉が神戸から打電。ベルリンの大使館に届いたこれを、毎日情報を聞きに行っていた人が多くの電報の中から見つけてくれて、Mに連絡、それがミュンヘンの茂吉に送られたのだ。

沈んでいた茂吉の心がいっぺんに晴れる。翌朝食後、買い物に出かけ、靴墨、せっけん、靴下などを購入している。

そして茂吉が日本の新聞を読むのは翌月も半ばになってからだった。

「十月十四日にはじめて大阪毎日新聞九月三日の号外を手に入れ皆頭を集めて読んだ、『東京全市焦土と化す』という大きな見出しがあり、碓氷峠から東京の空が赤く焦げているのが見える」とも書いてあった。

二十一日は大阪朝日新聞を借りて読む。その三面には「佐渡まで帰ろうとしてようやく長野市の停車場まで落延びて来たひとりの女を見るに、自分の髪の毛が全く焼け焦げ背には焼死んだ子を一人負っているという」記事もあった。

▽反語がない露伴の面目

十二月十三日になって、「大正大震災大火災」という雑誌を借り、真に身ぶるいするような大地震の有様を読む。「その中に幸田露伴翁の談話があったが、私はその中の一二節をば手帳に書取った」と茂吉は記している。

「そこで一言を人々に贈ろうと思う。おもえば言葉は甲斐無いものである。千百の言葉は一団の飯にも及ばず、娓々《びび》の言は滴々《てきてき》の水にも如かぬ場合である。けれども今の自分の此の言葉は言葉とのみではない。直ちに是自分の心である」「そこで仮令《たとい》美酒蘭燈の間にいて歌舞歓楽に一時の自分を慰めていても、何処かにこれを是認せぬものがある。つまり心が一つでなくて、二つになっている。人というものは二気あれば即ち病む、という古い支那の諺にある通り（中略）宜しく胆を張り気を壮んにし、飲食を適宜にし、運動を怠らずして、無所畏心《むしょいしん》に安住すべきである」「宗教上の信仰を有する人は、かかる時こそ宗教の加護を受くべきである」「無神無仏の徒は既に神を無みし仏を無みするだけの偉いものであるから、夢にも恐怖心などに囚われてはならぬ」

茂吉が書き留めた幸田露伴の言葉は以上のようなことなどである。「無所畏」とは、あらゆる障害や苦しみを畏れないこと。「私は実に久しぶりで翁の言に接したのである。そして独逸語で頭を痛めているときに、是等の言葉はすらすらと私の心に這入って来た、のみならず翁の持つ一つの語気が少年以来の私に或る親しみを持たせるのであった」と茂吉は書いている。それは「無神無仏の徒は既に神を無みし仏を無みするだけの偉いものであるから、夢にも恐怖心などに囚われてはならぬ」などの「幸田露伴翁の言葉には、少しもそこに反語がないところに露伴の面目がある」と茂吉は述べている。

確かに情報が伝わるスピードは時代で異なる。だが家族友人を心配し、その無事に安堵する人の心に変化はない。それを通して、自分の心のほんとうの在り処に、気づくこともまた変わりがない。

その斎藤茂吉ら斎藤家のことを描いた北杜夫『楡家の人びと』は「この小説の出現によって、日本文学は真に市民的な作品」をはじめて持ったと、三島由紀夫が絶賛した作品だ。

その『楡家の人びと』に出てくる楡脳病院の二代目院長・徹吉は茂吉をモデルしているが、徹吉の文学者の面は削られている。北が敬愛するトーマス・マンの『ブッデンブロオク家の人びと』と同様に、ある家族の没落史なので初代院長基一郎より徹吉が偉大であってはいけなかったのだ。

だが、歌人でもある斎藤茂吉がドイツのミュンヘン留学中に知った関東大震災のことを歌った短歌は、もちろん残っている。

▽茂吉夫婦に思わぬ暗い影

「大地震《おおない》の焰《ほのお》に燃ゆるありさまを日々にをののきせむ術《すべ》なしも」「わが親《おや》も妻子《めこ》も友らも過ぎにしと心におもへ涙もいでず」。家族、安否不明の暗澹たる気持ちを歌ったものだが、紹介したように結果的に茂吉一家は全員無事だった。だがこの後、震災は茂吉夫婦に思わぬ暗い影を落とすことになった。

当時茂吉は四十一歳の年配留学生。東京に残してきた妻の輝子は、茂吉が養子に入った斎藤家のお嬢さん。二十三歳の茂吉が婿養子になり、輝子と形だけの夫婦となったとき、彼女はまだ九歳だった。

その輝子は男勝りの好奇心が強い性格で、夫を迎えることを口実に大正十二年に渡欧を計画したが、関東大震災の影響で実現しなかった。翌年、反対を押し切り輝子は渡欧。七月二十三日にパリで茂吉と再会。その翌年夫婦で帰国し、二月二十三日に輝子は長女を出産した。だが夫婦再会から出産まで七カ月なのだ。

これゆえに輝子が浮気をして妊娠し、それを糊塗するため急ぎ渡欧したという説まで生まれた。

さらに昭和八年には輝子とダンス教師との仲が新聞に載る「ダンスホール事件」が起き、茂吉夫婦はついに別居状態となる。茂吉はますます自分の創作と勉強の世界にこもっていった。果たして大震災がなく輝子が大正十二年に渡欧していれば、茂吉夫婦はこんな事態に至らなかったのだろうか。

『壮年茂吉』にも、北杜夫の姉にあたる長女・百子の出生にまつわることが出てくる。「断言はできぬが、百子が茂吉の子でない可能性のほうが高い」と北杜夫は記しているが、同書の〔追記〕では「私はやはり百子は茂吉の子であったと思う」「これは血のささやきによる直感である」と加えている。

だから、事実は分からないとするべきなのだろう。

　そして、別居状態は続いたが、だがそれでも茂吉夫婦は別れなかった。そして北杜夫の長女、斎藤由香『猛女とよばれた淑女』によると、最晩年の茂吉が衰えて寝たきりになると、あんなに仲の悪かった輝子が献身的に介護したという。夫婦とはまことに不思議なものだ。

田山花袋の『東京震災記』『百夜』

自然主義文学の代表的な作家である田山花袋は、地震と縁の深い人であると言ってもいいだろう。ルポルタージュにも多くの仕事を残した田山花袋に『東京震災記』という関東大震災を描いた本がある。東日本大震災の際に、復刊されたりもしたので、書店で見た人も多いのではないかと思う。そして花袋の実兄の実（本名・実弥登《みやと》）という人が、日本の古代から近世までの地震史料を編年体でまとめた大著『大日本地震史料』の編集者なのだ。

田山家は上州館林の下級藩士の家だが、維新後は父親が警視庁巡査となり、東京で暮らしてもいた。しかし父親が西南戦争に警視庁別働隊として参加して戦死したため、一家は帰郷した。

明治十四年（一八八一年）、花袋が満九歳十カ月の時に東京・京橋の本屋の小僧となって、再び上京してから、ほぼ三十年の東京の街の変遷と文学交流を描いた『東京の三十年』という自伝風、明治文壇史がある。花袋は田山家の次男だが、長男の実は、明治十三年に上京していて、本郷の包荒義塾で漢学を学んでいた。幼い花袋は「本を負《せお》って得意先を廻った」が、その途中だろうか、兄が学ぶ義塾の建物に歩み寄る場面が『東京の三十年』の冒頭近くにある。

「湧くように聞こえる読書の声！」「私はなつかしくなって、小さな姿をその窓に寄せた。其処には修業に出ている兄がいるのである。しかし一面には、こういう小僧姿の弟を他人に見られる兄を気の毒がって、私は公然兄を訪れて行こうとはしなかった。無邪気な憐れな小さな気兼よ」と花袋は記している。

▽田山実『大日本地震史料』

その後、花袋は奉公先から暇を出されて、また帰郷。長男の実が「一家の運命を双肩に担って、寝る目も寝ずに勉強」に励み、修史局（後の東京大学史料編纂所）の書記として勤務することで、再び一家が上京するなどの苦しみがあった。

その延長線上に田山実の『大日本地震史料』が編纂されるのだ。それは田山実が、その多くを自分の足で史料を集めて、『日本書紀』に記された日本最古の歴史地震である允恭五年（四一六年？）の「允恭《いんぎょう》地震《じしん》」から、慶応元年までの、各地震を年代順に書き残した『大日本地震史料』は、歴史に記録された地震の基本史料だが、その業績に比して、田山実の名前は著名ではない。

だが、花袋の『東京震災記』の終盤には、花袋が東大の地震学教室にしばしば兄について行っていたことが書かれている。田山実は明治四十年、肺結核で亡くなっているが、「その時分、私の亡兄はそこから嘱托されて、地震史を調べていたからであった。何でも亡兄は一番先に関谷博士に頼まれたらしかった。一、二年は関谷博士の許にその調べた地震史料を持って行ったらしかった」と花袋は記している。

関谷博士とは日本の近代地震学研究の端緒を切りひらいた関谷清景博士のこと。「私は今でも亡兄がその関谷博士について話したことをはっきりと記憶してした。『えらい人でね。肺病で、もう一、二年の内には死ぬことはちゃんとわかっているんだが、どうかして折角研究した地震学だけはあとに伝えたいッって言ってね。そのために奥さんも何も持たずに、そのことばかり研究している人だがね。それが今度Oさんがそのあとをやることになったので、大変喜んでね。涙を流して喜んでいたよ。あんなに学問に忠実な人は私は見たことはない。地震学より他には何の欲望もないッていう人なんだからね——』こう亡兄が言ったことを私は今でも記憶していた」とも花袋は加えている。

間もなく亡くなった関谷博士のあとをついで、地震学教室の主任教授になったOさんとは大森房吉博士のことである。そのO博士についても、花袋の兄・実は「好い人だと言った。どうしても学問を本当にする人は違うとも言った。『お前、一度逢って置いて見ろ、ちっとも気なんか置ける人ではない。まるで学生だよ。理科の学生と少しも違いやしないよ』」と話していたようだ。

▽イタリイあたりで大きな地震が

ある時、花袋が兄に連れられて、東大の地震学教室に行くと、ちょうど「地震計に地震が感じられていて、そこにいた助手が、『今、かなりに大きな地震がありますよ。何でもイタリイあたりですよ。そうですね。近頃ちょっとめずらしい地震ですな』などと言った」ことも花袋は『東京震災記』の中で思い出している。その助手は「誰れであったか、今のI博士ではなかったか」と、書いている。I博士であれば、それは今村明恒博士のことである。

関東大震災時には、地震学界の第一人者は大森房吉。今村明恒は大森の下で助教授を務めていた。吉村昭が菊池寛賞を受けた『関東大震災』（一九七七年）は、関東大震災をめぐる今村説と大森説の対立から書き起こされていて、その最終章も今村、大森の話で終わっている。吉村昭の『関東大震災』によれば、大森房吉は大森式地震計といわれる地震計の発明や地震帯の発見、余震の研究などの業績でノーベル賞候補にもあげられる話が伝えられるほどの地震学研究の最高権威であると同時に世界地震学界の第一人者でもあった。

しかし、関東大震災の発生時にオーストラリアに出張中だった。大震災を知って急遽帰国するが体調を崩していて、帰国後もままならず、そのまま東京帝大附属病院に入院したまま十一月八日に亡くなっている。

その死についての思いも『東京震災記』の中で、田山花袋は詳しく記しているが、大森、今村との間にあった対立、葛藤、その大逆転、そして大森の死などについては、吉村昭『関東大震災』を紹介するところで、また記すことにしたいと思う。

ともかく田山花袋が『東京震災記』を書いた動機の一つに、「一家の運命を双肩に担って、寝る目も寝ずに勉強」に励んで、花袋の再々上京を実現させた長兄・実への思いもあったのではないかと、私は思う。

「亡兄は籍を大学の史料編纂に置いていたので、その嘱托されて編んだ地震史料は、かなり大部なものであり、またかなりに広く捜し深く考えたものであるらしかった。その時分でも亡兄は関谷博士やO博士にかぶれて、頻りに地震通を振り廻していた。『見ていろ、今に東京は全滅する、何しろ、大きな地震のあとには、火事があるに相違ないのに、今の水道にはちっともその用意がしてない。地震のために忽ちに破壊されて役に立たなくなってしまうに相違ない。考えて見ると、我々は爆発しないから好いと言って火山の上に坐っているようなものだ！』こんなことを頻りに言っていた。日本の木造建築が割合に地震に強いのは、地震国の経験からひとり手につくり出されて来た結果に相違ないなどとも言っていた。しかし、その時分二十五、六であった私は、そんなことに別に深く興味を惹こうとはしなかった。安政の大地震の時のことを詳しく亡兄が話して聞かせて呉れたりしても、フム、フム言って聞いていているばかりであった」

▽滝津瀬のような水

そのように、花袋は兄・実のことや地震学教室のことについて書いている。そのことの紹介はここまでにするとして、『東京震災記』の中で印象に残る場面を記してみたい。

まず被服廠跡の死屍《しがい》のことなどが記されている場面。被服廠跡では推定約三万八千人が死んだといわれる関東大震災の災害を象徴する悲劇だ。花袋は「日露戦争に行って、死屍は沢山に見て知っているので、それほど無気味にも思わなかったけれども、それでもその醜悪な状態と腐りかけた息気とには辟易した。私は鼻を掩うようにして通った」と記しているのだが、そうやって進むうちに、「まア、あんなものをわざわざ見て行かなくっても好いだろうに……」という女の声がしたので、ひょいと顔を上げて見た。

「私はびっくりした。そこには黒焦げになった人間の頭顱《とうろ》が、まるで炭団《たどん》でも積み重ねたかのように際限なく重り合っているではないか。『あ、これだな！　これが被服廠だな！』突差の間にも私はこう思った」と花袋は書いている。

でも花袋はその様を「どうしてもそれを見ることが出来なかった。正面に見ることが出来なかった」と述べているし、被服廠跡の悲惨な光景を自分にたずねるものがあったとしても、「私は『よく見なかった』とか『よく見るに忍びなかった』とか言うより他に為方《せんかた》なかった。私はその炭団の山をちらと見ただけで、そのまま急いでその傍を通ってしまった」という。

さらに隅田川沿いの光景について、知人にこう語っている。

「何しろ、君、川に添って舟が五隻も六隻もあるが、その舟が皆な焼けて、半分以上やけて、その舳《へさき》のあたりに、手を挙げて救助を求めるような恰好をして、仰向けになって黒く焦げて死んでいる死屍が五つも六つもあったではないか。それを見ただけでも、その時の火のいかに強かったか、いかに絶望的であったかを知ることが出来るよ、君」。さらに本の冒頭部には「火に追われた人達が岸頭の舟にすらその安全な避難所を求めることが出来ずに、止むなく水に赴いたさまを眼の前に浮べることが出来た」とあるし、「そこらの人達は八、九時間も長い間を水に浸って、辛うじてその死を免れたというではないか」ともある。

「火」と「水」。通読すると、災害の「火」に対する、この「水」の力が、同書の中に置かれているのではないかと思われてくるのである。

例えば、こんな場面がある。

花袋は九段坂上から東京を一望して「一面に焼野原で、目の及ぶ限り殆《ほと》ど灰燼《かいじん》になっていないところのないのを見た」。だがさらに歩いていくと、焼けて原になったのではなく、元から原になっていたところであると思われる場所に、一つの撒水井《さんすい》があり、その丸るく曲った口から、綺麗な水が滝津《たきつ》瀬《せ》のように乱れ落ちているのを発見して、そこで一つの欠け茶碗を拾って、それに水を満して、二杯三杯とつづけさまに飲む。「それにしても何という旨さであったろう。また何という冷めたさであったろう。私はその水が渇ききった私の咽喉にぐびぐび沁みるように通って行ったのを今でもはっきりと思い出すことが出来た」と思う。

その水の旨さに動かされ、一編の詩を書く。

焼け残った撒水井から、／滝津瀬のように落ちる清水、／お前は、／時の間に潰れて、／やけた、／都会の『廃墟』の中から、／尽きずに流れ出して来る／新しい生命ではないか。
お前の周囲には、／焼けて、／生死の巷から、／のがれて来た人達が、／または、／あらゆるものを失ってしまった人達が、／命でも拾ったように、／皆その管に口を当てているではないか。

地震を、火を、／または／人の叫んで遁《に》げ廻わる中を、／びくともせずに、／よくもこうして流れ出しているお前、／それは、／『廃墟』の中から芽を出した／新しい恋と新しい心そのままではないか。

花袋は別な撒水井から流れる美しい水が滝津瀬のように流れ落ち、それに、午前の日影がキラキラと映るさまを描いているし、宮城の濠《ほり》に澄んだ水が静かにたたえられ、水鳥が五羽も六羽ものんきそうに泳いでいるのを見て「私はほっと呼吸《いき》がつかれたような気がした」とも記している。

そして上野の不忍池の横を通ると、紅白のハスの花が緑葉の中に咲いていて思わず池の畔《たもと》に引き寄せられてしまう。「そうしたすさまじい災害があったために」「一層その花が、その色彩が、際立って美しく見られる」と花袋は記した。じっと花を見ていると、目に涙がにじみ出してくるのだ。

花袋は「廃都」好きで、奈良や平泉によく出かけたようだ。「そして昔の人の栄えた跡に麦だの草だのの生えているのを見て深い深い感慨に打たれた」という。

人の災害死も自然死も皆「廃墟」の一種だが、それは「大きな自然のリズムではないか」というのが花袋の震災体験考。

だがその「『廃墟』の中から更《さら》に新しい芽が萌《も》え出すのである。新しい恋が生れて来るのである。新しい心が目ざめて来るのである」と書いている。

われわれは大きな自然のリズムの中にあることへの理解。それが再生への出発点。花袋にとって水は、その新しき生命の源なのだろう。

▽夜十一過ぎまで水の中に

大災害に遭遇して、恋する人の安否を心配する。そして、その無事を知って深く安堵《あんど》する。その時、人は自らの本当の心の姿を知るものである。田山花袋、最晩年の『百夜《ももよ》』はまさにそのような小説だ。大正十二年（一九二三年）九月一日発生の関東大震災は未曾有の災害だが、それを正面から受け止めた長編小説は意外と少ない。

『百夜』はその例外的な長編。同作は、「震災」という言葉が作中に四十回も出てくるような小説である。花袋には二十年来の愛人である芸者飯田代子《よね》がいた。『百夜』は代子がモデルの「お銀」と「島田」（花袋）との、震災から一年数カ月間の愛の形を描いている。

花袋の『東京震災記』によると、震災時に田山家では壁が落ちたりはしたが家族は無事だった。だが火災の激しい本所にいる代子の安否は不明のまま。九月五日に花袋は「万事を放擲《ほうてき》して」出かける。焼跡を真直に行く方が近いと思うが、「何にしてもあのほこりがひどいので、風でも立ったりすると、とても眼を明いて歩いてはいられないので、出来るだけ山の手を歩いて、本郷台から浅草の方へと出て行こう」と決心する。

でも新宿の停車場の側を通ると、一杯ではあるが、無蓋荷車に避難民を乗せて省線が動いている。具合がよく行けば、乗れるかもしれないと思ったので、雑沓を分けて一度プラットホームまで下りて行ってみるが、とても乗れるような状態ではない。もし「大騒ぎをして辛うじて乗ったところで、日暮里まで行くのにすら半日かかるか一日かかるかわからないという状態」なので、思い切って、雑沓をわけて、再びもとの通りに出たりしている。

さまざまな橋が、「昨日は通れたが、今日はどう」かわからないという状態。渡れる橋の向こう、目指す町がすっかり焼野原になっているのがはっきりと見えだしてくる。胸が夥しく躍り、「生か？　死か？　その死屍を私は眼の前に見なければならないのか？」と思う。その時、ふと代子の妹がその近くに住んでいたことを思い起こして、その家に向かうと、「一同無事」という書き置きを認めて、ほっとするのだが、訪ねた代子の家は全くの焼け跡だった。

「東京としての大きな『廃墟』もさることながら、私はその中に更に小さな私の『廃墟』を見たような気がした」と花袋は書いている。そこを舞台に多くの小説を書いてきたからだった。

だが知人の家にいた代子と再会。「まア、先生……」と言った彼女の目からは涙が流れる。聞いてみれば、代子は火に囲まれ、夜十一時すぎまで水の中につかって助かったという。『百夜』は、そんな二人の愛の物語である。

でも男には家庭があり、子への配慮もある。文壇でのピークを過ぎていて、自らの死への予感も忍び寄る。女の側にも経済的に男を頼る打算もあるし、彼女に別な愛人がいたこともあった……。

そんな二人に静寂な時が訪れる。それはすべてがマイナスだらけの危うい均衡の中でようやく得た恋の瞬間である。それらのことを尾形明子が『田山花袋というカオス』で詳しく論じている。

『蒲団』で描かれたように、「貧しく暗い家庭からの脱出を美少女への憧憬と旅に託した花袋にとって、結婚し家庭を作るということのイメージは、ついに成熟し得なかった」。家からの脱出を今度は飯田代子に求めるが、芸者である代子はあくまで非日常の存在でなくてはならなかった。男のエゴイズムと言ってもいい設定にもかかわらず、尾形も言うように「不思議な魅力を持つ」「確かな手応えと存在感」のある花袋の文学なのだ。

『百夜』には「震災」と並んで「静か」という言葉が頻出している。「静かな一夜」「静かな融合」など六十カ所近くも登場するのである。

全てが破壊された震災にも壊れずに残った二人の恋。「マイナスだらけの要因のあやうい均衡の中でのみ、ようやくに得た瞬間だった。それは瞬間だったからこそ、美しい幻影《イリュージョン》として残る。わずかな時の流れにも風の揺らぎにも崩れてしまいそうなその幻影を、確かに現実であったと自分自身に言い聞かせるために、花袋は『百夜』を書いたのだった」と尾形は述べている。

▽この世を辞していくとなると

その静かな一瞬を永遠の時へと書きあげた『百夜』。この実現に花袋の震災体験が生かされているのだが、同作完結の三年後、花袋は喉頭癌のため五十八歳で亡くなってしまう。もうその時には、田山花袋は人気作家としての盛りは過ぎていて、『百夜』はなかなか本にならない。自然主義文学の僚友島崎藤村の尽力で、藤村が次男鶏二に装丁させて、中央公論社から『百夜』がようやく出版されたのは、花袋の死の五年後、「福岡毎日新聞」に連載されてから七年後だった。

藤村はその『百夜』の「序のことば」の中で『百夜』について「昔、深草の少将は小野小町のもとへ九十九夜も通って凍死したと言い伝えらるるが、これは優に百夜を突過している。題目すでにユウモアがある。前田晁君がこの作品を評して、『実に静かに落ちついた男女の心理を捉えて、優に作者が到達した老境の心理を髣髴とさせている。』と言われたのはわたしも同感だ」と述べている。さらに「その静かな落ちつきの底に、名状しがたい嵐を感じさせないでもない」と加えている。

その藤村が花袋の死の二日前、永別となった見舞いに訪れる。その時、藤村、花袋はこんな会話をしたという。

「この世を辞して行くとなると、どんな気がするかね」と藤村が問うと、「何しろ人が死に直面した場合には、だれも知らない暗い所へ行くのだから、なかなか単純な気持ちのものじゃない」と花袋は答えたという。自然主義文学の盟友同士らしい、何ともすごい最後の会話である。

島崎藤村と関東大震災

東日本大震災の時、携帯電話やメールがなかなか通じず、もどかしかった。それより八十八年前の関東大震災の時は、手紙による連絡なので、さらにもどかしかったようだ。だが手紙には電話やメールにない力がある。それは心情の力というようなものだろう。

その手紙の形式を使い、関東大震災直後の社会を描いた「子に送る手紙」という島崎藤村の作品がある。木曾馬籠に帰農した長男楠雄が、東京にいる父・藤村一家を心配して上京するのを思いとどまらせるために書いたという作品。

「驚くべき震災と火災と、その後の出来事に就いて」「お前に宛てて書こう」。そんな作品だが、強い印象を残すのは震災直後の流言と、そのデマから起きた日本人による朝鮮人への残虐な行為について、繰り返し藤村が記していることである。

▽**「幽霊」**

同作の最初の部分は、東京朝日新聞の大正十二年（一九二三年）十月八日から同二十二日まで夕刊に連載されたもの。その書き出しは「大震災のあった日から最早三十三日になる」とあるが、その時点では、まだ戒厳令が解除されておらず、朝鮮人虐殺の事実は報道統制されており、藤村も「朝鮮人」という言葉は、この「子に送る手紙」の中で一度も使っていない。だが読めば誰にでも、伝えたい内容はわかる。その実態のないデマのことを「幽霊」と藤村は書いた。

「一昨日の午後」とあるので、震災から一カ月後のことだが、麻布十番のほうから「麻布区役所」の前に出ると、「日頃見かけない人達が列をつくって」通っていく。「白服を着けた巡査に護られながら、六本木の方面から町を通り過ぐるのを目撃」したのだ。

「背の高い体格、尖った頬骨、面長な顔立、特色のある眼付なぞで、その百人ばかりの一行がどういう人達であるかは、すぐに私の胸へ来た」と藤村は書いている。そして「その人達こそ今から三十日程前には実に恐ろしい幽霊として市民の眼に映ったのだ」。おそらく、それは帰国を希望して、芝浦へ向かう朝鮮人たちの姿なのである。

藤村は関東大震災発生時、東京の飯倉片町の自宅にいた。その日は丁度二科会の展覧会が開かれるという日で、絵画の好きな「お前の弟達」(楠雄の弟の鶏二と蓊助)は朝から上野まで出掛け、昼少し前に帰って来ていて、秋の展覧会のプログラムなぞを広げていたし、「お前の妹」(楠雄の妹・柳子)のところへは学校の友達が遊びに来ていて、子供らしい声も玄関の方に聞こえていた。

そこへ地震だった。でも藤村の家があった飯倉片町辺りの最初の揺れは、それほどでもなかったようだ。「私の地震ぎらいはお前もよく知って居る通りだ。その私ですら、それほど大きな地震が来たとも思わなかった証拠には、自分の子供等に声一つ掛けようともしなかったくらいで、庭に居て家屋の揺れる音や物の落ちる音なぞを聞きながら、今に止むだろうと考えて居た」という。「私は奥の部屋にある火鉢を庭に移して、火をいけて居た」のだが「そのうち激しく揺れて来た。私が急いで庭の木戸を開けた頃は、家のものは多く跣足で飛出して居た」と自分の体験した関東大震災の揺れについて書いている。

「今にも落ちかかって来そうな家屋の軋む音、物の倒れる音、壁土の崩れる音なぞを聞きながら、一同あの青桐の下にかたまって居た時の心持はなかった」。だが「その時になってもまだ私は、これで地震は止むだろうと思って居た」。そして「二度目の激しい揺り返しに逢った」のだ。「私達がその日の昼飯の卓にむかおうとして支度しかけた頃から、まだものの二十分とは経って居なかったと思う。実に急激に、私達はこんな大きな異変の渦の中に居た」と、震災体験者の心の揺れを記している。

「芝浦の方で、海嘯《つなみ》が来るかも知れないと言って騒いで居るという噂の伝わって来たのもあの晩だった」とまず噂や不確かな話のことを藤村は書き留めている。

関東大震災は火災による被害が大きかったが、藤村の家があった飯倉片町あたりでは、「私達が火災の危険を身に近く感じはじめたのは夜の二時過ぐる頃であった」という。

そして周囲に火が迫り、「私は自分の頬までが熱くほてって来る気がした」「私達の家も焼けるものと覚悟した」のだが、夜が明けかかるころに、幸いにも風が変って、藤村の家は焼けなかった。

この時、藤村は濃尾地震（明治二十四年、一八九一年、M８・０）のことを思い出している。「あれはもう何十年になるかと思うほどずっと以前のことだが、あの当時の記憶が私の胸に浮かんで来た。私はあの大地震の後でひどい地割れのした濃尾地方を通って、お前の今居る神坂村《みさかむら》に郷里の人達を訪うたことがある」という。その時、藤村は母親から震災当時のことを聞かされたようだ。絶え間ない揺り戻しのため、藤村の母親たちは「裏の竹藪で」「そこに戸板や莚を持出して夜も竹藪で寝た」という日数が驚くほど長かったと語ったことを覚えていた。馬籠は濃尾地方とも近い土地なのだ。その記憶もあって、藤村は「こんな大きな地震の来た後では、もっともっと揺り返しの続くことを覚悟せねばなるまいと子供等」に話している。

▽見慣れぬ男

「放火をするものがあるから、気をつけるように」という「警告がこんな混乱した町の空気の中に伝わって来た」。そんな情報だか、流言だか判別できない話のことが記されたあと、次のようなことが、同作には記されている。

藤村等が集まって居た場所は飯倉片町の電車通りからよく見える位置にあったので、他からの避難者で疲れた足を休めるために立ち寄る者も少なくはなかったが、「そこへ見慣れぬ三十五六ばかりの洋服を着た男が来て立った。この町の人達が眼にも見えない恐ろしい敵の来襲を聞いたのは、その男からであった。私は不思議に思って、そんな風聞を確かめるためにその男の方へ近づいて行って見たが、その時はもう先方で立去ろうとして居るところであった」という。

「眼にも見えない恐ろしい敵の来襲」という「幽霊」を藤村は聞かされたのだ。それは「物数寄《ものずき》か、親切か、それとも悪戯《いたずら》か、いずれとも分からないようなその男の残して置いて行ったものが、反って皆を不安にした。他からの避難者の中にはそろそろ荷物を片づけはじめるものがある。私達と一緒に薄べりの上に坐って居た人達までが、一人立ち、二人立ちして、何となく騒がしい町の様子を気遣うようになった」と、藤村は流言が広がっていく様を詳しく、リアルに書き記している。

噂は耳の早い子供たちに伝わった。そして、「婦女子供《おんなこども》は成るべく町の外へ避難せよ」。その夕方にはそんな声さえ大人たちの耳へ入ってきた。「大震、大火、旋風、海嘯《つなみ》――ありとあらゆる天変地異の襲いかかって来たようなこの非常時に、些細な風聞にも動かされ易くなって居たのは、子供等ばかりでもなかった。休まず眠らずに居た大人までが、みんな子供のようになって居た」のだ。

「井戸に毒薬を入れる者があるそうですから気をつけて下さい」。屋外で送った二晩目の夜にはそんな警告が、そこに集まって居たものの不安を増した。さらに「敵が来る、敵が来る……」、「二千人もの敵が襲って来るという風聞はその翌日になっても続いた」という。

▽エスピオン

藤村は大正二年（一九一三年）から同五年にかけてフランスに遊学しているが、その間に第一次世界大戦に際会した経験があった。この時、ドイツにフランスが宣戦布告するとパリは大混乱となり、「エスピオン、エスピオン……」という声が起こった。そしてドイツ人経営のパリの商店は、パリ市民によって破壊し尽くされたのだ。

「エスピオン」とは「探偵」のこと。つまり「スパイ」「ドイツの犬」という意味だ。「熱狂した仏蘭西人は仏蘭西人を疑ったが、こんどの大震災で東京の真中には『エスピオン』のかわりに、哀しむべき『幽霊』が飛出した」と藤村は書いている。

「実際、私達は噂のある敵の来襲よりも、自分等のうちから飛出す幽霊を恐れた。そんな流言に刺激されて、敵でもないものが真実の敵となって顕れて来るのを恐れた。こういう時に新聞でもあって、正確な報道を伝えて呉れたらば、とつくづくそう思った。市中を護る巡査も既に疲れ切って居たろうし、焼死んだものもあったろうし、市民の多くも休まず眠らずであった。みんな、どうてんしてしまったのだ」。恐怖は他から来るものではない。自分の中から生まれてくる。藤村はそんなことを語っているのだろう。

そんな「自分等のうちから飛出す幽霊」「敵でもないものが真実の敵となって顕れて来る」ことで、日本人の青年が「怪しい敵の徘徊するもの」と間違えられて、六本木の先あたりで刺されて殺されていることを、「子に送る手紙」の中で書き留めている。

その青年は声の低いためと、呼び留められても答えのはっきりしなかったためと、宵闇の町を急ぎ足に奔《はし》り過ぎようとしたために怪しまれ、「血眼になって町々を警戒して居た人達に追跡せられて、そんな無惨な最後を遂げたという」。続けて「こうした出来事が、たまに私のところへ見える二人の姉妹の親戚の間にすら起っていた」と、藤村の身近で起きたことであることを加えている。

▽自警団の誰何

関東大震災直後、この自警団というものが、どれほど多く出来ていたかを、リアルに再現するのは困難だが、田山花袋の場合と永井荷風の場合を挙げて、自警団がどのようにして在ったのかということを紹介しておこう。

『蒲団』『田舎教師』などで自然主義文学の代表的作家であった田山花袋は『南船北馬』など多くの紀行文作家としても知られ、日露戦争の際には第二軍の従軍記者（写真班）をつとめて、激戦地にも行き、『第二軍従征日記』という従軍記も残している。よく歩きよく見る作家・田山花袋の延長線上にある仕事が、前章で触れた『東京震災記』である。震災直後の東京をよく歩きながら見聞したその本に、自警団とのやりとりが繰り返し記されている。

「昼間であるにもかかわらず、また別にあやしい格好もしていないのに、到るところで私は誰何《すいか》された。何処に行くかときかれた。十文字に縄が張られて、その一《ひと》ところ絶えたところには、必ず自警団が一人か二人椅子を持ち出して番をしていた。『安藤坂の方に行くんですが……』こう何遍も言って私は辛うじてそこを通り抜けた」という。

また「実際、あの時の自警団は、常識で律することの出来ないような一種の危険さを持っていた。何しろ、竹槍をつくったり、家重代《じゅうだい》のダンビラを持ち出したり何かしたのであるから――哨兵《しょうへい》の職務までも自分で尽そうとしたのであるから――」と、花袋は記している。

そして永井荷風も、自警団に誰何された作家だ。『断腸亭日乗』には詳しく記されていないが、関東大震災の時、荷風が弟・威三郎宅に母の安否をたずね、さらに母に頼まれて、初対面である威三郎の妻・誉津を伴って、上野公園まで母の実家、鷲津家の無事を確認しに行ったことは、永井荷風の章で紹介した。

その帰途のことである。結局、鷲津家の人たちは見つからず、疲れ果てて、もう歩けないと言う荷風を背負って誉津は帰路につく。

秋庭太郎『考証　永井荷風』によれば、途中、知り合いの家に伺い、その家の「奥様から丁寧に労を犒《ねぎ》らわれ、沢山差上げたいがと、取って置きのドロップ数粒を頂いたのであった」とあって、その荷風はドロップをなめながら進んでいくのだが、誉津を「驚倒させたのは竹槍隊の来襲であった」とある。

この時ばかりは大男の如く立ちはだかって、荷風を庇《かば》わなければ、万一怪我でもあっては、お母様に申し訳がたたないと思い、誉津は「死の覚悟をした」と言う。

荷風の風態が「手拭で頬かぶりした上に頭の後ろの方にカンカン帽を載せていたので実にそっくりだったのだろう。自警団にやられたむごたらしい屍を既に見ていたから、その時の恐怖は一通りではなかった」と秋庭は記している。誉津たちは自警団によって殺された人びとの死体を実際に見ているのだ。

「永井です」「永井荷風です」と言ってみても「根がよだれの出そうな発音だった上に先程のドロップの効があるからさっぱり駄目で危うかった」。日本語の発音が悪いと、自警団は朝鮮人と判断してしまうのだ。だが「幸い先方にも多少冷静なのがいて紙に書かせたら直ちに諒解がつき虎口を免れたのであった。惨々な目に会って家へ辿りついたのは夜の八時頃だった」と『考証　永井荷風』にある。

このことを秋庭は、威三郎・誉津の夫妻の息子、川門清明が書いた「母の話などを」から摘録して紹介している。秋庭は威三郎や誉津からも、この時のことを直接聞いているようなので、これは事実なのだろう。

荷風が自警団に誰何され、誉津が荷風の身をかばって懸命に釈明したのに、『断腸亭日乗』には「わずかに、『この日威三郎の妻を初めて見る』とのみで、一言半句もそうしたことに触れていない」と秋庭太郎『考証　永井荷風』にある。

▽手紙の力

さて、藤村の「子に送る手紙」に戻ろう。その「手紙」の相手である長男・楠雄がいた木曾馬籠も関東大震災で大きく揺れていた。島崎楠雄の『父藤村の思い出と書簡』によると、ガタガタと揺れ始めたので、最初のうちは、大したことはないと思って、落ち着いていたが、揺れ方があまり激しくなったので、往還（表の路）へ飛び出し、近所の人たちも、やはり往還へ出てきて、「大分えらく揺すれるナァし。源は遠いようなが、尾張の方ずらか」などと話していた。

揺れが少し落ち着いて来たので、楠雄が家の中に入って、時計を見ると、「十二時十分で止まっていた」。「馬籠で時計が止まる地震というのは、よほど激しい方の部類だった」と書き残している。「往昔、濃尾地震の時は、馬籠でも家の中におれず、各自、竹藪へ仮小屋を建てて、そこへ六日も七日も寝泊まりしたという事だ」と、父・藤村が記したことと重なることも書いている。さらに「父は、地震があると、直ぐに、火鉢の鉄瓶を取り除け、火鉢の火は完全に埋《い》けて、庭先へ待って行った。どんな小さな地震でも、父はそれをやった。それほど父は用意周到だった。今度の地震でも、父は今頃、火鉢を庭の方へ持ち出して、火を埋けているのではないかと、思ったりした」と、これも「子に送る手紙」に繋がる内容のことを記している。

楠雄は「父や弟妹の事が気遣われた」が「父たちの住まいは山の手だから、下町方面に比べたら、よほど安全だし、まあ、飯倉の家へは大丈夫」と信じて、時機を待っていたが、漸くにして、藤村からの便りが楠雄のもとに届いた。

「当方一同無事ですから此際は御上京なきよう申上ます」という内容の「九月九日」に記した葉書だった。

「後日、東京朝日紙上に、『子に送る手紙』という私に宛てて書いた父の文章を読んだ時には、あの当時の父の心労を察して、目頭の熱くなるのを覚えた」と楠雄は記している。

確かに、藤村は楠雄に向けて、「子に送る手紙」を書いているのだが、そこで記された流言、デマの詳細を書き、また直接「朝鮮人」の言葉は出てこないが、朝鮮人虐殺のことや、間違って殺されてしまった日本人の青年のことを、報道統制下にもかかわらず、書いているのである。このようなことを、なぜ藤村は書き得たのか。

それは、子を思い、友を思い、人を思う。そんな心情あふれる手紙というものの持つ力ではないだろうかと思う。

▽七年を一期として

島崎藤村は自然主義文学の僚友である田山花袋が関東大震災を機に書いた長編『百夜』の序を記し、装丁を次男島崎鶏二にさせて、花袋の死から五年後に出版してやった。その序に同作は「名状しがたい嵐を感じさせないでもない」と藤村は書いた。このことは、前章でも紹介した。

だが、その「嵐」という言葉、実は藤村のキーワードのようだ。

「家の内も、外も、嵐だ」。藤村の短編「嵐」（大正十五年、一九二六年）に、そんな言葉が記されてある。内なる嵐とは家の中での自分の子たちの兄妹げんかなどだが、『新生』で書いた、姪・こま子との不倫のこともあっただろう。フランス遊学も、こま子との過失を清算するためだった。そして外の嵐には関東大震災もあった。

その大地震の後「私達は引き続く大きな異変の渦の中にいた」と藤村は書いている。

家では「早川賢、早川賢」と毎日のように三郎（三男・蓊助）が言い、家のものを悩ます。震災の混乱がややしずまったころ「三つの疑問の死骸が暗い井戸の中に見いだされた」との噂が伝わってくる。

早川賢は無政府主義者・大杉栄のこと。そして「疑問の死骸」とは大杉と伊藤野枝、大杉の甥・橘宗一が憲兵隊の甘粕大尉に殺害されたことだ。そして早川賢と共に殺された少年のかれんな写真が新聞に載る。

その新聞を見て「こんな、罪もない子供まで殺す必要がどこにあるのだろう――」と三郎が言う。「その時の三郎の調子には、子供とも思えないような力があった」と藤村は記している。だが一方で「むしろ私にはこの子の早熟が気にかかった」と、父親としての心配も記してある。「嵐」は、大正十五年（一九二六年）九月、「改造」に発表された作品だが、藤村の年譜を見ると、昭和四年（一九二九年）五月には「三男蓊助、日本プロレタリア美術同盟の地方移動展に参加、盛岡署に留置さる」とあり、親としての心配はあったのだろう。

だが、これら「子に送る手紙」の流言、「幽霊」のこと、集団による殺戮のこと、また「嵐」の「早川賢」のことには、時代の中で自分の知り得たことを書き残していくという一貫した藤村の姿勢が貫かれていると思う。しかも、その書き方には声高なものや性急なものがなく、それゆえに一般読者に深く、遠くまで届く力が秘められている。

「嵐」はそんな内外の嵐に七年耐えて「父は父、子は子」ではなく、「自分は自分、子供等は子供等」でもなく、家族が「ほんとうに『私達』への道」を見つけるまでの作品だ。短編だが、悩める人間のねばり強い生を描く藤村の文学の代表的な作品の一つである。

その「嵐」には「過ぐる七年を私は嵐の中に坐りつづけて来たような気もする」「七年住んで見れば沢山だ」「七年も見ているうちには」「過ぐる七年のさびしい嵐」……というように「七年」が頻出する。

だが、この「七年」は、藤村にとって、人生をねばる単位の年数のようだ。「嵐」の中にも「太郎」の新しい家（馬籠の長男楠雄の家）を見に行く場面があるが、『父藤村の思い出と書簡』の中で紹介されている藤村から楠雄に宛てた手紙にも「人生は七年間位を一期と考えてその支度をして進む方針がいい、七年かかるつもりでやったら楠ちゃんの新生活もほぼ目鼻がつくだろう、まあゆっくり取りかかることだね」と書いている。

同書に寄せられた文章の中で、井出孫六が、藤村、畢生の大作『夜明け前』の第一回が「中央公論」に発表されたのは昭和四年（一九二九年）四月。以後、年に四回の連載で、それから足かけ七年をかけて、『夜明け前』は昭和十年（一九三五年）十月に完結させていることに触れている。何年を一期の単位にするかは、人、それぞれだろうが、つらい人生に耐え、ねばり強く生きた作家、島崎藤村の七年一期の考えは参考になるかもしれない。

▽地震と『夜明け前』

ちなみに『夜明け前』は幕末維新の激動の中を、苦悩しながら、誠実に生きた青山半蔵（藤村の父がモデル）の心の軌跡を描いた歴史小説。「木曾路はすべて山の中である」という有名な書き出しで知られるが、物語は浦賀にペリーの黒船が来航した嘉永六年（一八五三年）から始まっている。「江戸は大変だということですよ」と序の章にある。

青山家は馬籠宿の本陣、庄屋、問屋《といや》（人馬の継立て役）を兼ねる旧家。その馬籠宿には「種々の流言が伝わって来た。宿役人としての吉左衛門らはそんな流言からも村民を護らねばならなかった」とある。吉左衛門は半蔵の父であるが、流言から村民を護るという言葉には、「子に送る手紙」の「私」が流言から子供たちを護ったということの反映があるだろう。

そして、ペリーの黒船来航に次ぐ、大変事として『夜明け前』で描かれるのは、嘉永七年・安政元年（一八五四年）十一月に二日連続して起きた安政東海地震（Ｍ８・４）と安政南海地震（Ｍ８・４）、さらに翌安政二年十月（一八五五年十一月）に起きた安政江戸地震（Ｍ７・０〜７・１）のことである。

安政東海地震と安政南海地震が連続して起きると、青山家では「一同裏の竹藪へ立ち退いた」。「太い青竹の根を張った藪の中で、半蔵は帯を締め直した」とある。

竹藪に逃げる話は「子に送る手紙」にも出てくるが、おそらく藤村が母親から聞いた濃尾地震の話の反映もあるだろう。「いや、こんな地震は前代未聞にも、なんにも」という会話もあるし、「揺り返し、揺り返しで、不安な日がそれから六日も続いた」という。

「今度の大地震が関西地方に殊に劇《はげ》しかったことも分った。東海道岡崎宿あたりへは海嘯《つなみ》がやって来て、新井の番所なぞは海嘯のために浚われたことも分って来た」とも書かれている。

安政東海地震の三十二時間後に起きた安政南海地震は、ラフカディオ・ハーンの『生神様』、浜口梧陵の「稲むらの火」の話となった地震である。

安政二年の安政江戸地震では、儒学者で水戸藩士の藤田東湖が圧死していたことは天譴論や成島柳北の漢詩「地震行」に触れたところでも紹介したが、『夜明け前』でも青山半蔵が、藤田東湖の漢詩「正気《せいき》の歌」なぞを少年時代に諳誦したということが出てきて、「東湖先生か。せめてあの人だけは生かしておきたかった」と考えたりしているのである。

「当時の中心地とも言うべき江戸の震災は、たしかに封建社会の空気を一転させた」との言葉も記されていて、震災への関心の側から藤村の作品を読んでいくと、ここにも関東大震災の反映を受け取ることができる。

鴨長明『方丈記』と堀田善衛『方丈記私記』

「行く河の流れは絶えずして、しかも、もとの水にあらず。淀《よど》みに浮かぶうたかたは、かつ消え、かつ結びて、久しくとどまりたる例《ためし》なし」

鴨長明『方丈記』のあまりにも有名な書き出しだ。東日本大震災後、最も多く紹介された書物の一つは、この『方丈記』である。地震、天変地異と言えば、『方丈記』を思う人が非常に多いのだろう。今の原稿用紙で計算すれば、わずか二十数枚程度の短い文章量であることも取り組みやすかったのか、震災後、『方丈記』の新しい現代語訳や『方丈記』に関係する本が何冊も刊行された。

現代人ばかりではない。田山花袋『東京震災記』にも『方丈記』のことが出てくる。花袋が関東大震災直後の東京を歩いていると、大邸宅や富豪の住宅が沢山にあったところが、皆な焼け尽くし、灰燼ばかりの風景になっている。花袋はそんな廃墟の中で知人と出会う。

その知人が「こうなると、金も宝もありませんな？　細川侯などは、好いものを持っていたんですが、あら方焼いてしまったということです。惜しいもんですな？」と言う。それに対して、花袋は「方丈記じゃないが、家屋を持てば持っているだけ、それだけ心配が増すッていうわけですな！」と応えているのだ。

さらに東日本大震災から三年後、五木寛之へインタビューする機会があったのだが、ベストセラーとなった『親鸞』の時代と今の時代との関係について話が及んだ際、「『古京《こきょう》はすでに荒れて、新都はいまだ成らず』という感じだね」と、『方丈記』の中の言葉が五木寛之の口から自然に出てきた。「天変地異相次ぎ、政権交代も相次いだ。非常な価値の転換期であることが共通している」と言うのだった。

その五木寛之が、鴨長明『方丈記』を読んだのは、堀田善衛の『方丈記私記』を読んだのがきっかけのようだ。ちくま文庫版『方丈記私記』の巻末には、堀田善衛と五木寛之の「方丈記再読」という対談が付いていて、その対談の中で、五木寛之も学生の頃の国語の時間に、『方丈記』を読まされたりはしたが、ぜんぜん頭に入らなかった。「三十を過ぎてから堀田さんの『方丈記私記』にたまたま出会い、それを読んだのが実はきっかけだった」と話している。

▽政治部記者

その『方丈記私記』について「こういう入り方は邪道かもしれませんが、この本は大変面白くて、うん、それじゃひとつ『方丈記』というものを読み返してみようかな、と。そうすると、読めば読むほど、作品の面白さはそれとして、これを書いたのは、いったいどういう男だろうと、得体の知れなさと同時に、底知れぬ興味を感じましたね」と語っている。この言葉の延長線上に「『古京はすでに荒れて、新都はいまだ成らず』という感じだね」という五木寛之の言葉があったのだろう。

そして堀田善衛『方丈記私記』を読み、さらに堀田善衛・五木寛之対談「方丈記再読」を読むと、天変地異と乱世の世の中を、「方丈の庵」から、悟り、眺めていたような鴨長明像とはまったく異なる鴨長明の姿が見えてくる。特に堀田善衛・五木寛之対談「方丈記再読」から読むと、『方丈記』の印象が、がらっと変化するのだ。

五木寛之が語るように、鴨長明は京都・下鴨神社の禰宜《ねぎ》のトップ（宮司）の家の御曹司だったが、父親の死で権力争いに敗れ、その跡を継げなかった。その鴨長明が生まれた直後の十二世紀の中頃には保元・平治の乱があり、権力の座が貴族から武家の平家に交代。さらに平家の滅亡、鎌倉幕府の成立という、まさに日本の大転換期だった。

その時代を生きた鴨長明について、五木寛之は「ジャーナリストというい方はおかしいけれど、少なくとも『方丈記』に関する限りは、いい意味でのジャーナリスティックな目が強く出ている」と指摘している。確かに、鴨長明はその時代に自分が見聞した大火、竜巻、飢饉や地震などの天変地異をまるでジャーナリストのような目で書いている。

「また、同じころかとよ。おびたたしく大地震《おほなゐ》ふること侍《はべ》りき。そのさま、世の常ならず。山はくづれて河を埋《うづ》み、海は傾《かたぶ》きて陸地《くがち》をひたせり。土裂けて水湧き出で、巌《いはほ》割れて谷にまろび入る。なぎさ漕ぐ船は波にただよひ、道行く馬は足の立ちどをまどはす」

（また、同じころだったかと思う。巨大地震の発生があった。そのすさまじさは、この世のものとは思えなかった。山崩れが起きて土砂が河を埋め、海が傾いて津波が陸に押し寄せた。大地は裂けて水が噴き出し、巨岩は割れて谷底に転がり落ちた。海岸近くを漕ぐ船は打ち寄せる大波にもてあそばれ、道行く馬は足場を失って棒立ちになった＝武田友宏・通釈）

これは元暦二年七月九日（一一八五年八月十三日）に京都などを襲った大地震（推定M７・４）のことだ。元暦二年三月には、壇ノ浦の戦で平家が滅亡。その直後の大地震だったので、平家の怨霊で、この世が滅ぶと言われたことが、『平家物語』にある地震である。

続けて都の様子について、「都のほとりには、在々所々《ざいざいしよしよ》、堂舎塔廟《どうじやたふめう》、ひとつとして全《また》からず。或いはくづれ、或いは倒れぬ。塵灰《ちりはひ》立ちのぼりて、盛りなる煙《けぶり》のごとし。地の動き、家のやぶるる音、雷《いかづち》に異《こと》ならず。家の内に居《を》れば、たちまちにひしげなんとす。走り出づれば、地割れ裂く。羽なければ、空をも飛ぶべからず。竜ならばや、雲にも乗らん。恐れの中に恐るべかりけるは、ただ地震《なゐ》なりけりとこそおぼえ侍《はべ》りしか」

（都の付近では、至るところ、寺のお堂や塔も、何一つとして無傷なものはない。あるものは崩れ落ち、あるものはひっくり返っている。塵や灰が立ちのぼり、もうもうたる煙のように空を覆った。大地が鳴動し、家屋が倒壊する音は、雷鳴の轟音そのものである。家の中にいれば、たちまち建物の下敷きになって圧死する危険がある。だからといって、家の外に走り出せば、地割れに落ちて死ぬ危険がある。人間、羽がないので、空を飛ぶこともできない。これが竜であったなら、雲にでも乗って逃れるだろうに、それもできない。恐ろしいものの中でも、だんとつに恐ろしいのは、やはり地震だと痛感した＝同）

その地震の際、ある武士の幼子が崩れた土塀などに埋められ、掘り返すと小さな体が押しつぶされ、目も飛び出していた。

「父母《ぶも》かかへて、声を惜しまず悲しみあひて侍りしこそ、あはれに悲しく見侍りしか」

恥も外聞もなく愛児を失い悲しみにくれる武将の姿が活写されている。ジャーナリストが天変地異、事件がある度に、現場に駆けつけて報告しているような文章だ。

対談の中で、堀田善衛は「『方丈記』に表れた限りでも、日野山から何遍でも出て行っていますわね。何かあると京都へ行ったりなんかしているけれど、穿っていえば、これは「俺はまだ生きているぞ」というデモンストレーションじゃないですかね。だから隠れること自体、俺はまだ生きているぞ、というデモのうちだと思いますよ」と語っている。

その鴨長明の文章は、確かに新聞記者のような現場感覚に満ちたものだが、仮に新聞社で所属の部署を考えてみると、「ジャーナリストとしては、政治部の人だったんじゃないでしょうか。社会部の人であるように見えますけど、実際には、かなり自分としては政治部だと思っていたんじゃないですかね」と堀田善衛は指摘している。

さらに「学芸部あるいは社会部の記者というふうに見えますけど、自分のつもりでは政治部じゃないですかね」「かなり社会部的ディテールは入れてはいますけど、自分のつもりとしては、そうじゃなかったと思うな」と重ねて言うのだ。

その政治部記者、鴨長明に対応するかと思われる堀田善衛の考えを『方丈記私記』から拾ってみよう。この『方丈記私記』は堀田善衛の戦争体験と『方丈記』を重ねて書いた長編エッセイ。空襲下、「いったい明日は、前途は如何《いか》なることになるのか、と、その当時誰もがひそかに考え、かつ案じていた」。そんな中、堀田善衛に痛切に迫ってきた『方丈記』の言葉が「古京はすでに荒れて、新都はいまだ成らず」だ。

堀田善衛によると、鴨長明には「かなり皮肉もあるし、かなりユーモアもある」。例えば、平家による福原遷都の時、政治支配層の慌てぶりを目に見えるように描いている。

その頃の京の都は「官《つかさ》・位《くらゐ》に思ひをかけ、主君のかげを頼むほどの人は、一日《ひとひ》なりとも疾《と》く移ろはむとはげみ」（ひたすら栄転・昇進を追い求め、上司に目を掛けられようとあくせくしている出世主義者たちは、一日でも早く新都に転居しようと躍起になった）と言うし、「人の心みな改まりて、ただ馬・鞍をのみ重くす。牛・車を用とする人なし。西南海の領所を願ひて、東北の庄園を好まず」（人の心もまるで変わってしまった。雅な公家ふうを捨てて、実利優先の武家ふうに染まり、馬や鞍ばかりを重んずる。貴族のように牛や車を用いる人はいなくなった。しかも、新都から近い九州や四国の領地を請願して、遠い東北の庄園を敬遠した）というのだ。

実際、鴨長明が福原の新都を見に行くと、「道のほとりを見れば、車に乗るべきは馬に乗り、衣冠《いくわん》・布衣《ほい》なるべきは、多く直垂《ひたたれ》を着たり」(路上を見れば、牛車に乗るはずの公卿が武士のように馬に乗っている。衣冠や布衣をつけるはずの公家の身分なのに、多くが武家ふうに直垂を着ている)のだ。遅れまいと、新時代の風俗に、慌てて合わせる貴族たちを皮肉っているように読めるし、ユーモア精神も発揮されている。

これらについて、『方丈記』の通釈者・武田友宏も「この記事を読む限り、長明が相当に政界の裏面にも通じていることがわかる。彼はいわゆる俗世間に背を向けた根暗なタイプの隠者ではない。『方丈記』にその名を記さないが、実力のある情報提供者と交流していることは間違いない。政界首脳陣の動向や日和見主義の公務員たちの生態を描いて、驚くほど的確である。『方丈記』に記述するよりも、実際には、山を下りて京の街に足繁く通っていたのではなかろうか。たんなる聞きかじりの域を超えている」と書いている。

▽現実は夜の闇のなかに扼殺される

さて、堀田善衛が言う政治部記者、鴨長明で目を開かされるのは、天変地異、社会の激変という、その同時代に起きている政治や文化の動きの記述ぶりである。

つまり福原遷都事件の年の八月には頼朝が挙兵して、二年連続大飢饉の間を通じて源平の戦いが断続的に行われ、木曾義仲までが横から暴れ込んだりして、元暦二年七月九日(一一八五年八月十三日)の大地震までの間には、平家はすでに完全に滅亡していた。五月には建礼門院右京大夫は出家し、頼朝と義経の間柄は、すでに、次第に雲行きが怪しくなっているのである。

そして、「朝廷は右往左往、義仲、平家、頼朝などにほとんど交替交替にあいつを討てと命じ、宣旨の取消しがなかったとしたら、誰と誰と誰がなぜ戦っているのかわけがわからなくなる」のである。つまりもう滅茶苦茶な時代。そしてここが重要なのだが、「しかもなお、そういう乱戦の間を通じて若き定家の父俊成は、千載和歌集の撰をつづけている」という社会でもあるのだ。

おそらく堀田善衛の言いたいことは、最後のところ。つまり俊成や定家の詠む歌は現実世界には何にも関係のない世界なのである、ということではないだろうか。

五木寛之との対談の中でも、定家なんかがやっていた幽玄調という歌の作り方、つまり古今集と新古今集の時代間は三百年くらいあるが、その三百年前の言葉を使って歌を作れ、現在の言葉ではやっちゃいかんという歌論を、鴨長明がひどく皮肉っている点を堀田善衛は注目していた。「そこのところは宮廷べったりの人ではとうていできないことだと思う。あの辺はやはり非常に面白いと思いますね」と堀田善衛は語っている。

さらに「あいつらがやっていることは本当はたいしたことじゃないんだ、現在の言葉でものを考えることのほうがずっと難しいんだ、三百年前の昔の言葉で歌を作るなんてことは本当は簡単なことだ、そういうことをいいぬいた人を、しかと、位置づけない、取り上げないのは、おかしいじゃないかという気がしてるんですよ」と述べている。

『方丈記私記』の中から、それに相当する部分を紹介すれば「彼らが詠むところの歌は、すべてもろもろの家集や草子、巻物による、つまりは文学による文学なのである。現実世界にはなんのかかわりも関係もありはしない。時代の惨憺たる現実などは、いや、それを遮断するための詩なのであり、従って時代の言語もまた彼らの文学には何の関係もなく、定家にいたっては三百年以前のことばを使えというところまで行く。人工言語による人工歌である」というような鴨長明の歌論を紹介して、「現実は夜の闇のなかに扼殺される。批評家長明の、白い眼が私に見えてくる」と堀田善衛は記している。

その「夜の闇のなかに扼殺される」はずの「現実」を書き記して、それを残したというところが、堀田善衛が考える政治部記者、鴨長明のすごいところなのである。

堀田善衛は昭和二十年（一九四五年）三月十日の東京大空襲の後、鴨長明の『方丈記』を集中的に読んで過ごした。『方丈記』の元暦二年の大地震のところを読み、その乱戦の間を通じて俊成が勅撰和歌集である千載和歌集の撰を続けていることを『方丈記私記』で、紹介した後、戦争中にあった大地震について、こんなことを書いている。

「あの戦時中にここの、この地震のくだりを読み耽っていて、私がやはりつくづくと思い出したものは、一九四四年夏の、いわゆる南海大地震のことであった。この南海大地震は、熊野の新宮あたりを震源として、名古屋近辺もまた『大イニ震』ったものであった。東京でも私はつとめ先のデスクの下にもぐり込んだほどの激しさであり、しかも報道管制によってたしか一切報道されなかったと思う。そうしてその頃に伝え聞いたところでは、名古屋を中心とする中京の重工業地帯では、たとえば工場の旋盤がこわれたり、据えつけの基礎が歪んだりして軍需生産が一時停止したとのことであった。また戦後の伝聞によると、この南海大地震による被害と、それが戦争遂行能力に及ぼした影響は空襲にも劣らぬくらいであったという」

そうやって、空襲下にこの『方丈記』を読み耽っていると、「戦時に生起することのほとんどすべてについて、思いあたることがあるようになって来る」と記しているのだ。

この堀田善衛が指摘している地震は昭和十九年（一九四四年）の夏ではなく、同年十二月七日に起きた昭和東南海地震（M7・9）のことではないだろうか。この地震で東海地域の軍需工場が壊滅的な打撃を受けたが、報道管制されて、ほとんど報道されなった。この昭和東南海地震は同じ震源域で発生した前の巨大地震、安政の東海地震、南海地震からちょうど九十年ぶりの発生だった。その安政の地震は島崎藤村の『夜明け前』で描かれた地震である。

谷崎潤一郎が『細雪』の中で描いた昭和十三年七月五日の阪神大水害も、阪神間には軍事工場が多く、また神戸港や鉄道施設が大きな被害を受けているために報道管制され、広く一般には知らされなかったが、堀田善衛が述べている、昭和十九年の昭和東南海地震も厳しく、報道管制されていたのだ。

天変地異、戦乱、政権交代が相次ぐ時代。それらの「現実」を「夜の闇のなかに扼殺」して、俊成たちが千載和歌集の撰を進めるような中、鴨長明がいなければ、元暦二年の大地震などもこれほどリアルに我々に伝わり、残ることはなかっただろう。ここに政治の「夜の闇」を破る批評家、鴨長明の姿を堀田善衛は見ていて、それゆえに政治部記者、鴨長明と呼んでいるのだろう。だからこそ、東日本大震災に見舞われ、原発事故に苦しむ八百年後の我々が、いままた『方丈記』を読む価値があると言えるのだ。

▽最先端移動住宅

この章の最後に幾つか加えておこう。まず、鴨長明が悟りきったような人ではないことを示すエピソード。それは建暦元年（一二一一年）、数え五十七歳の時、わざわざ鎌倉に赴き、源実朝に会っていることだ。ここにも、新しい日本の姿を見ようとする鴨長明の政治的関心の強さを堀田善衛は指摘する。だがそこで見たものは、既に崩落しつつある鎌倉だった。その翌年に書かれたのが『方丈記』である。

そして鴨長明が『方丈記』を書いた「方丈の庵」は『方丈記』の中の記述によれば、広さは一丈四方（約三メートル四方、四畳半大）で、高さは七尺（約二メートル）にも満たない。解体移動式のプレハブ住宅で、土台を組み、簡単に屋根を葺いて、部材をつなげるようになっている。その土地が気に入らなくなったら、別な土地にさっさと引っ越せるように、車二台に建材道具類すべてが積めるようになっている。確かに簡素だが、当時、そんな移動式のプレハブ建築は非常に珍しいわけだから、実際には、かなり金のかかった当時の最先端移動住宅であったのかもしれない。

京都・下鴨神社摂社河合社内に「方丈の庵」が復元されているが、鴨長明は京都の上賀茂・下鴨神社の氏神を祖とする鴨一族。遷宮のたびに建て直される「神社」という、いわば、仮設の移動式建物の間近にいた人だからこそ、その移動式のプレハブ建築の発想が生まれたのかもしれない。京都郊外の日野の外山《とやま》に移り、その「方丈の庵」を結んだのは、数え五十四歳のころである。

そして、堀田善衛と五木寛之の対談の最後に「彼のプレハブの家があったという所のすぐ下が親鸞の生まれた所なんですよ。彼と親鸞とは直接関係はないわけですが、しかしそこへ行ってみますと、親鸞と鴨長明というものが重なって見えてきて、何か日本の歴史の有様、イメージが、何となく出来てくるように思うんですよ」と堀田善衛は、五木寛之に語っている。

親鸞は現在の京都市伏見区日野の法界寺付近での誕生。鴨長明（一一五五年～一二一六年）と親鸞（一一七三年～一二六三年）は場所も時代も重なる人なのである。

この対談は「國文學」の一九八〇年九月号掲載。堀田善衛の発言に対する五木寛之の親鸞についての応答はないが、ベストセラーとなった『親鸞』へのコメントとしては「古京はすでに荒れて、新都はいまだ成らず」という鴨長明『方丈記』の言葉が自然に口から出てきたのだから、この二人の対談の延長線上に、どこか繋がる作品として、五木寛之の『親鸞』もあるのだろう。

その親鸞と鴨長明が重なって見えてくるという堀田善衛の言葉。それは現実を夜の闇のなかに扼殺させなかった人間として、重なってみえるということだろうか。

「私は長明氏の心事を理解し、彼の身のそばに添ってみようとしてこれを書いているのだが、同時に私は長明の否定者でもありたいと思っているのである。けれども、この現代においてすら、彼の死後七百五十年以上もへた現代においてすら、長明の否定者であるためには、われわれも全歴史の否定者でもあらねばならぬという至難の条件がともなっているのである。そういう万貫の盤石を持ち上げて歴史の根石《ねいし》もろともに投げ捨てるにひとしい強力な否定者というものも、『主上臣下、法にそむき義に違し、いかりをなしうらみをむすぶ。』と、叩きつけるように言った親鸞以外には、なかなか見出しがたいのである」と、堀田善衛は書いている。

そういえばアニメ監督の宮崎駿が『方丈記私記』の大ファンで、二〇〇八年、神奈川近代文学館で「堀田善衛展　スタジオジブリが描く乱世」が開催された折に、「方丈記私記と私」という講演までしている。監督引退などとは言わず、宮崎駿監督『方丈記私記』のアニメ作品を見てみたいものだ。

富士山、宝永大噴火——新井白石、新田次郎

東日本大震災が起きるまで、日本最大級の地震として知られていたのは江戸時代の宝永四年十月四日（一七〇七年十月二十八日）に起きた宝永地震である。M８・６。東海・南海・西海道を中心に広く日本を襲った巨大地震で、死者は少なくとも二万人以上にのぼる。津波被害も大きく、特に土佐沿岸では津波で約一万五千戸が流失・倒壊、五千人以上が亡くなったという。それから一カ月半後の同年十一月二十三日（同十二月十六日）に、今度は富士山が大爆発。この宝永大噴火は大量の火山灰を江戸にまで運んだ。

新井白石の自叙伝『折たく柴の記』には、その火山灰の降る様子が記されている。「十一月二十三日、午後、参上せよと仰せがあった。昨夜、地震があり、この日の正午ごろ、雷が鳴った。家を出るとき、雪が降っているように見えるのでよく見ると、白い灰が降っているのである。西南のほうを見ると、黒雲がわき起こり、雷の光がしきりにした。西ノ丸にたどりつくと、白い灰が地をおおい、草木もまたみな白くなった」（桑原武夫訳、以下引用部の『折たく柴の記』は同訳）

白石は徳川綱吉の後の六代将軍家宣に仕えた儒学者。その日の昼も江戸城で家宣へ講義をしたのだが「空がはなはだしく暗いので、あかりをつけて進講した」という。

時は午後二時ぐらい。それでも燭が必要なほどの降灰量も驚きだが、そんな異変によって暗い中でも変わらず講義をする日本人の勤勉さにも驚く。さらに「午後八時ごろに、灰の降るのはやんだが、大地が鳴動したり、あるいは震えることがやまなかった。二十五日にまた空が暗くなって、雷の鳴るような音がし、夜になると、灰がまたひどく降った。『この日、富士山が噴火して、焼けたためだ』ということが伝わった。その後、黒い灰の降ることがやまず、十二月の初め、九日の夜になって雪が降った。このころ、世間の人で咳になやまされない者はなかった」と、富士山の噴火が長く続いたことが記されている。

▽新井白石と元禄地震

その大地震、富士山の大噴火から四年前の元禄十六年十一月二十三日（一七〇三年十二月三十一日）には元禄地震（M7・9〜8・2）が関東地方を襲った。この元禄地震は関東大震災に似た相模トラフ沿いの巨大地震と考えられていて、〝一つ前の関東大震災〟と呼ばれる地震だが、それも『折たく柴の記』に詳述されている。

地震は午前二時ごろ。激しい揺れで目が覚めた白石は、刀をとって起きた。家の後ろのほうは高い崖の下に近いから、妻や子どもを連れて、東の大きな庭へ出て、そこへ倒れていた戸板を庭に並べて、地割れにも大丈夫なように、その上に家族がいるようにした。

自分は供を連れ、殿の所へ向かう。神田明神の東門の下に来たときに、大地がまた激しく揺れた。あたりの商人の家は、みな家をからにして、多くの人が小路に集まっているが、家のなかには灯が見えるので、「家が倒れたならば、火が出る。灯は消しておくべきだ」と叫びながら、白石は行く。途中、月光の下に馬を止めている者がいる。「大地が裂けて、水の湧き出したから、その深さ・広さを計りかねて」いるのだ。大地の液状化だ。

「続け、者ども」と言って、白石は流れる水の上を飛び越えて進んだ。神田橋の近くに来て、大地がまた激しく揺れた。「たくさんの箸を折るように、また蚊が集まって鳴くような音が聞こえるのは、家々が倒れて人の泣き叫ぶ声であろう」と白石は書いている。「たくさんの箸を折るように、また蚊が集まって鳴くような音」との言葉から、その場にいたものしか記せないリアルな感覚が伝わってくる。さらに「日比谷の門に来ると、番士の詰所が倒れ、おしつぶされて死ぬ者の苦しげな声がする」とも記している。

ショックを受けた幕府は、翌年「元禄」を「宝永」と改元した。だが四年後に日本最大級の地震、富士山大噴火が続いたのだ。つまり元禄時代の〝繁栄〟を終らせたのも地震だった。

津波被害と原発事故という東日本大震災も未曾有の災害だが、この元禄末からの四年間に日本人を震撼させた天変地異の連続も紛れもなき未曾有の体験だった。

そんな江戸の天変地異を書き残した新井白石は明暦三年（一六五七年）二月十日に江戸の柳原で生まれた。ちょうどその前の月に明暦の大火があり、白石の家も焼け出されていて、知人の家に避難していた。その時に生まれたので、「彼は幼いころ人々から〝火の児〟と呼ばれた。そのせいでもあるまいが、白石は火のようにはげしい気性と、妥協を許さぬ性格の持主であった」と大石慎三郎『元禄時代』にある。

明暦の大火は、四代将軍家綱の時代だが、本郷丸山の本妙寺で施餓鬼のために焼いた振袖が舞い上がって火事の原因となったとも言われる。それゆえに「振袖火事」の名があるこの火事は、同年一月十八日―十九日の両日にわたって燃えて、江戸の町々はほとんど全焼してしまう。死者は、実に十万八千人にも達している。

江戸城本丸も焼失。幕府の御金蔵も焼けてしまい、金銀がとけてしまったので再鋳されるのだが、大石の『元禄時代』によると、その時に幕府が持っていた金銀は、小判一七〇万両、大判約一万五千枚、銀十万三千貫。当時の値で計算すると、金銀財宝は三八六万三千両もあり、それに別途に用意された金銀分銅があった。

▽勘定奉行、荻原重秀の改鋳

ところが明暦の大火後の復興に多大な費用が消えてしまう。江戸城本丸の再建費だけでも九三万両余と米六万三千石。米一石を一両と計算すると約一〇〇万両が消えてしまった。

幕府の貯蔵金銀のうち、大量の金銀で特別に鋳造された金銀分銅は「行軍守城用、勿作尋常費」(戦や城の防御用、通常の用途で費やす勿れ)という銘が入っていて、非常用・軍事用に備蓄されたもの。だが幕府は明暦の大火以後、三八〇万両余あった金銀を使い果たして、火事から約二十年後の延宝四年(一六七六年)には金銀分銅に手をつけ始める。

次の五代将軍綱吉の時代は、元禄年間を中心に前後約三十年間が「元禄時代」と呼ばれ、幕府の権威も最も盛んで、商業の発展、町人の台頭など、学問、文化にも清新な気風が生まれた華やかな時代というイメージがある。だがしかし、実は幕府の財政は大変な事態となっていたようだ。

綱吉が宝永六年(一七〇九年)に亡くなり、次の家宣に将軍が引き継がれる時の江戸幕府の財政内容が、新井白石の『折たく柴の記』に書き残されている。

国の費用は一四〇万両なのに、幕府直轄領からの年収は七六万~七七万両、そこから旗本など幕臣の給金を引いた残りは四六万~四七万両。京都の皇居の造営費七〇万~八〇万両なども必要で、約一七〇万~一八〇万両も財政は不足していた。

当面の急務である前将軍綱吉の四十九日の御法事料、お霊屋を作るべき費用等々が必要だが、ただいま御金蔵にある金はわずかに三七万両にすぎない。しかも、このうちの二四万両は、宝永の富士山大噴火（一七〇七年）の際、火山灰の除去費用のために石高百石につき金二両を諸国から臨時課税。得た約四〇万両のうちわずか一六万両がその費用に使われ、残金は北の丸を造る費用に残された。だがそれを加えた金額として、いま幕府には三七万両しかないのである。

当時、幕府の財政担当は勘定奉行の荻原重秀。荻原の語るところによれば、綱吉のときに、毎年の支出は収入の二倍となり、国の財政がすでに行き詰まったので、元禄八年から金銀の改鋳を始めた。具体的には約百年近く使われてきた慶長金銀を改鋳。金が八四・二九％入っていた慶長小判を同じ量目で金を五七・三七％の元禄小判にし、八〇％の純分があった慶長銀を六四％の純分の元禄銀にするという改鋳である。

荻原は金銀貨の改鋳で総計五〇〇万両の利益を生み出して、財政を補っていたが、これも元禄地震（一七〇三年）が起き、その修理費用で消えてしまった。

「いまとなっては、この急場を救うには、金銀貨の改鋳以外に方法がない」と荻原が言う。そこにいた老中も、その意見に従うしかないと述べる。

「予（家宣）も、近年、国の財政が不足しているとは思っていたけれど、これほどまで悪いとは、思いもよらなかった。しかし、金銀貨の改鋳には、予は賛成できない。これ以外のことをよく相談せよ」と家宣は言うのだが、さらに荻原は「はじめて金銀貨を改鋳して以来、世間の者が陰でいろいろなことを言うことはあったにしても、もしこの方法によらなければ、十三年のあいだ、なにによって国の費用をまかなうことができたでしょうか。ことに元禄十六年（一七〇三年）の冬のようなことは、この方法によらずに、どうして急場を救うことができたでしょう。だから、まずこの方法でさしあたりの必要をみたし、その後、豊作で、国の財政に余裕ができたときになって、また金銀貨をむかしに戻されることは、きわめてやさしいことでありましょう」と反論している。

この荻原の言葉に同席していた人たちも賛成するのである。なお「元禄十六年（一七〇三年）の冬のようなこと」とは、同年十一月二十三日の元禄地震と同月二十九日の江戸の大火のことである。

▽税金の使い道

経済不況下で起きた東日本大震災の復興費用をどう捻出するのか。また宝永の富士山大噴火（一七〇七年）の際、火山灰の除去費用のために諸国から臨時課税して得た約四〇万両のうちわずか一六万両がその費用に使われただけで、残金は北の丸を造る費用に残されたという。税金が果たして目的通り使われるのかなど、深く考えさせられる『折たく柴の記』の記述である。

荻原が改鋳して作った元禄小判は金の含有量を減らし、銀の含有量を増やして重さは慶長小判と同じにするというものだが、この改鋳を行った荻原を白石は異常なほどに嫌悪していた。「生類憐みの令」と並んで、「貨幣改鋳」は綱吉時代の悪政として、長く通説となってきたが、その「貨幣改鋳」をやった荻原重秀悪人説を定着させたのが新井白石である。

だが、大石慎三郎『元禄時代』や、村井淳志『勘定奉行荻原重秀の生涯』など、荻原の経済政策を高く評価する指摘も多い。それらを読んでから、新井白石の『折たく柴の記』を読み返すと、新井白石の異常な執念深さが浮かんでくる。

つまり、江戸幕府の財政を支えてきた三本柱の①先祖の遺金②鉱山よりの採取金③天領からの年貢収入――そのうち綱吉が将軍職を引き継いだころには①と②は期待できなくなり、③の天領からの年貢収入のみで幕府財政を賄わなければならない事態に追い込まれていた。その一方で経済社会化現象が進行していた。すなわち幕府財政の運用と社会の経済問題を集中的に管理する勘定方の整備が必要な時代となっていて、その中心にいたのが荻原重秀だった。

荻原重秀が勘定奉行になるのは、元禄九年（一六九六年）。側用人柳沢吉保のもとで綱吉後期の経済政策を担当するようになった。それまでの勘定奉行は旗本たちが出世していく過程で通る一つの段階にすぎなかった。つまり、ある旗本が勘定奉行に任命されたことと、その旗本が財政運営に詳しい人であるかは、まったく無関係だった。荻原重秀は勘定方から抜擢されて、勘定吟味役となり、勘定奉行となった人である。そのように勘定方から勘定奉行が登用されていくようになったのは、幕府機構の大改革だった。

「経済の規模が大きくなれば、それに見あうように、その社会の通貨量も多くする必要がある。拡大した経済体制下にある元禄時代には、当然いままでより多くの通貨量を必要とした。そしてそれを満たして経済を円滑に運転させることこそ、為政者の責務であった」「改鋳にあたって、金銀の品位をおとしたとしてこれを非難するのが白石以来の常套手段であるが、当時日本の金銀鉱山はすでにほとんど枯渇しており、また幕府の備蓄金銀も使い果たしているという現実をふまえ、しかも通貨量をふやすという課題を満たすためには、それ以外に方法がなかったのではないか」と大石慎三郎は指摘している。

新井白石は、荻原重秀の死の翌年、正徳四年（一七一四年）に金銀貨の改鋳を自ら実現し、慶長金銀とほぼ等しい純分の正徳金銀をつくっているが、この金銀は一向に世間から受け入れられなかった。

「一定の経済発展には、一定の通貨量を必要とするという基本的命題を無視して、もっぱら通貨、それ自身がもつ質の問題としてのみとらえているなど、妥当性を欠く」ところが多く、「彼が非難攻撃した荻原重秀の改鋳のほうがむしろ正しくて、白石のものは理想論に災いされて現実を無視した政策であったといわざるをえない。要するに新井白石は、学者としては偉大であったとしても、政治家として成功したとはいえないのである」と大石は断言している。

▽執念の人

経済の面からみれば、改鋳によって通貨量を増やすことで経済活動を活発にする側面があった。そのことを白石は理解できない人だった。天変地異に対しても、白石は改鋳がなかったら「天地の災害が一時に起こることもなかったかもしれない」と『折たく柴の記』で書いてしまうような人だった。呪術的な側面を、思考・感情の中に持っている人だった。

柳沢吉保、荻原重秀は綱吉時代に重用され、間部詮房、新井白石は次の家宣、さらに幼い家継を擁立して活躍したが、吉宗が八代将軍となると、間部詮房、新井白石の二人はすぐに罷免されている。それぞれの実力者たちも、自分がついていた将軍しだいということだ。ただ荻原重秀は、その財政運営の才能が認められていたのだろう。家宣の時代になっても、勘定奉行を続けていた。

執念の人、新井白石は家宣に荻原重秀を罷免するように迫る意見書を正徳二年（一七一二年）三月に出すが、将軍家宣の答えは「才のある者は徳がなく、徳のある者は才がない。真の人材は、ほんとうに得がたい。目下のところ、国家の財政をつかさどらせる適当な人がいない。荻原重秀の人柄については、前から知らないわけではない」というものだった。

その家宣の言葉に続いて『折たく柴の記』には「むかしからいまにいたるまで、真の人材の得がたいことは言うまでもないが、重秀などは、才も徳も二つともとるところがない。それを、徳はないが、才があるように思われることは、このうえもないお間違いである」ということを論じた意見書を、重ねて将軍に出したことを記している。

さらに同年「このような邪悪な小人物を使っておかれることが大きな誤りである理由を十ヵ条に記して、九月十日に意見書を差し上げた。私のことばの激烈なのに驚かれて、翌十一日の朝、詮房殿が上様の仰せをうけて、荻原重秀が罷免されたことを私に告げられたのであった」と新井白石は自らの勝利を記している。

だが村井淳志『勘定奉行荻原重秀の生涯』によると、荻原重秀を弾劾する新井白石の意見書は「悪政の結果、天候不順に陥ったという呪術的説明で締めくくられている」というようなもの。将軍家宣は死の直前で、重秀解任の数日後から寝込み、一カ月後には死んでいる。「体調不良で判断力が落ち、財政についてのリアルな把握よりも、悪政のために天候不順が続くといった呪術的な説明の方に、心が向かいやすくなったのだろう」と村井は記している。

荻原重秀は、解任の翌年の正徳三年（一七一三年）九月二十六日に亡くなった。『折たく柴の記』によると、その死の翌年、銀座の大規模な摘発があり、荻原重秀が二六万両を受け取っていたことが露見したという。その荻原重秀の死について、「重秀はこの事件の主犯であるから、御先代のときに免職となり、禁錮されたが、上様がおなくなりになるときになって、お咎めを受けた者たち全部に、赦免の仰せがあったので、その罪を明らかにされないで、そののち病死してしまった」と書いている。

さらに共犯者を死罪にしようというなら「まず重秀の棺をあばいて、屍体をさらしものにしたのち実行されるべきでなかろうか。しかし、たとえ死者に意識があって、その冷えた肉を寸断されたとしても、重秀のような愚鬼がどうして苦痛を感ずることがあろうか」と白石は書いている。これは冷静な大学者というよりは、まさに偏執狂者の言葉である。わずかに「それはいたずらに残酷さを世間に示すことになって、君子の行うべき情けぶかい政治ではない」と付け加えてはいるのだが。

白石は「病死」としているが、岩波文庫版の『折たく柴の記』の校注者松村明は「荻原重秀は、自ら断食して」死去したことを注に記している。さらに、村井淳志は『勘定奉行荻原重秀の生涯』の中で、いくつかの根拠を挙げながら、「自殺ではなかった」として、白石一派が「不法に幽閉し、死に至らしめた」という推理を示している。

新井白石が言う、荻原重秀の二六万両の収賄も、正徳四年（一七一四年）の銀座が摘発された際の幕府の公式記録にも出てこないそうである。何とも、覇権争いというものは、激しいものか。だが、紹介したように、その新井白石も享保元年（一七一六年）四月に家継が没して、吉宗が将軍となると、間部詮房とともに即刻罷免され、翌年正月には、それまでの屋敷を召し上げられている。替屋敷は内藤宿六軒町だったが、家屋がなく、妻子を深川一色町の借家に移らせたと年譜にある。権力者の運命も、これまた大変なものである。そして罷免の年、白石は『折たく柴の記』を書き始めたようである。

▽新田次郎『怒る富士』

江戸で、そんな新井白石と、荻原重秀の闘いが繰り広げられている間、富士山の宝永大噴火で、大量の火山灰に埋まった被災民たちの生活はどうだったのだろう。

宝永四年十一月二十三日（一七〇七年十二月十六日）午前十時から十一時ごろに始まった富士山の大噴火は一キロメートル立方もの火山弾や砂や灰をまき散らした。それらは偏西風で運ばれ、富士山の東方地域を埋め尽くしていった。その被害の一例を紹介すると、駿河側の駿東郡須走村で一丈余（三メートル以上）の降砂量。もちろん、くまなくその一帯は一丈余の砂が降るわけだから、当然、被害地は耕作不可能である。

途方に暮れる農民に対し、被災地を支配する小田原藩は「田畑は自力で開発せよという命令」を出す。小田原藩は十一万三千石中の約半分に相当する土地が、富士山の大噴火によって被災した。それを幕府に返地したが、今度は幕府がそこを亡所（税をとらない土地）として、住む者は棄民（保護のない民）としたのだ。つまり復興のめどが立たないから、農民を見捨てるというのである。

それでも農民たちは砂除《すなよけ》をする。だが作業は進まない。口減らしのために働ける者は他国に出て、年寄りと子どもが多い村に「飢餓は怒濤のように押し寄せて来た」。

その幕府直轄地となった被害地の救済・復興策の全責任を負って砂除川浚《かわざらい》奉行として赴任したのが関東郡代（関東代官頭）の伊奈半左衛門忠順《ただのぶ》だ。この被災農民たちを救うべく奮闘する伊奈忠順の姿を描いた長編時代小説が新田次郎の『怒る富士』である。

その新田次郎にとって、富士山は特別な山だった。無線電信講習所（現電気通信大）を出て、中央気象台（現気象庁）に入った昭和七年（一九三二年）に富士山頂観測所に勤務。以来、昭和十二年（一九三七年）まで、年に三、四カ月は富士山で暮らしたと、『怒る富士』のあとがきに新田次郎は記している。新田の青春は富士山と共にあったのだ。

戦争で抑留を経験して帰国後、中央気象台に復職。気象学の専門家として、新田次郎の最も有名な仕事は富士山頂気象レーダーを作ったことだ。昭和三十四年（一九五九年）に襲来した伊勢湾台風の甚大な被害（死者・行方不明者、約五〇〇〇人）から、観測範囲の広いレーダーの建設が求められていた。新田が建設責任者を務めた富士山頂気象レーダーは、その観測範囲は半径八〇〇キロメートルもあり、東京から遠隔操作もでき、観測データは東京の気象庁を経て、地方気象台にも送られるという装置。昭和四十年（一九六五年）春から運用が開始されたが、完成当時は世界最高高度・世界最大のレーダーとして、気象衛星の登場などで平成十一年（一九九九年）に廃止されるまで、台風シーズンには大いに威力を発揮してきた。

新田次郎の作家としての出発も富士山の強力《ごうりき》をしていたことのある人がモデルの『強力伝』で、その単行本で、昭和三十一年（一九五六年）に第三十四回直木賞を受けている。『芙蓉の人』『富士山頂』『富士に死す』……など富士山を舞台にした作品も多いが、戦前、中央気象台長を務めた気象学者・藤原咲平の甥にあたり、職業作家だけの生活とならなければ、もしかしたら新田次郎も気象庁長官を務めることがあったかもしれない。

その新田次郎が中央気象台に就職して、富士山頂観測所に勤務する際、富士山頂への登山口が御殿場だったので、そのあたりの人が強力として、新田たちの仕事を助けてくれていた。「宝永噴火と代官伊奈半左衛門の話はこの人たちの口を通して、最初に耳にした。冬期交替勤務のために登山中、突風に襲われて殉職した長田照雄氏（御殿場市）がこの話をよくしてくれた」という。

▽十数メートルの降砂に埋まる

宝永大噴火のために田畑が砂に埋まり、農民が餓死に瀕している時、代官伊奈半左衛門は、駿府にある幕府の米蔵を開けて飢民を助けた。その咎《とが》を受けて幕府に捕えられ、江戸に送られて、死罪になった……。

そのような話に「私は感動した」と新田次郎は書いている。「代官というと、泣く子もだまる悪代官のイメージだけが強く頭の中にこびりついていたので、伊奈半左衛門という良心的代官の話は強く私の心に焼きついた」とも加えている。

宝永の富士山大噴火による降灰で、周辺の農民たちが、どのような惨状に陥ったのか。それを示す文書「御救嘆願」が、歴史学者、永原慶二による『富士山宝永大爆発』に収録されているので、まずそれを紹介しよう。

「駿州砂本五八ヵ村」と呼ばれる御厨《みくりや》地方幕領のうち、砂の深さ三尺未満の二十二ヵ村は、宝永六年末の砂除金給付の対象とならずおき去りにされた。それらの地域は主に御殿場市域に属する村々だが、それでもすぐ作付できるような状態ではなく、宝永五年も六年も春の作付はできなかった。そのため宝永五年の三月から六年二月までは一年間一人一日一合の御《お》救《すくい》夫食米《ぶじきまい》が与えられた。しかしその後は打切りになってしまった。宝永七年「御救嘆願」はそうした事情の中で作られたもの。史料では、控え、または草案のため月日等がない。その要点が『富士山宝永大爆発』に記されている。それはこんな内容だ。

「これまで御救いによって砂除の努力をつづけてきたが、深砂でどうにもならず、宝永五年も六年も作付・農作はできなかった。働ける者は近隣へ奉公または稼ぎに出、残る年寄・子供も方々へ乞食に出たが、村々にはその村の『非人《ひにん》』がいて他所者は入れて貰えず、次々に餓死していっている」

「当地は小田原・沼津・三島へいずれも八、九里という山里で、富士山山腹の雑木を採って生活を補ってきたが、山腹は五丈二、三尺（十数メートル）の降砂に埋まり、植生はまったくなくなってしまった」

「こうしたことでどうにもならず昨年暮には江戸に出府し、土屋相模守政直様に惣百姓訴訟申し上げ、『右積立指上申し候御入用金にて』人々が生きのびられるようにお願いした」（この「御入用金」のところ文意不明）

「これらのことはかねて河野勘右衛門様・中山出雲守様御検分のおりにも申し上げたが、今もって救われるほどの御処置は何もない、五八ヵ村の惣代は、惣百姓の飢餓を前にして身命を賭してお願い申し上げている」

という内容。

『怒る富士』の被災農民たちは、まさにその史料に記されたような中を生きている人たちである。

飢餓と餓死、そして十数メートルの降砂の中を……である。

この「御救嘆願」は宝永七年のことだと思われるが、富士山大噴火の翌年の宝永五年（一七〇八年）の閏一月七日に関東郡代・伊奈半左衛門忠順は砂除川浚奉行を命じられている。

この日には、前に紹介した検地によって定まっている石高に応じて、百石につき金二両の割合で、全国一律に臨時課税する「諸国高役金」（砂除国役金）が同日発令されている。

『折たく柴の記』によれば、この臨時課税で得た約四〇万両のうちわずか一六万両が、富士山噴火の被害対策費用として使われ、残金は北の丸を造る費用に残されたわけだ。江戸の幕臣で、幕府の記録や先例などを調べた向山誠斎（一八〇一年〜五六年）という人の記録が『富士山宝永大爆発』に引用されているのだが、それによると、この時、集められた高役金は正確には約四九万両である。ほぼ百パーセントの期限内納付だったようだ。

そのうち、武蔵・相模・駿河の砂が積もった村々への「御救いの為」伊奈に渡されたのが、金六二二五両。駿州須走村が焼失したためにくだされたのが、金一八五四両。武蔵・相模村々砂除ならびに川浚そのほか諸役人諸入用分が、金五万四四八〇両。そのような内容だった。

三口合わせて六万二五五九両余で、三口目の酒匂川《さかわがわ》治水の比重が圧倒的に高い。でも全国から集められた約四九万両から、その三口分を引いた残りの約四二万両はどうなったのか。それよりこの臨時課税で得たお金のうち一六万両を富士山噴火の被害対策に使ったと、荻原重秀は説明しているわけだが、その説明通りだとすると、一六万両から、三口分の六万二五五九両余を引いた、約十万両はどうなったのか……。

荻原重秀に少し厳しい見方をしている永原は「重秀は能吏であるが収賄という点でも他にひけをとらず、評判が悪かったことから疑いたくもなるが、それは別として、救援金は一年余り経っても出し惜しみで、多額の金が江戸城増改築などのために備蓄あるいは使用されたことはたしかである」と記している。

ここで明らかにされていることの反対側に、「御救嘆願」などで記された被災農民たちの飢餓があるわけである。

▽一点集中型工事

「まず御支配様が被害地に顔を見せ、力づけてやって下されば、生きる望みを得て、立直る者も何千何百と出て来ることでしょう」

新田次郎の『怒る富士』にそんな言葉がある。

御支配様とは被災地の奉行となった関東郡代・伊奈半左衛門忠順のこと。話しているのは駿河の駿東郡の名主の息子佐太郎だ。駿東郡は多い所で三メートルを越す降砂で田畑、家が埋没。これでは作物はできない。農民は餓死してしまう。どうしたら砂除けが進み、復興ができるか。

東日本大震災の放射性物質の除染も大変だが、この大量の砂除けも同様。だが佐太郎は「百姓にとって食べるものと同じように欲しいものは、まだ見放されてはいない」という確証だ、と言うのだ。

向山誠斎の記録でも分かるが、幕府がまず復興対策として、重点を置いたのは、酒匂川治水対策だった。被災地復興の総指揮者、伊奈忠順がまず主任務として取り組んだのも酒匂川の治水工事だった。

民衆の死活をかけた苦しみという視点からすれば、駿東郡御厨地方のほうがいちだんと深刻だったにもかかわらず、相州足柄平野地域の救済を優先させたのは、「砂除の方は経済効果が低いばかりでなく、堤防のような一点集中型工事によって解決できるものでないということもある。政治にはいつも弱者救済をあとまわしにするという非情がつきまとう」と永原は指摘している。

だが、その伊奈忠順による、酒匂川の治水工事は、なかなかうまくいかなかった。そして伊奈は御厨地方の惨状を自分の目では知らなかったのだ。

駿東郡の名主の息子佐太郎の「まず御支配様が被害地に顔を見せ、力づけてやって下されば、生きる望みを得て、立直る者も何千何百と出て来ることでしょう」という言葉は、伊奈に自分の目で、被害状況を見てほしいという要請である。

実際、伊奈忠順は、宝永六年（一七〇九年）六月、御厨の村々を初めて見て回る。この巡検時、伊奈は現地の人びとに接して、丁寧にその窮状や要望を具体的に聞いたようだ。

「飢人吟味の上一日一人につき御米一合宛、日数五日分」などが、御厨地方・棚頭村の「飢人御扶持人別帳」の宝永六年八月十三日付の控えに記録されている。「飢人」とは老人・子供・病人など働く能力・条件を持たない人びとを意味していると思われる。これは伊奈忠順が同年六月に直接、見回った際に願い出たことが認められた記録である。

「ささやかではあるが一つの成果であろう。伊奈巡検はさまざまな形で御厨地方にもわずかながら光明をもたらした」と永原は『富士山宝永大爆発』の中で書いている。

新田次郎の『怒る富士』では駿東郡の名主の息子佐太郎の言葉とそれまでの話を伊奈は聞いて、「救いの手は急いでさし延べてやらねばならない」と思う。そして、すぐに駿東郡に向かうのだ。

伊奈は被災地を自分の目で見てまわり、惨状を幕府重臣に訴える。『怒る富士』では、駿東郡五十九ヵ村の名主たちを江戸に出府を申しつけて、その費用を伊奈が持つという行動に出る。強訴は禁じられているので、強訴ではない形で幕府の重臣たちに、被災民の窮状を伝えさせようとするのだ。だが、月番の老中は会おうとしない。

するとすでに月番の老中を免除されて、代参老中殿と言われていた土屋相模守政直が「月番老中が会わないと言うならば、この老体が会って、名主たちの言い分を聞いてやろう。折角江戸まで出て来て、このまま追い返したのでは、なんとしても気の毒でならない」と言って、政直は駿東郡の名主五十九人を引見。およそ半日にわたってその言い分を聞いてやるのである。その後、名主たちには、茶菓が出される。菓子は、琉球国使節が持参したものを将軍家から政直が頂戴した黒糖だった。

駿東郡五十九ヵ村の名主たちは老中土屋政直に会い、茶菓まで貰った。「幕府がいま尚、自分たちを見棄ててはいない証拠だと思った。彼等は足音も軽く江戸を離れて行った」と新田次郎は書いている。

いかにも物語的な展開と言えるが、『富士山宝永大爆発』の宝永六年九月二十七日の欄を見ると、荻原重秀屋敷で行われた関係者の内談が開かれた際、「伊奈忠順はこの席に御厨の村々代表の三人を連れていった」とある。伊奈忠順が直接、被災地を巡検した三カ月後のことである。酒匂川普請人足の賃金の引き上げを三村の名主が代表して、陳情するために九月八日御厨を発ち、十一日に江戸着。翌日に伊奈忠順屋敷などに参上して値上げ陳情をしていたのだ。永原は続けてこう書いている。

「例のないことであったが、伊奈は先ごろの巡検で御厨の窮乏状況が棄てておけないものであることを痛感していたから、それなりの決意があったにちがいない。百姓たちも、勘定奉行の実力者荻原重秀にまで直接陳情できるとは予期しなかったであろうが、結果的には伊奈のこの決断が成功のきっかけだったようである。一行は二九日江戸を立ち、一〇月二日無事御厨に帰着した」

さらに「御厨人夫の賃金は間もなく一人一日二匁五分に大幅引き上げとなった。地元にどう伝えられ、地元の反応がどうであったかを具体的に伝えてくれる材料は、残念ながら今のところ発見されていない。しかし、伊奈の力が大きく発揮されたことへの認識・感謝の心が御厨の人びとの間で広まったであろうことは疑いない」と永原は加えている。

▽幕府の米蔵を開ける

そして「正徳二年二月二九日、これまで砂除川浚奉行として被災地救済の指揮に当って奮闘してきた関東郡代伊奈忠順が病没した」のである。さらに「宝永七年から正徳二年の死に至る晩年の忠順の足跡については、不明のところが多い。一説には御厨地方の飢餓民を救うために駿府紺屋町御米蔵を許可なしに開いて施米にあてた罪を問われ、閉門の身となったともいう」と『富士山宝永大爆発』に記されている。

この幕府の御米蔵を開いて、農民を救済に向かう伊奈忠順を描くのが、新田次郎の『怒る富士』なのである。

飢餓に瀕し、餓死していく農民のために奮闘していた伊奈忠順が正徳元年（一七一一年）十月二十一日の午後、荻原重秀邸に呼び出される。荻原重秀は机の上にあった書き付けを伊奈の前に出す。それを読むと、こんなことが書いてある。

「先般、富士の山焼けによる降砂の被害を受けた駿東郡五十九ヵ村の飢民を救うために、幕府は駿府代官が管理している米蔵より、五千俵を被害地へ譲り渡すべきことを取りきめた。よって、当被害地支配、関東郡代伊奈半左衛門より連絡があり次第、その米を渡すように手配せられたい。尚、米の回漕、運輸等については手落ちのないように配慮のこと」

予期せぬこと。夢のようなこと。「どうかな、それだけあればこの冬だけはなんとか越すことができるだろう」と荻原重秀が言うと、伊奈も「充分ではございませんが餓死はまぬがれます。しかしこれは」と答えている。

だがしかし、その米、五千俵を動かすには、荻原重秀の署名だけでなく、最低あと一人、老中一名の連署が必要である。

『怒る富士』で、この二人のやりとりの前に、新井白石たちに敗北して、荻原重秀が権力を失っていく場面が描かれている。

すべてを悟った荻原重秀が、伊奈忠順のために書き、署名して渡した、その書面に必要な連署を誰がするのか、また駿府代官がどんな応対をするのかなどは、『怒る富士』を読んでもらいたいが、同書の中で、伊奈半左衛門忠順は、その米蔵を開いたことの責任をとって、密かに自邸で切腹をして死んでいくという物語となっている。

伊奈は、このように荻原重秀に近い人物として存在しているが、餓死していく農民を救うためには、反対派の新井白石にも会って、農民を助けるための相談をする人物として描かれている。新井白石へ会うための口利きを同じ儒学者の荻生徂徠がするという展開。

白石は伊奈忠順に会わなくてはならない理由について、「誰にたのまれたのだ」と徂徠に言う。「頼まれたのではない。拙者が自ら進んで引き受けたのだ。新井白石に必ず会わせてやると言い切ってしまったのだ。それだけの価値があることだと思ったからだ」と徂徠は応える。さらに「稀に見る徳行の士だ。いまどきあのような正しい考え方を持っている代官は少ない。ぜひ会って、話を聞いてやってくれないか」と頼んでいる。

その直前には「ちかごろ、おかしな噂を訊くが、新井殿は聞いておられるかな」「富士の山焼けの救恤金は大奥の普請に廻してしまったので、富士山麓の駿東郡五十九ヵ村では餓死者が出ているそうだ。今年の二月まで毎日一人一合のお救い米が出ていたのが、家宣様の代になるとぴたりと止められた。止めたのは新井白石であるという噂だ」と、徂徠は白石に攻め込んでいる。

そうやって新井白石に会った伊奈忠順は言う。「被災地の農民を救うには、彼等に食を与えながら、自力開発させる以外に道はないと思います」。白石が「自力開発とは……」と問うと、「自らの土地の砂を自らの力によって取り除いて行く力を与えてやることです。どうやら自活できるようになるまでには、何年かかろうとも、幕府は彼等に食を与えてやらねばならないでしょう」と述べる。

▽短期決戦ではない復興

白石が「ほんとうの意味の自力開発ではなくて他力開発のように聞こえますが違いますでしょうか」と反論すると、「さよう、厳密にいうと貴殿の言われるとおりです。だが、幕府の援助が一人一日米一合というような微力なものであるならば、他の力を借りたとは言えないでしょう。これはほどこしに過ぎません。しかし、彼等にしてはその微力な援助こそ、精神的な糧になるのです。まだ見棄てられてはいないと思うから自力開発の力が出るのです」と伊奈は話している。

　このあたりが、新田の最も述べたかったことなのだろう。そして、復興は決して短期決戦ではないということも。「もし仮に一人一日一合の扶持米を与えられたとしても、復興するには十年かかるでしょう。もし、その最低の扶持米も与えられないとするならば、彼等のほとんどは餓死してしまうでしょう」という伊奈の発言を新田は記している。

　それに対して、「各村の見積り合計を見ると、ほとんどが三千両を越えているようですが、五十九ヵ村合計ではどのくらいになるのでしょうか」と白石が問うと、その場にいた代官手代の荻原覚右衛門が「合わせて十七万二千百五十三両になります」。

　白石の頭には大奥改造費の十七万両の金額が浮かぶ。そしてきらびやかに飾り立て、美食を口にして、その日その日を送っている女たちと、餓死寸前の農民との対照が、白石の中でなされている。そして結論として白石は「よく分かりました。伊奈殿の言うことはすべて正当のことだと存じます。幕府としても真剣に考えねばならないことだと思います。この新井白石、たしかにうけたまわりました。

早速、間部詮房殿にお話し申し上げる所存にございます」と言うのである。

この場面での新井白石は『怒る富士』の中では最も理解ある人物像として描かれている。新井白石が荻原重秀の追い落としを考えている時にも、「その後に誰が坐ろうと、金や銀が自然に湧いて来ないかぎり幕府は相変わらず苦しいことには間違いない。勘定奉行を代えてもどうにもならなかったことをその時になって、白石は知るだろう」と書いてあるし、続けて「あの儒者殿はひどく気が強いから、自分がやったことが悪いとは決して認めないだろう。彼は多分に感情的な眼で人を見る。合理的な政策を取ろうとしていて、実ははなはだしく感情的な政治になって行きつつある。学者に政治をやらせるとそうなるものだ」という白石に対する人物評まで記してある。新田が白石の政治に批判的であることは間違いない。だから、この新井白石と伊奈忠順の対決場面は、伊奈忠順の美質を記してあるのだと受け取るべきなのだろう。

▽伊奈神社

『怒る富士』の最後には「この地が完全に復興して、伊奈氏の支配から離れたのは寛保三年（一七四三年）であった。実に三十六年間を要した」とある。因縁の山、富士山の宝永の噴火被害を調べて、物語を記すうちに、大災害からの復興には長い時間がかかるということを新田は実感したのだろう。

だが、実はもっと長い時間がかかっているのだ。永原慶二の『富士山宝永大爆発』を見ると、寛保三年は伊奈忠順の死後、その跡を継いだ養子の伊奈忠逵《ただみち》の支配から、駿府代官所に支配替えに御厨の村々（四十九ヵ村）がなった年にすぎない。同書によると、富士山の宝永大噴火による災害の救済措置としての被災地幕領化政策が終わるのは天明三年（一七八三年）のことである。この天明三年までにすべてを旧領主等に返還して終わった。それは「爆発の年から数えてじつに七六年」である。

この間に時代も変わった。「大爆発の宝永四年（一七〇七年）はまだ元禄の繁栄の延長の時代といえようが、七六年を経て将軍はすでに一〇代家治の治世となっており、政務の中心に立っていたのは田沼意次であった」と永原慶二は記している。

しかも、幕領から返還された小田原藩は財政難が続いていて、その返還が完了した天明三年の十一月には、凶作で御厨でも一揆が起きている。つまり幕府は被災地を藩に返して復興完了という形を整えたが、被災地の人たちにとっては、復興はまださらに先のことだったのである。

伊奈忠順は『怒る富士』に描かれるように、すぐに御厨地方に実地検分に行ったわけではなかった。自分の目による巡検は爆発から一年半後である。だが、述べたように、荻原重秀邸での内談に御厨農民代表三名を引き連れて出席、その宝永六年（一七〇九年）末に、初めての砂除金交付が開始されている。

「おそらく忠順は、御厨深砂地帯では、短期集中型の工事形態は不可能であり、結局、住民自身の手による息の長い作業を、金銭面から援助してゆく他はないという判断に達したのだと思われる」と永原慶二は『富士山宝永大爆発』の中で記している。

これには『怒る富士』の新田の考えと重なる思いを感じる。永原が小田原藩領であった静岡県小山町と神奈川県小田原市の自治体史編纂を同時期に依頼されたことがあり、しかも小山町には自分の仕事場もあった。さらに元禄以来、先祖が住みつづけてきた土地でもあったという。歴史学者としての文章を超えた思いが伝わってくるのは、そんなところからだろうか。

荻原重秀。伊奈忠順。互いに関係があり、いずれも歴史に名を残す江戸幕府の重要人物が相次いでなくなり、その死の真相が、いまひとつはっきりしないのは、事実のようである。荻原重秀は正徳三年（一七一三年）九月二十六日に死去、伊奈忠順はその前年の正徳二年（一七一二年）二月二十九日に死去している。新井白石らとの権力闘争の結果なのだろうか……。そんな気持ちが湧いてくるのも理解できる。

伊奈半左衛門忠順が、飢餓民を救うために幕府の御米蔵を開いて施米にあてた罪を問われ、閉門の身となったともいう話について、永原慶二は「その真偽は確認できないが、忠順の飢民救済に向けられた努力が後の御厨の人びとの心をとらえ、そうした物語を創り出した可能性は十分に考えられる」と書いている。

新田次郎の『怒る富士』の終わりには、駿東郡の諸村では伊奈半左衛門忠順の徳を慕って処々に小祠《しょうし》を建てたことが記されている。その当時は幕府の眼をおそれて参拝は一人ずつこっそりしたということである。そして昭和三十二年（一九五七年）、分散していた伊奈神社を合祀して駿東郡小山町須走に現在の伊奈神社が建てられた。

私も取材のためＪＲ御殿場駅から、車でその伊奈神社を訪れたことがある。『怒る富士』に書かれたように瀟洒な神社である。参拝をすませて、静かな境内にしばらくいたが、日が陰ると急速に寒くなってくる。厳しく荒々しい富士山の姿が迫ってきた。

天明三年浅間大噴火——立松和平、根岸鎮衛

「飛ぶようにして駆けた。草履も脱ぎ捨て、駆けに駆けた」。天明三年（一七八三年）の浅間山大噴火を描いた立松和平『浅間』（二〇〇三年）に主人公ゆいが山津波（火砕流）から必死に逃げる場面がある。

目指すは鎌原村（群馬県吾妻郡嬬恋村鎌原）西側の丘にある観音堂。お堂への石段を上がる途中、ゆいは火砕流に村人も動物も吸い込まれていく姿を見る。

「ゆいさーん、ゆいさーん」。そう呼ぶ声に石段の下を見ると、知り合いの「さき」が姑を背負って来る。ゆいも、さきの名を呼んだつもりだったが、声が出たかわからない。ゆいは懸命に右腕を伸ばす。火砕流はすぐそこまで迫ってくる。指先が触れかかる。火砕流はすぐ手前で盛り上がるように見え、ゆいが思わず知らず腕を引っ込めた一瞬、さきと姑は火砕流にのみこまれてしまう。火石と泥の流れはどんどん高くなって石段にぶつかってくる。ゆいはあわてて四つんばいで石段を上がった。

おそらく、『浅間』のこの場面は、昭和五十四年（一九七九年）に行われた日本のポンペイとも言われる鎌原村の観音堂周辺の発掘調査を受けた場面だろう。現在の観音堂への石段は十五段だけが地表から出ている。その右登り口の斜面には

天明の生死をわかつ十五段

という句の入った立札がいつからともなくたてられていた。鎌原村が浅間山の大噴火で、火砕流に襲われた悲劇の当日（天明三年七月八日・一七八三年八月五日）、これより上に逃げ上った者は助かり、そうでない者は恨みを呑んで死んでいった。だから、この石段の途中にその人たちの遺体があるはずだというのが、同村に伝わってきた伝承だった。

言い伝えでは、その石段は百二十段から百五十段とも言われていた。だが実際に発掘してみると五十段だった。

▽二百年ぶりの遺体発見

そして石段の上り口で、折り重なるようになった二人の骨が見つかったのだ。三十〜五十歳ぐらいの女性が五十〜六十歳ぐらいの女性を背負ったままの死だった。いろいろな鑑定・復元から、二人は母娘か、姉妹ではないかと推定されている。

この二百年ぶりの遺体発見は大きな話題となった。発掘調査の事務局長を務めた大石慎三郎の『天明三年浅間大噴火　日本のポンペイ鎌原村発掘』（一九八六年）には次のようなことが記されている。

石段にそって掘り下げていると、穴の中から人間の毛髪様のものが見えてきた。その報告で、「すわ」というので、下りてみると、まぎれもなく人間の頭に、それに連なる下方部が洞穴になっており、肋骨あたりと思われるところに、白い脂肪状のものが見える。

注意深い仕事は女性のほうが、というので作業を任せていた女子学生が、気持ち悪くなってもう駄目というので、あとの作業は男子が交替。しかし、もうこのころには、夏の日もすっかり傾き、地上から四メートル以上も掘り下げた穴の中ではこれ以上の作業は無理と考えられた。普通なら作業打ち切りで、翌日まわしだが、遺骨発見の報を聞きつけた人びとが、続々と穴の周辺に集まりだした。つまりそれだけの力で、浅間山の大噴火と多数の村民の死の話は鎌原村に伝わってきたということなのだろう。

そのまま放置するのは、かえって危険だという判断で、急遽、長野原の警察に行って、投光機を借りだして、遺体を掘り出し、俄《にわか》づくりの棺桶に収めて「当夜は観音堂に安置して、村人とともに通夜をした」という。

背負われていた老齢の方は、日本人が戦時中にかぶった防空頭巾のような布が頭にかかっていた。天明三年の四月八日から続いていた浅間山の噴火は、大きなものになると一万メートルもの噴煙があがっていたと思われ、鎌原村の空からは浮石などが降ってきていたはずであるので、人びとは防空頭巾のようなものを着用していたのかもしれない。また標高約八百メートルにある鎌原村はやや冷涼な地でもあるので、野良仕事や山仕事に日常的に頭巾を使っていたのかもしれない。それらからこの遺体の女性は土地の者と考えられている。

このように鎌原村は約六メートルの火砕流に村全体が埋まり、家は全滅、村民の五百九十七人中四百六十六人が死亡（観音堂の石段の途中で亡くなった二人の女性も、おそらく同村民だろうから、その中に含まれているだろう）、生存者は百三十一人であった。そのうち三十八人は他所に奉公するなどでその後、村を出たので、残りは九十三人だった。

▽被災者同士で新しい家族

その被災生存者に対する、こんな話が残っている。立松和平『浅間』にも、そのまま描かれているが、近隣三村の有力者が生存者を引き取り、埋没した村の跡地に小屋を二棟建ててあげ、麦、粟、稗などを送って、村民を助けたのだ。

さらに少ない生存者が家柄にこだわっていたら、村の復興は不可能と判断し、家柄身分を排除して、新しい家族を作ることを提案し、夫を失った妻、妻を失った夫、さらに親を失った子供や年寄りたちを、めあわせ、加えて、新しい家族を作って、被災後の鎌原村は再出発しているのだ。

この村の被災については、江戸中期から後期にかけて、勘定奉行や南町奉行を務めた根岸鎮衛（一七三七年〜一八一五年）の随筆集『耳嚢《みみぶくろ》』にも、根岸鎮衛自身が浅間山の噴火の復興にかかわったこともあるためだろうか、かなり詳しく記されている。

例えば、火砕流から生き残った上州吾妻郡蒲原村（鎌原村）の村民の数についても「纔《わずか》に男女子供を入《いれ》九拾三人残りて、跡は不残《のこらず》泥火石に押埋められ流出せし也」とはっきり記されている。

その途方に暮れる被災者に対して、同郡大笹村・長左衛門、干俣村・小兵衛、大戸村・安左衛門の三人が、少し災害が鎮まってから、「大変の跡へ小屋掛けを二棟しつらえ、麦・粟・稗等を少しづゝ送て助命為致《いたさせ》ける」とある。

さらにその三人の工夫にて、「かゝる大変に逢《あい》ては生残りし九十三人は誠に骨肉の一族とおもふべし」として「夫を失ひし女えは女房を流されし男を取り合《あわせ》、子を失ひし老人えは親の無き者を養はせ、不残《のこらず》一類に取合せける。誠に変に逢ひての取計ひは面白き事也」と『耳嚢』に記されている。「一類」とは親族のことである。すべて残された被災者同士で、新しい家族を作り直したということである。

この三人は、鎌原村だけでなく、他の被災した村にも援助の手をさしのべたようで、その評判が江戸幕府にも伝わり、幕府も助けた三人の有力者を江戸に呼んで表彰。白銀をくだされ、三人とも一代の帯刀、名字は子孫までの名乗りをゆるされている。

さらに「右三人の内、干俣村の小兵衛といへるはさまで身元厚き者にもなく、商ひをいたし候者」なのだが、小兵衛の言うところによると、「我等の村方は同郡の内ながら隔《へだた》り居《い》候故、此度の愁《うれい》をまぬがれぬ。しかし右難儀の内へ加り候と思はゞ、我身上を捨て難義の者を救ひ可然《しかるべし》」として、全財産を投じて救う決意を語ったという。実際に「家財をもおしまず急変を救ひけると也」という状態だった。

自分が見聞きした江戸の面白い話を集めた『耳嚢』の中でも、この鎌原村の三人の行いは、聞いたことのないような徳行であり、さらに「夫を失ひし女えは女房を流されし男を取り合《あわせ》、子を失ひし老人えは親の無き者を養はせ、不残《のこらず》一類に取合せける」という提案は、幕府の役人たちにとっても、思いもつかないような考えだった。

そんな斬新な考えを被災者たちに提案して実現させる者はどんなふうな人物なのか、根岸鎮衛も興味を抱く面会だったのだろう。そのうちの小兵衛について、根岸は「誠に実体なる老人に見え侍りき」と、実際に会ってみての印象を『耳嚢』に記している。

立松和平『浅間』でも、主人公ゆいは夫も子供も母も失ってしまう。二十三歳のゆいは亡くなった夫・万次郎と同じ馬方をしていた音七と婚礼をあげて新しい夫婦となるのだ。

鎌原村の発掘で、遺骨発見の報を聞きつけて、続々と穴の周辺に集まってきた人びと、投光機を使いながら掘り出した遺体を俄づくりの棺桶に収めて、観音堂に安置して通夜をした村人たちの中には、浅間山の噴火で生き残り、新しく家族として再出発した、ゆいたちの末裔も含まれていたのではないかと思う。

新田次郎『怒る富士』のところでも紹介したが、宝永四年（一七〇七年）の富士山の大噴火で被災した駿東郡御厨地方が、被災地幕領化政策で幕領となり、その政策が終わり、すべてが旧領主等に返還されたのは爆発の年から七十六年後の天明三年（一七八三年）のことであった。それは浅間山が噴火した年でもある。駿東郡御厨地方が幕領から返還された後も、小田原藩は財政難が続き、天明三年の十一月には、凶作で御厨でも一揆が起きていることを永原慶二『富士山宝永大爆発』から紹介した。

▽飢饉の死者九十万人以上

その時代の政務の中心は田沼意次になっていた。意次は吉宗にとり立てられて旗本となり、九代将軍家重の時代には大名に、十代将軍家治の時代には老中となった。その重商主義的な経済政策は、好況を呼んだ一面で、社会全体は安定を失い、天明三年には、飢饉や米価の高騰によって、上州安中藩や仙台、盛岡など各地で打ちこわしが発生した。

一般に、天明の飢饉と呼ばれるのは天明二年から天明七年にかけての大飢饉。特に天明三年の浅間山の噴火の影響でおきた冷害で、奥羽地方の飢饉によって多数の餓死者が出た。天明の飢饉による死者は全国で九十万人以上とも見られており、各地で打ちこわしが続出、老中田沼意次の失脚につながったと言われている。

幕府が、富士山の宝永噴火以来続けてきた幕領化による被災地救済という方式を天明三年に解消したのは、そんな飢饉が続く状況に対して、経済的負担を打ち切る目的があったと思われることを永原慶二は指摘している。つまり富士山の大噴火で始まった被災地救済政策は、七十六年後に復興がなって終わったとも言えるが、別な見方をすれば、浅間山の噴火によって、その被災地救済政策は打ち切られたとも言えるのである。

この天明三年七月の浅間山の噴火があった以降、もともと冷涼の地であった御厨地方は厳しい冷害に追い打ちされ、稲の収穫もままならず、増田《ましだ》村（御殿場市）の名主の記録によると「わら（藁）を食い、ところ（野老）という草の根を干して食った」といい、茱萸沢《ぐみざわ》村（御殿場市）でも、「どくだみ・葛根・烏瓜の根まで掘って食べたが飢人が続出した」ことが、『富士山宝永大爆発』には紹介されている。

その浅間山の噴火のことは、『蘭学事始』で知られる杉田玄白の随筆集『後見草』の中にも記されていて、それが大石慎三郎『天明三年浅間大噴火　日本のポンペイ鎌原村発掘』にも記されているので、紹介しておこう。

「天明三年、今年もまた関東各地は春より夏にかけて、晴れる日は稀でたいてい雨が降っていた。それにたまたま雨が降らない日も、雲が重くたれこめていた。六月も暑さを知らず年寄りたちは冬のものを着てすごす有様であった。

さて七月になったが、空は一向に晴れやらず、ようよう四日・五日になってやっと暑くなったので、これで作物の実りもよくなるだろうと人々はよろこび話しあった。ところが六日の夜半ごろ、西北の方角で鳴動があり、雷かと耳をそばだててみるとそうではなく、一声一声きれぎれに鳴り渡った。やがて夜も明けたのに空の色はほのぐらい有様、庭を見ると吹いてくる風にさそわれて、こまかい灰が降ってきた。ようやくお昼ごろになって風も止み、降灰も止まってはじめて夜の明けた気持ちがした。

さてその日の夕暮れごろより昨夜と同様に鳴動が起こり、終夜止まなかった。明けて七日はなお激しくなり、降ってくる灰も大粒で、あたかも粟か黍などを見るようであった。それを手に取ってよく見ると、灰ではなくて焼砂であった。またこれに交って馬の尾のようなものが同様に降ってきた。その色は白いのも黒いのもあった。これら降砂の積りかたは処によって差異があった。さて次の八日の早朝は、鳴動の強いことはいままでよりとびぬけていた。

人々の話しあうには、昔、薩摩国（鹿児島藩）桜島の噴火した日は、空が曇り、灰が降ってきた。これはその時より多いので、遠国ではなく近いところ、つまり日光か筑波の山が噴火したのであろう、ということであった」

と記されている。この時点でも、浅間山の噴火であることは、江戸にいた杉田玄白のもとには、まだ伝わってきていないようだが、徳川幕府の正史『徳川実紀』には、次のように記されていることが、『天明三年浅間大噴火　日本のポンペイ鎌原村発掘』にある。

「六日、この夜更たけて西北の方鳴動すること雷のごとし。

七日、此日《このひ》天色ほのぐらくして風吹き砂降すこと甚し。午の刻すぐるころ風漸々《ようよう》静まり、砂降ることも少しくやみぬ。黄昏よりまた震動し、よもすがらやまず。

八日、この日鳴動ますます甚しく、砂礫を降らす、大さ粟のごとし。これは信濃国浅間山このほどもえ上りて、砂礫を飛すこと夥しきをもて、かく府内まで及びしとぞ聞えし。

世に伝ふる所は、ことし春のころより此山頻りに煙立しが六月の末つかたより漸く甚しく、この月六日夜、忽《たちまち》震動して其山燃上り、焔燼天をこがし、砂礫を飛し、大石を逆すること夥し。また山の東方崩頽して泥濘を流出し田はたを埋む。よりて信濃上野両国の人民流亡し、あまつさへ石にうたれ、砂にうづもれ死するもの二万余人、牛馬はその数を知らず凡《およそ》この災にかかりし地四十里余におよぶといふ」

▽フランス革命と浅間山の噴火

その後、この浅間山の噴火が、天明の飢饉というものに大きな影響を与え、田沼意次の失脚につながっていくのだが、大石慎三郎『天明三年浅間大噴火　日本のポンペイ鎌原村発掘』で、さらに驚くべき指摘は浅間山の噴火がフランス革命に与えた影響というようなものが記されていることである。そのフランス革命と浅間山の噴火の関係について、紹介しておきたい。

浅間山噴火は天明三年（一七八三年）、田沼意次の失脚はその三年後の天明六年（一七八六年）。さらにその三年後の一七八九年（寛政元年）に起きたのが、フランス革命である。

「フランス革命も、その数年前から続いた冷温と凶作による社会不安を原因としているので、それはまさに浅間山の天明の大噴火と関係ありとの論議が、昭和五十四年七月にイギリスで開催された『気候と歴史に関する国際会議』で行われたということが、それに出席した鵜川馨氏（立教大学教授）によって報告されている」と大石慎三郎は記して、さらに「春秋の筆法をもってすれば、天明三年の浅間山噴火は、田沼意次を失脚させ、マリー・アントワネットをギロチンにかけた、ともいうことになる」と続けている。「春秋の筆法」とは、間接の原因を直接の原因であるようにいう論法のことだ。

そして、この浅間山の噴火とフランス革命との因果関係を探ったノンフィクションに、上前淳一郎『複合大噴火』（一九八九年）がある。

「若い女がようやくの思いで最初の石段に足をかけた瞬間、牙をむいた土砂が背後から襲いかかった。

女は石段に向かって倒れ、背負われていた老女も投げ出される。その上へ、土砂がどっとおおいかぶさって、たちまち二人の姿は見えなくなった。

なおも火砕流は観音堂がある丘へ押し寄せ続け、石段を上から十五段残したところでようやく止まった」

「恐怖の山焼け　浅間」という章に、そのような描写があり、これも明らかに群馬県吾妻郡嬬恋村鎌原の発掘調査の成果を踏まえた文章である。

また根岸鎮衛『耳嚢』に記された一同親族の交わりをして、人為的に作った家族が鎌原を再興させていくことも描かれている。その浅間山の噴火が、遠くヨーロッパのフランス革命の遠因にもなったのではないかという点では、大石慎三郎『天明三年浅間大噴火　日本のポンペイ鎌原村発掘』の中での指摘と重なる部分もあるが、上前淳一郎『複合大噴火』の場合は、実はそのタイトルが示すように、二つの火山噴火を考えていく仕事である。

つまり浅間山の噴火の二カ月前の一七八三年（天明三年）の六月八日にアイスランドのラキ山が大噴火。その噴火で上空高く舞い上がった火山灰は、しだいに風に流されて、東のノルウェー海、あるいは南東の大西洋からヨーロッパへ向かい、噴火の翌日には、デンマークからノルウェーへ向かう船に灰や軽石が降り、甲板にも積もった。産業革命勃興期のイギリス、さらに海を越えてオランダ、ドイツにも灰が降り、スコットランド北部では、農作物が壊滅的な状態となった。

当時のヨーロッパは日本よりも、もちろん情報が伝わりやすい社会だったろうが、なんの情報もなく、どこで何が起きているのか、誰も知らなかったと『複合大噴火』にはある。その時、とくに人びとの注意をひいたのは、つんと鼻にくる硫黄臭のある、青みがかった煙、というより乾いた霧のようなものがあたりに漂い、いつまでも晴れていこうとしないことだったという。やがて、その青い霧はフランス、イタリアまで広がっていった。

▽アンブレラ現象

上前淳一郎『複合大噴火』は、このラキ山と浅間山の噴火が複合して、気候変化を起こし、日本では東北地方を中心に冷害による米の不作で天明の飢饉につながっていったし、フランスでは小麦の高騰から、それを不満とする民衆による一七八九年のバスティーユ襲撃を発端とするフランス革命につながっていったことを考察している。

上前淳一郎は、イギリスのH・H・ラム教授がまとめた噴煙指数（ダスト・ベール・インデックス＝DVI）を使って、ラキ山と浅間山の噴火規模の差を示している。一七八三年（天明三年）六月のラキ山の噴火は二三〇〇。これにはラキ山の噴火の一カ月前に始まったアイスランド沖のエルデヤール島の噴火による火山灰も含めているが、それにしても、天明三年七月（一七八三年八月）の浅間山の噴火はDVI指数はわずか六〇〇にすぎない。

ラキ山の噴火がいかに甚大な影響を北半球にもたらしたかを、気温低下、その時間的持続、農作物への被害など多くの面について、ラム教授は書いているという。

ヨーロッパをおおいつくした青い霧によって、太陽の光はますます弱く、青白くなり、月のように肉眼で眺められたという。

その「青い霧は、偏西風に乗って東、あるいは南東へと広がり、噴火から三、四日のうちにアフリカ、アジアに達した。日本の上空に届いたのはほぼ十日後、遅くとも六月二十日ごろである。さらに太平洋を越え、北米大陸をおおい、三週間で北半球をすっぽりと包み込んでいった。

一方、この塵は対流圏よりもさらに高く昇って、成層圏へ入って行こうとしていた。その結果、北半球に何が起きることになるのか、誰も気づいていなかった」と上前淳一郎は書いている。

寒冷化を増幅する大きな理由の一つとしてあげられるのが火山の噴煙。すなわち細かい灰砂を含む青い霧であり、そこから成層圏まで舞い上がる硫酸エアロゾルである。それがアンブレラ現象を起こして、地表へ届くはずの太陽熱をさえぎってしまうのだ。

『複合大噴火』によると、もっともひかえ目な数値でも、北半球のほとんどを噴煙でおおうような大噴火のあとでは、五年間にわたって年平均気温が摂氏〇・二ないし〇・五度下がるという。一七八三年のラキ、浅間の場合は、いずれの地域でも年平均気温は、ほぼ摂氏一度下がり、元に戻るのに二、三年を要している。年平均気温が一度下がるということは、農作物の種類によってはその年に完全に生育できなくなるほどの重大な事態を意味している。

もともと一五五〇年から一八五〇年にかけての三百年間、北半球は小氷河期と呼ばれる寒い時代を迎えていた。ロンドンのテムズ川と同じようにパリのセーヌ川も江戸の隅田川もしばしば凍っていた。そこに火山の噴火による気温低下が追い打ちをかけたのである。

一七八八年四月、フランス全土は猛烈な旱魃に見舞われた。この年の春はヨーロッパ全体で雨が少なく、ロンドンでも四月の雨量が前後十年間の中でもっとも少ない。パリでは四月の雨が十二ミリで、前後十五年間の中で最少になっている。このからから天気で、若い麦が大打撃を受けた。

さらに夏には周囲十六インチ（四十センチ）、グレープフルーツ大の巨大な雹がパリに降って、郊外でも農作物やぶどうの樹が打ちのめされる。フランス全土で、少なくとも一千二百の村の穀物が収穫ゼロとなったという。

そして、一七八八年から八九年にかけて小麦価格はかつて例を見ない大暴騰。パリの四ポンドのパン価格は引き続き上がり続け、十一月八日に十二スーになり、二十八日に十三スー。十二月十一日には十四スー。そして年明けて一七八九年二月一日に十四・五スーの高値になった。これはルイ十六世時代を通じての最高値である。

そのうえ、一七八八年末から一七八九年初めにかけてヨーロッパは、猛烈な寒波に見舞われていた。アメリカ独立宣言の起草者トマス・ジェファソンは、ちょうどこの時期に駐仏公使としてパリにいたが、この異常寒波について、次のように記している。

「それは誰にも、どんな記録にもない寒さだった。温度計はしばしば華氏マイナス五十度まで下がった。政府は街角のあちこちで焚火をし、四六時中火を絶やさないようにした。焚火の周りは黒山の人だかりだった」

「華氏マイナス五十度」は摂氏マイナス四十五度のことである。上前淳一郎はそのようなことを紹介。「フランスにとっては、春の旱魃、夏の雹害に続いて、一年のうちに異常気象の三重苦に見舞われるかたちになった」と加えている。さらに――。

「はたして一七八九年春になると、暴動が始まった。

初めのうちは、パリよりも地方でのほうが激しかった。三月にはカンブレーとバランシエンヌ、四月にダンケルクとリールでパン屋と小麦商人が襲われた。

ブザンソンでは女性に率いられた騒動が起きて、高等法院評定官の邸宅が襲撃された。家具が壊され、書類が捨てられ、屋根裏に隠してあった小麦二袋と粉三袋が奪われた」

こうような動きがバスティーユ襲撃につながっていき、フランス革命が起きるのである。

▽田沼意次の失脚、松平定信の時代

振り返って、日本の天明の飢饉のさまを『複合大噴火』から拾ってみると、「天明三年末までに、弘前城下町の住民中死者九百九十七人。田舎から集まってきたものの食物にありつけず餓死、病死したもの数万にのぼり、身元の調べようもなかった。年明けて、死者はますますふえつつあった」。つ

いに津軽藩は「天明四年夏までの死者八万一千七百二人。これは領民のほぼ三分の一であった」。南部藩では「盛岡の城下町はじめいたるところに窮民があふれ、天明四年春までの餓死者四万一千、病死者二万四千、流民となって他国へ逃れたもの三千、合計六万八千にのぼった」。仙台藩でも「餓死者十五万、病死者三十万の多きを数え、合計四十五万は、やはり領民のほぼ三分の一にあたる」という。

「豪商安倍清右衛門宅が数千人の町民によって打ち壊される〝安倍清騒動〟が、十月十四日仙台城下で起きた。藩庁と結んで米を買い占めている、と飢えた人びとの恨みを買った結果であった」

この〝安倍清騒動〟は浅間山大噴火から二カ月後の天明三年九月十九日（一七八三年十月十四日）に起きている。

計算するのも嫌になるようなおびただしい餓死者の数。だが松平定信の白河藩は一人の餓死者も出さなかった。こんな混乱の中で、天明六年（一七八六年）に田沼意次が失脚して、将軍家治も死亡。松平定信の時代となるのである。一人の餓死者も出さずに乗り切った英明さ、清廉さを買われて、事前の期待と人気が高かったが、幕閣を自分のグループで固めた政治方法などで、民心は早い時期から定信を離れてしまった。

意気込んで始められた「寛政の改革」も数年で幕が引かれている。理想や清潔さだけではうまく行かない。政治というものは難しいものである。

さて、上前淳一郎『複合大噴火』のあとがきには執筆の出発点として、一九八一年（昭和五十六年）、ある大学教授の「浅間山天明大噴火とフランス革命との関係」という論文が発表され、その論文を読んだことが記されている。それが、大石慎三郎が『天明三年浅間大噴火　日本のポンペイ鎌原村発掘』の中で紹介した、昭和五十四年七月にイギリスで開催された『気候と歴史に関する国際会議』で行われたという浅間山の噴火とフランス革命の関係についての論議についての鵜川馨氏（立教大学教授）の報告と同一のものかは、上前淳一郎のあとがきには「ある大学教授」としかないため、同定できない。

もちろん東北の大飢饉に、日本の浅間山の噴火が大きく関わっていただろうし、フランスの小麦の収穫量の減少にはアイスランドのラキ山の噴火が関わっているだろう。でも紹介したようにラキ山の噴火による青い霧は、偏西風に乗って、日本の上空には「遅くとも六月二十日ごろ」には届いていたとすれば、ラキ山の噴火は、東北の冷害飢饉に無関係とは言えないだろう。「日本の天明飢饉を長期化させ、深刻化させたのは、浅間よりむしろラキ噴火だったのではないか」という直感が、この本を書いた力だったことも上前淳一郎は記している。

ラキ山の噴火の噴煙の量に比すれば、浅間山の噴火の噴煙は少ないが、それでもフランス革命との関係がなかったとは言えないのではないか……と、上前淳一郎は語っているように思える。火山噴火と気候変動、さらに作物の生育と被害、それと社会変動を結びつけていくことは、たやすいことではない。同書は、その点を多角的に取材して、抑制しながら書いている。

あとがきで上前淳一郎はこんなことを書いている。それを紹介して終わりにしよう。

「今度初めて気づいたことだが、フランス革命の原因がブルジョアジーの擡頭に代表されるようなフランス社会の繁栄にあったのか、それともおびただしい大衆の貧困にあったのか、という問題点が、ヨーロッパでは以前から関心を呼んでいるらしい」「とかく美しい平等の理想ばかりが強調されてきたように思われる日本のフランス革命観が、故意に楯のもう一つの面を見落としているのでなければ幸いである。

そうした思いもあって、あえて私はこの本を世に問うことにした。いわばこれは、素人の私は春秋の筆法にならないようにここまでにしておくが、あとは各分野の専門家がひとつ討議してみませんか、という提案でもある」

この最後の「私は春秋の筆法にならないようにここまでにしておく」は大石慎三郎『天明三年浅間大噴火　日本のポンペイ鎌原村発掘』の「春秋の筆法をもってすれば、天明三年の浅間山噴火は、田沼意次を失脚させ、マリー・アントワネットをギロチンにかけた、ともいうことになる」という言葉に対する応答だろうか。しっかり調べて、それでわからないことは断定的には書かない。間接的な関係にある原因と結果を直接的に結びつけることには、なお慎重を期したいという意味だろうか。

青ヶ島のモーゼ――柳田國男、高田宏

江戸の天明のころは天変地異が相次いだ。天明三年（一七八三年）に浅間山が大噴火。同じ年に伊豆諸島南端の青ヶ島も噴火した。さらに天明五年（一七八五年）、青ヶ島は二年前を上回る大噴火となった。

青ヶ島の島民は親島である八丈島からの救助船で二百人が八丈島に脱出したが、荒れる海に次の船が出せず、島に残った百三十数人が死亡した。以来、青ヶ島は無人島となった。

その後、八丈島で暮らしていた青ヶ島出身者たちの代々の名主は青ヶ島への「起し返し」（還住）に奔走したが、かなわなかった。その還住が成るのは大噴火から五十年後である。

青ヶ島への還住、復興を実現させたのは名主・佐々木次郎太夫。彼が天明五年の噴火で青ヶ島を脱出した時にはまだ十八歳だった。その後、名主となり、六十八歳の時に還住を達成した。柳田國男は「青ヶ島還住記」（昭和八年、一九三三年）で、次郎太夫のことを「青ヶ島のモーゼ」と呼んだ。高田宏も歴史小説『島焼け』（平成九年、一九九七年）で、その次郎太夫らの島民が八丈島から青ヶ島への還住、復興を果たすまでの壮絶な闘いを描いている。

▽二度に一度の難船

島民の帰還を何より阻んだのは荒れる海だ。柳田も高田も触れている八丈島の流人・近藤富蔵が書いた『八丈実記』を見ても、青ヶ島〜八丈島の渡海は漂流、難破の連続である。青ヶ島は東京から三五八キロメートルにある島。八丈島からは七〇キロメートルほどしか離れていないが、噴火のあったころは「ほとんど二度に一度ぐらいは難船している」と柳田が書くほどの「想像に及ばぬ難航路」だった。

柳田の「青ヶ島還住記」から、その渡海の難しさを紹介してみよう。

青ヶ島では天明の前の安永の末ごろから噴火のようなものに伴う湧き水や地震などがあった。天明二年（一七八二年）四月なかば、代官江川氏の手代吉川義右衛門が、八丈の島役人菊池左門を伴い、当時の青ヶ島の名主七太夫を案内として青ヶ島の実況を見るために渡り、五月二十三日に青ヶ島を引き上げている。この往復もたいへんな難航で、一行はかろうじて八丈島に帰り着いたが、船は損じ、船の荷物は過半刎《は》ね棄ててての帰着だったという。

天明五年の噴火で青ヶ島島民約二百人が八丈島に脱出した後、青ヶ島の起し返しの方策（復興計画）が元島民たちによって進められ、天明の後の寛政五年（一七九三年）七月十二日には、当時の名主・三九郎が元島民十九人とともに、穀物、農具を船に積んで青ヶ島に渡って小屋を掛け、十二人の者を残し置き、自分ら八人は八丈島に帰って来た。ところが種穀が不足だというので、翌八月には青ヶ島の方から、五人の者が八丈島へ渡って来ようとしたが、全員が海上で行方不明となってしまった。

さらに次の年の四月には二艘の船を仕立てて、食料を積んで八丈島から渡っていったが、青ヶ島についてから大時化に出逢い、波に払われて、その船が流失。よんどころなく焼灰に埋まっていた家作を掘り起こして、農具を釘に打って一艘の小舟を作り、それに乗って六月に、かろうじて八丈島に帰ってきた。一行十三人の中には名主・三九郎も加わっていたという。

寛政六年（一七九四年）の七月には、船頭の彦次郎が小舟を仕立てて、夫食《ぶじき》（農民の食糧とする米穀）を積み入れて八丈島を出帆したが、難風に遭って房州（現在の千葉県）に漂着。本土で越年して空しく八丈島に戻ってきた。

次いで同六年九月十二日に、また一艘の食料船を出し、これは無事青ヶ島に着いたが、その船が八丈島へ帰れたのは翌年のことであった。

寛政七年（一七九五年）の一番舟は、二月十九日。これは八丈島を出て、まだ沖へも乗り出さぬうちに難破して、乗り組みの八人は残らず溺死。二番舟だけは四月に出帆して、無事に目的を達して二カ月目に八丈島に帰ってきたが、それを最後にして約七年の間、事実上、青ヶ島と八丈島との交通は絶えてしまった。

つまり、それ以降も渡海は試みられたが、結果は次のようなものだったのだ。

寛政八年（一七九六年）四月に、八丈島から船を出して食料を積み送ったが、その船も難風に遭って、房州半島に流れ着き、そこから三宅島に漕ぎ渡り、八丈島に帰ってきたが、青ヶ島には行くことができなかった。

そして、寛政九年（一七九七年）には名主を含む人々による渡海の試みがなされる。青ヶ島大噴火と島民脱出、残留島民の死亡という悲劇の後、島を復興させたいと思う島民たちの闘いは、難船につぐ難船であったが、その中でもこの試みは特記されることである。

「名主三九郎等は大きな決心をした」と柳田國男は「青ヶ島還住記」で記しているのだが、当時名主だった三九郎は寛政九年七月二十九日に、三九郎一家、家具什器まで船に載せて、八丈島を出帆した。男女十四人、中には八丈島に来てから生まれた幼少の童児までいたというから、永住の希望を持って、三九郎は還って行こうとしたのだろう。

ところが、この船がまた難船して、今度は紀州熊野浦の海岸まで流れていったのである。そして、その地に滞在している間に、乗組みの者の十一人が病み、死んでしまった。その中には名主・三九郎も含まれていたのだった。そして生存者三人は江戸に送られて、うち女一人はそのまま江戸に残り、男二人だけが、八丈島に戻ってきた。

その二人から詳しい事情を聞いたであろう八丈島在住の元青ヶ島民は、さぞ落胆したことと思われるが、驚くことに「なおその間から同じ志を嗣ごうとする者が現れた」という。

中一年をおいた寛政十一年（一七九九年）の九月四日、男女三十三人の青ヶ島人は、穀類を積んで、故郷の島に出帆したのである。もと暮らしていた場所に戻って住みたい。もと生活していた場所で生きたいという人たちの思いの、なんと強いことだろうか。

柳田國男も記しているように、三十三人という人数からすると、船もやや大きく、また数家族の協同での渡海であったと思われるが、これもやはり海上で難風に遭い、同じように紀州の洲浦というところまで漂流しているのである。ただ今度は幸いのことに、全員が無事救助されて、翌寛政十二年（一八〇〇年）三月に江戸に送られて、同年五月には八丈島に戻ってきた。

「ほとんど二度に一度ぐらいは難船している」と柳田は書いているが、それ以上の難船のように感じる。この時代の八丈島～青ヶ島間が「想像に及ばぬ難航路」だったことには間違いがない。島民の悲願である青ヶ島還住の計画は、ここでいったん頓挫するのである。

さてここで、前記した寛政五年（一七九三年）七月に、当時の名主・三九郎が元島民と青ヶ島に渡り、小屋を掛け、青ヶ島に残置してきた十二人のことも触れて置かなくてはならないだろう。うち五人が、種穀が不足なので八丈島に戻ろうとして、海上で行方不明となったことは記したが、残る七人は、このままでは何としても続命の途《みち》がないと判断して、享和元年（一八〇一年）六月八日、青ヶ島で焼け残った家作で小舟を作り、全員それに乗って、八丈島に引き揚げてきたのだ。この間、実に八年。船の通いが無いなか、彼らは、作物を食い荒らす野鼠と闘い、無限の寂寞と闘いながら生きてきたのだ。青ヶ島島民の島への思いの深さを感じる年月である。

▽情け八丈

その青ヶ島からの避難島民が暮らしていた八丈島は流人の島として知られる。江戸時代から明治初期にかけて千八百人以上が流された。紹介したように『八丈実記』を書いた近藤富蔵（文化二年・一八〇五年～明治二十年・一八八七年）も流人である。近藤富蔵の父・近藤重蔵は数度にわたって蝦夷地の巡検を命ぜられ、エトロフや千島探検でよく知られた旗本だが、その長男として生まれた近藤富蔵は、争い事から一家殺傷事件を起こして流罪となり、文政十年（一八二七年）、八丈島に流されてきた。

そのような流人の島のイメージからすると、八丈島には恐い島の感じがあるが、「沖で見たときゃ／鬼島と見たが／来てみりゃ八丈は情け島」と島の民謡にも歌われるように、情け深い島民の人情で知られる島である。

近藤富蔵も明治十三年（一八八〇年）には明治政府より赦免を受けて、五十三年間の流人生活を終え、いったん本土に戻ったが、八丈島島民の人情が気に入っていたのか、二年後には再び八丈島に戻ってきて、同島で没している。そして、八丈島のことばかりでなく、伊豆諸島から小笠原諸島まで幅広く書かれた六十九巻にものぼる『八丈実記』を残した。同書は各島の歴史や風俗を知る上で非常に貴重な文献である。

八丈島の島民が、近藤富蔵たち流人だけに優しかったわけではない。噴火で避難してきた青ヶ島の人たちの身の上にも、八丈島島民の人情は遺憾なく発揮されたようだ。『八丈実記』にも記されているが、最も特筆されるべき人物は、八丈島三根村の高村三右衛門という百姓である。その時、三右衛門は四十二歳。祖父の代には御船年寄を務めて、通商によって若干の富を積んでいたらしいが、「それにしても島の物々交換を主とした社会では、かなりの大金の五百両を投げ出して、これを官府に託してその利子をもって罹災民の救助に宛てんことを求めた」と「青ヶ島還住記」にある。

この三右衛門が出した五百両の基金の年利は一割二分の六十両として、内十両は三右衛門には男の子がいないため、相続の娘へこれを下げ渡すこととし、残りの五十両を穀物にかえて、青ヶ島百姓へ分け隔てなく分配し、もし余れば復興費に充てるという計画だった。これに従って、噴火から避難してきた翌年の天明六年（一七八六年）から、五十両が元青ヶ島島民に与えられたことが、『八丈実記』に記されている。

当時の代官役所では、年租免除と貯穀の支出以外に、別な案もなかった時に、率先して復興の策を立てた、この高村三右衛門の支援の力は大きかった。「事実また青ヶ島の人々は、この基金を頼りにして、もう一度島に戻って行く勇気を起こしたようである」と柳田國男は書いている。

この高村三右衛門以外にも、青ヶ島まで舟で見届けに行って、山焼け（噴火）は鎮まったことを報告した八丈島の島民もいたし、「八丈の役人たちは、これを自分たちの仕事のごとく考えて、代る代るこの難局に当っていた」という。

だが、難航路に阻まれて、青ヶ島島民の還住はなかなか実現しない。高村三右衛門の義捐金である五百両の基金も文政四年（一八二一年）からは年利八分に下げられて、四十両ずつが罹災民に下げ渡された。これを生活の資にあて、なおかつ復興の余力を積み上げるのは尋常の忍耐ではできないことだった。

このような時期に名主となっていたのが、佐々木次郎太夫である。柳田國男が「青ヶ島のモーゼ」と呼んだ、その次郎太夫を描くのが、高田宏『島焼け』だ。

『島焼け』は、江戸中期の安永・天明年間の相次ぐ、日本の天変地異から書き起こされている。安永六年（一七七七年）から同八年にかけて、伊豆大島の三原山が有史以来最大規模の噴火を続け、その溶岩流が北東海岸と南西海岸に達した。さらに浅間山の大噴火は天明三年（一七八三年）の春から夏にかけてのこと。その火砕流は、北麓の鎌原村を埋め尽くし、吾妻川へとなだれ込んでいった。

浅間山が噴火を始めた日より二十日あまり前のこと、この章の冒頭に記したように青ヶ島が爆発していた。青ヶ島では安永九年から小噴火が続いていたのだが、天明三年の爆発で、島は地形を変え、草木は全滅、多くの家を焼き、十数名の命を奪った。これで収まったかと思ったのに、その二年後に、さらなる大噴火が起き、島民の八丈島への避難となり、避難できなかった島民百三十数人が亡くなったのは、これまで紹介してきた通りである。

以来、代々の名主たちが、青ヶ島の「起し返し」（還住・復興）に向けて取り組んできたが、青ヶ島〜八丈島の間の「想像に及ばぬ難航路」に阻まれてきたのだ。なぜ次郎太夫だけが、還住を達成できたのか。

▽十八年間、一度も難船せず

高田宏『島焼け』では、次郎太夫は、名主になってからの名前で、それまでの名前は次郎作となっている。青ヶ島大噴火で脱出の際、老神主・豊後が青ヶ島に残る。煙と火の中で、神主職を息子の山城に譲り渡す儀式を豊後が執り行う。その儀式には当時の名主七太夫らの他に、豊後の指示で次郎作が加わっている。

次郎作はそれまでにも神事にはいつも呼ばれていた。それは「次郎作が勘のはたらく男だったからである。天気の変わるのを何日も前から知っていたり、人の言葉のなかの嘘を見たりした。豊後はその次郎作を、巫覡役《うらべ》として神事のたびに招んでいた」と高田宏は書いている。巫覡（卜部）は占いをつかさどる神職だ。

「次郎さ、おまえの勘はどこから来ているんかいのう。次郎作じゃのうて勘作じゃな」とも豊後は言い、子供だった頃から次郎作をかわいがっていたようだ。「おまえの勘は神様からの授かりものじゃから、大事にしなくてはならん、世のため人のために使うのじゃぞ、とつねづね言い聞かせていた」とも加えている。

次郎太夫が名主となる前に巫覡であったことは事実のようで、『八丈実記』に収録されている「伊豆国青ヶ島佐々木次郎太夫肖像并伝」によると「佐々木次郎太夫源伊信ハ明和四丁亥年四月八日青ヶ島ニ出生ス、ハジメ巫覡、後ニ組頭タリ、程ナク村司《ナヌシ》トナリ」とある。明和四年は西暦で記せば、一七六七年のことである。

『島焼け』では、次郎作はあまりよい家の出ではなかったと記されいるが、どれだけの家の出であったかはともかく、名主となってからの次郎太夫も、巫覡出身として勘のすぐれた能力を持っていたのだろう、夕暮れどきの日の入りにかけての海と空とによって明日の天気を知る「観天望気《かんてんぼうき》」の才能に優れた人物として描かれている。その観天望気次第では船出を日延べすることもできる慎重さと決断力を併せ持つ者として、物語の中にある。

さらに次郎太夫が繰り返し、自らの心に言い聞かせているのは「あせってはいかんのじゃ」という言葉だ。かつて名主三九郎の一家十四人が八丈島から青ヶ島に向かい、難船して紀州熊野浦の海岸まで漂流、十一人が病んで死んでしまったことについても、次郎太夫は「三九郎は若さゆえにあせりすぎ、ときに独断で突っ走っていた」と考えるのだった。

次郎太夫は名主に命じられると、すぐに船の建造に取りかかる。次郎太夫が十八歳で噴火の青ヶ島を脱出してから三十二年ぶり、文化十四年（一八一七年）、青ヶ島へ向かって船出する。前日の日の入りを見て観天望気した次郎太夫は「明日はぱっちり日和じゃ」と言っていた。その翌日、次郎太夫の言った「ぱっちり日和」の海を新造船がいく。この「ぱっちり日和」を当てるのが観天望気の才である。

そして、新造船が無事青ヶ島に着くと次郎太夫が枯枝を集めて、島の岡からのろしをあげる。のろしを見た八丈島の青ヶ島元島民が歓声を挙げる。そして、次郎太夫は夜の青ヶ島で、満天の星空を見上げて「船は沈めもせん、流しもせん」とつぶやくのだ。

「実際このあとの十八年間、青ヶ島へ送る船も八丈島へ帰る船も、一度として沈没することも漂流することもなかった。次郎太夫の観天望気が慎重だったし、独特の勘も働いたのだが、また、船手の若者たちが腕を上げてもいったのだが、それにしても神がかりであった」と高田宏は『島焼け』の中で記している。

同書によると、文政三年（一八二〇年）には船で牛を運ぶ。翌年には牛が子を生んだ。文政五年、文政六年と起し返しは着々と進んで、青ヶ島に住む者は百人を超え、八丈在島の者は七十人余りになっていったようだ。そうやって、復興は徐々に軌道にのっていったのだろう。

だが、柳田國男「青ヶ島還住記」のほうには、その次郎太夫の置かれた状況は、以前の名主たちに比べてかなり不利なものであったことが記されている。「三九郎名主の時とはちがって、政府の援助金の一文も予期せられなかったことである。その上高村氏の基金ももうなくなっていたものとみえて、それをどう使ったということが一言も述べられていない。実に心細い孤立独行であったのである。仲間がそのつもりをもって余分の勤労をしたことと、新たな希望ができてから、異常な忍耐をしたことだけが、かなり明瞭に記録の端々から窺い得られる」「何にしても名主次郎太夫の勇気と細心とが、よくこういう難事業を遂行するに適していたことは、青ヶ島のために特筆大書すべきことに相違ない」と柳田は書いている。

さらに次郎太夫の船が一度も難船しなかったことについて「この次郎太夫の計画の始まって以来、かつてただの一度も風波の妨げがなく、船は不思議なほどきちんきちんと、予定のままに往来していた。これには八丈の同情者たちも驚いたらしくとりわけ全力をこの事業に傾けていた人々が、目に見えぬ神秘の導きを感じて、いよいよ希望ある者の勇敢を、養い得たことはよく察せられる。海で働く人々の運勢には、あまりにも顕著な禍福の境目があった」と加えている。

▽五十年後の還住

ついに島民がすべて青ヶ島に還り、天保六年（一八三五年）次郎太夫は青ヶ島で、検地役人の検地を受ける。検地役人は八丈島の地役人、高橋長左衛門が進んでなった。長左衛門は長年、青ヶ島の元島民のために起し返しの計画以来、影になり表に立ってその実現を助けていた。このたび還住の成功をわが事のように喜んだのだ。

そしてこの検地役人が深い同情をもって検地にあたったことが、その記録からも十分理解できる。大噴火前の青ヶ島の総反別八十三町四反余であったの対して、起し返しの地二十九町余、新開が五町三反余と記録、これに在来の税率をもって、貢絹の量を算出することにした。青ヶ島の住民にとっては、一年でも早く検地をしてもらうことが、それ自身が大きな恩恵であった。残りの未開地が後の楽しみに残るからである。その上に年貢の絹の納付は、丸四年後の天保十年からということに定められた。

「島が独立して再び課税を負うようになったという怡悦《いえつ》などは、この当時ですら内陸の人々には解らなかったろう」と柳田は記しているのだが、天保十年（一八三九年）には六十年近く途絶えていた貢の絹が再び納められ、翌十一年には次郎太夫亡地新開の勲功をもって、いよいよ公船の免許が下がり、助成の金子、御印浦手形が給付された。そして次郎太夫の船は青ヶ島御船という標《しるし》の幟を立て、法螺貝を吹きつつ堂々と、八丈の湊に乗り込んで来たという。この法螺貝の響き、「青ヶ島ならずとも胸を轟かし、泪を目に溜めてでなくては聴くことのできぬものであった。ましてやこの島においては、それが六十年以上も絶えていて再び響いたのである」。

青ヶ島復興の完了時、儒学者でもあった羽倉外記《はぐらげき》が伊豆代官を務めていたが、次に江川太郎左衛門の支配時代となってから、天保十五年（一八四四年）六月、次郎太夫七十四歳の時に、次郎太夫に名字を許すこと、併せて銀貨十枚を差し下される表彰が江戸で行われている。

高田宏『島焼け』では、高橋長左衛門の検地の際には羽倉外記から青ヶ島への賦課をなるべく少なく決めよという示唆があったことが書かれているし、次の伊豆代官、江川太郎左衛門の本音は五十年を経て、故地還住を成し遂げた男にぜひとも会ってみたかったというものではなかったかと記している。幕府の援助もないまま、独力で、しかも名主となって以来、「想像に及ばぬ難航路」を十八年間、一度も難船することなく、大噴火による避難から五十年以上かけて、見事に青ヶ島への還住を果たしたリーダーの姿をこの目で見てみたいという気持ちは理解できなくはない。

そして、次郎太夫は、名主の家柄の「佐々木」を名乗ることになった。それから八年あまり青ヶ島の名主を次郎太夫は務め、嘉永五年（一八五二年）四月十一日、八十五歳の生涯を終えている。

『島焼け』には詳しく描かれているが、島から脱出して、数十年後に始まる青ヶ島への還住（復興移住）で、青ヶ島へ還った人の多くには、青ヶ島の生活をまったく知らない世代の人たちも多くいたはずである。それらの〝元青ヶ島島民〟をすべて還住させることができたということは、それら年下の世代、若い世代をも、まとめ上げる人望と統率力が次郎太夫にあったということだろう。

▽柳田國男の功績

さてこの章の最後に、あと一つ二つだけ記しておきたい。一つは柳田國男がこの「青ヶ島還住記」を書いた思いについてである。

柳田國男「青ヶ島還住記」は文政十年の夏、のちに『八丈実記』を著す近藤富蔵が流民として八丈島にやってくる場面から起筆されているが、そのころ、八丈島の南の浜に面した大賀郷の地内に、流人とは別に十数戸の小屋を掛けて、見すぼらしい暮しを立てている半漁半農の居住民がいて、彼らのことが近藤富蔵にも目に留まったのではないかと書いている。これまで紹介してきたように、彼らはその年から四十三年前、前代未聞の青ヶ島大噴火から命からがら救われて出てきた者の、その子孫であり、わずかなる生存者なのだが、その人々はそれからさらに八、九年の後に、異常なる勇猛心を振い起して、艱難辛苦を嘗め尽くした末に、ようやくのことで、もとの島へ還っていった。

その今の青ヶ島住民の先祖の事件の一部始終もかなり詳細に、近藤富蔵の筆録で、我々に伝わっているのだが、八丈支庁の人々はすでに熟知しているかも知れないが、「私の知らせておきたいと思うのは、まず第一には青ヶ島の少年たちだ。それからまたこういう歴史をもった島が大海のまん中にあるということを、一度も教えてもらわなかった地理の生徒たちにも、好奇心をもって聴かせてみたい。それには近藤富蔵の書き留めておいてくれたものは幾分か散漫であって整理を要するのである」と柳田國男は書いている。

確かに、『八丈実記』は現代の我々にとって読みやすいものではなく、読んでみると重複も多い。だが柳田國男は近藤富蔵が書き残した『八丈実記』を読んで、青ヶ島の噴火と、次郎太夫を中心とする苦闘と、それを克服して還住を果たした事実に深く動かされるものがあったのだろう。

そうでなければ記せないほど、理解しやすい平明な文章で、描き直されている。しかも次郎太夫とは逆に青ヶ島に還ろうとして、難船して、死亡した悲劇の名主・三九郎への思いが静かに伝わってくる文でもある。三九郎の悲劇と、青ヶ島のモーゼ・次郎太夫の成功とを対比して、「海で働く人々の運勢には、あまりにも顕著な禍福の境目があった」と書く柳田の筆に、三九郎へのいたわりがあるように思えてならない。『八丈実記』によれば島の祠《ほこら》について「永ク吏長ノ両人ヲ青ヶ島ノ宇護神トシテチウノトンブニ勧請シ、ヨロコビノ祝詞《のりと》ヲ作リ皷腹シケリ」と記されているが、柳田は「両人」とは次郎太夫と、もう一人は「蹉跌《さてつ》した三九郎ではなかったろうか」と記している。

もちろん近藤富蔵の『八丈実記』がなければ、青ヶ島島民の苦闘と還住の歴史は、これほどはっきりした形で残らなかったが、加えて、それを解りやすく伝えた柳田國男の「青ヶ島還住記」がなければ、それ以降の人たちが次郎太夫たちのことを、こんなに身近な存在として理解することもなかっただろう。その柳田の功績もあってだろう、いま八丈島〜青ヶ島間の船は「還住丸」と名づけられている。

次郎太夫の死後、神に祀られたその祠は島の頂にある。毎年の祭日には、島民は祠の前に参集して、祝詞を唱えたという。終わりに、その祝詞を紹介しておこう。

天保六年

五穀熟する乙《きのと》の未《ひつじ》
青ヶ島なる新造《しんぞ》を出す
卯月十三ぱっちり日和
九人乗組や八重根に着いた
花の盛りの十六日に
波も平らに風静かにて
御船首尾よく湊へ来たる
新規開発御渡海さまよ
五六三十の年月日頃
御世話なされし庄屋どのの御蔭
検地とゝのひ御用も済みて
さても目出たい本望《ほんも》でござる
皐月三六、日の大凪《おおなぎ》に
八丈八重根へ御船は着いた
青ヶ島から御年貢納め
御金賜うて御船は出来る
里は豊作、百姓は繁昌
目出《めで》た万福の次郎太夫様や
子孫栄えて八千代の椿
島は蓬萊万代までも

焼けず崩れず南の海に
寿祝ふやれおめでたや

これは八丈島の地役人高橋長左衛門が、青ヶ島の人たちを饗応の際、作って歌わせた口説節《くどきぶし》のような祝詞である。「卯月十三ぱっちり日和」とは旧暦四月十三日が渡海に一番良い時候であることを言う言葉である。こんな楽しい祝詞を持った神社も珍しいだろう。還住できた島民の喜びが弾けている。『八丈実記』には、この全文が記録されている。

善光寺地震と地震くどき節

頃は　サアイイ　弘化の四年の春よ
花の三月下旬のことよ
国は信州善光寺様の
当時　如来の開帳であれば
遠く近くの人さん達も
われもわれもと参詣いたす
折り折かや三月下旬
二十四日の夜四つ頃に
ゆらりゆらりと揺《ゆす》られ出だし
すわや地震と言うより早く
どうと揺り来る屋鳴りがいたし
家は倒れる大地が割れて
砂を吹き出し火が燃え上がり

歩むことさえ適わぬ故に

江戸時代、天変地異などがあると、こんな物語詩にして木版に刷り、哀切な節で読みながら売った。そんな「くどき節」（やんれい節・やんれ節）や「たんと節」、さらに「和讃」など、物語的民謡が今も残されている。本来くどきは謡曲の言葉で、嘆きくどくように訴え歌うものだが、盆踊りなどに取り入れられていったりもした。

その中に「地震くどき」がある。楜澤龍吉『叙事民謡　善光寺大地震』によると、文政十一年（一八二八年）の越後の三条地震についての「越後地震くどき」一篇があり、天保四年（一八三三年）の佐渡地震についての「佐渡地震くどき」一篇、安政二年（一八五五年）の江戸地震についての「江戸地震くどき」一篇がある。だが弘化四年（一八四七年）の善光寺地震についての「善光寺地震くどき」は十一篇にものぼるという。著者・楜澤の知る限りという限定付きだが、際だって「善光寺地震くどき」が多いことは間違いないのだろう。

▽七年に一度の御開帳のとき

冒頭はその「善光寺地震くどき」の一篇。善光寺地震は、弘化四年三月二十四日（一八四七年五月八日）午後十時ごろ、善光寺平を中心に襲ったM7・4の大地震である。善光寺はちょうど七年に一度の御開帳で、参詣者があふれ、その人たちが周辺に宿をとっていた。善光寺の近くにいた参詣者、七、八千人のうち生存者は約一割だったという。

くどき節にあるように、地震の揺れで家は倒れ、大地が割れて、砂を吹き出し、火が燃え上がって歩むことさえ適わぬ状態となった。火勢はますます盛んとなり、西南方向から吹く風で、善光寺本堂も既に危うそうに見えた。周囲の多くの建物は潰れたり、燃えたりしていたのだが、本堂の大伽藍は奇跡的に無事で、中に避難して、祈っていた人たち七百八十余人は一人の怪我もなかった。これは阿弥陀如来の御加護と信じられたようだ。

二十五日の夜明けまでの余震はなんと八十回。結果的に本堂は無事だったが、善光寺本尊は万一を恐れて野中に御仮屋を設けて遷座したほどだった。翌二十六日朝、燃えに燃えた大火は善光寺町の八分通りを焼き尽くして、午前十時に、ようやく鎮火したが、まだ不気味な余震が人々を怯えさせたと、榭澤は書いている。

今も善光寺を訪れた人たちの目につくのは本堂正面南西端の大円柱に残る、大きくざっくりと、疵ついた半円形の跡だろう。これは地震の際の揺れで外れ落ちた大鐘がぶつかり、それが柱にはっきりと残っているのである。

実際にその鐘がさがっている部分を見ても、地震発生当時を描いた古絵図（『地震後世俗語之種』）につけられた説明を読んでも、鐘が逆さに近くなるぐらいまで揺れないと、とても外れないような鐘で、非常に大きな揺れであったことがわかる。

善光寺本堂の地震の痕跡として、その鐘とともに有名なのは本堂東側の入り口のところにある柱の一つが礎石に対して、時計回りに二十度ほどねじれていて、地震の激しい揺れでねじれたものとして、長く「地震柱」と呼ばれてきた。しかし伊藤和明『地震と噴火の日本史』には、宝永四年（一七〇七年）に、現在の本堂が再建された時に、生木を使った結果のねじれという説が記されている。

そして、この地震による被害は、善光寺平だけでなく、信濃北部から越後西部に及び、死者は計一万人以上と言われている。

『地震と噴火の日本史』によると、善光寺地震の地震史に残る特徴は山地の各地で発生した地すべりと山崩れだ。これが災害をさらに拡大したようで、松代領だけでも、四万カ所以上の斜面崩壊や地すべりが発生したという。

その無数の地すべり、山崩れのうち、最も規模が大きかったのは犀川右岸にあたる虚空蔵山《こくぞう》（岩倉山）の大崩落で、これが犀川の流れを堰き止めてしまった。そうやって堰き止め湖が一時的に出来て、堰き止められたところからの下流では、水が流れなくなって干上がり、水たまりでは鯉や鱒がつかみどりまでできたという。

▽松代藩のみごとな危機管理

とうぜん、時間が経過すればするほど、堰き止められた部分が決壊する危険性がたかまり、決壊すれば、その濁流によって、再び大きな災害が生まれることになる。

松代藩では、住民達に「ただちに山手の方へ避難するように」とお触れを出し、山手の人たちには、「見ず知らずの人であっても、粗末に扱うことなく、泊まらせるように」という指示をしたため、山手の方には、川中島や篠ノ井あたりから避難してきた人々で、空き地もないほどに埋まってしまったという。

さらに、犀川の堰き止め箇所を見下ろせる山の上に見張りを立て、もし堰き止め箇所が決壊した場合は、ただちに狼煙を上げて急を知らせるような体制を松代藩は整えて、みごとな危機管理を実施したことが、『地震と噴火の日本史』に紹介されている。

そして、地震から十九日後の夕方、ついに堰堤が大音響とともに決壊して、凄まじい勢いで、善光寺平へと流れ出ていった。犀川の出口にあたる地域では、川の水位が一時的に二十メートルにも達する水量だったという。

濁流は四時間以上も荒れ狂い、百人余りが洪水の犠牲となった。伊藤の記すところによると、地震から十日を過ぎ、半月が経っても、堰堤が決壊する様子がなかったので、住民の中には、長い避難生活にしびれを切らして、村へ戻って農作業を再開する者さえ出ていたという。松代藩のせっかくの危機管理体制も、全員を救うわけにはいかなかったのだ。

この章の冒頭紹介した善光寺地震のさまを伝える「地震くどき」の「下」のほうは「信濃国ぢしんくどきやんれいぶし」という題だが、そこにも堰き止められた犀川周辺のようすと大崩落した虚空蔵《こくぞう》山（岩倉山）のことが歌われている。

山は崩れて往き来は止まる
殊に名高き岩倉山は
崩れ崩れて犀川上へ
土を押し出し平一面に
田地田畑みな埋まりて
家は潰れて牛馬は埋む

とある。

この「信濃国ぢしんくどきやんれいぶし」の「下」が興味深いのは、その「くどき」に百姓の久兵衛という人物の物語が中心となって、謡われることである。

▽歌舞伎の世話物のよう

久兵衛の女房お小夜に子供が二人いて、さらに妊娠中。無事の祈願のために善光寺参りしていた久兵衛は本堂にいて助かった。

主久兵衛は善光寺参り
堂へ入りて助かりまする
少し地震も静かになれば
久兵衛わが家へ帰ろうとすれば
山は崩れて大地が割れて
道はなくなる当惑いたし

という状態。ようやく家に着くと、土の中から赤子の声。掘ってみると女房お小夜が土の中で出産していた。

さても不思議や女房のお小夜
土の中にて子を産みまする
久兵衛　驚き介抱いたす
二人子供も気がつきまする
げにも不思議やあら有り難や
世にも稀なる利益《りやく》でござる　ヤンレイ

という言葉で終わっている。「久兵衛お小夜の件は、歌舞伎の世話物を見るように面白い」「これは喜びの結末で目出たい。災害の様子をそつなく語った後に、見事な世話場を描き、手慣れた人の筆らしく巧くまとめた佳作である」と likewise 棚澤龍吉も『叙事民謡　善光寺大地震』に書いている。

だが、もちろん、こんな「世にも稀なる利益」による目出たい話ばかりではない。

連れだって善光寺の開帳にやってきた呉服商の新兵衛と女房のお春の悲劇を語る「信州地震やんれ節」という「くどき節」もある。

新兵衛　サアイ　夫婦は道中を急ぎ
やがて信濃の宿へと入り
宿で名題の藤屋へ泊まり
飯も相済み寝ようとすれば
どっと一度に屋鳴りがいたし
家も土蔵もみな揺り潰れ
新兵衛　身軽に外へと逃げる
残るお春は押し潰されて
梁の間から手を差し出せば
新兵衛　女房を助けんものと
出した片手をしっかと捕らえ

力任せに引っ張るけれど
袖は千切れて体は出ない
お春その場ではかない最期
そこで新兵衛はその場へ倒れ
前後正体ただ泣くばかり
取れた片袖　風呂敷へ入れて
背負《しょ》ってわが家へ急いで帰り
娘お新にその訳話し
取れた片袖取り出しながら
母の形見じゃこれ娘よと
云えばその場に立ち会いし者
わっと一度にただ泣くばかり

新兵衛お春の話も歌舞伎の世話物のようだが、こちら哀れ深い悲劇の語りである。「前後正体ただ泣くばかり」は「正体なく」と「泣く」が掛けてある語りである。この「信州地震やんれ節」には、犀川の堰き止めとその決壊による洪水が語られていないので、善光寺地震から比較的間もない時期の作品かもしれない。

「新板地震くどき節」には「丹波島なるその大川に／水が一水《いっすい》流れもしない／これはどうかと尋ねて見れば／遥か離れて新町宿の／信濃川なる川口へ／たった一夜に大山できて／廿五か村みな水の底

／縦が六里に横幅四里が／平ら一面みな水となる／哀れなるかや数万の人が／たった一時《ひととき》　夢見しごとく　やんれい」と川の堰き止めによって、家々が水底に沈んだことも歌われている。

もう一つ別な「信州地震やんれ節」には「山が崩れて丹波川むまり／水は津浪で押し寄せ来たり／水のためにて死ぬ者もあり／家が潰れて大火となりて／神社仏閣　家蔵までも／どっと一度にみな揺り潰し／天地開けて稀なることよ　ヤンレイ」と津浪・洪水の死者のことも歌われている。

これらの「くどき節」（やんれい節・やんれ節）は、多くが江戸の版元が本の形で出していて、紹介した新兵衛と女房のお春の悲劇を語る「信州地震やんれ節」などは同じ版元から、地震くどきが二種類も出ており、たくさん読まれたのだと思われる。

▽民衆のバラード

前章で、青ヶ島の被災民を五十年以上かけて見事に還住、復興させた名主佐々木次郎太夫を祀る社が出来て、くどき節のような祝詞《のりと》があげられることを紹介した。

「天保六年／五穀熟する乙の未《きのとひつじ》／青ヶ島なる新造《しんぞ》を出す／卯月十三ぱっちり日和」と始まる珍しい祝詞である。「目出た《めでた》万福の次郎太夫様や／子孫栄えて八千代の椿／島は蓬萊万代までも／焼けず崩れず南の海に／寿祝ふやれおめでたや」という言葉で終わる、このくどき節調の次郎太夫を称える祝詞は、後のちまで青ヶ島の島民たちに記憶された。

また天明三年（一七八三年）の浅間山の大噴火の際、鎌原村（群馬県吾妻郡嬬恋村鎌原）の人たちは西側の丘にある観音堂の石段を駆け上がって助かったが、観音堂に至れなかった人たちは亡くなってしまった。明治時代になって「浅間山噴火大和讃」が作られ、今も毎年、地元の人たちによって唱えられている。

そして、この善光寺地震でも「地震和讃」が作られた。これらの「くどき節」や「和讃」などは、災害による死者の霊を慰めるとともに、その大変を越えて生きてきた記憶を伝える民衆の歌なのである。

火山と地震の国、日本。この国で作られた地震歌謡、また噴火歌謡は、独特の物語的民謡で、榭澤龍吉は七七調の「くどき節」、七七七五調と七五調とを併用した「たんと節」、七五調の「和讃」をひっくるめて「叙事民謡」と読んでいる。特に、「くどき節」は「仇討ち、心中、天変地異などの事件があると、早速、七七調の物語詩に綴って木版に刷り、街々辻々、盛り場などで哀切の節づけで謡いながら読み売りした。それを盲の瞽女《ごぜ》が三味線を弾きながら謡い、語り伝えたものもあった」と榭澤龍吉は『叙事民謡　善光寺大地震』で書いている。

文芸作品として、物語、随筆、短歌、俳句に比べて、叙事民謡は一段低く見られているかもしれないが、全国各地の盆踊りにつながるものとみれば、榭澤が言うように、哀切をこめて綿々と思いを嘆きくどき謡う庶民文芸として「西洋のバラッド（譚詩）にも比すべきもの」であると言えるだろう。

戦争に消された五つの大地震――多田裕計、高田宏

終戦前後の五年間はもちろん日本社会にとって、たいへんな時代だったが、実は昭和十八年（一九四三年）から、同二十三年（一九四八年）までは、千人を超す死者・行方不明者が出る地震が相次ぐ、日本列島の大地の激動期でもあった。だが、戦争中は国家による報道管制によって、また戦後は敗戦による社会混乱によって、日本人はそのような大地の激動期があったことを広く、共有する形で記憶していないように思われる。具体的には、次の五つの大地震が、この五年間に起こっている。


昭和十八年（一九四三年）九月十日、鳥取地震（Ｍ７・２）死者一〇八三人。

昭和十九年（一九四四年）十二月七日、東南海地震（Ｍ７・９）死者・行方不明者一二二三人。

昭和二十年（一九四五年）一月十三日、三河地震（Ｍ６・８）死者二三〇六人。

昭和二十一年（一九四六年）十二月二十一日、南海地震（Ｍ８・０）死者一三三〇人。

昭和二十三年（一九四八年）六月二十八日、福井地震（Ｍ７・１）死者三七六九人。


伊藤和明は『日本の地震災害』の中で、その五つの地震を挙げて、第３章「戦争に消された大震

災」を書き出している。五つの地震のうち、昭和十九年の東南海地震と昭和二十年の三河地震はわずかひと月あまりの間に連続して発生して、それぞれに大きな被害をもたらしたが、「戦時下の、それも戦局が厳しさを増すなかでの震災だっただけに、被害の実態は国民にほとんど知らされることがなかった。まさに戦争によって、真実が消し去られた震災だった」と、伊藤和明は書いている。先に紹介したが、堀田善衞が『方丈記私記』の中で「報道管制によってたしか一切報道されなかったと思う」と書いた地震は、この東南海地震のことと思われる。

その昭和十九年の東南海地震は、南海トラフを震源とする巨大地震だが、静岡・愛知・三重での被害が大きかった。伊勢湾北部の名古屋市から半田市にかけての港湾地帯にあった軍需工場では多数の死者が出た。

「ゼロ戦」と通称される零式艦上戦闘機の機体開発から、その最後までを綴った吉村昭の『零式《れいしき》戦闘機』によると、昭和十九年の東南海地震で、名古屋市の三菱重工業名古屋航空機製作所の道徳工場が甚大な被害をおった。道徳工場では一〇〇式司令部偵察機の組立てをおこなっていたのだが、その工場は日清紡の工場を利用したもので、煉瓦造りだった。

働いていた人たちは「突然の激震に外へ出るいとまもなく、煉瓦の壁に競い合うように身を寄せたが、それが逆に悪い結果をもたらした。身を守ってくれると思えた煉瓦の壁が、老朽化していたためか、轟音をあげて崩壊し、その下に多くの者たちが圧《お》しつぶされてしまった」という。

▽お前たち、見なかったことにしろ

瓦礫と化した工場は、呻き声と血が充満して、煉瓦の除去作業がはじめられると「やがて煉瓦の下から人の体があらわれてきたが、生きている者も骨格がくだけ、皮膚もやぶれて肉がむき出しになっている。モンペをはき、鉢巻をしめている女子挺身隊員の姿や学生服をきた中学生の死体も続々と掘り出されてきた」と吉村昭は書いている。

重傷者は、担架や戸板にのせられて三菱病院に運ばれ、死体は青年学校の講堂に蓆を敷かれて並べられた。そして病院に運ばれてから絶命した者も多く、結局道徳工場での死者は、丸子農商、熱田中学、名古屋高女、飯田中学の生徒をふくむ五十九名に達し、重傷者は七十二名もいた。

また伊藤和明『日本の地震災害』によると、半田市にあった中島飛行機半田製作所山方工場は、当時の全国の航空機生産の約七％を占めていたとされる工場で、高性能偵察機「彩雲」を生産する中心工場だったが、地震とともにたちまち倒壊、多くの人命が失われた。

伊藤によれば、三菱重工業の道徳工場も中島飛行機の山方工場も、航空機生産のために柱を何本も抜いてしまうなど、耐震への配慮がまったくなされていなかったため、激震で一気に崩れてしまったという面もあるという。

そして、これらの被害は、ただちに軍事上の機密として敵国に情報が漏れないように報道管制が布かれて、国民に知らされることはなかった。

また三河地震では、東京や名古屋から集団疎開していた多数の学童が地震の犠牲となっている。愛知県の『西尾市史』によると、当時、この地域の寺に宿泊していた国民学校の児童が、倒壊した本堂や庫裏の下敷きになって死亡した。安楽寺で八人、福浄寺で十一人、妙喜寺で先生一人と児童十二人が死亡していると、『日本の地震災害』にある。

そのような疎開学童に多くの死者がでた現場では、駆けつけた警察官が、生き残った子供たちに対して、「お前たち、ここで見たことは見なかったことにしろ」と命令したということも、伊藤は記している。

そのように報道管制されていたが、M8クラスの巨大地震は地震波が地球を回るので、世界中の地震観測網が、東南海地震をとらえていた。地震とともに発生した津波は、太平洋を横断してハワイやアメリカ西海岸まで到達。米紙「ニューヨーク・タイムズ」や「ワシントン・ポスト」は、日本で大地震があり、軍需工場が壊滅的な打撃を受けたことなどを大きく報道していた。被災地以外の日本の国民だけが、真実を知らなかったのだ。

そして、さらに、名古屋には地震から六日後の十二月十三日、八〇機のB29が飛来して、三菱発動機製作所などで死者三三〇人、焼失四八七戸。同十八日、七三機のB29が飛来して、三菱航空機製作所などで死者三三四人、焼失三二三戸。さらに翌年の年明け早々の昭和二十年（一九四五年）一月三日には七八機のB29が名古屋市を空爆して、死者七〇人が出るとともに、民家三五八八戸が焼失している。この地域の人たちは震災と戦災の二つの災禍を同時に受けているのである。

▽福井地震と多田裕計「荒野の雲雀」

このような終戦前後の五年間に立て続けに起きた五つの大地震の中で、最大の犠牲者を出したのは昭和二十三年（一九四八年）六月二十八日に発生した福井地震（M7・1）である。その死者三七六九人は、一九九五年に阪神大震災（M7・3）が起きて、六四三四人が亡くなるまで、戦後、最大の死亡者を数えた地震だった。この福井もまた、戦災と震災を立て続けに経験した都市だった。

「地震の夜、福井の方角の空が赤く燃えていた。その三年前、福井市が空襲を受けた夜はさらに赤く、空の半分が燃え、赤い空に低く、わが町の頭上でB29が旋回していた」。こんな記述が、高田宏『荒ぶる自然―日本列島天変地異録』にある。

「わが町」とは石川県南端の大聖寺町（現・加賀市）だ。そこで高田宏は十五歳の時、福井地震に遭った。『島焼け』など自然災害について著作もある高田宏の原体験である。福井地震は福井県北部の丸岡町（現・坂井市丸岡町）の郊外が震源の内陸直下型地震。その震源地である丸岡町は日本一短い手紙「一筆啓上 火の用心 お仙泣かすな 馬肥やせ」の文章から日本一短い心のこもった手紙文コンクール「一筆啓上賞」で知られるところである。この手紙は安土桃山時代の武将、本多重次が長篠の戦いの陣中から妻に宛てた手紙で、文中の「お仙」は丸岡藩の初代藩主となる本多成重だ。

この丸岡町郊外の震源から南西約十キロメートルに福井市があり、北東十数キロメートルに、高田宏が住んでいた大聖寺町があったのだ。

福井市は終戦間近の昭和二十年（一九四五年）七月十九日夜の米軍大空襲で全市の約九五％が焼失。死者も千五百人から千六百人にのぼった。だが市民たちが戦災復興に邁進。全国一の復興をうたわれていた。そこへ再びの大災害だった。

その戦災で受けた被害から立ち直ろうとしているところに起きた福井地震のことをテーマに書いた多田裕計の「荒野の雲雀」という自伝的小説がある。

多田裕計は昭和十六年（一九四一年）に『長江デルタ』で第十三回芥川賞を受けた福井県出身の作家。昭和十八年に海軍報道班員に徴用され、インドネシア、チモール、ニューギニアなどを転々としていたが、同十九年末に帰国していた。既に戦争末期で、日本国内も空襲などがあり、十五年以上も遠ざかっていた故郷福井に、母親、妻、長女を連れて帰ってきた。書道家で国漢の教師だった父は既に亡くなっていたが、戦争を避けて落ち延びた、その父の家が福井空襲で焼けてしまう。「私は其の時三十二歳だった。敗戦とともに私の青春は終わったのであろうか—否、私の運命には戦争という長い『人災』の上に、更に怖ろしい『天災』の試煉を加えるべく用意していたのであった」と多田は「荒野の雲雀」の冒頭近くで書いている。

▽脱稿したばかりの六百枚の原稿

昭和二十三年（一九四八年）六月二十八日の「午後五時十五分、梅雨蒸しの夕茜《ゆうあかね》の時間、ごーっと落下するエレベータのようにあの大烈震が来襲した瞬間、私は自分の机の前で何を考えていたか。半生の青春彷徨を整理し了った頃日《けいじつ》の私は、頬杖をついて未来を夢みていた」と多田は書いている。「午後五時十五分」は、この当時はサマータイム制度で、今の時間にすれば「午後四時十五分」である。

その時、多田裕計が「老母と妻子とを家に残して、遅ればせ乍ら広い世界へ、戦後の文化の花が綻び始めている東京へ旅立つ夢を見ていた」。それは、自分の机の上に一年かけて漸く脱稿した六百枚に近い、原稿が載っていたからだ。

「どすん、どすん、ごーっと転倒する天地の間で、私は長女を抱いて壊滅の下敷きとなった。長女の顔は鮮烈な血を吹いた。凡て静まったとき私は見た。地中から噴出した泥水は横倒れの家具を浸し、原稿は辺りに飛び散って泥と共に滅茶滅茶なのを！　涙が初めて喉元にこみあげてきた。未練に集める紙に血の指紋がにじんだ」

と、多田はまず書いている。「私」（多田）たち一家は、敗戦直前の米軍機の空爆による戦災後、妻の郷里Mで、自分と妻子が一年半暮らしていた。多田の老母は一人、そこから五里離れた山村のU村で独り住んでいた。「私」は二カ月に一度ぐらい、老母を慰めにいくと、きまって母と言い争いになる。

「あれから、まるまる一年以上だからネ、F市の方は、人の話ではどしどしバラックや家が建っていると云うじゃないか。お前の積もりはいったい何うなのさ、わたしはいつまでも他人様の厄介になれませんよ……」

と母が言えば、

「インフレに乗った闇屋なら家もたちますよ――これでも、大工にあたってみたり、借金先を探したりしているのですがね」

「ぐずぐずする時じゃないよ」

「周章《あわ》てても仕方がない」

「お前が少しだらしないですよ」

「何がだらしないのです！　僕には僕で、家なんか以上に、大きい悩みがあるのです。僕の半生は滅茶滅茶じゃないですか。自分を見つめるだけでもせい一杯です」

「家一つ建てられぬ人だ……」

「お母さんには解らない」

「お馬鹿さんだ！」

というやりとりになるのだ。

ある時、そんな母から、明日、家にくるように電報がくる。「ソウダンアル　ハハ」というのだ。そして、「私」がU村に行くと、老母はいつものように、新米をたき、さつま芋を煮たり、小豆あんをつくったりしてくれる。それは、「私」のために、村の家々をまわって、少しずつ貰いためておいたものだ。

そして電報の話は、思いがけない吉報。

U村の母の遠縁のものが、二度目の冬を前にして未だ疎開のまま難儀している母に同情して、持ち山の木を無償で建築用材に提供するという話だった。

「わたしと一緒に挨拶に行っておくれ。雪の前に山出しして、大工さんも隣り村の人が同情してくれていますから、この冬はF市でやっと一家揃って住めますよ」と母がいい、早速連れだって、その遠縁の家に挨拶に行くと、「何、山の木はどうせ持ち合わせだから」という。でも木を「切り出すのは大変だぞ。いちいち樵夫《きこり》や馬車屋ばかりに頼んでちゃ、それこそ莫大な金になる。あんたの背丈がありゃ、樵夫の一人に手伝わせて杉の木位は切り倒せる」と言われるのだ。

その夕刻、軽い足取りでM町まで帰ってきた「私」は妻に「明日村へ引っ越すことに決めたよ」と言う。荷車を頼んだので「明朝七時に来る。今夜のうちに蒲団やら着更えだけ荷物にしておいてくれ」と通告する。

それに対して、妻は「わたしと直美は行きませんわ！　わたしは樵夫を出来るわけでもないし……却って六畳一間に四人も手足まといです」。自分と長女は実家に残るという妻との激しい言い争いとなるのだ。

「勝手な奴だ！　お前にはまるで一緒に夫婦苦労する気魄がない」と「私」が言えば、「あなたは、命令するの」と妻が言い、「命令だ」「そんな命令ききません」となって、かっとなった「私」は妻の顔を打つ。逆上した妻は「私」の襟をつかんで立ち上がり、互いに激しくどたんばたんと押し合い揉み合いとなる。実家の「古い二階は揺れるほど震動した」という。

「妻の顔は全く狂女のようにやつれて油気のない髪が乱れた。直美が二人の間を押しのけようとして泣き出した。妻の顔も私の顔も、醜く歪んだ。その隙に私は妻を力いっぱい畳の上に突き刎ねた。その反動で刎ね返してきた妻はいきなり私の目の辺りを拳の全力で打ち上げた。私は思わず目を蔽《おお》うて横に体をねじるのと、妻が汽笛のように悲鳴をあげて泣き伏すのと同時であった」という、なんとも激しい夫婦のケンカが描かれている。

妻が長女を抱いて階下へ走り下りていったとき、「私は初めてしみじみ冷厳な悲しさに襲われて長い間其の場に坐っていた」とある。

今度は、妻の母が階段を上がってきて、「夫を殴るなんて」と言って、自分の娘のほうが悪いと軽く両手をついて謝る。「いや――そうされては僕の方が困ります」と「私」も言うのだが、妻の母の話もなかなかだ。

「あれは小さい時からの親思いでしてね」と言い、その「気持ちだけは解ってやっていただきたいのですよ。物をお書きになるような人でしたら、その気持ちだけは汲んでやって下さるだろうと……」と、詰め寄ってもくる。「いや、僕も多少冷淡だったかも知れません」と思い直すと、階段の上がり口で急に涙をすする響きがして、上がってきた妻が「先は済みませんでした。御免なさい……許して下さい……」と人情物の物語のように話が進んでいく。「小さくてもいいから、家を建てる事に全力をあげましょうよ。安らかに住める小屋をつくりましょう。ね、ね」という妻に、「私」は頷くのだ。

▽ようやくできた私たちの家

母の遠縁のものに案内されて、妻と「私」は裏山を喘ぎながら登る。一人の老樵夫も雇って連れていった。

「此の根っこから五寸位上を斜めに力いっぱい打ち下ろすんですぞ、倒そうと思う方向から――」

そのように、遠縁の者から、木の伐採方法を教えてもらい、まわり三尺位の姿勢のよい松に向かって、「私」は我武者羅に重たい大斧を振り上げて、思い切り打ち下ろした。然し掌と腕とはびしんと痺れて刎ね返り、松肌にわずかな跡がついただけだった。

こうやって、ペンを斧に持ち替えた「私」と、妻の杣人《そまびと》暮らしが始まったのだ。一時間以上かかって漸く一本倒れたという労働ぶり。四十数本の杉、松を伐るには予定の二週間では、まだ半分しか進まなかった。

それでも建て前ができて、毎日のようにF市（福井市）の現場に「私」は通っていくようになる。そして昭和二十二年の六月、ようやく私たち一家、私、妻、長女、母の四人は新築の家に引っ越すことができた。

平屋で坪数十七坪、正面のとっつきが「私」の書斎で洋室まがいのアトリエ式板張り六畳、その隣の間は母のための縁側つき六畳で床の間と仏壇押入れがあり、玄関左すぐに妻のための四畳半、其の先に台所という小さな家だった。でも新しい生活が始まると、疎開中はあれほど頑固だった妻が、日ごと夜ごとに素直になった。逆に「私」の前には、小説家である自分と向き合わなくてはならないという荒野が広がっていた。そして「私」は「アジアの砂」という半自伝的な長編を書き始めたのだ。ほぼ一年後の五月十日に「私」は最後の一枚を書き、「漸く、書き上げたよ」と妻に報告している。そして、まもなく自宅で、妻が次女を出産。一家が五人となったのだ。

一家に漸く安定したような一時期が訪れてきた。

六月二十八日は梅雨めいた蒸し暑い日であったが、六畳にいる老母と長女に買ってきた菓子を与え、「私」は自分の洋室で読書にかかっていた。妻と赤子の次女は四畳半にいた。

「五時十五分――あの大烈震が始まったのはそういう平凡な一瞬だった」

と多田裕計は書いている。

垂直性の衝撃の急襲。長女を抱くのと、「私」がひっくり返るのと同時だった。家から飛び出そうとしてまたひっくり返る。長女の顔が鮮血にまみれている。長女は「切れたア、切れたア」と「私」

に叫びかける。第一衝動が終わった時、「私」と長女は畑の上に呆然と立っていた。妻は赤子の次女を抱いて、甲虫《かぶとむし》のように壁土の中から這い出してきた。

「私」は老母を探して、壊れた家のまわりを走って裏の畑へいくと、老母は噴水の如く吹きあげる地下水の泥にうまって紫色の皮下出血の顔をして伏していた。

「お母さん！　お母さん」。老母は「私」の拳の力に正気づいて、泥の中から上へ這い上がってきた。その時、妻が走ってきたのだが、同時にぐらぐらまた揺れてきた。

「洪水のような地鳴りと共に斜めに倒壊していた私たちの家の屋根が、蒙々《もうもう》と埃《ほこり》をあげて地上に最後の息を引き取った」

さらに多田は「F市は鈍い色の空の下に嵐の海のように低く壊滅し去っていた。幾千の死者であろうか。市の中心部辺りから数カ所の火災が天を蔽い始めていた」と加えている。

▽記者時代の司馬遼太郎が取材

「私がはじめて福井平野にきたのは、福井地震のときである」。『越前の諸道　街道をゆく18』の中で、司馬遼太郎はそのように書いている。新聞記者時代、司馬は福井地震を取材しているのだ。そのことを少しだけ紹介しておこう。

このとき、司馬は「新聞社の京都支局にいて、夕刻、出先から支局に帰って、遊んでいたのか、原稿でも書いていたのか」というときだった。「当時、進駐軍というものが、日本の行政組織を後見していたときで、その意向により、夏はサマータイムという人を疲れさせるだけのばかばかしいものが、政府命令で施行されていた。時計の針が一時間繰りあげになっていて、支局の振子時計が午後四時十四分になったとき、建物がはげしくゆれはじめて時計がとまった」という。

サマータイムに従っていれば、時計は午後五時十四分を示しているのではないかと思われるのだが、それはともかく司馬は、すぐほうぼうに電話をかけてみて、どうやら地震が福井県あたりで発生したらしいことを知り、車に乗って、現場に向かったのだ。

ところが司馬が乗っていた車が、途中で故障。救援物資を運ぶ京都府庁のトラックに司馬は乗せてもらった。その「京都府庁がじつに機敏に初動救援を開始したため、私はひょっとすると、外界からきた者としては、よほど早い時期に福井県に入れたらしい」と司馬は記している。そして、福井県に入ってみると「福井市から遠くもない武生《たけふ》の野に出たとき夜が明けたが、どこにも被害がなく、狐につままれたような不安を感じたことを覚えている」という。

しかし、福井市内に入って、司馬は、その惨状を知る。そして司馬は忘れがたき、次のような光景を書いている。

「小学生の女の子が、死んだ赤ん坊を溝川でまる洗いに洗っているのを見て、息をわすれる思いがした。女の子には、表情というものがなかった。私自身、呆《ぼ》けてしまっていたのか、神経にこたえすぎたのか、そのことを、記事には書かなかった」そうである。

そして作家・司馬遼太郎として、『越前の諸道　街道をゆく18』の取材に行ったときの車の運転手は、福井地震時、新制中学の一年生という人だった。その運転手の話も司馬は書きとめている。

当時の農村の子は親たちが学校よりも農業を優先させていて、学校から帰ると農作業をさせられた。その運転手もそうで、学校から帰ると「どこそこの田ンボへゆけ」という母親の書き置きがあった。田植は既に終っていて、稲は二〇センチほどにまでなっていた。母から指示された田ンボでクワをとって仕事をしていると、にわかに田ンボが烈しく上下運動をして、田の中の水が大ゆれにゆれ、稲が一瞬でなぎたおされてしまった。

「ああいうときは、こわさというものを感じないのですね」と、その運転手は司馬に話している。
「とっさのこの種の危機にあうと、人間がけもののように反射的に動いてしまうものらしく、やみくもに走って家に帰ると、家がこわれていた。大牧という在所は百十軒あったが、ぜんぶ倒壊してしまった」と、運転手の話を司馬は加えているのである。

▽**烈震と激震**

福井地震から三十年を機会に、昭和五十三年（一九七八年）、福井市が編纂発行した一四〇〇ページを超える『福井烈震誌』という本がある。地方自治体がまとめた地震記録として、屈指の厚さのものである。

当時の大武幸夫福井市長の「発刊のことば」によると「地震と共に、市内各方面から火災が発生し、猛烈な勢いで全市に拡がった。建物の下敷となって圧死する者数知れず、生きながら焼かれて死んだ人も少なくなかった。こうしてほんのわずかな間に、市内の家屋一万五〇〇〇余戸が倒壊し、二〇〇〇戸あまりが焼失」している。

『荒ぶる自然─日本列島天変地異録』の冒頭で、自身が体験した福井地震のことを記した高田宏の出身地、石川県南端の大聖寺町での地震の揺れもすごかった。

その時、高田宏は近くの銭湯に行っていた。湯ぶねのなかにいたとき、ドーンと来た。足もとから湯ぶねごと突き上げられ、湯ぶねの湯がはねあがってあふれた。タイルとガラスが砕け散るなかを、高田は素裸で走った。道に飛び出すと、あたりは土煙で薄暗くなり、銭湯の建物が今にも倒壊しそうに大きく揺れていた。

建物の揺れがいったんおさまるのを見て、高田が衣類を取りに戻り、衣類を鷲づかみにして出ようとするとき、つぎの大揺れがきて、出入口の戸が開かなくなっていた。戸に何度か体当たりをして外へ出た。戸のガラスが肩に刺さり、両足裏にもガラス片が刺さったのだが、そのときは気づかなかったという。

このように、激しい揺れは変わりなかったのだが、福井市と大聖寺町とでは、大きな違いがあった。福井市では九百人を超える死者が出ていたが、大聖寺町の死者・行方不明者は十六人だった。その理由は同町が火事を出さなかったからである。

高田宏の母は地震が起こったとき、夕食の仕事をしていて、かまどに火を焚いていたが、ドーンと来て、台所に倒された高田の母は、まず火を消さなくてはと思い、倒れて割れた水がめに残っている水を、よろめきながら、かまどの火にかけた。火の消えたのを見とどけて、裏の空地へ転がり出たという。大聖寺町の「ほとんどの家の主婦が、母と同じ行動をとっていた。なによりもまず、火を消そうとした」と高田宏は書いている。

それは大火の記憶が町の人のなかにしっかりと根を張っていたからだった。昭和九年（一九三四年）九月九日、大聖寺町は深夜から昼前にかけて強風で延焼をつづけ、約四百戸が焼失した。その恐怖が人びとの記憶の中に生々しく生きていたのだ。消防団のS団長も波のように揺れ続ける火見櫓に登り、火災を発見すると同時に消火隊を走らせていた。

繰り返し言われることだが、災害時の被害をできるだけ防ぐために、人びとの記憶に深く残るものの力の大切が実によくわかる。

『日本百名山』で知られる小説家・随筆家で、登山家の深田久弥は高田宏と同じ大聖寺町の生まれ。福井地震の際も故郷の町にいて、その体験手記を朝日新聞に寄せている。

それによると、「丁度ぼくが二階の机によっていた時で、最初の上下動（とは後からの判断だが）が来て、これは大変と階段をかけ下り、家の者に『表へ出ろ』と叫び、大揺れの屋内をよろめく足つきで、中庭へ逃げるべきか表玄関へ出るべきか、瞬間ためらった後、戸の倒れた玄関から飛び出したが、全く無我夢中であった」という。

大聖寺町は、深田が執筆時、戸数約三千のうち、全壊二一三戸・半壊二一〇〇戸と報道されていて、「大震につきものの、火事の出なかったことがもっけの幸いであった」と記している。ただし高田宏のように、大火の記憶に触れて、火事の出なかった理由については記していない。

だが、さらに紹介したいのは、「町を見てまわったり、人々の話を聞いたりすると、ただ表通りを自動車でスーと視察して、歩いた人たちの気づかぬ被害が存外多い」ことを記して、「この数年のあまりに悲惨な場面が、日本を訪れてきたので、もう我々は惨状に面しても、方丈記的な人生無常の心持が鈍くなっている。無事平和な時なら、こういう惨事はよほどのショックを人心に与えるのであろうが、現今ではその損失を惜しみ、被害者に対する同情は無限であっても、そのために特別な感慨を起こすということは、なくなっているのではなかろうか」と書いていることだ。

震災から一週間後、七月五日付の紙面に掲載された手記だが、この時点で、福井地震に対する人々の感慨に対する戦争の影響を、深田久弥は震災体験者として指摘しているのだ。なお、深田は関東大震災時には一高生で、「本郷の寄宿寮にいたが、地震の強さは今度の時と大差なかったように思う」とも書いている。

現在の日本では微震・軽震・弱震・中震・強震・烈震・激震の七階制で地震の震度が示されている。福井地震はもちろん「激震」の部類に入るが、当時は六階制で、烈震が最強度の地震だった。大部な記録『福井烈震誌』の題名が「烈震誌」となっているのも、このためである。しかし、福井地震を契機に「激震」が加えられ、七階制の震度表示となった。つまり烈震までの震度6では、適切に表現できないほどの激しい地震だったということである。それほどの地震だが、深田久弥の手記が記すように、敗戦による社会混乱によって、日本人はその地震の記憶を共有していないように思えるのである。

▽不死鳥と非常に静かな半世紀

しかし、福井の人たちの復興への意志は強く持続していた。福井空襲の被害からの福井市の復興も非常に早く、「他の戦災都市に先んじて復興が進捗し、いま一息というところ」だったと、『福井烈震誌』の「発刊のことば」で、大武幸夫福井市長が記している。そこに再び福井地震の災禍に見舞われたわけだが、そこから見事に復興してきた。この精神を「不死鳥福井市民」と大武市長も記している。その「不死鳥」は福井市民の合い言葉となり、昭和三十九年（一九六四年）六月二十八日、福井地震から十六年後の震災記念日には「不死鳥のねがい」という福井市市民憲章が発足している。福井市の中心市街地を縦貫する通りの名前は「フェニックス通り」と名づけられているし、多目的ホールを持つ文化施設の名も「フェニックス・プラザ」である。

そのエネルギーはどこから来るのか、福井生まれではない私には、正直わからない。ただ多田裕計の「荒野の雲雀」を再読した時、その題名の意味するところに気づき、力を得たことを紹介しておきたい。

妻との激しいやりとり、また人情物の芝居のような物語の展開なのだが、「私」と妻と樵夫がすべて木を伐り終わり、後は建て前だけとなって、一度、郷里のM町に妻が行きたがる場面がある。「ね、わたし、山へ行って蕨を摘んで、お土産にしたいわ」「そりゃいい。――じゃ、俺も一緒に摘みに行こう」と言って、夫婦揃って山に入る。

山奥まで入り、ゆるやかな傾斜の萱の上に「私」と妻が並んで腰を下ろし、傾斜の具合でそのまま二人は寝ころぶ姿勢となる。空には雲雀が啼いていて、深山の静寂が久しぶりに横にいる妻の肉体を意識させる。

「私」は妻を荒々しく引きよせ、「あら！　いやよいやよ……」という展開になって、幾年も忘れていた夫婦の感情が漲る。その時の雲雀の声がずっと聞こえているのである。

そして翌年の五月十日に、「私」が小説を「漸く、書き上げたよ」と報告すると、「わたしの方が遅れたわね」と妻が応える。六日後の五月十六日に妻が、次女を出産。その翌月に福井地震がやってくるのだ。

べつに、深山での交歓で、次女が生を得たわけではないだろうが、福井地震の翌年の昭和二十四年（一九四九年）の「知識人」四月号に掲載された多田裕計「荒野の雲雀」は決して、地震に負けている作品ではないのだ。全体を「痛切な悔恨、哀歓、自省、自嘲」（奥野健男）がおおっているので、沈鬱な作品のようにも読めるかもしれないが、実は作者の願ったことは、いつまでも耳についてはなれない「雲雀の声」のほうなのである。

東日本大震災があった二〇一一年の六月二十八日、私は福井市にいて、同市の足羽山西墓地で行われた「福井市戦災・震災犠牲者追悼式」を取材していた。

「わたくしたちは　不死鳥福井の市民であることに誇りと責任を感じ　郷土の繁栄と幸福をきずくため　力をあわせ　不屈の気概をもって　このねがいをつらぬきましょう」という市民憲章も唱和され、東日本大震災で亡くなった人たちへの卒塔婆もあげられていた。同市の関係者、遺族が参列していたが、その遺族たちの中に福井地震の記憶はまだ生きているようだった。

その福井地震から以降、一千人を超える死者を出した地震は、一九九五年の阪神大震災まで、四十七年間、日本では起きていない。津波による死者・行方不明者を除いて、地震動だけで見てみると、一千人はおろか、百人を超える死者を出した地震も起きていないのである。

地震国日本にとって、福井地震から阪神大震災までの半世紀は非常に静かな時代だったといえる。この長い空白の時間が、福井地震の被害を、日本人の多くが共有できていない、もう一つの理由なのかもしれない。

その半世紀の間、日本の都市は成長を続けていた。激しい地震の被害などの過去を振り返りたくなかったのかもしれない。

安政地震と「鯰絵」――出久根達郎、仮名垣魯文

地震はなぜ起きるのだろうか。それは地底の鯰が騒ぐからである――。そんな考えが、いつ頃、日本人の間で生まれたのか。そのことはあまりはっきりしていないようだ。

だが、ともかく、この鯰の力によって、地震が発生するという考えは、安政二年十月二日（一八五五年十一月十一日）、幕末の江戸で起きた安政地震（M7・0〜7・1）の際に、一気に拡がった。

地震の惨状や、その後に起きた社会の変化、地震の原因などについて、鯰の姿を描き込んだ多色刷りの民俗絵画「鯰絵」が大量に生まれ、瓦版などで伝わっていったのだ。

出久根達郎に、安政地震をめぐる『安政大変』という短編集があって、その表紙には「志んよし原大なま津ゆらひ」という鯰絵が使われている。この『安政大変』の冒頭の短編「赤鯰」は、地震を予言する鯰が登場する話である。

安政年間（一八五四年〜六〇年）には、安政二年の地震ばかりでなく、前後十数回も地震が続発した。「赤鯰」はその頻発する震災のことから、物語が始まっている。

嘉永七年（安政元年）十一月四日（一八五四年十二月二十三日）の朝、伊豆国、東海道筋、関東の広い地域で地震（安政東海地震・M8・4）があった。

▽「地震が来るのを知らせているんだ」

菊太郎は、妻さらと、一子庄太郎、父母、祖父母を抱えて、東海道・掛川で、書肆《ほんや》を営んでいた。菊太郎の職業が書肆であることは、古本屋を営んでいた出久根らしいが、その日、菊太郎が隣の宿・袋井に、用事で出立してまもなく、揺れが来て、菊太郎は傍らの竹藪に飛び込み、事なきを得た。

ところが家族は倒壊した家の下敷きとなり、取って返した菊太郎が必死に屋根瓦を除けて掘り出したが、妻のさら一人を助け出すことができただけだった。町の掛川宿は全壊、袋井は形ある家がわずかという惨状で、その月の二十七日に「安政」と改元された。

ちなみに、東海地震は、この発生以降、「すでに100年以上経過していることから、次の東海地震の発生が心配されている」と平成二十七年（二〇一五年）版の『理科年表』が記している地震域だ。

菊太郎・さら夫婦は縁故を頼って、江戸に出たが、さらが余震におびえたせいだろう、さらは心臓の発作を起こすようになり、ついに寝つくようになる。通いで働き始めた書物問屋にも出られなくなり、菊太郎は家で出来る仕事をと思い、長屋の表の障子戸に「お子様の読み書き十露盤　出張読み聞かせ　文の代筆、引札文案、看板……」という貼り紙をして募ったのだが、一向に客がなかった。

そこへ、喜一という七つの男の子と姉の「こう」が訪ねてきて、喜一が最初の入門者となる。願ってもない話だが、さらに姉のこうが「お願いがございます」「これをお預かりいただけないでしょうか？」と言って、盥を差し出す。中には五寸（約十五センチ）ほどの赤みがかった鯰が入っていた。その姉弟は父親違いだが、喜一の両親は昨年十一月四日の火事で焼死。その葬儀の帰り、寺の境内で、子供たちが持っていた赤鯰をもらってきたという。喜一はその鯰に夢中になり、「大助」と名付けて、読み書きに行かせようとしてもいやだと泣きわめくしまつ。これを預かってもらえれば、「鯰に会いたくて、毎日こちらに通ってくると思うのです」と姉のこうが言うのだ。

そうやって、喜一と菊太郎の関係が始まっていくのだが、ある時、ピシャリと水がはねて、盥の中を二人がのぞくと、鯰が、しきりに暴れている。

すると喜一は「地震だよ、お師匠さん」と言うのだ。「揺れていないぞ」と菊太郎が応じると、「違う。大助はね、地震が来るのを知らせているんだ」「いつもそうだよ。もうすぐ、揺れるよ」と喜一が言うと、しばらくすると、突然、床が大きく上下に揺れ出し、天井が、みしみしと鳴り、菊太郎はとっさに喜一を抱き、妻さらの寝床に走ったのだ。

出久根達郎は、この「赤鯰」の着想を、幕末・明治の戯作者で新聞記者、仮名垣魯文の『安政見聞誌』から得たと思われる。『安政大変』の「鯰絵　あとがきにかえて」という文章を、その『安政見聞誌』の中のエピソードから、出久根は書き始めているのだ。

本所永倉町に住む某は、日頃「遊漁」を好み、この時は鰻《うなぎ》の夜釣りをせんと、深川に出かけた。ところが、目当ての鰻は一尾もかからず、鯰ばかりつれる。

しかも、河のあちこちで、鯰がいやに騒ぐ。「鯰に異変ある時は地震あり」との言い伝えを思いだした某は、ただちに釣り具を畳み、家に帰り、女房に、家財道具を庭に運び出させた。妻はひそかに笑ったようだが、でも「鯰の予言通り」に、この夜、大地震が起こった。安政二年十月二日の江戸大地震だった。

そのように出久根は紹介している。喜一の姉こうは鰻屋を営んでいるという設定になっているので、鰻と鯰の組み合わせ、「鯰絵　あとがきにかえて」の書き出しからも、やはり『安政見聞誌』が、「赤鯰」の発想の一つになっているのではないかと思われる。

▽仮名垣魯文の創作くさい

『安政見聞誌』などを収録した『実録・大江戸壊滅の日』の荒川秀俊の現代訳で、出久根が紹介した部分に少し加えると、その「某」は「篠崎某」という者で、その篠崎某の近所の人が、これも魚釣りに行って、鯰が騒ぐのを見たにもかかわらず、帰宅しなかった。そして獲物がすくなかったうえに、家屋をはじめ家財道具を残らず揺り崩されて、深く後悔したという。

あの篠崎氏は賢明だったから、一つの災難をまぬがれた。世説俗談とはいえ、よく気がついたのは、ひとつの人徳である。「油断したのは自分の過失だったのだ、とわたしに話した人がいた」。そのように仮名垣魯文は書いている。つまり鯰が騒ぐのを見たにもかかわらず、帰宅せず家財道具も残らず揺り崩された人のほうから聞いた話を書いたと受け取れるような書き方となっている。

さらに仮名垣魯文は「こうしたことは自然の道理で、地に変動があるときは、まず鯰が騒ぐということもあるかもしれない。このことから、地震は鯰だといいもし、絵にも描くのだろう。いずれにしても、前述したような実際の証拠を見て、後世の参考にもなるだろうと、ここに記しておく」と書いた。

『安政見聞誌』のこのエピソードの書き方に、出久根は「鯰絵　あとがきにかえて」の中で、強い疑問を述べている。なぜなら、安政の江戸大地震の直後に「鯰絵」の刷り物がたくさん登場して、これが江戸っ子の間で引っ張り凧《だこ》になるわけだが、その「鯰絵の発案者というのが、他ならぬ魯文だからである」と出久根は書いているのである。

▽鹿島神宮の要石

出久根は茨城県生まれ。その茨城県鹿嶋市の鹿島神宮に「要石《かなめいし》」というものがあって、その石が、地中の鯰を動かないように、ぐっと押さえているという。

私も取材のため鹿島神宮へ行って、この要石を見てきたが、地上には、ほんの二十センチ程度の円い石の頭部が露出しているだけの石である。だがそれはほんの一部分で、実は非常な大石で、それが地下の鯰を押さえて地震を防いでいるのだ。だからこの地方では大きな地震が起きないのだと言われている。

はて、どれだけの大きな石かというと、水戸黄門がある日、領内の鹿島神宮に立ちより、要石が本当に鯰を押さえつけているのか、調べたいと思ったのか、要石を掘り起こすことを命じて、石の周りを掘り出したが、七日掘っても掘りきらなかったという話が残っている。それは事実というより、まあ黄門様らしい伝承にすぎないのだろうが。

そして、出久根達郎は、この「要石伝説によって、鯰は地震の異名になった。魯文は、これに目をつけたわけである。鯰が安政の大地震を予知した、と報告したのは、魯文一人である。『鯰絵』を発案したことといい、本所永倉町某の一件は、魯文の創作くさい」と書いている。

「鯰絵」は安政の江戸大地震のわずか数日後、いまだ余震鎮まらぬなかの江戸市中に出現した民俗絵画である。鯰と震災後の社会の中に鯰を描き込み、秀逸な戯文を書き込んだ木版刷り。それが震災直後の江戸の町で大人気となり、確認されているだけでも百種類を軽く超えているという。出久根が言う、鯰絵を発案した仮名垣魯文が文を書いたものもあったはずだが、その絵を描いた画家だけではなく、戯文を書いた作家も、出版年月日も、よくわかっていない。

その地震と鯰絵の関係を体系的に詳しく論じたものに、コルネリウス・アウエハントの『鯰絵―民族的想像力の世界』という本がある。アウエハントは一九二〇年にオランダのライデン市に生まれた日本研究者。最初の日本留学（一九五六～五七年）には柳田国男の主宰する「民俗学研究所」で「鯰絵」を中心にすえた日本の伝統文化・民俗文化の研究を行っている。

このアウエハントの研究を基に、「鯰絵」というものが持つ意味を紹介してみたい。

▽両義的な鯰の位置

「揺ぐとも　よもや抜けじの　要石　鹿島の神の　あらん限りは」

こんな歌が残っているのだが、もし伝説にあるように鹿島神宮の要石で、地震の張本人である鯰が押さえつけられているならば、当然の疑問として、安政二年十月二日に起きたような大地震災害を鯰がどのようにして起こし得たのかのだろうか、ということがある。

これについては、鹿島大明神の不注意や無力ではなくて、地震発生がちょうど神無月で日本の神々が出雲大社に集まっていて、鹿島大明神は留守だったからだと考えられたようである。「神のお留守をつけ込んで、のらくら鯰がふざけだし、後の始末を改めて、世直し、世直し、建て直し……」と詞書に書かれた鯰絵がいくつも残っている。なるほど、江戸の人たちもちゃんと、その疑問への答えは考えていたのである。

そもそも地震と鯰の関係について一番古い文献は、伊藤和明『地震と噴火の日本史』などによると、文禄元年（一五九二年）伏見城建設中に秀吉から京都所司代宛ての「ふしみのふしん、なまつ大事にて候まま」との文だそうである。「なまつ」は鯰のことで地震対策をしっかりとのこと。だが四年後に「慶長伏見地震」（文禄五年・慶長元年、一五九六年、推定M７・５）が起きて伏見城は大破。城内だけで数百人が死亡。秀吉も淀君や幼い秀頼らと城の庭に逃げたという。

さて、その地震を起こす鯰の前に日本を下で支えていたものがある。それは龍に似た蛇である。アウエハント『鯰絵』によると、嘉元二年（一三〇四年）ごろに作製された地図には日本は蛇に似た生き物に周囲を囲まれていて、この日本を取り巻き支える蛇龍は大海をあらわすものと考えられる。その水の表徴としての蛇龍が、魚すなわち鯰に移行していったようだ。

『塵摘問答』という本の寛文六年（一六六六年）版には「鹿島大明神日本を巻く鯰に要《かなめ》打つ」という題の版画があり（大永四年、一五二四年の流布本ではまだ挿絵がない）、蛇龍の形をしている怪物の頭が自らの尻尾をくわえているところに鹿島大明神がせわしなく釘を打つ様子が描かれているし、「揺ぐとも…」の地震歌も登場している。

つまり鹿島大明神、要石、地震鯰の観念が同時に絵画に現れるのは十七世紀の最後の数十年間。そして安政二年（一八五五年）以降の鯰絵にさまざまな描かれ方で再び現れてくるのだ。

その鯰絵の最大の特徴は、鯰が地震を引き起こす張本人であり、罵られ嫌悪され、攻撃されているという絵があるのは当然のこととして分かるのだが、それればかりでなく、むしろ反対に、鯰が社会悪を懲らしめて、そのために崇拝され、賞讃されているような絵もたくさんあることである。

「のらくら鯰がふざけだし、後の始末を改めて、世直し、世直し、建て直し……」との詞書を持つ鯰絵があるように、社会階層の差とその対立と闘いが描かれた〝世直し〟の鯰絵も多い。つまり、持てる者の側（武士、新興町人、問屋、高利貸し、株仲間の有力者、遊郭の遊女たち）の方は鹿島大明神に率いられているのに対して、持たない者（奉公人、小商人、職人たち）は鯰に率いられ、支援されている。それらの両陣営が鯰絵のまん中で互いに棒などを持って、闘っている絵もある。さらに鯰が金持ちを打擲して大判小判を吐き出させて、その吐き出させた大判小判を道行く人々に分け与えている鯰絵もある。

また鯰が集まった人々に対して自分の罪を認め、腹を切って懺悔する絵が描かれ、腹から流れ出した大判小判はそれを拾った人たちが分かち合い、それによって鯰の本願が達せられるという鯰絵もあるし、さらに直截に鯰が、自分を押さえ込んでいた要石を片手で軽々と持ち上げているという、強烈な皮肉が込められた鯰絵もあるのである。

アウエハントは同書の中で繰り返し、このような鯰絵で描かれた鯰の位置について、「両義的」という言葉で語っている。さらにアウエハントは「こうした特徴は、地震災害を契機にして、長く続いた社会的・経済的対立が、鯰絵という典型的な民俗版画を媒介にして顕在化し始めたものだと結論づけるほかはないであろう」と書いているのだ。

▽人間も自然の一部分

だが、社会階層の面からだけでは捉えられない鯰絵もあるのだ。例えば、こんな絵だ。

鯰が「志しん（地震）百万遍」の主導者となっている鯰絵。「百万遍」は「百万遍念仏」の略で、「南無阿弥陀仏」を繰り返し唱えて、大数珠を順に手繰っていくと、極楽浄土に生まれかわることができると考えられている。その「百万遍」の中心に鯰が座して、鐘を打って阿弥陀仏の御名号を唱えている。数珠が大工、石工、屋根ふき、杜氏、車力の手から手へ手繰られて、さらに金持ちたちも茶菓子を供えるうちに、地震の張本人である鯰によって地震の被害が、人々の意識から遠ざけられ、鎮められていくという絵である。

この鯰絵になると、単に社会階層の両面を表す〈両義的な存在としての鯰〉という捉え方だけでは、おさまらない鯰の存在なのである。

アウエハント『鯰絵』の共同訳者の一人である中沢新一は「『鯰絵』を見てまず心を打たれるのは、そこに表現されている江戸庶民の知性の高さである。大震災を体験した現代人として、私はそのことにことに深い感銘をおぼえる」と岩波文庫版の解説を書き出している。

さらに、この推定死者は一万人とも言われ、倒壊・焼失家屋一万四千軒余（中には、倒壊家屋の下敷きとなって亡くなった思想家の藤田東湖のような重要人物もたくさんいた）と言われる直下型の江戸を襲った大地震（M7・0〜M7・1）の余震鎮まらず、町中がくすぶりを続けるさなかに江戸市中に出現した鯰絵を通して見えてくるものについて、中沢新一は「江戸の庶民には、人間が自然の一部分であることが、はっきりと自覚されていた」ことを書いて、東日本大震災を経験した現代人が抱く、紋切り型の思考へ鋭い批判を記している。

以下、やや長くなるが、それを紹介してみよう。

「その鯰絵を前にして、そこに表現されている知性のたくましさ、洒脱さ、高さに、驚かされる。そして同じ大地震を経験した現代日本人との知性における大きな落差に、気づかされることになる。大地震を体験したあと、現代日本人は『絆』だとか『復興』だとか、平板なボキャブラリーを動員しての紋切り型の思考しか生み出せなかったのではないか。そのため大地震があらわにした現実を前にして、大きな広がりと射程をもった根源的な思考で、それを受け止めることがほとんどできなかった。人間も自然の一部分にすぎないという真実が、そういう思考には深い実感として組み込まれていない。ようするに私たちは人間のことしか見えていないのである」

と中沢新一は述べている。

さらに続けて、「それにひきかえ、鯰絵をとおして江戸の庶民たちが表現した土着的なリスク思考のなんと深く豊かであったことか。地震や火災で縁者を失ったものもあったろうし、焼け出されて着の身着のままの人びとも多かっただろう。そういう庶民が、ウィットに富むこれらの鯰絵を手にして、悲しみに打ちひしがれながらも心には微笑をたたえているのである。鯰絵には自分たちを襲った災害の張本人である自然が、名指しで糾弾され批判されている。しかし、庶民はその張本人を恨むのでもなく敵意を持つのでもなく、災害をもたらす自然の本質を理解した上で、知性とユーモアをもって、乗り越えがたいほどの困難を乗り越えようとしているのだ。江戸の庶民には、人間が自然の一部分であることが、はっきり自覚されていた。そこからぎすぎすしたところの少しもない、感傷性に溺れることもない、こうした知性豊かな表現が生まれたのである」と記している。

地震を起こした鯰。自然の一部である、その動物が、加害者として糾弾もされ、また持たない者の世直しの支援者ともなり、さらに地震の被害者の魂を鎮める中心ともなっている鯰絵。確かに、中沢新一の言うように、人間も自然の一部分なのである。そのような考え方を現代人は、極度に失っているのかもしれない。

▽地震と鯰の科学的研究

この章の終わりに、一つ二つのことを加えておくと、鹿島神宮では、二〇一一年の東日本大震災で、高さ約十メートルの大鳥居や境内の石灯籠約六十基が倒壊した。これは要石が鯰を押さえられなかったということなのだろうか。または、東日本大震災の二日前に春の祭事が開かれていて、多くの人びとが大鳥居の周りにもいたので、やはり鹿島大明神の配慮で、地震が起きるタイミングがずれて、人びとを守ってくれたと考えるべきなのだろうか。

また鯰が地震を起こすということは、もちろん非科学的な考えだが、地震の前兆として、動物や植物などの異常現象が報告されることも事実である。芥川龍之介が関東大震災直後に書いた「大震雑記」で、震災直前、八月にもかかわらず、藤、山吹、菖蒲の花が狂い咲きしているのを見て、「天変地異が起りそうだ」と予言していたという話も、その例証の一つとして挙げられるかもしれない。

そんな面からの鯰と地震の関係を科学的に研究する試みは行われている。関東大震災の後には、青森県にある東北大学付属・浅虫臨海実験所で畑井新喜司博士が、鯰と地震の関係について、科学的な研究をして、地震と鯰の行動には関係があるという発表をしている。

東京都水産試験場でも、鯰と地震との関係に関する研究が一九七六年から一九九二年までの十六年間も行われている。水槽で鯰を飼育し、その異常行動と地震の関係について研究を続けた結果、鯰が地震の前に異常な行動を起こす確率は五割以上にのぼる可能性があるようだ。鯰の鋭敏な感覚が、地震の前兆現象をとらえる可能性は否定できない。

宮崎県立看護大学の浅野昌充教授の研究によると、鯰には水中の微弱な電位差を感じる能力があり、その感覚の鋭さは人間などが感じる能力の百万倍に近い敏感さである。例えば、琵琶湖に乾電池が一個投げ込まれたとして、そのことを数キロメートル先で感知できるという敏感な能力だという。

鯰を使った地震予知ができる日の到来を望みたい。

島原大変、肥後迷惑——吉村昭、白石一郎

寛政四年一月十八日（一七九二年二月十日）午後十時ごろ、熊本城下に突然爆発音がとどろき、高山彦九郎は、はね起きた。寄寓していた家の者が西の空を見ながら「島原の普賢岳が焼けている」と言う。

江戸後期の尊皇論者、高山彦九郎（一七四七年〜一七九三年）を描いた吉村昭『彦九郎山河』に、そんな場面がある。後に「島原大変、肥後迷惑」と呼ばれる雲仙普賢岳の一連の噴火である。『三陸海岸大津波』や『関東大震災』の仕事もある吉村昭は、この普賢岳の噴火について、繰り返し『彦九郎山河』の中で記している。

林子平、蒲生君平と並んで寛政の三奇人と呼ばれる高山彦九郎は、激しい尊皇論者として知られるが、彼の思想は足利幕府以来の武家政治は仮のもので、朝廷による文治政治こそが本来のものという考え。その尊皇思想家としての高山彦九郎は太平洋戦争中には大いに善とされ、たいへん賞讃されたが、戦後は一転して、侮蔑の対象となった。

だが、高山彦九郎の激しい尊皇思想は、彼が生きた時代には、当然、反幕府に通じる姿勢であり、見方を変えてみれば、その時代に異を唱える反体制の思想家だった。

『彦九郎山河』は、その高山彦九郎が故郷上州新田郡細谷村（群馬県太田市）を捨て、妻子と離別して、江戸から、奥州、そして京都へおもむき、さらに九州を訪ねるまでを描いている。冒頭部には、高山彦九郎が、父の仇を討とうとして、師の細井平洲に挨拶に行って、平洲から戒められ、さとされて、その後の大義実践を覚悟する場面が描かれている。

細井平洲は江戸で私塾・嚶鳴館をひらいていて、当代随一の儒者として名声が天下にとどろいていた。高山彦九郎は、十九歳年長の師、細井平洲の学識、情義を兼ね備えた道徳家としての人物に深い畏敬の念を抱いていた。その平洲の戒めから二十年、彦九郎は、平洲に高弟として師事しながら、毎年のように京都をはじめ各地をくまなく旅して、多くの学者と親交を結んでいた。

米沢藩の藩主上杉鷹山も細井平洲を師として米沢に招き、藩政改革を行った縁から、高山彦九郎が米沢を訪ねる場面が『彦九郎山河』の前半にある。米沢藩の儒者たちも江戸に来て平洲の教えを受け、彦九郎は彼らと親しく交流していたのだ。

永井荷風の章のところでも紹介したが、荷風が関東大震災発生時に読んでいたのも細井平洲の『嚶鳴館遺草』である。

また故郷から遠くない浅間山が天明三年（一七八三年）に大噴火した時、高山彦九郎は京都にいたが、友人たちのすすめによって、故郷に帰っている。故郷の村には、坪あたり五斗ほどの降灰があり、田畠は灰におおわれて全滅し、用水路も灰と砂礫で埋もれていた。浅間山の噴火のようす、鎌原村（群馬県吾妻郡嬬恋村鎌原）に土石流が押し寄せて、多くの死者が出たことを彦九郎が知ったことなども『彦九郎山河』の前半に記されている。

「島原大変、肥後迷惑」と呼ばれる雲仙普賢岳の噴火のことが出てくるのは、その『彦九郎山河』の後半部である。

▽絶え間ない地震

その高山彦九郎が熊本城下に入り、藪孤山の家を訪れる。藪は、藩校・時習館の教授を病のために辞していたが、藩主からは教授の俸を与えられていた。藪は彦九郎の来訪を喜び、彼は藪の家に泊まるようになる。そして彦九郎が時習館におもむくと、教授や学生たちが総出で歓待。彦九郎の熊本滞在を知った熊本藩の幹部たちが次々に藩主の指示で接触してくるし、冬の寒気をしのぐように足袋などもあたえられた。

そんな時だ。突然爆発音が城下にとどろき、高山彦九郎がはね起きたのは。普賢岳は、前年末頃から噴火をはじめ、時折り爆発音がとどろいて噴煙が高々とのぼるようになっているという。「翌日には、柳川藩の城下の騒ぎがつたわってきた。有明海に面した柳川では、夜に火柱と噴煙が望見されたが、襲来した異国船のあげた狼煙だという噂が流れて大混乱を呈した」と吉村昭は記している。「熊本城下でも、人々は不安そうな顔をしていた」という。まだ幕末までは少しの間があるが、それでも異国の脅威を感じていたということだろうか。もちろん普賢岳噴火という自然への恐れもあったろう。

彦九郎は本来の目的地である鹿児島へ向かうことにするのだが、薩摩街道を南に進み、熊本南部の津奈木では儒者の深水宗安の家を訪れて、三月一日も深水家に泊まっていると、「その日は、しばしば地震があって家が音を立ててゆれ、家に飼われていた犬がそのたびに激しく吠えた。それは夜になってもつづき、かなりの大きなゆれがあって、彦九郎は家人とともに家の外に飛び出した。人々は島原の普賢岳の噴火によるものではないか、と噂し合った」。

さらに彦九郎は水俣に入り、逗留するのだが、「地震が絶え間なく、普賢岳の噴火が激しいことが町にもつたえられ、町の者たちは、不安そうな表情をしていた」という。

その後、彦九郎は薩摩藩領に入る野間ノ関まできたのだが、役人が頑なに関所の通過を許さない。「とりあえず米ノ津の問屋で、今夜はお泊まり下さい。明朝までに上役の者にはかってみますから……」と言うのだ。しかたなく彦九郎は、米ノ津の問屋に投宿したが、翌日になっても、関所からの連絡は何もなかった。

そして「その日は、またも激しい地震が連続的に起こり、家は音を立てて揺れた。町に島原普賢岳の噴火の情報がつたえられた。轟音とともに火口からすさまじい火柱が連続的に噴きあがり、溶岩が山の傾斜を流れくだって村落の近くまでせまった。そのため人々は、船に乗って沖に逃げたという。島原藩主松平忠恕も、城を出て他の地に移るらしいという話も伝わった」ようだ。

高山彦九郎は普賢岳からは、次第に遠ざかっているのだが、逆に『彦九郎山河』では、この普賢岳噴火に伴う地震と、それを伝える情報が、彦九郎の後を追うようにやってくるので、読者は自然に普賢岳周辺の人たちのことがより心配になってくるというように描かれている。

関所で足止めを半月以上くらったが、ようやく三月二十日（旧暦）になって、彦九郎は多くの見送りを受けて野間ノ関を通過、さらに数日して、鹿児島の城下に入ることができた。

鹿児島では儒者増田幸兵衛の家を宿舎とするのだが、そこに彦九郎と旧知の赤崎という儒者も加わって、酒宴となる。赤崎は薩摩藩の藩校造士館の助教授だった。ここでも彦九郎は、鹿児島にくるまでの道中、地震が頻発し、それが島原普賢岳の噴火によるものであるということを口にしている。

それに対して増田は、鹿児島の桜島も、十三年前の安永八年（一七七九年）に大噴火が起こって、一四八名が死亡し、その後も噴火はやまず、「いつまた桜島が火をふくか、不安でなりませぬ」と言うのだが、赤崎らは、普賢岳の噴火の方がはるかに規模は大きく、今後、どのような大災害をもたらすか予断を許さぬ、と言い、さらに夜もふけても、酒宴が続いていく。この日は三月二十五日（旧暦）である。ちなみに、浅間山の天明三年（一七八三年）の噴火は、その桜島の噴火の四年後のことである。

そして四月十一日。鹿児島の町は朝から騒然とした空気に包まれる。島原の普賢岳が四月一日に大爆発を起こし、想像を絶した大災害をもたらしたという詳報が、鹿児島に伝えられたのだ。

▽夜間に山が大崩壊、津波襲来

前の増田の話にもあるが、十三年前の安永八年に桜島が大噴火を起こし、その後もやむことなかったので、他人ごととは思えなかったのである。

情報によると、三月五日（旧暦）の普賢岳爆発で島原の人々はこぞって逃げたが、その月の中旬には家にもどる人が多かった。ところが旧暦四月一日の夕刻、大噴火にともなう地震が起こり、普賢岳の東側にある溶岩で形成された眉山（標高八一八・七メートル）が二つに裂けて、大崩壊を起こした。大量の土砂と岩石が島原城下に押し寄せ、さらに海に流れ込んだ。人家は埋め尽くされ、さらに土石の海への大崩落で、大津波が起き、島原の城下と海沿いの十七カ村の人家がことごとく流亡し、多くの人命が失われたという。

さらに彦九郎の宿舎の主人である増田は「四月一日の普賢岳の眉山焼けくずれは、昨日、すでに鹿児島では噂になっておりました。鹿児島に住む父子が、たまたま島原におもむき、焼けくずれに遭いましたが、父親は城下で死に、子は船中にいて辛うじて助かりました由です」。それが、昨日、鹿児島の自宅に知らされ、父親の葬儀をしたとのことだった。

その翌日、四月十二日（旧暦）、島原の死者一万三千人に達したという噂が流れ、次の日には三万人だという話も伝わってきた。

さらにその日には、藩にも、長崎の薩摩藩屋敷から島原の大災害についての報告があった。それによると、四月一日暮六ツ（午後六時）頃、眉山が割れて蒸気とともに、熱湯が噴き出し、轟音とともに大崩落が始まった。土石の流れは島原城下をおおい、さらに海を突き進み、そのため、海中に小さな島が六十余も出現。やがて大津波が発生し、島原の海沿いの村々を襲って、さらに津波は海を隔てた熊本藩領にも大被害をもたらし、玉名、飽田、宇土の三郡の海岸を襲った。月も出ず闇の拡がる夜間に、突然、襲来した津波に人々はのがれることができず、人家は津波にさらわれ、溺死するもの四六五三人にものぼった。

それを知った彦九郎は、熊本藩領の近くを歩いてきただけに胸が痛んだ。このように島原の噴火による津波で熊本藩領の肥後国が大被害をこうむったことから、その後、「島原大変、肥後迷惑」という語が生まれたのだ。

まだまだ普賢岳噴火による「島原大変、肥後迷惑」の話は、この『彦九郎山河』に出てくるのだが、ここまでの説明でも、吉村昭が、なみなみならぬ関心を普賢岳の噴火に抱きながら、この作品を書いていることがわかるだろう。

雲仙普賢岳は長崎県の島原半島にある火山で、平成三年（一九九一年）に、噴火による火砕流で四十三人の犠牲者を出したことが記憶に新しい。その噴火から、ちょうど二百年前の寛政三年（一七九一年）十月に、島原半島の西部を中心に地震が頻発し始めたのが、それから半年後の「島原大変、肥後迷惑」にいたる地変の幕開けだった。その経過を伊藤和明『地震と噴火の日本史』から紹介してみよう。

一七九一年十一月十日（寛政三年十月十五日）すぎから地震はしだいに強くなり、家が潰れたり山の斜面が崩れるなどして二人の死者がでたが、このあと地震はしだいにおさまっていった。だが、年が明けると、火山の鳴動が激しさを増して、一七九二年二月十日（寛政四年一月十八日）の深夜、激しい地震とともに、主峰の普賢岳の噴火が始まった。噴火の初期は小火口の誕生と泥土・小石を噴き出す程度で、その後、活動はいったん小康状態となった。

だが二月二十七日（寛政四年二月六日）、普賢岳山頂から北東へ、一キロ離れた「穴迫《あなさこ》」という地点で、新しい噴火が始まり、三日ほど経つと、夜には火が見えるようになり、近づいて谷を見下ろすと焼け岩が現れていた。つまり溶岩が流れ出していたのだ。

この噴火から三週間以上たった三月二十一日、穴迫から二百メートルほど高い「蜂の窪」というところから新しい噴火が始まり、溶岩が流れだした。

また火山活動が小康状態となったが、今度は島原半島の東部で地震が群発し始めた。「つまり、一連の地震・火山活動が、半島を西から東へと横断してきた」ことを伊藤和明は『地震と噴火の日本史』の中でわかりやすく説明している。

▽いったんは避難したが

そして、突然の強震が発生したのは、四月二十一日（寛政四年三月一日）の夜のことだった。島原半島の東部で地震が頻発し始め、しだいに強くなっていった。地震は山鳴りを伴って、ひっきりなしに島原の城下町を揺るがし、山の斜面が崩れ、城の石垣も崩れた。続く地震を恐れて、島原の人たちは、近郷近在に避難したが、これも次第に収まっていった。地震活動が収まってくると、近隣へ避難していた人びとが、島原に帰ってきた。この群発地震は旧暦の三月一日（朔日）に始まったので「三月朔の地震」と呼ばれている。

国土交通省九州地方整備局雲仙復興事務所が公開している資料などを見ると、この三月朔日の地震からの数日間は、大砲のような山鳴りが続き、眉山での岩石などの崩落が激しく、煙で山が隠れるほどだった。朔日から二日にかけて強弱含めて三百回余の地震があり、震度5〜6の地震が八回程度繰り返し起きたという。

このため藩主の子や武士の家族は朔日の暮れに島原を出発。夜通し歩いて守山村まで避難。それを伝え聞いた町人たちは驚き、急ぎ避難準備を始めた。この時、市中では「殿様が逃げた」との噂が流れ、混乱を極めたとも記されている。『彦九郎山河』の「島原藩主松平忠恕も、城を出て他の地に移るらしい」というのは、このことを述べているのだろう。

三月二日には警戒避難指令書を島原藩が出しているが、それは「殿様御一家の安全確保を主な目的として作成され、広く一般町民を避難させる趣旨」のものではなかった。

そんな「三月朔の地震」の開始から一カ月後の五月二十一日（寛政四年四月一日）の夜八時すぎ、強い地震が二回襲う。この直後に大津波が襲来したのである。

夜の出来事だったので、突然の大津波が襲来した島原の町は、大混乱におちいった。いったい何が起きたのかもわからない状態だったが、一夜が明けてみると、前山（現在の眉山）の海側に面した半分が崩壊していたのだ。崩れ落ちた山塊が麓の集落を埋め、さらに土石流となって有明海に突入して、大津波を引き起こしたのである。

大津波は少なくとも三波あったようだが、島原側の有明海沿岸で約一万人が亡くなり、有明海を挟んで対岸の肥後（熊本県）も大きな被害を受けて、約五千人が流されて亡くなった。

『地震と噴火の日本史』によると、島原普賢岳の一連の地震・火山活動が、島原半島を西から東へと、単に横断してきたのではなく、「震源が西から東へと浅くなりつつ移動してきたと推定されており、最終段階で島原の直下で浅い地震が起き、眉山の大崩壊にいたった」ということのようだ。

▽溶岩見物、観光地化

この「島原大変、肥後迷惑」を描いた白石一郎の中編小説に『島原大変』がある。火山爆発、山の崩壊、大津波の襲来という未曾有の天変地異に見舞われた島原藩の城下町を舞台に、藩主、武士、医師、町民の姿を描いた作品で、物語は冒頭近く、主人公の島原藩のお抱え医師・小鹿野一伯が、寛政四年（一七九二年）正月十八日に遊女屋で遊女の小菊と寝て居ると、大音響で眼がさめ、天井が櫓漕ぎ船のように軋み、軀が上下左右に揺れ動く場面から始まっている。さらに普賢岳の山鳴りや降灰は同作中に繰り返し書かれている。

ドドン、ドドン……と激しい爆裂音とともに座敷が揺れ、床の間の掛け軸は外れ、戸棚の書物が散乱し、庭が揺れ、池の水が波立って溢れ、石燈籠が傾いて、今にも倒れそうという状態が続く中を作品が進んでいくのである。

その中に穴迫谷に焼け岩（溶岩）が現れたので、検分に行くという山奉行に同行して、一伯が、それを見に行く場面がある。

普賢岳の四合目ちかい崖の上から、穴迫谷を見ると、谷間の一角に真っ赤に焼けただれた泥流状の溶岩が盛り上がって見える。

「縦が百間ばかり、横幅は七、八十間ほどもあろうか。ボン、ボンと大筒小筒を絶え間なく撃つような音と共に岩塊を宙天に噴き上げ、火の粉を撒き散らし、周囲の樹々を焼き、芝草を焼きつくして、ゆっくりと下へ流れ落ちている」

普賢岳の溶岩は粘性が高いため、きわめてゆっくり流下していく。白石一郎の『島原大変』では「一日に十七、八間ほど」のはやさで流れ落ちているというゆっくりさだ。

そして、この、ゆっくり流れる溶岩が格好の見物場所として観光地化していくのだ。

一伯が遊女屋へ揚がると、小菊が「ねえ、先生」「いちど焼け岩見物に行きたかとです。小松姐さんや小梅さんは馴染みのお客に連れて行ってもろうて、よっぽど楽しかったとみえて自慢たらたら……うち口惜しか」と言う。一伯は、ひと月前に登山して以来、焼け岩のもようを見ていなかった。「よし、連れて行ってやろう」と言うのだ。

そして泊まった翌日、小菊の仲間の遊女たちを連れて、駕籠に乗って、焼け岩見物に出かけると、途中の道中、自分たち以外も、老人や女たちを乗せた駕籠も目立つし、酒を入れた瓢を腰にさげた者、弁当らしい包みを提げた者、茣蓙を巻いて小脇に持った者など、焼け岩見物者がたくさんいた。

それればかりではなく、俄かづくりの居酒屋の小座敷もあって、一伯の一行もそこに席を取る。屏風で区切られた座敷のそこかしこで酒に酔った男女が賑やかに騒いでいる。

これは白石一郎が、いかにも小説らしい場面を演出しているわけではない。実際にあったことだ。呂木山という小山があって、そこからは安全に溶岩流を見物できたようで、『地震と噴火の日本史』にも「はじめのうちは地元の人が訪れる程度だったが、珍しい溶岩流の眺めが口伝えにひろまっていくと、やがては島原領内はもちろん、近隣諸国からも大勢の人びとが溶岩見物に集まってきた。老若男女を問わず、溶岩流をひとめ見たさにひしめきあい、なかには溶岩を肴に酒盛りを始める者さえ現れた。呂木山の麓には、にわか造りの茶屋まで開かれて、まるでお祭りのような賑わいであったらしい」と記されている。

昼夜の別なく見物人が集まり、怪我をする者まで出てきたので、島原藩が見物停止のお触れを出したようである。

そうやって、運命の旧暦四月一日夜の大地震と大津波がやってくる。

しかし、その前山（現在の眉山）の海側半分が崩壊していく様子は、夜間だったために記録も少なく、詳細には分かっていない。だが、白石一郎の『島原大変』には弥助という男が経験した、こんな話が描かれている。

▽菜種畑ごと、一七〇〇メートル辷って

弥助は災害当夜、前山の麓の菜種畑の番小屋にいた。大地震がきたので小屋の隅にうずくまり、しばらく生きた心地もなかったが、四ツ半どき（午後十一時）ごろ、周囲が静かになったので外に出てみて、星空の薄ら明りで透し見たところ、山の形が以前とは妙に変わっている。菜種畑のほうはそのままだ。近くで何か物音が聞える。

それが「波の音だと気づいて、弥助は飛び上るほどびっくりした。山麓の番小屋は畑もろともに十五、六町も海の方へ押し出されていたのだ」。弥助は「たまげましたやなあ。前山がズズーッと辷って、番小屋ごと私ば海へ押しやったとです。なあんにも気がつかず、外へ出てみたら海がすぐ側にありましたと」と語っている。前山の崩壊が、弥助の語る通りだとすれば、大津波は、その後に起こったのである。

この話も白石一郎の創作ではなく、「眉山の斜面にあった番小屋に、恐怖のあまり引きこもっていた菜種番の男が、地震の三、四時間後に外を見ると、あたりの風景が一変していて、しかも波の音がすぐ近くに聞こえ、夜が明けてから、はじめて番小屋ごと海の方へ押しだされていたことを知った」という体験談が残っていることが『地震と噴火の日本史』にも記されている。一町は約一〇九メートルなので、十五、六町と言えば、約一七〇〇メートルほど、ズズーッと番小屋や菜種畑ごと海へ辷っていったということである。

この「島原大変、肥後迷惑」と呼ばれるこの雲仙普賢岳の噴火による約一万五千人の死者は、火山

活動に関わる災害としては、日本最大数である。

山が崩壊して、山塊が海に流入して大津波が起きるという天変地異は確かに予想もできなかっただろうが、「三月朔の地震」と呼ばれる旧暦三月一日（四月二十一日）の夜にあった強震以降、頻発する激しい揺れで山の斜面が崩れ、島原城の石垣も崩れて、島原の人たちが、近郷近在に避難したにもかかわらず、それが次第に収まってくると、避難民が島原に帰ってきてしまった。島原藩の警戒避難指令書も一般町民を避難させるためのものではなかった。町民たちも、ゆっくり流れる溶岩を眺めに出かけたり、火山に対する慣れのようなもの、自分だけは安全安心と思う気持ちがあったのだろうか。人は不安の中でも楽観的なのである。それが大噴火と前山の崩壊で一変する。

白石一郎『島原大変』の主人公・小鹿野一伯の医師人生も大きく変わっていく。

城に瀕死の負傷者が多数運ばれてくる。だが一伯は何もできないのだ。長崎に遊学して西洋医学の知識も得て、島原藩の藩医たちをばかにもしていた。だが、その藩医や村からの医者が活躍する中、彼の医学知識は何も役に立たない。

「役立たず！　これでも医者か」。屈辱の中、一伯は思う。そこから一伯は本当の医師として成長していくのだ。白石の創作した人物像だが、災害は若者を人間的に大きく成長させる契機にもなるという思いがこもった歴史小説なのである。

▽干拓地造成中

東日本大震災のあった二〇一一年の夏、「島原大変、肥後迷惑」の「肥後迷惑」側の被災した土地を一日かけて、熊本の郷土史家、前川清一に案内してもらいながら歩いた。

なにより印象的だったのは、土地が平らかな風景の中にあることだった。もちろん歩いた地が、すべて平らかだったわけではないが、「肥後迷惑」の玉名市の「扇崎千人塚供養塔」の近くに立つ説明板の文章には、肥後国側の被害は五千五百人に及び、玉名、飽田、宇土の三郡と天草の有明海沿岸の村々を襲ったことが記され、特に「玉名地区では、干拓地造成中であった下沖洲村や鍋村での被害が甚大であった。玉名郡だけで死者二千二百二十一人と記録されている」とあった。

この大津波のあった寛政四年（一七九二年）、その年の九月、肥後藩が建立した「扇崎千人塚供養塔」は縦約二メートル。二段重ねの台石の上に高さ一・五メートルの標石を立て玉垣で囲まれている。正面には「南無阿弥陀佛」と彫られ、残りの三面には供養塔を建てた趣旨が刻まれている。「同様の供養塔は被害の大きかった飽田郡、宇土郡にも建てられていて、『一郡一基の塔』と呼ばれている」とある。

干拓地造成中の平らな土地に、夜間、突然、対岸から、大津波が押し寄せてきたら、それは逃げようもなかっただろう。何が起こったのかもわからなかっただろうと思う。玉名郡だけで死者二二二一人。「千人塚」という名が、強く迫ってきた。

幸田文の防災小説『きもの』

「住民ハ理論ニ信頼セズ異変ヲ認知スル時ハ未然ニ避難ノ用意尤モ肝要トシ」。七十二歳の幸田文が、全国の山塊崩落現場を見て歩く随筆集『崩れ』に、こんな言葉がある。訪れた鹿児島県・東桜島の小学校にあった「爆発記念碑」に記されていた言葉だ。大正三年（一九一四年）に桜島が大噴火。学校、役場、警察などの知識ある人たちは、鹿児島の県庁や測候所に問い合わせて「桜島の噴火ではない、震源地は他地方」という報告を信じ、避難さわぎをしている人を笑い、苦々しく思っていたという。そんな中で災禍に遭った人々による記念碑で、引用部分に幸田はわざわざ傍点を打って、警告を発している。

「科学不信の碑」として知られる、この「爆発記念碑」の碑文は、大正三年一月十二日に桜島が爆発して、全島が猛火に包まれ、八部落を全滅させたことから書き出されている。この大噴火は、安永八年（一七七九年）以来の大惨禍であった。安永八年の桜島噴火は、吉村昭『彦九郎山河』で高山彦九郎と鹿児島の儒者増田幸兵衛との会話に出てくる爆発のことである。

桜島の大正の噴火は、日本の火山噴火としては、二十世紀最大の噴火で桜島が大隅半島と陸続きとなったのも、この噴火だが、その爆発の数日前から、地震が頻発し、一部に山の崩壊が起き、海岸では熱湯が湧き出て、旧噴火口より白煙があがるなど、容易ならざる現象が相次いでいた。それゆえ村長が数回、測候所に連絡したが、答えは「桜島には噴火なし」だったことが碑文に記されている。だから、村長は残留の住民に狼狽して避難するのには及ばないと言ったのだが、まもなく桜島は大爆発。村長たちは爆発の難を避ける地がないので、各自、海に身を投じて漂流中に山下収入役と大山書記がついに殉職してしまった。その事実が記されている。

これに続いて、幸田文が傍点を打って紹介しているのが「住民ハ理論ニ信頼セズ異変ヲ認知スル時ハ未然ニ避難ノ用意尤モ肝要トシ」の言葉である。

この碑文全文を紹介した後、幸田文はこんなことを記している。

「地震のことも噴火のことも、この災害の当時からくらべれば、現在の学問科学は格段に進歩しているが、なおまだ明らかにされていない部分も多いという。あれこれ思い合わせて、蟬しぐれの校庭に佇めば、凝然として思いふける――私は理詰めの科学に信頼と希望をおく、と。そしてまた同時に、動物すべてに天が授けてくれている筈の、勘というか感というかは、各自おろそかにしてはなるまい、と」

この言葉で、鹿児島・桜島を訪れた回の文章を閉じている。

▽誕生日との関係

幸田文は不思議な作家だった。平成二年（一九九〇年）十月二十九日に心筋梗塞の発作を起こして、同月三十一日に八十六歳で亡くなっているが、死後、次々に未完の本が刊行されだし、それらがすべてベストセラーとなっていった。しかも、各本が連載終了から、随分というか、非常に時が経ってからの刊行なのだった。

例えば、この『崩れ』も平成三年（一九九一年）に刊行されたが、それが雑誌「婦人之友」に連載されたのは昭和五十一年（一九七六年）十一月から翌年末までである。連載終了後、十四年という長い空白を置いての刊行なのだ。

死後、続々と刊行される作品が相次いでベストセラーとなるので、私は、その特集記事を書いたこともあるのだが、しばらくしてから、死後刊行された著作を再読するうちに、ふと、これらの作品を書き残したことには、幸田文にとって、自分が生まれた誕生日との関係もあったのかな……ということを思うようになった。

幸田文は日露戦争が始まった明治三十七年（一九〇四年）九月一日、幸田露伴の次女として現在の東京都墨田区東向島に生まれている。だから大正十二年の関東大震災の発生当日は十九歳の誕生日だった。

各地の『崩れ』を訪れることを好む理由について、こんな言葉も記されている。

「子供時代には隅田川畔に住んでいたので、毎秋の洪水さわぎを知っているし、思えば大正大震災にも逢っているし、割合に多く崩れを知っているほうだろうか」

桜島の爆発記念碑建立は碑文によれば「大正十三年一月」。つまり幸田文が関東大震災を経験してから、まもないころに、この記念碑が建立されたということでもある。当然、この碑が建立された日時と、関東大震災との関係が、幸田文の脳裏を横切ったのではないだろうか。碑文の引用に自らの震災体験も反映しているのではないかと思う。

その関東大震災が登場する、幸田文の長編小説が『きもの』である。この『きもの』も雑誌「新潮」に昭和四十年（一九六五年）六月号から昭和四十三年八月号まで断続連載され、そして連載が終わってから二十五年後、幸田文の死後の平成五年（一九九三年）に刊行された。刊行年から言えば、幸田文、最後の小説ということになるが、女流文学賞を受けた『闘』の雑誌連載と重なる時期の作品である。その主人公るつ子は幸田と同年の明治三十七年生まれに設定されているので、ある面、自伝的作品と考えてもいい小説だろう。

東京・下町生まれの、るつ子は、子供時代から自分の着物の着心地にこだわる利《き》かん子で、作品の冒頭も、自分の嫌いな綿入れの筒袖胴着の袖を引き千切り、その千切られた片袖をまん中に置いて、祖母と、母と、るつ子が三角形にすわっている場面から始まっている。今朝、学校へいく前に、着たままで、右手で左袖を力任せに千切って、屑かごへ突っ込んでおいたのが、見つかってしまったのだ。「なぜこんなとんでもない乱暴をしたか、と責められた」が、るつ子が「綿入れの筒袖胴着は肩のところがはばったくて嫌《いや》なのだ」と言っても、わかってもらえなかった。

「戦争のときうまれた子だから、気がきつくてこまる、というのが何彼《なにか》につけていつもるつ子へいわれる極り文句だった」が、るつ子のほうは「それはうら悲しく癇《かん》にさわる言葉だった。そういわれると我慢がならなくて、持っていたものを放りだすとか、何処かあっちのほうへ駈けだすとか、じいっと睨《にら》んでいるとか、るつ子はなにか腹立ちを表現しなくてはいられない」のだ。

そのるつ子が「好きな着物は二つあった」。ひとつは、「手拭ゆかたの洗いざらし。軽く、しなやかで、るつ子の思うままになる。どんな運動にもさわりにならないし、夏の着物の中ではいちばん涼しかった」という。そして「もうひとつ好きなのは、紋羽二重の羽織だった」。それは模様もよかったが、「この布も着ているかいないか、わからないほど軽かった。絹だから手拭浴衣より、もう一段上のやさしい肌ざわりがあり、羽織ると背中にすぐ温さがくる」のだった。

この嫌いな着物と好きな着物についての記述だけで、幸田文は『きもの』の主人公るつ子の性格、人生の価値観をきっちりと読者に提出している。自分の思いのままになる軽くて、しなやかな着物が好きなのだ。自立心の強い女性としてあるのだろう。

▽るつ子、足袋をおはき

関東大震災のことが同作に登場するのは、冒頭の綿入れの筒袖胴着を作ってくれた母親が病で亡くなってからのことだ。るつ子が、母、祖母と三角形にすわっている冒頭の場面の後、「母さんはね、雪国の人だもので、綿を沢山いれちまうのさ。越後は寒いから、みんなむくむくした綿入れで暮らすらしいよ。そういうのが身にしみているから、るつちゃんの胴着にもひいき分に沢山、綿をいれたんだろうよ。だからさ、あんなにおこられたけど、おまえ母さんに文句いったりしちゃいけないよ」とるつ子は祖母から言われる。

「今後も、もし厚ぼったくて気持ちのわるいものを着せられたら、ああ雪が降ってるんだな、寒いんだな、と思えばいい。そうすればあんな、袖をもぎるようなみっともないことをしなくても、我慢ができる」とも言われた。るつ子はそれを聞いているうちに「母がこごえているように錯覚し、台所へかけていくと、ごめんなさい、ごめんなさいと本気であやまって泣いた」と幸田文は書いている。感性、情感の溢れる子供なのだ。

その母の死後、突然、関東大震災はやってくる。もし仮に、るつ子が幸田文と同じ誕生日だとすれば、十九歳の誕生日ということになるはずだが……。

おばあさんが本甲州の葡萄でもたべようか、ひと走り八百屋へね、と言う。そのお金を受け取ろう渡そうとしたとき、「キシキシと天井のあたりに音がしたと思ったとたんに、激しい揺れと家鳴りだった」。るつ子はおばあさんにしがみつきながら、棚からものがばらばらと落ち、襖が斜めに裂け、掛硯《かけすずり》がずり動くのを見た。

しがみつく彼女に「るつ子、足袋をおはき。そのお結び、ひろっておおき。もしかすると大騒動になるかもしれない。私は門まで出てみるからね」。

この、あわてない祖母の姿が非常に印象的に描かれている。

二人とも表に出るとおばあさんが、耳のはたでるつ子に小声で言う。

「こりゃどうも、まごまごしていられない様子だね。仕度だけはしておこうよ。」

「仕度って、なんの仕度するの。」

「だって、この火事を消せると思うかい。ここからじゃ見えないけれど、高いところから見ればこれはきっと、一つや二つの火じゃあるまいに。それにここの土地は片側が大川だから、追いこまれてごらん。飛び込む外ないよ。早いこと見切りをつけないと、いけないかも知れないね。」と祖母が言うのだ。

祖母は家に入ると、米もドロップも、書類も手拭もみな二つにして、小さな風呂敷を二つにする。それを二人とも帯の上へしょって、さらに水筒も二つ、財布も二つ。濡らしたタイルも一本ずつだ。

「どうしてこんなふうにするの。あたし一人で持てるわよ、これんぼっち。」とるつ子が言うと「だっておまえ、どうはぐれないものでもないじゃないか。こんな際は、一人を元にして考えなければだめだろう。」と祖母は言う。

「はぐれる、一人を基準にして考える——それはどっちかが死ぬことじゃないか。ぞっとするようなことばかりおばあさんはいう」とるつ子は思うのだが、この関東大震災の発生以降のこの小説『きもの』は、地震災害にどのように対処したらいいかをるつ子たちを通して書いていく、防災小説の趣きもある。

町内の者が集まって、集団で避難するのだが、おばあさんが「上野へ行きたいがただ、困るのは途中に火がまわった場合、自分はそれほど道にくわしくないから不安だ、誰ぞ先頭に立って案内してくれる人はないか」と言う。すると乾物屋のおじいさんが、手をあげてくれた。世話役の鳶の老人が「おてんと様の高いうちに出掛けるのが勝だ」と言う。

会社勤めであるるつ子の父親は在宅していないが、おばあさんが「そうだ、提燈《ちょうちん》をひと張りもっていけば、夜でもお父さんの目印になる」と言うので、るつ子が家の定紋のついた提燈を手にさげると、風呂敷で背負うほうがいい、と言う。

「なんにも知らないんだね、この子は。非常の時は手をあけていなければ、手が手の役をしないじゃないか。つかまるも助けるもできないよ。」と言うのだ。

▽年寄りたちの知恵と決断

このあたり、おじいさん、おばあさんの知恵と決断が、詳しく記されている。

先達の乾物屋のおじいさんが、立止まって、細引をのばすと、一端を自分の腰に結び、そこから順々にみんなにつかまらせる。

「いいですか、手をおっぽなしちゃいけない。それに、くっつき合って、ひとかたまりになって歩かないと、我々は足腰が弱いから、蹴《け》散《ち》らされて、ばらばらになっちまう。人の邪魔にならんように、玉になって歩く」と、物なれて、落付いているおじいさんが言うのだ。

彼は、巡査に聞き、歩いてくる人にも、火事のようすを聞きながら行くが、それはおおかたの人とは逆の方向である。おおかたの人が川向こうの被服廠、安田邸を指していくのに、逆へ行くのだ。動揺する人たちも出てくる。「火をよけよけこわい思いをして上野へ行くより、火の気のない被服廠へいくほうが利口だろう」と言い出す人もいる。るつ子もちらとそんな気もしたが、「すぐあの鳶の老人が川筋は危険が多い」と言ったのを思い出した。先達の乾物屋のおじいさんは無口で、小路をひょいひょい曲る。

途中、休憩をとった時、るつ子はおじいさんが水筒をもっていないのをみて、自分のをさし出した。でもおじいさんは「これはせっかくだが、気持だけ頂いておくことにして——」と言う。もうすぐ上野だから到着の上は水もほしいが、まだもうひと息の道のりを残している此処で飲めば、気持にも身にも疲れがふえるものだ。あなたもほんのひと口にしておきなさい、という。

おばあさんが「あなたはみごとな先達さんだが、どういうところで腕をみがきなさったか、長年近所に住んでいてもついぞ、何の話もきいていないが」というと、「あたしは木曽の国の杣《そま》で不器用者だが、道のことは木曽の山も東京の下町もおなじに明るくなっちまった」と言うのだ。

「ソマって、木を切る人のこと?」とるつ子が聞くと、「そう。東京じゃいらない言葉だし、いらない商売だ。若い人にはたいがい通じないのに、よく知ってなさるね」とおじいさんは答える。

木曽の樵夫、杣が先達役とは、何とも幸田文らしい。やはり、幸田文の死の二年後に刊行された『木』(平成四年、一九九二年)というエッセイ集もあるし、幸田文は何よりも木が大好きだった。

『崩れ』の冒頭には、樹木との相性のよさと、男女の情感について記した幸田文らしい文章が置かれているが、それを少し紹介しておこう。

「なんとなく樹木とは相性がいいのだ、といったらよかろうか。動物とちがって植物は愛想がわるく、ただすとんと突立っているばかり、つきあいいい相手とはいいがたいが、そこが相性というもので、つまりは虫が好くのである。あるいは、一つには幼い頃の記憶、もう一つにはいまの環境が、樹木に心をむかわせるのかもしれない」と書いている。

つまり「生れが農村なので、近所にはともかく多少の木々があり、自分の家にもまた若干の木があって育ったので、それが遠い影響になっている節もあり、いまは長く町に住んで、年々木は減るばかりの環境にいることも、近い反映になっているのだろう」ということのようだ。それに続いて、実に幸田文らしい文章が記されている。

「ともあれ、私は自然の林の中に入ると、飢えが満たされ、不足したエネルギーが補給されたような、そんな充足感があって、気持がのびのびとやさしくなる。若いころは、好きなひとに逢ったあとは、気持がしっとりして、我ながら気恥ずかしく思うほど、物事にやさしくうち向ったが、いま木々に逢えば、それとは違って、もっとずっと軽快なやさしさになる。ひとに逢えばからまるような重味のある情感、木に逢えば粘らないさらさらと軽い情感を、おもしろく思う」

▽風はもうさっきから、変ってる

こんな具合に木々への思いを語り得る人も少ないが、そんな幸田文だからこそ、木々に関わる仕事、杣を関東大震災の惨禍を避ける人びとの先達に選んだのではないかと思う。

さて、上野をめざす、るつ子たちが休憩後、また行進を始めると、「むうっと熱い風が頭の上から押さえつけるように吹いてきた」。足の間まで熱がこもったような気がしてくる。「風が変った。」と誰かが叫ぶ。群衆がざわざわ騒ぎ出す。急げ、早くしろ、逃げろと口々に言う。だが杣は、みんなを集め、うすら笑っていった。

「風はもうさっきから、変ってる。この風じゃ火はこっちへまともに歩いちゃこない。火にも通り道ってものがあって、決ってるからね。この熱気は煽《あお》りだけのものだから、おびえちゃいけない」と言うのだ。こうやって、まもなく一行は上野の森に無事到着するのである。

しばらくして、父も洋服姿でやってくる。そうすると、るつ子の目に白いものが視野に入る。吹き流しにかぶった手拭の白さで、るつ子は「あのひとだ」とわかった。父親の愛人で、長唄の師匠をしている清村その。母の愁いの種だったひと。清村そのは父の勤め先が焼けたことも、るつ子たちが早くに避難したことも知っていたので、そうとは明からさまには言わないが、彼女がたずねまわったのだろうと推察された。

「おおびらには許されていない男女の情愛が、こんな情況下でこんなふうに現れているのを窺い知って、るつ子は母をおもう」。

「母が父をおもう想い方は、薄情というのではないが、そののように濃い想い方、濃い行動は決してしない」とおもうのだった。

気をつかいながらおばあさんが、ここへはお一人で？　と聞く。そのは、それに対して「ええ、今日は丁度おついたちなので、お稽古はお休みですし――」と答える。「そりゃ嘸《さぞ》心細かったでしょうに。」と言うと、「心細くおもうより先に、胸のつぶれるようなことばかりを見ちまって。第一お隣りの奥さんが屋根の下になるし、舟に乗ろうとする人の突き落しっこは見ちまうし」などと答える。

そんなそのに、るつ子は魅力を感じるのだ。当夜はみんなで野宿をするのだが、翌朝、炊出しがあると伝わってきたが、そのはそれを待たず、手拭一本だけの持物をもって、さっさと人浪の間を帰っていってしまう。「このひとは全くの一人ぼっちなのだろうか」と思う。両親のこともきょうだいのことも一言もいわないのだ。「一人で生活してきた女の、芯《しん》の強さだろうか。どこまでも自力を尽して、生計費を生みだそうとする。それは男とおなじ態度といえた。主婦にはない颯爽としたものである」と幸田文は書いている。

この『きもの』を地震をめぐる小説として読めば「被服廠は竜巻で、根こそぎ地上のものは吸い飛ばされた、日本橋は坩堝《るつぼ》で、川の水までたぎった、浅草は全焼で、見渡すかぎり平地だ、墨田川ぞいの場所じゃ火に追いつめられてみんな溺れた、鎌倉小田原は津波でやられた、伊豆箱根は山崩れで岩石だらけだ」……という情報が伝わってくるようすも描かれているし、空には焼けたトタンが、くるりくるりと旋回していて、「一文字に横へぐっと走ったり、斜めに落ちかかってきたり、かと思うと掬《すく》いあげられでもしたように、つつうと上昇」したり。「まるで人をおびやかして、ふざけ散らしているような飛び方で飛んでいた」ことも記されている。

▽一人立ちの女

そして、これを着物をめぐる小説として読んでみれば、地震後、少し落ちついてから、着物の原点のようなものを知ったことが記されている。それは彼岸を過ぎてもまだしばらくは単衣《ひとえ》でいられる季節だったし、「肌をかくせればそれでいい、寒さをしのげればそれでいい、なおその上に洗い替えの予備がひと揃いあればこの上ないのである。ここが着るものの一番はじめの出発点ともいうべきところ、これ以下では苦になり、これ以上なら楽と考えなければちがう。やっと、着るということの底がじかにわかった思いだが、これを納得したのは下町総舐《そうな》めのこの大火事にあったおかげなのだ。それにしても大きな損失に対して、あまりに小さい納得といえ、しかしまた逆に考えると、それほどのひどい目に逢わなければ、着物の出発点は摑むことが出来ないくらい、女は着るものへ妄執をもっている、ということでもある」とるつ子は考えてきて、あははとふきだして笑っている。

物語は、地震のように「恋は急撃してきた」るつ子が、自分が結婚式で着る着物について、肉親ではなく、一人立ちの女である、清村そのに知恵を借りに行き、そして結婚の夜を迎える場面で終わっている。

主人公・るつ子が関東大震災を経て、一人立ちするまでの小説で、一人になるということが何度も記されている作品だが、これを災害、崩れの側から、もう一度、見てみよう。

各地の山塊崩落現場を見て歩く幸田文の『崩れ』に「子供時代には隅田川畔に住んでいたので、毎秋の洪水さわぎを知っているし、思えば大正大震災にも逢っているし、割合に多く崩れを知っているほうだろうか」とあることを紹介した。そこに「崩れ」と記されているのだから、関東大震災と『崩れ』の関係も、もちろんあるのだが、その崩れの現場を訪ねるということを幸田文は、どのくらいからやっているのだろうか。

『崩れ』の中に新潟県東頸城郡松之山町（現・新潟県十日町市）の広範囲な地すべりを見に行ったことが記されている。昭和三十七、八年頃だったろうか、とあって、同町内のほとんど全部が滅茶苦茶に壊されるという、地すべりが起きた時、「このとき私はここへ行っている。なぜ行ったか」と書かれている。

紹介したように、『崩れ』が雑誌「婦人之友」に連載されたのは昭和五十一年（一九七六年）十一月から翌年末まで。刊行は、幸田文の死後なので、連載終了の十四年後であり、これも驚きだが、松之山の地すべり現場を訪れたのは、連載開始のさらに十三、四年も前のことなのである。幸田文、五十八、九歳の頃のことだ。

そして「なぜ行ったか」なのだが、それはニュース映像など、テレビの画面と解説がどうもところどころチグハグで納得がいかず、なぜだろうと気になったというのが、もとのようだ。それで幸田文は、テレビ局へ問い合わせたという。その答えは「すべり面が広範囲にわたっていて、しかも緩傾斜な、たんぼのような場所はカメラに納まりきらず、平地のようになってしまうし、杉の木もはえている土もろともに、そっくり滑りおりてきているので、残念ながらその迫力はレンズからはみだすものだった」という。

それを聞いて初めて、「地すべりというものの、ただならなさを知り、なにかは知らず、毎日の無事になれて久しく感謝を忘れていたことを、咎められたような切ない思いがあって、現地をたずねたのだった」と幸田文は書いている。

さらに現地を訪れての感想として「毎日少しずつ、徐々に、そして持続的に、大地が低い方へと移動し続け、従って家屋などの破壊も、一度にめりめりという壊滅のしかたではなく、じりじりと、しかし確実に土地も山林も家屋敷も破壊へさして動かされていた。激烈と緩慢と――思えば大地の動くということの恐しさ。人は何の彼の偉そうにしていても、足の下に動かない土というものがあってこそのこと。むかし子供のころ、動きなき大地とかいう言葉を教えられ、また若いころには、母なる大地とかいう言葉をきいて、感嘆したこともあったけれど、どうしてどうして、大地は動くのだし、母も人間本来のもつ醜さをさらすこともある」と幸田文は記している。続けて「松之山の惨害に佇んで、同行の女性に、動きなきとか母なるとかいう言葉への、愚痴みたいなことを呟いていたのを思い返す」とも加えている。

この文の後に、紹介した「子供時代には隅田川畔に住んでいたので、毎秋の洪水さわぎを知っているし、思えば大正大震災にも逢っているし、割合に多く崩れを知っているほうだろうか」などの言葉があるのだが、動く大地のことや母なるものへの距離のある幸田文の考えに触れると、最後の小説『きもの』で描かれた関東大震災のことや、母なるものとの格闘、自立ということが、重なって響いてくるのである。

▽自然の変化を感じとる力

鹿児島県・東桜島の小学校にあった「爆発記念碑」碑文全文を紹介した後の幸田文の言葉、「地震のことも噴火のことも、この災害の当時からくらべれば、現在の学問科学は格段に進歩しているが、なおまだ明らかにされていない部分も多いという。あれこれ思い合わせて、蟬しぐれの校庭に佇めば、凝然として思いふける——私は理詰めの科学に信頼と希望をおく、と。そしてまた同時に、動物すべてに天が授けてくれている筈の、勘というか感というかは、各自おろそかにしてはなるまい、と」といら言葉と、るつ子たちを無事に上野の森まで導いた、杣の風の流れの変化や風の通り道まで熟知している自然の変化を感じとる力が呼応するように、伝わってくる。

鹿児島の県庁や測候所に問い合わせた学校、役場、警察などの人たちを「知識ある人たち」と幸田文は書き、その「知識ある人たち」が、避難さわぎをしている人を笑い、苦々しく思っていたと記していることも忘れてはならないだろう。

人は自然の中で生きる動物として、もう少し自然のほうに身をおいてもいいのではないだろうか。もちろん人間の経験も知恵も大切にして。そんな幸田文の声が伝わってくるのだ。

「大地の動くということの恐しさ」。その痕跡が『崩れ』だが、でも木々は粘り強く再生して、一本一本、すっくと立つ。人も苦難を知恵で超えて、一人の人間として立つ。『きもの』のるつ子も震災を通して、独立した女性として成長していく。つまり今も人気が続く幸田文文学の中に関東大震災の体験があるのだ。そのことを忘れてはならない。

井伏鱒二『荻窪風土記』と関東大震災、そして『黒い雨』

「大震災に遭って避難民の経験を持ったことのある者は、何十年たっても地震に怯えていなくてはならないのだろうか。私も今では腰痛のため、ちょっとくらいの地震では腰を上げる程度だが、四、五年前までは、ちょっと揺れても外に飛び出していた」

井伏鱒二の『荻窪風土記』に、こんな言葉がある。『荻窪風土記』は昭和五十七年（一九八二年）の刊行なので、明治三十八年（一八九八年）生まれの井伏にとって、これは八十代の思いであろう。関東大震災を経験。震災四年後の昭和二年（一九二七年）に移住した荻窪の井伏鱒二の自宅には「縁先の沓脱石《くつぬぎいし》の上には、すぐ履ける下駄」が置いてあった。それは、地震時すぐに、井伏が飛び出すためである。

その一方、井伏は震源地の方角を調べるため、鳶職《とびしょく》に頼んで御影石の手水鉢を軒先に据えていて、その手水鉢に水をいっぱいに張ってあった。その手水鉢を、地震が来たときに飛び出して見ると、中に張った水は震源地の方向から波を起こし、震源地の反対の方角のふちを浸す。小さな地震の時でも急いで行ってみると、震源地の方向がわかる……。「十何年ぐらい前か、秩父の地震のときは、まぐれ当りだが震源地の位置を言い当てることが出来た」という。

▽低く軽妙に語る

そんなことをして、何の益になるのか。その理由は「ただ怖いもの見たさ」なのだという。ここに漂うユーモア精神。大災害に遭うと、シリアスに高い調子で語りがちだが、井伏は「下駄」や「手水鉢」を通して、低く軽妙に語るのである。

『荻窪風土記』冒頭の「荻窪八丁通り」は「荻窪の天沼八幡様前に、長谷川弥次郎という鳶の長老がいる」というふうに始まっている。最近、知り合いになった、その弥次郎さんの話では「関東大震災前には、品川の岸壁を出る汽船の汽笛が荻窪まで聞えていた。ボオーッ……と遠音で聞え、木精《こだま》は抜きで、ボオーッ……とまた二つ目が聞えていた。確かにはっきり聞えていた」という。

「荻窪から品川の岸壁まで、直線距離にして四里内外」とあるので、十五、六キロという距離である。「それが大震災後、ぱったり聞えなくなった」。それでも弥次郎さんの証言では「大震災後も、品川の汽笛は、鳴子坂《なるこざか》あたりでならまだ聞えていた」。鳴子坂（成子坂）は青梅街道を現在の中野区から西新宿に向かう途中にある坂である。

井伏鱒二は、そうやって、大震災の前と、大震災の後の東京の変化を、中央線沿線の荻窪からの視線で書いていく。中央線と青梅街道が交わるのが荻窪の地である。『荻窪風土記』によると、青梅街道は、慶長八年（一六〇三年）、徳川家康が幕府を開いて江戸城を築くとき、西多摩郡の成木村（現在の青梅市成木）から出していた漆喰壁の材料を江戸に運ぶため、武蔵野台地を一直線に切り拓いて作った道で、当初は成木街道と呼ばれていた。その後、江戸の繁栄とともに大名屋敷や町屋が塗込の家を作るために白壁材料の需要が増え、往来する車は頻繁になり、ところどころに一膳飯屋と蹄鉄屋《かなぐや》が出来、とくに荻窪は、広重や高山彦九郎などの旅日記で見られるように、旅人の注意を集めていたところだった。

井伏が荻窪に引っ越してきた昭和二年頃には、まだ古めかしい蹄鉄屋があり、遠く富士山が望めた。そして蹄鉄屋がある筋向こうには長野屋という一膳飯屋があった。井伏が『荻窪風土記』への資料に使った「杉並区史探訪」によると、大正五、六年の頃の青梅街道は道幅六間で、一面に草が茂り、大八車の通る幅だけ砂利が撒いてあったようだ。「当時の蹄鉄屋と一膳飯屋は、今のガソリンスタンドとドライブインのような関係であったろう」と井伏は記している。

▽作家の引っ越しと東京の拡大

井伏鱒二は牛込鶴巻町の南越館という下宿屋から荻窪に引越して来たのだが、その昭和二年頃、文学青年たちの間では、電車で渋谷に便利なところとか、または新宿や池袋の郊外などに引越して行くことが流行のようになっていたという。「新宿郊外の中央沿線方面には三流作家が移り、世田谷方面には左翼作家が移り、大森方面には流行作家が移っていく。」「それが常識だと言う者がいた。関東大震災がきっかけで、東京も広くなっていると思うようになった」とある。今の東京につながるような拡大の大きなきっかけの一つが、関東大震災であることを語ってもいる。

荻窪にあった用水なんかでも、きれいな水が流れていて、大震災前には幾らでもウナギが捕れたこと。昭和四、五年頃になると用水も黒い泥の溜り場になってしまったこと。

さらに大正十年頃、早稲田大学で同級で親友の青木南八と連れだって荻窪に来たことや、また井伏鱒二が荻窪に移って来た昭和二年の十二月上旬、井伏家の最初の訪問客、富沢有為男が、井伏が清書した原稿が机の上にあるのを見て、「三田文学」主宰の水上瀧太郎さんのところへ持ち込んでやると言って持って帰り、短篇「鯉《こい》」「たま虫を見る」の二作が、両作ともに翌年の「三田文学」に出たことなど、井伏鱒二のファンなら必読のようなことが記されているのだが、それは『荻窪風土記』を読んでもらうとして、井伏鱒二自身の震災体験の方を紹介してみよう。

「荻窪八丁通り」に続く章は「関東大震災直後」という題で、この『荻窪風土記』が、非常に関東大震災を意識して書かれていることは、明らかなのだが、その章から井伏鱒二の関東大震災体験を記してみたい。

その時、井伏鱒二は下戸塚で一番古参の古ぼけた下宿屋にいた。「地震が揺れたのは、午前十一時五十八分から三分間。後は余震の連続だが、私が外に飛び出して、階段を駆け降りると同時に私の降りた階段の裾《すそ》が少し宙に浮き、私の後から降りる者には階段の用をなさなくなった」と井伏は書いている。

夏休みの続きなので、下宿屋には、井伏を含めて四、五人しかいなかったが、誰が言いだしたともなく一団となって早稲田大学の下戸塚球場へ避難した。いつもは野球選手の練習や早慶戦を見たり体操をしたりしていたグラウンドである。当時、早慶戦はまだ神宮球場で試合をしていなかったことも注記されている。

井伏は三塁側のスタンドに行くと、早稲田大学の文科で同級だった文芸評論家の小島徳弥がやってきて、並んでスタンドに腰をかける。「お宅、どうだった」と井伏が聞くと、借家普請だが平屋のせいか、柱時計が落ちて瓶が砕ける程度で、両親も新婚の細君も異状なく、さっきから一塁側のスタンドに避難しているところだと言う。見れば一塁側のホーム寄りのところに、小島の細君が白地の着物をきて腰をかけ、両脇に小島の両親がいた。

それは「いつも早稲田の野球選手が練習のとき、野球部長の安部磯雄先生が腰をかけているところであった」とも加えられていて、実に井伏鱒二らしい、日常の感覚というか、ユーモアがどこか漂っている。

小島は学生時代から文芸評論や月評を書いて、文芸雑誌や「読売新聞」の学芸欄などに出していて、原稿料を稼ぎながら両親を田舎から呼んで一緒に暮らしていたし、田舎から細君も貰っていたのだ。

スタンドの人数は、時がたつにつれて次第に殖えて来た。余震が揺れつづけ、ときどき思い出したように大きく揺れるので、家のなかに入っている者はそのつど外へ飛び出して行く。その煩わしさを略し、まとめて避難するとしたらスタンドにいると都合がいいのだ。

「夕食の時間に下宿へ引返したが、地震でびっくりさせられすぎたためか、それとも恐怖のためか食慾がちっともなかった」と井伏は書いている。

やってきた鳶職人たちの話では、ある人たちが群をつくって暴動を起し、この地震騒ぎを汐に町家の井戸に毒を入れようとしているそうであった。井伏は「容易ならぬことだと思って、カンカン帽を被り野球グラウンドへ急いで行った。小島君は一塁側の席の細君のところにいた。私が井戸のことを言う前に、小島君が先に言った。スタンドにいる人たちも、みんな暴動の噂を知っているようであった。彼等が井戸に毒を入れる家の便所の汲取口には、白いチョークで記号が書いてあるからすぐわかると言う人がいた。その秘密は軍部が発表したと言う人もいた」と、根拠のない流言蜚語が、またたく間に拡がっていくさまを書き残している。

▽女はすべて仰向けに、男はすべて俯伏せに

日暮れが近づいて、小島の細君と両親は帰って行った。そのときには、もう空いちめんに積乱雲がはびこって、下町方面は火の海となっていた。その間にも、余震は続いていた。「積乱雲は日が暮れると下界の火の海の光りを受けて真赤な色に見え、夜明け頃になるとすっかり黒一色に変り、朝日が出ると細かい襞を見せる真白な雲になる。はっきりと赤、黒、白と、変幻自在に三通りの色に変って行った」という。

この日は、夜が明けてから下宿に引返して、離れの粗壁・板敷の部屋に井伏は臥《ね》ている。震災二日目である、その日は夕方までぐっすり寝て、日が暮れてから三塁側スタンドへ出ていくと、昨日と同じ場所に小島がしょんぼり腰掛けているので、暴動のことを訊くと、大川端の方で彼等と日本兵との間に、鉄砲の撃ちあいがあったそうだと言った。「もし下戸塚方面で撃ちあいが始まったら、我々はどうなるかという不安が強くなった」とも書いている。日が沈むと昨日と同じように、下町方面の火の海が空の積乱雲を真赤に見せ、夜明けには黒く変色し、太陽が出ると白い雲に見えた。

三日目にも井伏は野球スタンドで小島と一緒に夜を明かしている。「東京の街は三日三晩にわたって、火焰地獄を展開したのであった」。だが、四日目には燃えるものは燃えてしまった。五日目は焼跡を辿《たど》りながら、井伏は小石川植物園近くにいた従兄《いとこ》の下宿の家を訪ねている。大きな被害は無く、従兄が勤務先の鉄道省に出かける間際だったので、一緒に家を出たが、井伏とわかれるときに、従兄が、もし丸の内の郵便局が事務をしていたら、井伏の郷里の生家へ、電報を打ってくれると言った。

井伏の大震災直後の観察は実に印象的なものが多いが、その帰途、竹橋のところはお濠の水がすっかり乾上がって、人のむくろがそこかしこに散らばっているさまをこう書いている。「有名な店屋のしるしがついている買物包みをぶら下げて、盛装して仰向けに倒れている女体が石垣のすぐ真下に横たわっていた。目に見える限り、女はすべて仰向けになっている。男はすべて俯伏せになっている。この人たちはお濠に水がいっぱいあるときここへ逃げこんで、火炎で一と嘗《な》めにされた後に、お濠が排水されたかと思われる。私はお濠の向うの石垣を見ているうちに、頭がふらふらになったのを覚えている」とある。

▽「お前さん、日本人か」

そして、下戸塚の自警団員に訊くと、七日になれば、中央線の汽車が立川まで来るようになるというので、その七日に東京退散を決めて、カンカン帽に日和下駄をはいて、故郷の広島県まで帰ることにするのだ。中央線の大久保駅まで歩いていくと、街道は警戒の消防団や自警団が出ているので、大久保からは線路伝いに歩いて行った。井伏以外に歩いている者はいなかった。中野駅まで行くと、駅のすぐ先の線路がブリッジになっていて、這って渡るかどうかしなくては難しいように見える。相当な高さのガードだ。

井伏は駅に引返して、南口に出て線路沿いの薯畑《いもばたけ》の畦道に入り、もう日が暮れかけていたので、薯畑でカンカン帽を枕に横になった。「その場所は、現在の中野駅附近の図面で言うと、丸井百貨店の正面入口から七、八メートルばかり西に寄ったところである」そうだ。

薯畑は軽く傾斜していたので、野宿に都合がよかったが、やすもうとしていると、「お前さん、日本人か」と咎める者があって、見れば、六尺棒を持って草鞋脚絆に身をかためた四十歳前後の男が、枕元に立っている。「私は日本人だと答え、立川から汽車に乗るためここまで来ている者だ」と言うと、相手の男が「うちへ来て寝るといいよ」と言って、トントン葺の長屋に連れていってくれた。そこで、井伏は疲れから、融《と》けるように寝てしまった。

翌日、中野駅の方に引返して、ガード下をくぐって進んで行った。高円寺に出る途中、大通りの四つ角には、鳶口を持った消防団員や六尺棒を持った自警団員が、三人四人ぐらいずつ立って見張をつづけていた。「蟻の這い出る隙もないといった警戒ぶりである」と井伏は書いている。

井伏は訪ねる家があったが、その家の場所を自警団員の長老が教えてくれた。井伏が訪ねたのは、新聞記者をしていた光成信男の家である。光成は井伏が早稲田の文科の予科一年のとき、政経学部の本科三年の学生だった。彼は小説の習作をやっていて、たまたま下戸塚の下宿で、井伏と部屋が隣合わせのために知合いになり、井伏を岩野泡鳴の創作月評会に連れて行ってくれたのも光成信男だった。井伏鱒二が初めて会った作家はその岩野泡鳴だったという。

『荻窪風土記』の中で、井伏鱒二は関東大震災直後の自警団について繰り返し、しつこいぐらいに記している。それも「街道は警戒の消防団や自警団が出ているので、大久保からは線路伝いに歩いて行った」と書いたり、「蟻の這い出る隙もないといった警戒ぶりである」と書いたりしているので、自警団とやや距離のある価値観を持っている視点が、記されているようにも感じるかもしれないが、その井伏も自警団に加わってもいる。

光成信男を訪ねると、ちょうど光成が非常警戒に出て行くところだったので、井伏も、後からついて行った。「六尺棒がないので光成のステッキを借りた。昼夜交替の立番である」と井伏自身が記しているのだ。

高円寺での夜警は、光成に連れられて駅南側の自警団に入って立番したそうである。「女子供は別として、仮にも男は、それぞれ自警団の仲間入りをしなくてはいけないのである。暴漢騒ぎで、誰しも気が立っていた。夜のしらじら明けに引揚げるとき、畑のなかの稲荷様の赤い鳥居が錯覚かと思われるほど小さく見えた」と書いてあって、井伏にとって、その体験は現実から遊離したものだったということだろうか。

朝飯を光成のうちで食べると、一と眠りしてから行けと光成は言ったが、井伏はとても寝る気になれなくてすぐ出発している。

そして荻窪駅までくると、消防の半纏を着た男と巡査が、数人の避難民に鉄道の情報を知らせてくれた。それは悪くない情報だった。立川まで行けば、京阪方面、九州方面に行く人は、塩尻で乗換えて名古屋経由で行けばいいという。荻窪駅で、また線路道に入り、立川まで、てくてく歩いて行った。立川駅には避難民が乗るのを待っている汽車があった。震災で避難する人は乗車券が不要だった。

▽「小唄の情緒ですな」

そうやって、井伏は列車に乗り、広島県の福山駅まで行くのだが、車中、実に井伏鱒二らしい観察によるエピソードが記されている。それを紹介したい。

立川駅から乗った列車で、井伏は、三味線の師匠という男と帝国大学の学生の青年と乗り合わせている。学生は地震の混乱で帯を締めそこねたと言って、荒縄の帯を締めていた。サルマタではなく、六尺を締めているのがわかった。九州のほうから来ていた学生だろうと井伏は書いている。汽車は保線の狂いを手探りするように、のろのろと進んでいて、甲府に着いたときにはもう夕方になっていた。到着すると、慰問のために、たすき姿の婦人や海老茶袴の女学生たちの一団がホームにいた。その列車は罹災民を乗せた避難列車第一号なのだ。女学生の列が窓のそばに寄って来て、弾豆《はじけまめ》の袋を窓から差し入れてくれた。

井伏の前の学生が立って、手を差し出すと、学生の荒縄の帯が目についたようだった。数人の女学生の間に、ちょっとした動揺の色が見えたが、そのなかの一人が、自分の袴の投《なげ》に手を入れると、その連れの一人も袴の投に手を入れた。一人の方は投の中から素早く赤い腰紐を抜き取って、弾豆の袋と一緒に大学生に手渡した。

その二人の女学生の姿について、「どちらも殆ど本能的な仕種《しぐさ》のようであった」と井伏は書いている。「見たところ、腰紐を貰った大学生よりも、腰紐を無くして着物をたくし上げている女学生の方が得意げであった」とも記している。

大学生が、立って窓の方に向いたまま、荒縄の帯を解き赤い腰紐を結ぶと、三味線の師匠が井伏の耳元に顔を寄せて「小唄の情緒ですな」と言った。

人間の本能的な行いと心の余裕。若い人たちの華やぎ。それらが荒縄の帯と腰紐という低い視線からリアルかつ軽妙な感覚で活写されている。作中、その力で被災民たちの心が生き生きと再生してくる。井伏鱒二独特の感覚である。

井伏は塩尻駅では、自由散歩が出来るほど待ち時間があり、ここでも弾豆を貰い、名古屋から普通の列車に乗換えて、福山駅に着いた。

井伏が無事、生まれた土地に帰った日の夜、小さな地震があった。井伏はみんなより先に寝ていたが、地震で目をさますと同時に、雨戸を明けて縁側から庭に飛び出した。

母親が手燭《てしょく》を持って来て、「あんな小さな地震で飛び出すとは、東京の地震で余程のこと威《おど》かされて来たのだろうと、声に出して笑った」という。

さらにまた震災五日目に会った従兄が打ってくれた電報は、井伏が郷里に帰って三日目に郵送されてきた。電文用の用紙ではなく、従兄のカンカン帽の裏を剝がした紙片に「マスジブジ」とだけ書いてあった。丸の内郵便局の窓口には頼信紙もなかったらしい。

▽「小父さんが道連れになってあげようか」

そして、井伏鱒二と災害と言えば、広島への原爆投下による罹災を描いた『黒い雨』(昭和四十一年、一九六六年)を忘れることはできない。その『黒い雨』のことも記しておきたい。

広島へ原爆が投下された日、主人公・閑間重松《しずましげまつ》は電車に乗ろうとして、横川駅のプラットホームで、「目もくらむほど強烈な光の球」を見た。同時に真暗闇になって何も見えなくなってしまう。瞬間に黒い幕か何かに包み込まれたような感じだった。

重松が、横川駅を出て、線路づたいに横川鉄橋のほうに向かって歩いていくと、ひどい怪我をした、火傷をした人びとの中を、ひとり歩いている小学一年生ぐらいの少年に出会い、「坊や、どこへ行くの」と声をかける場面がある。声をかけても、その子は、ぽかんとした顔で、何も答えない。「ひとりで鉄橋が渡れるかね」と言っても、少年は答えない。「じゃ、鉄橋を渡るまで、小父《おじ》さんが道づれになってあげようか」と重松が言うと、「子供はこっくりして、僕と並んで歩いて来た」のだ。

そして「おい坊や、あの雲」と重松が言って、その子供と一緒に空を仰ぐのだ。

「目に映ったのは大きな大きな入道雲であった。それは写真で見た関東大震災のときの積乱雲に肌が似て、しかし、この入道雲は太い脚を垂らして天空高く伸びあがっている。その頂点をてべして、傘を開きかけの茸型《きのこ》にむくむくと太って行く」という雲だった。

同作は井伏が釣り仲間の重松静馬から提供された資料などを使って書いた作品だが、資料の『重松日記』には、この少年や関東大震災の記述は出てこない。井伏が自分の体験した関東大震災も思いながら書いた場面なのだろう。この積乱雲のように見えた原爆雲も、関東大震災の時、空いちめんにはびこっていた、あの積乱雲を思って書いたのではないだろうか。そのようにも感じられる。

その「雲はじっとしているようで、決してじっとしていなかった。ぐらぐらと東に向けて傘を拡げるかと思うと、また西に向けて広がって行き、東に向けてまた広がって行く。その度に、茸型の体のどこかが、赤に、紫に、瑠璃色に、緑に色を変えながら、強烈な光を放つ。同時に、むくむくと絶えず内側から外へ剝《む》れながら太って行く。ベールを束ねたような脚も、ぐんぐん忙しそうに太って行く。それが広島市の上へ襲いかかりそうだ」と記されている。

赤、紫、緑などに色を変えていく雲のことは『重松日記』にも出てくるが、でもここにも関東大震災に見た赤、黒、白と変化する積乱雲の記憶の反映があるのかもしれない。ただし関東大震災の積乱雲との違いは、その「雲」が「雨」につながるものの出現であることだし、得たいの知れぬものが降ってくる予兆でもあることだろう。

「あれは、あの下に見えるのは、夕立らしいですのう」と声をかける者がいる。見ると、気の良さそうな中年の婦人と、健康そうな顔の娘だ。

「そうですかなあ、夕立ですかなあ」と重松が言って、目を凝らして空を見たが「何か粒状のものが密集しているような感じで夕立雲とは思われなかった。竜巻かも知れないと思った。今までに見たこともない一種異様なものである。あれが襲って来て、もしあの粒で打たれたら、どうなることかと身の竦《すく》む思いがした」と井伏は書いている。

中年の女性は、重松が子供を連れているのを見て、「とても子供づれでは横川鉄橋は渡れまい」と言う。橋には、貨車が横倒しになって枕木を塞ぎ、橋の手前に何百人も何千人もの避難民が坐りこんでいるというのだ。

「あの雲のこと、みんな何雲と云うとるんですか。何雲でしょうか」

「何雲ですかなあ。鉄橋の手前の人たちのなかに、ムクリコクリの雲と云うとる人がおりました。ほんま、ムクリコクリでがんすなあ。でもなあ、子供づれじゃあ横川鉄橋は渡れないでしょう」と女性が言う。

「坊や、聞いたか」と重松は掠《かす》れ声を出した。「子供は橋を渡れんそうだよ。だからな、この小母《おば》さんについて行って、可部行の電車道をつたって、山の方へ行ったらどうだ」

子供は視線を重松に向け、「それでな、坊や。坊やと小父さんは、ここで別れような」と重松が言うと、子供はこっくりする。

子供は自分の行先に見当をつけた風で、中年の女の先に立って、もと来た方へ歩きだす。細い足に踵《かかと》のつぶれた黒いズックの靴をはき、パンツに半袖シャツを着て手ぶらであった、と記されている。その子供は、無口で「可愛らしい子」だが、子に情が移ると困ると重松は思って「名前も何も聞かない」とも記されたいた。

短いが非常に印象的な場面だ。

哲学者・鶴見俊輔は、この場面に「家族の原型」があることを繰り返し書いている。例えば、一九八〇年に発表された「世代から世代へ」の中で、鶴見はこう記している。

「私は、夜めがさめると、自分の親がなつかしいと思う感情が、ほとんどおなじ仕方で自分の子どもにもむいているのを感じる。それはどの人も、多かれすくなかれもっている感情ではあるまいか。前後の系列で、前と後ろがわからなくなるのである。各自の闇の中にほうりこまれている人間は、どちらが先でどちらが後か、わからなくなることがあるだろうし、人間は、誰しも、そういう無明の闇の中に生きていると言えよう。

そういう間柄を、よくとらえているのは、私の読んだ作家の中では、井伏鱒二である」

さらに「家という関係の中心にある、血のつながりとか生殖とか性のつながりをもつつみこんで、それらをなりたたせるもとの力としての親和力、あるいはそだてあいの関係を理解するのに、井伏鱒二の作品を例にとると、わかってくるように思う」と加えて、この『黒い雨』の重松と少年の出会いから、別れまでの場面を紹介しているのだ。

原爆にうたれて散らばる人々の中で、大人と子供が出会う時、自然に道連れの間柄が生まれる。少年は何も話さない。重松も「名前も何も聞かない」。そこにかえって痛いほどの共感が生まれ、切実な助け合いが表現されている。ここに鶴見は「家族のつながり」の原型を見ている。

いる。

▽人間の断絶感

だが原爆と放射能は、そのつながりを切断してしまうのだ。井伏鱒二が、ソ連のチェルノブイリ原発事故直後に書いた「原発事故のこと」というエッセイがあるのだが、そこには、井伏が戦争で徴用されていた時代からの知人で新聞記者の松本直治の息子が放射線被曝によって死んだことが記されている。

松本の息子は北陸電力に勤め、原発に未来をかけていた。だが憧れの原子力発電所で被曝、発病して三十一歳で舌ガンで死亡してしまう。井伏のエッセイは松本の著書『原発死』からの引用で埋められているが、そこにあるのは、親子まで切断してしまう原爆や原発というものの「人間の断絶感」である。井伏は自選全集第十一巻の巻頭に、このエッセイを置いている。巻末には収録作について「覚え書」というものがあって、「原発事故のこと」について「人間は絶対に原爆に手を触れてはいけないこと」と書かれている。

『黒い雨』は昭和四十年（一九六五年）の雑誌「新潮」の一月号から、当初は「姪の結婚」と題されて連載が開始され、同八月号から「黒い雨」と改題された作品である。その書き出しも「この数年来、小畠村の閑間重松は姪の矢須子のことで心に負担を感じて来た」というもので、姪が被爆者だという噂をはらして縁談をまとめるために、姪と重松の日記の清書を始めるのだが、その間に姪が原爆病を発症して、爆心地からは遠く離れた場所にいた彼女が実は原爆の「黒い雨」に打たれていたことがわかるという展開だ。そして直接、被爆した重松よりも、原爆病の症状は姪の矢須子のほうが絶望的になってくる。原爆という庶民の日常を破壊したものへの、静かな憎しみと深い悲しみに満ちた作品である。

ている。

▽鰻の子の群の遡上

重松は、紹介した少年と別れた直後、原爆雲のことを思い、さらに自分自身に、こんなことを問うている。

原爆雲のことを「さながら地獄から来た使者ではないか。今までこの宇宙のなかに、こんな怪しなものを湧き出させる権利を誰が持っているのだろうか。これでも自分は逃げのびられるのだろうか。これでも家族は助かるだろうか。今、自分は家族を助けに帰っていることになるのだろうか。一人避難していることになるのだろうか」と思うのだ。

原爆というものが起こした惨禍から、人は再生できるのだろうか。

『黒い雨』の最後、敗戦の玉音放送が流れるときに、用水溝の綺麗な流れのなかを鰻の子の群がいそいそと遡ってくる場面が描かれている。『荻窪風土記』にある、荻窪の用水でも、かつてはきれいな水が流れていて、大震災前には幾らでもウナギが捕れたという記述は、『黒い雨』の最後の場面の反映だろうか。

重松は、もう一度、鰻の子の遡上を見るために裏庭に出るのだが、今度は用水溝には、鰻の子は一ぴきも見えないで透き徹った水だけが流れていたと記されている。

そこで、閑間重松の「被曝日記」の清書は完了した。その翌日の午後、重松は、孵化池の様子を見に行った。毛子《けご》、つまり孵化したばかりの幼魚の成育は上々で、大きい方の養魚池の浅くなっている片隅に蓴菜《じゅんさい》が植えてあった。緑色に光る楕円状の葉片が水面に点々と浮かんでいるなかに、細い花梗《かこう》をもたげて暗紫色の小さな花を咲かせていた。

「今、もし、向うの山に虹が出たら奇蹟が起る。白い虹でなくて、五彩の虹が出たら矢須子の病気が治るんだ」

祈りのようなものを感じさせる最後である。

大正十二年生まれの池波正太郎と司馬遼太郎

「私どもは、同年（一九二三年うまれ）である。震災のとしで、池波さんが一月、私は八月うまれだった」。司馬遼太郎が池波正太郎の文学について書いたエッセイ「若いころの池波さん」に、そんな事実が記されている。

その司馬は大阪出身ゆえだろうが、大正十二年（一九二三年）の関東大震災のことをあまり多くは書かなかったが、池波はずっと書いてきた。いや、エッセイには必ずと言ってもいいように書いていた。

司馬は「若いころの池波さん」の中で「池波さんのよさは、たれしも多少はある自己陶酔症《ナルシシズム》という臭い気体のふたをねじいっぱいに閉めていて、気《け》もなかったことである。江戸っ子ぶるなどは、およそこの人になかった」と書いている。

なるほど、関東大震災も、池波正太郎の人生に大きな変化を及ぼすのだが、その変化によって被った人生の苦しみの側は、池波のエッセイや作品には何も記されていない。

自分の人生の苦しみやかなしみという「臭い気体のふたをねじいっぱいに閉めて」いて、気《け》もないのである。でも繰り返し、必ずのように記される関東大震災のことを池波正太郎のエッセイの中に見つけると、なぜか、どこか、かなしくなってくるのである。

例えば、自分が東京・浅草で生まれた日から始まる「家」。このエッセイは雑誌「現代」の昭和四十九年（一九七四年）十一月号に発表されたものだが、震災と池波の関係を考えさせて、印象深い。それは、こう書き出されている。

▽情緒をうしなった町は［廃墟］にすぎない

「私は、関東大震災があった年、大正十二年一月二十五日に、東京・浅草の聖天町《しょうでんちょう》六十一番地に生まれた」

この日は、折しも大雪の日で、父は勤めを休み、二階の八畳で炬燵にもぐり込んでいて、朝から酒を飲んでいた。大酒飲みの父親で、切れた酒を母親が近くの酒屋に買いに行って、その帰る途中、にわかに産気づき、帰宅して産婆をよび、池波正太郎が生まれたという。

産婆が二階へ駆けあがって、池波の父に「生まれましたよ、生まれましたよ、男の子さんが……」と叫んでも、炬燵の中の池波の父親は「寒いから、明日、見ます」と言ったそうだ。

その秋に、関東大震災に遭った池波家は焼けてしまい、埼玉県の浦和（現・さいたま市）へ疎開して、六年後に東京へ戻ったが、間もなく両親が離婚。池波は母とともに浅草の母の実家に移った。母の家には、池波の祖父母・曾祖母が存命で、池波をかわいがってくれたという。池波が住んだ家は玄関もなく、いきなり道路からの長四畳の部屋。つぎが六畳、台所。二階は三畳と六畳の二間で、裏手の屋根に物干しがついていて、そこに出るとはるか彼方の上野駅に発着する汽車が見えた。それは「大震災後の典型的な下町の家」だった。

その家を建てた池波の母方の祖父は金属の簪《かんざし》などを細工する錺《かざり》職人で、周囲には炭屋・油屋・洋服屋・弓師・鍛冶屋・八百屋・下駄屋・駄菓子屋・酒屋などがあって、すべての人びとが手足をうごかして品物を造り、これを商う姿を見て、池波は育った。母は子供たち（その後、母が再婚して生まれた弟がいた。母はまたすぐ離婚している）を女手ひとつに育てるのだが、隣近所は何事も助け合う。そこには江戸から続く、変わらない社会が生きていた。「この時代の生活が、いま、時代小説を書いている私にとり、どれほど実りをもたらしているか、はかり知れぬものがあるといってよい」と池波は書いている。

町の道すじは、文字通り、天下の公道で、冬は焚火《たきび》もでき、その灰の中へサツマイモを突込んでおき、子供たちは火を囲みつつ、イモの焼けるのを待つ。

夏は、各家が必ずそなえていた縁台を路上に出し、涼風をたのしみながら将棋を指したり、語り合ったりする。夕暮れになると、蝙蝠さえ飛び交っていた。

町の人びとは、共通の道を大切にした。今朝は我家の者が両どなりの家の前を掃き清める。すると翌朝は、となりの人がお返しをする。車庫もない自動車を他人の家の玄関前に停《と》めて平然としているような東京人《びと》は、一人もいなかった。

一日は先ず、納豆売りの少年の声に始まり、さらに金魚売り、苗売り、竿竹売り、蟹売り、朝顔売り、定斎屋《じょさいや》（薬屋）、それに威勢のよい浅蜊《あさり》売りの声などが朝から日暮れまで絶えなかった。夜ふけてからは火の番の柝《き》の音である。

さて、「家」はこんな江戸につながる下町情緒を伝えるエッセイかと思うと、そんな内容に留まるものでは、まったくない。

下町の姿を前記したように、書いたあとで、「こうした日本的な町の情緒を書きのべていたら切りがない」と記して、さらに「情緒をうしなった町は［廃墟］にすぎない」と加えている。このエッセイはしだいに、その［廃墟］にすぎないというほうへ進んでいく。

「下町の貧しい人びとは、年の暮れがやって来ると、どのようなむりをしても畳を新しく替え、障子を貼り替えた。母などは着物を質に入れても、そうした。私も十歳ごろから障子の貼り替えをさせられたものだ。子供の私が小さな剃刀《かみそり》を口にくわえ、片手に持った刷毛《はけ》で障子の骨へ糊《のり》を打ってゆくとき、そくそくとして年の暮れの雰囲気が身に感じられた。そうして、新年を迎える仕度がととのった、小さな家にたちこめる香りは、また何ともいえずに清《すが》すがしい」

「新年は、こうしてやって来る」。このように記して、「四季のない町は、日本の町ではない」と池波は書いていく。「私は、いま書きのべたような［暮し］を、いまのところは何とかつづけて来ているが、これから先のことはわからぬ。東京の変貌は、こうした人びとの暮しを、すべて奪い取ってしまった」とも書いている。

▽かならず、大自然の報復を受ける

「都市計画も何もない、ただ高層集合住宅を増やせば、事が解決するという都政であり国政なのだから、人間は家畜なみにあつかわれる。

だが、家畜になればなるほど、動物感覚が圧迫されて来て、人間の人間たる特徴が失われてゆく。先日、集合住宅の階下で、少女が鳴らすピアノの音にいらだった男が、少女と、その母を殺害した事件。あのような事件は、これから頻発するようになるだろう」

とも書いている。これは一九七四年八月二十八日に、神奈川県平塚市で起きたピアノ騒音殺人事件のことだ。この事件は近隣騒音による殺人事件が注目されるようになった最初の事件であるし、一方で、音に対して過剰に敏感な人たちの存在が知られるきっかけにもなった事件でもあるが、エッセイ

「家」は「現代」の昭和四十九年（一九七四年）十一月号に載ったものだから、その事件が起きて、すぐに池波は、このようなことを考えたのだろう。

池波正太郎は、昭和二十六年（一九五一年）住宅金融公庫への借金の抽選に当たって、同公庫から金を借りて、東京都品川区荏原の三十坪ほどの地所に二階一間、階下二間の小さな家を建てている。それ以降、二度ほど改築、昭和四十四年（一九六九年）頃に、同じ場所に、家を新しく建て直している。

他の土地を買い、家もやや広くすることは、金を借りれば出来ることだったが、女の家族たちが現在の町に愛着をもっていて、近辺の人たちとの交流をこれからも存続させてゆきたいというし、あえて、現在の場所で建て直すことにしたようだ。

新しい家でも、母・家人・池波の三つの部屋と応接間、そして書庫の五部屋しかない。これを三十坪の土地に建てると書庫がはみ出してしまうので、屋根裏部屋的に造った三階を書庫にして、物干しの露台をつけるという設計にしたという。

そして、池波はこんなことを記している。

「この家を建てるとき、電気と石油のみにたよるのではなく、むかしの私や母が暮らしていた家のような、いまでは原始的だといわれそうな設備をしておきたいとおもったが、それは、かぎられたスペースの中で、やはりむりであった」という。

そこから遡って、この「家」というエッセイを読んでみると、関東大震災に遭って、焼け出される前の、両親が離婚する前の、池波正太郎の生家のことが、冒頭近くに書いてある。池波一家は、この借家である家で、約二年暮らしたようだ。母親の語るところによると、その家には、玄関の格子戸を開けると三尺の土間があり、その上が三畳。奥が八畳間、その向うに縁側。五坪の庭に便所が突き出ていたという。階下はこれだけで、台所は玄関に接した一坪ほどの板の間に下流しがついていた。二階は八畳一間。瓦屋根の仕舞屋《しもたや》で、家賃八円だった。

そこにはやはり、江戸の名残りが、まだ色濃くたちこめていたようで、「台所には竃《かまど》があり、薪《まき》で飯を炊き、味噌漉しや擂鉢、擂粉木、水瓶、水桶などがあり、水も石井戸から汲みこんだ」そうだ。

池波は昭和二十五年（一九五〇年）に結婚して、駒込神明町の六畳一間の棟割長屋で所帯をもったが、その家でも「炊事は薪や炭にたよらねばならなかった」とある。

これらから推測するに、「むかしの私や母が暮らしていた家のような、いまでは原始的だといわれそうな設備をしておきたいとおもった」というのは、土間や薪で飯を炊く竈のことだろうか。あるいは薪で暖を取る設備のことなのだろうか……。

ともかく、そのような「原始的だといわれそうな設備」は「むり」だった。それに続けて、「そのときの不安は、いまも消えていない」と書いて、さらにこう加えている。

「水と日光と土への恩恵を忘れた都市は、かならず、大自然の報復を受ける。

いまから、覚悟している」

と記しているのだ。

「水と日光と土への恩恵を忘れた都市は、かならず、大自然の報復を受ける」という言葉、これを関東大震災の年に生まれた池波正太郎の側から考えていくと、つい「大震災」のことを思ってしまう。それほど池波のエッセイに関東大震災のことが頻出するからだ。もちろん池波は、もう少し広い意味での「大自然の報復」を述べているように、受け取ることもできるのだが……。

さらに「ちかごろの日本は」、何事にも「白」でなければ、「黒」であって、中間の色合《いろあい》が、まったく消えてしまったと指摘して、その色合こそ、「融通」というものであると、池波は述べている。

戦後、輸入された自由主義、民主主義は、かつての日本の融通の利《き》いた世の中をたちまちにもみつぶしてしまった。日本が、この新しいモラルを自分のものとするまでは、百年かかるのだろうか。

「だが、科学と機械の暴力を押え切れぬかぎり、日本の自由民主主義は、百年をもちこたえられないとおもう」とも書いている。

そして、「家」の最後は、次のように結ばれているのである。

「科学と機械の文明の中で、せまくて小さな日本の国にふさわしいものだけを採り入れることができぬかぎり、日本人の［家］は、すべて、ほろび消えるであろう。

そのあとには、得体の知れぬ東洋人が生き残り、まったく別種の国体を造りあげるのかも知れぬ。

私は、できるかぎり、私が生まれ育った東京の暮しをつづけ、ちからつきたときは死のうとおもう。

死ぬことは未経験のことゆえ、怖いけれども、いま、死んだところで、こころ残りはまったくない」

という言葉でエッセイは閉じられている。池波正太郎、五十一歳の言葉だが、このような激しい怒りのようなものが池波作品の中を流れているということである。

▽東京の大変動、不変の江戸

さて、最初に紹介した司馬遼太郎と池波正太郎の関係だが、ちなみに二人は同年生まればかりではなく、同じ年に直木賞を受けてもいる。司馬遼太郎は「梟の城」で、昭和三十四年（一九五九年）下半期の直木賞を、池波正太郎は「錯乱」で、昭和三十五年（一九六〇年）上半期の直木賞を受賞。昭和三十四年下半期の直木賞選考会は翌年の一月で、池波正太郎は、司馬遼太郎の次の第四十三回の直木賞受賞者である。

そんな両者ゆえだろうか、司馬遼太郎のエッセイ「若いころの池波さん」には、江戸を舞台に作品をたくさん書いた池波正太郎に対する、司馬遼太郎の非常に鋭い指摘が記されている。両者が親しく付き合っていたころの思い出を述べた後、「いやですねえ」と悲鳴を挙げていた池波正太郎を紹介して、こんなことを書いているのだ。

「なにしろ当時、東京オリンピック（昭和三十九年）の準備がすすめられていて、都内は高速道路網の工事やらなにやらで、掘りかえされていた。東京は、べつな都市として変りつつあったのである」

と記して、さらに、こんな指摘がある。

「池波さんは、適応性にとぼしい小動物のように自分から消えてしまいたいとおもっている様子で、以下は重要なことだが、この人はそのころから変わらざる町としての江戸を書きはじめたのである」

ちょうどジョルジュ・シムノンが『メグレ警視』でパリを描きつづけたようにして、池波が江戸を書きはじめたということを、司馬遼太郎は述べていく。「この展開がはじまるのは、昭和四十三年開始の『鬼平犯科帳』からである」と指摘して、続けてこう記すのだ。

「メグレが吐息をつく街路や、佐伯祐三《さえきゆうぞう》が描きつづけたパリの壁のように、池波さんは江戸の街路や、裏通りや屋敷町、あるいは〝小体《こてい》な〟料理屋などをすこしずつ再建設しはじめただけでなく、小悪党やらはみだし者といった都市になくてはならない市民を精力的に創《つく》りはじめた。昭和四十七年からは、『剣客商売』『仕掛人・藤枝梅安』などがはじまる。

かれらは池波さんが創った不変の文明のなかの市民たちなのだが、たれよりもさきに住んだのは池波さん自身だった」

関東大震災による家族の変動。それゆえか、変わらぬものへの強い希求が池波にはあったということなのだろう。司馬遼太郎は、さらに池波が晩年愛したパリについての興味も同じであることを指摘しているのである。

確かに司馬遼太郎の言うように、昭和四十三年（一九六八年）開始の『鬼平犯科帳』、昭和四十七年（一九七二年）からの『剣客商売』『仕掛人・藤枝梅安』のそばに、エッセイ「家」（昭和四十九年、一九七四年）を置いてみれば、よくわかるが、池波正太郎の人気三大シリーズは、東京という都市が大きく変動していく時期に、不変の江戸を描く形で始まっているし、「家」もそれを受けたエッセイのようになっているのだ。

その池波正太郎の青春回想記に『青春忘れもの』という長編エッセイがある。これは『鬼平犯科帳』シリーズが始まる昭和四十三年の雑誌「小説新潮」に一月号から連載されたものだ。もちろん、この自伝的作品にも、冒頭近く「私の生れた年に、関東大震災がおこった」と記されている。『青春忘れもの』の巻末には「時代小説を書いている私の主題のとらえ方の一例が、過去の自分の生活の中から、どのようにして採り出されているかを、お目にかけてみようと考えた」として、「同門の宴」という短編時代小説が収録されている。そこには池波正太郎本人や池波の母親、親友、吉原の娼妓らも、時代小説の中に登場してくる。その関係は『青春忘れもの』を読んでもらうとして、著者自身がそのように述べて、エッセイと小説を組み合わせて読者に提出しているということは、池波正太郎のエッセイと時代小説が、密接な関係にあることの証明でもあるだろう。

▽剣の黒白のみによって定まるのではない

「家」というエッセイを中心に、池波正太郎と関東大震災の関係を考えてきたが、その「家」の中の言葉から、池波の時代小説作品との関係をひとつ考えてみたいと思う。

『黒白《こくびやく》』という『剣客商売』の番外編の作品がある。番外編と言っても、文庫でも上下巻のかなりの大作ともいえる。その『黒白』は『剣客商売』の老剣客、秋山小兵衛の若い頃を描いた作品である。

しかし『黒白』が書かれた時期は、昭和四十七年（一九七二年）からの『剣客商売』とは違って、昭和五十六年（一九八一年）の「週刊新潮」四月二十三日号から翌年十一月四日号までの連載で、昭和五十八年（一九八三年）に刊行されている。

その最後の最後に、秋山小兵衛が立派な青年剣士に育った長男の大治郎に対して「よいか、大治郎。人の生涯……いや、剣客の生涯とても、剣によっての黒白《こくびやく》のみによって定まるのではない。この、ひろい世の中は赤の色や、緑の色や黄の色や、さまざまな、数え切れぬ色合いによって、成り立っているのじゃ」と話している。大治郎は「はあ……」と応えるが、小兵衛が「よしよし、いまは、わからなくともよい。なれど、いま、お前にいった父の言葉を忘れてくれるな、よいか」と加えると、今度は「はい」と大治郎が応じる。

秋山小兵衛の言葉の意味は、この作品で描かれる剣士・波切八郎との対決を通して明らかになる。その波切八郎との対決を通して、人の生涯、世の中というものへの小兵衛の理解が反映した『黒白』という題名なのである。

波切八郎との対決の後、かなりの時を置いて、小兵衛が当時をかえりみて思うのだ。「波切八郎の右腕を斬ってのち、少しずつ、剣術への考え方が変ってきたようにおもわれる。それを言葉にせよといわれてもむりなのだが……」「わしは、悴の大治郎を剣客にするつもりはなかったが、それでも大治郎へ剣客の手ほどきをした。つまり、剣術は剣術のみにとどまらず、いかなる人びとへも益をもたらすと、おもうたからだろう」と小兵衛は、そのように考えている。

「剣術は剣術のみにとどまらず、いかなる人びとへも益をもたらす」と思って、悴に剣術を教えた小兵衛が、「人の生涯……いや、剣客の生涯とても、剣によっての黒白のみによって定まるのではない」と話しているのだ。

長い物語の最後、京都に小兵衛・大治郎父子はいる。そして三条大橋の西詰で息子と別れた小兵衛がひとり大橋を東に渡っていくと、東詰の方から歩んで来る老人がいる。その老人に小兵衛は見覚えがある。「背の高い、その老人の右手は、ふところに入っているように見えたがそうではない。ほかならぬ秋山小兵衛の一刀に切断されたのである」

まさに波切八郎であった。死んだであろうと思っていた波切八郎だった。二十余年前にくらべて、八郎の体軀は細身になっていたが、髪も黒く、血色もよかった。波切八郎も五十歳をこえているはずだった。波切八郎は町人の姿をしていて、身なりも上品で、むろんのこと刀は帯びていなかった。

「八郎へ付きそうように歩む老女が、にっこりと笑いつつ、何やら八郎へ語りかけている。

八郎が、これも穏やかな笑顔で、老女に応えていた」

（生きていたか……？）と小兵衛は、そう思い、笠の内から、老いた二人を見守る。

「老女は、むかし、大久保村の寮（別荘）で波切八郎と共に暮していたという女であろうか……」と書かれている。間違いなくその女は、浪切八郎と固く結ばれた「お信《のぶ》」だろう。

そして（生きていた。そうか……ふむ、波切八郎殿は、生きていたか……）「わけもなく熱くなってきた目頭を指で押えてから、秋山小兵衛は三条大橋を東へわたって行った」という言葉で、物語が終っている。

この波切八郎の姿が「人の生涯……いや、剣客の生涯とても、剣によっての黒白のみによって定まるのではない。この、ひろい世の中は赤の色や、緑の色や黄の色や、さまざまな、数え切れぬ色合いによって、成り立っているのじゃ」という言葉と重なっているのだろう。

「剣術は剣術のみにとどまらず、いかなる人びとへも益をもたらす」と考えていた秋山小兵衛と、小兵衛に負けた波切八郎とが、主客が入れ替わるような終わり方だ。

その理解が、この大治郎への言葉に凝縮されているし、さらに『黒白』という作品の題が、その内容と反転して名付けられていることに対応しているエンディングである。その名付け方に、池波正太郎作品の奥深い味わいがあるのだろう。

エッセイ「家」の中で、ちかごろの日本は何事にも「白」でなければ、「黒」であって、中間の色《いろ》合《あい》の「融通」というものが、まったく消えてしまったと池波正太郎が述べていることを紹介した。

この大治郎への秋山小兵衛の言葉の横に、「家」で記された「白」と「黒」について、また「融通」というものへの考えを置いてみれば、その理解の助けになるだろう。

「今朝は我家の者が両どなりの家の前を掃き清める。すると翌朝は、となりの人がお返しをする」。そんな「黒」でも「白」でもない。「融通」と共有と助け合いの町が生きていた時代への思いが込められた小説なのだ。

▽小体な家

一度、池波正太郎に「東京の正月」という内容の新年エッセイを依頼して、その受け取りのため、品川区荏原の自宅まで行ったことがある。私の生まれ育ちは群馬県だが、母の実家が品川区戸越公園にあり、長期間、母の実家に滞在することもしばしばだったので、池波正太郎の自宅があった辺りは、幼いころの私の行動範囲だった。

訪ねると、玄関口に池波正太郎が出てきて、原稿を渡してくれた。それを受け取り、「ここで、原稿を読ませていただいてよろしいでしょうか」と述べて、玄関口で立ったまま、十五分ほど、受け取ったばかりの原稿を読んだ。その間、池波正太郎は立ったまま、私が原稿を読むのを待っていてくれた。これはかなり、緊張するものである。

読み終わって、形式的なことで二つ、三つを、問い合わせるだけで退出したのだが、原稿を読むためにずっとうつむいていたためだろうか、それ以外はあまり記憶にないのだが、玄関の姿かたちはよく覚えている。それは、名だたる流行作家の家というよりは、私の母の実家にも似て、池波が描く通りの小体《こてい》な家の玄関だった。

『ドグラ・マグラ』と関東大震災――夢野久作

夢野久作の『ドグラ・マグラ』（昭和十年、一九三五年）は、近代日本文学が生んだ奇書中の奇書である。精神病者の一日を描いた約千五百枚の小説。その一日、つまり「ドグラ・マグラの日」は大正十五年（一九二六年）十一月二十日と思われるが、この一日の夢の世界を描いた物語は内容も迷宮的だが、『ドグラ・マグラ』という奇妙な題名も、謎として残っている。

この名前について、同作では「このドグラ・マグラという言葉は、維新前後までは切支丹《キリシタン》伴天連《バテレン》の使う幻魔術のことを言った長崎地方の方言だそうで、ただ今では単に手品とか、トリックとかいう意味にしか使われていない一種の廃語同様の言葉だそうです。語源、系統なんぞは、まだ判明致しませんが、強いて訳しますれば、今の幻魔術もしくは『堂廻《どうめぐり》目眩《めぐらみ》』『戸惑《とまどい》面喰《めんくらい》』という字を当てて、おなじように『ドグラ・マグラ』と読ませてもよろしいというお話ですが、いずれにしましてもそのような意味の全部を引っくるめたような言葉には相違ございません」と説明されている。

もともと『ドグラ・マグラ』は、大正十五年（一九二六年）五月二十三日に「精神生理学」の名で書きはじめられていて、重要な時間のほとんどが大正十五年に設定されているが、その初版は昭和十年（一九三五年）一月十五日の出版で、完成までの構想・推敲は約十年かかっている。「ドグラ・マグラ」という言葉も、夢野久作の『犬神博士』（昭和六年から同七年の「福岡日日新聞」に連載）の中で、既に「幻術使《ドグラマグラ》い」とか「幻魔術《ドグラマグラ》」という表記で、何回か登場していた。

▽ドギマギ・グラグラ

そして、この『ドグラ・マグラ』という名には、大正十二年（一九二三年）の関東大震災の影響があるのではないかと指摘した本があるのだ。それは狩々博士《かりがりひろし》『ドグラ・マグラの夢』（一九七一年）。狩々博士は『ドグラ・マグラ』と大正時代との関係を読み込んで、この名前は関東大震災で人びとが「ドギマギ」してあわてるさまと、大地や物が「グラグラ」動いて定まらないさまを合わせたものではないかと推定した。

つまり「dogi magi」と「gra gra」合わせて「dogra magra」となったのではないかというのである。

これだけでは、狩々博士の単なる思いつきにすぎないのでは、と言われても仕方がないだろう。だが狩々博士の『ドグラ・マグラ』と大正時代との考察を読むと、この「ドギマギ」「グラグラ」から「ドグラ・マグラ」となったのでは……という説が、まことに正しいように思えてくるのだ。

この大作は、九州帝国大学医学部精神病科教室が舞台となっていて、そこに創設された「狂人の解放治療」という画時代的な精神病治療に関する実験というものが出てくる。それを始めた正木教授が、新聞記者に語った記事によると「地球表面上は狂人の一大解放治療場」で「この地球表面上に棲息している人間の一人として精神異常者でないものはない」という精神病理学の根本原理を、率直に説明したものが記事となっているようである。

そして、物語の最終盤、解放治療場内で狂った少年・呉一郎が、少女を鍬で惨殺し、引続き場内にいた数名に死傷者を出すという事件が起きて、正木博士も投身自殺をしてしまう。その解放治療場での凶行の最中、同治療場の監視人で柔道四段の力量を有する甘粕藤太氏が、場内に駆け入って、「一郎の背後から組み付いて、一気に締め落そうと試みたが、一郎の抵抗力意想外に強く」と『ドグラ・マグラ』に記されている。

狩々博士は『ドグラ・マグラの夢』の中で、この甘粕氏が「一郎の背後から組み付いて、一気に締め落そう」としたことが、関東大震災直後、憲兵分隊長・甘粕正彦大尉が大杉栄と、妻・伊藤野枝、甥・橘宗一を殺したときの様子と重なっていることを指摘している。つまり甘粕大尉は予審調書で「私は静かに歩みよって、右腕を大杉の喉にかけ、左手で大杉の肩を握り椅子からひきずり下しました。そして右足のヒザを大杉の背中にすえ、柔道の締め手と同じかたちで之を絞殺致しました」と大杉栄殺害のさまを語っているのだが、それは『ドグラ・マグラ』で、犯人・一郎を、柔道四段の甘粕氏が背後から一気に締め落そうとする姿と同じであることを書いているのである。

そのように、関東大震災の戒厳令下に起きた残忍な虐殺事件を、物語の最後に記している夢野久作の『ドグラ・マグラ』という作品に、狩々博士は同震災の反映を見ているのだ。さらに、同じ解放治療場内の事件の場面に、〈筑紫の女王〉といわれた大正天皇の従妹である柳原白蓮らしき女性が登場することも、狩々博士は指摘している。

▽父・法螺丸

さてここで、夢野久作と大杉栄との関係を少しだけ紹介しておこう。その前に夢野久作の父親のことを記さなくてはならない。

夢野久作は明治二十二年（一八八九年）福岡県に、日本右翼の大物、杉山茂丸の長男として生まれている。幼名は杉山直樹。「夢野久作」とは福岡の方言で「夢想家」の意味だという。

　夢野久作は三十歳の時に「九州日報社」に記者として入社しているが、この九州日報社は現在の「西日本新聞社」の前身の一つにあたる新聞社である。また「九州日報社」はその前身を「福陵新報」と言って、これは福岡で組織された政治結社、玄洋社の機関紙として明治二十年（一八八七年）に創刊された。玄洋社の頭目、頭山満や夢野久作の父もこの創刊に尽力している。杉山茂丸は玄洋社社員に名を列ねることは一度もなかったが、玄洋社と深い人脈を持つ人物で、「九州日報社」の社主として同社の経営にも関わったこともある。つまり夢野久作は自分の父と、関係深い新聞社に入ったわけである。

　父・杉山茂丸が運営する政界、財界サロン的な組織「台華社」は関東大震災が起こった当時、東京・築地にあった。夢野久作が父親のことを書いた『近世怪人伝』（昭和十年、一九三五年）の「杉山茂丸」の項には「玄洋社一流の真正直に国粋的なイデオロギーでは駄目だ。将来の日本は毛唐と同じような唯物功利主義一点張りの社会を現出するにきまっている。そうした血も涙も無い惨毒そのもののような社会の思潮に、在来の仁義道徳『正直の頭《こうべ》に神宿る』式のイデオロギーで対抗して行こうとするのは、西洋流の化学薬品に漢法の振出し薬をもって対抗して行くようなものだ。その無敵の唯物功利道徳に対して、それ以上の権謀術数と、それ以上の惨毒な怪線《かいせん》を放射して、その惨毒を克服して行けるものは天下に俺一人しか居ないはずだ。だから俺は、俺一人で……ホントウに俺一人で闘って行かねばならぬ」と、父親が語っていた姿が記されている。父・杉山茂丸は頭山満とは、同じ右翼でも少し異なる思想の下に生きた人であったことを、ここで、夢野久作は語りたかったのかもしれない。

　そうやって、杉山茂丸は財界、政界の巨頭たちと関係を結んで、それらを動かしていく。これを世間が綽名して「法螺丸《ほらまる》」と言った。

ある時、デモクラシーと社会主義の華やかなりし頃、法螺丸の秘書役みたいな書生が雑誌を買ってきて、その中に書いてあるサンジカリズム（急進的労働組合主義）のところを法螺丸に読んで聞かせた。翌日、東京市長をやっていた親友の後藤新平がやって来たので、さっそく法螺丸が、サンジカリズムについて、後藤新平に講釈を始めた。

その場面が『近世怪人伝』の「杉山茂丸」の項に、夢野久作の手で書き留められている。もちろん、夢野久作が、その場に立ち会って、見聞きしたことではなかろうが……。

法螺丸「貴公はこの頃仏蘭西《フランス》で勃興しているサンジカリズムの運動を知っているか」

後藤新平「何じゃいサンジカリズムと云うのは……」

法螺丸「これを知らんで東京市長はつとまらんぞ。今の社会主義やデモクラシーなんぞよりも数層倍恐ろしい破壊思想じゃ」

後藤新平「ふうむ。そんな恐ろしい思想があるかのう。話してみい」

法螺丸「心得たり」

と言って、昨日聞いたばかりのサンジカリズムの話と、それに輪をかけたケレンやヨタ交《まじ》りに、面白おかしく二時間講釈。さすがの後藤新平は言句も出ずに傾聴すると「シンペイ」するなとも何とも言わずに、大急ぎ帰った、という。

▽伊藤野枝と頭山満

長々と、夢野久作の父・杉山茂丸について紹介してきたが、こういう面を記していかないと、大杉栄と杉山茂丸との関係、大杉栄と後藤新平との関係が、うまく伝えられないからである。さらに夢野久作が、なぜ『ドグラ・マグラ』の最後に、大杉栄を絞め殺す場面と思われるようなことを書いたのか。それが、伝わらないからである。

夢野久作の研究家である西原和海によると、大杉栄は杉山茂丸の「台華社」に出入りしていて、杉山茂丸と面識があった。また大杉栄の妻で大杉栄とともに殺されてしまう伊藤野枝の出身は福岡県糸島郡今宿村（現・福岡市西区今宿）で、それは『ドグラ・マグラ』の物語舞台から程遠からぬところに位置している。伊藤野枝に対しては、同郷のよしみも夢野久作も感じていたのではないかと西原は書いている。さらに伊藤野枝の叔母の夫・代準介は玄洋社社員であったので、頭山満と親交があった。

以上のようなことを前提に、大杉栄の『自叙伝』の次のような部分を読んでほしい。それは大杉栄が、後藤新平から三百円をもらう話である。

大杉栄の『自叙伝』によれば、「伊藤がその遠縁の頭山満翁のところへ金策に行ったことがあった。翁は今金がないからといって杉山茂丸君のところへ紹介状を書いた。伊藤はすぐ茂丸君を訪ねた。茂丸君は僕に会いたいと言いだした。で、僕は築地のその台華社へ行った。彼は僕に『白柳秀湖だの、山口孤剣だののように』軟化をするようにと勧めた。国家社会主義くらいのところになれと勧めた、そうすれば、金もいるだけ出してやる、というのだ。僕はすぐその家を辞した」とある。そのように伊藤野枝が頭山満や杉山茂丸に会いに行ったことや、大杉栄自身が杉山茂丸に会ったことが書かれているのである。

しかし「茂丸君は無条件では僕に一文も金をくれなかった。が、その話の間に時々出た『後藤が』『後藤が』という言葉が、僕にある一案を暗示してくれた。ある晩僕は内務大臣官邸に電話して、後藤がいるかいないかを聞き合わした。後藤はいた。が、今晩は地方長官どもを招待して御馳走をしているので、なにか用があるなら明日にしてくれとのことだった」。それを聞いて、大杉栄は後藤新平に、すぐ会いに行くのだ。

大杉栄が永田町へ出かけると、「ごらんのとおり、今晩はこんな宴会中ですから……」と秘書が言う。「いや、それは知ってきているんです。とにかく後藤にその名刺を取次いで、ほんのちょっとの時間でいいから会いたい、といってもらえばいいんです」

いったん引っこんだ秘書官が、すぐにまた出て来て、「どうぞ、こちらへ」と案内。宴会は下のようだったが、大杉は二階の小さな室へ案内された。給仕がお茶を持って来て、さらに、さっきの秘書官がはいって来て、「今すぐ大臣がお出でですから」と言う。

大杉が煙草をくゆらして待っていると、すぐ後藤がはいって来た。以下は、大杉栄の『自叙伝』から、そのままの引用だ。まず後藤新平がこう言う。

▽三百円懐ろにして

「よくお出ででした。いや、お名前はよく存じています。私の方からもぜひ一度お目にかかりたいと思っていたのでした。きょうはこんな場合ではなはだ失礼ですが、しかし今ちょうど食事もすんで、ちょっとの間なら席をはずしてもおれます。私があなたに会って、一番さきに聞きたいと思っていたことは、どうしてあなたが今のような思想を持つようになったかです。どうです、ざっくばらんにひとつ、その話をしてくれませんか」

少々赤く酔を出している後藤は、馬鹿にお世辞がよかった。

「え、その話もしましょう。が、今日は僕の方で別に話を持ってきているのです。そしてその方が僕には急なのだから、今日はまずその話だけにしましょう」

「そうですか。するとそのお話というのは？」

「実は金が少々欲しいんです。で、それを、もしいただければいただきたいと思って来たのです」

「ああ金のことですか。そんなことならどうにでもなりますよ。それよりもひとつ、さっきのお話を聞こうじゃありませんか」

「いや、僕のほうは今日はこの金の方が重大問題なんです。どうでしょう。僕今非常に生活に困っているんです。少々の無心を聞いてもらえるでしょうか」

「あなたは実にいい頭を持ってそしていい腕を持っているという話ですがね。どうしてそんなに困るんです」

「政府が僕らの職業をじゃまするからです」

「が、特に私のところへ無心にきたわけは」

「政府が僕らを困らせるんだから、政府へ無心に来るのは当然だと思ったのです。そしてあなたならそんな話は分かろうと思って来たんです」

「そうですか、分かりました。で、いくら欲しいんです」

「今急のところ三、四百円あればいいんです」

「ようごわす、差しあげましょう。が、これはお互いのことなんだが、ごく内々にしていただきたいですな。同志の方にもですな」

「承知しました」

金の出道というのは要するにこうなのだ。そして僕は三百円懐《ふとこ》ろにして家に帰った」

政府が僕らの職業をじゃまするんだから、政府へ無心にくるのは当然だ、あなたならそんな話は分かろうと思った、と言って後藤新平に無心にくる大杉栄みたいな者も現代はいないだろう。またそれに対して「ようごわす、差しあげましょう」と言って、何も聞かずに、金をあげるという後藤新平みたいな者も、やはりいないだろう。伊藤野枝を通して、頭山満と人間関係のつながりがあり、その延長線上に、夢野久作の父親、杉山茂丸もいた。そういったことを抜きにして考えてはいけないが、右翼、左翼の関係というのも、当時は、そんなに単純なものではなかったことを示すエピソードである。

さて、父親・杉山茂丸のところにきた、その大杉栄、伊藤野枝が惨殺されたのである。伊藤野枝は同郷でもある。これが『ドグラ・マグラ』の最終盤のところで、甘粕氏が「背後から組み付いて、一気に締め落そう」としたことが記された理由だろう。

さらにもう一つ、『ドグラ・マグラの夢』で書かれたことで、特筆されるべきことがある。『西日本新聞社史』の第八篇「九州日報五十五年史」の中に「大正十二年九月一日の関東大震災に際しては、今川英隆、村瀬時男の両記者を現場に急派し、滞在中の杉山泰道（探偵小説家・夢野久作）その他在京社員と協力して報道に務めた」とあることを狩々博士が指摘していることだ。ただしこの時、夢野久作は在京しておらず、震災発生を知って、急遽上京していることも狩々博士は指摘している。この結果、夢野久作が書いた「『東京震災スケッチと紀行』なる一文が残されたのであるが、残念乍ら未見」と狩々博士は書いている。

関東大震災発生時、実際の夢野久作は「九州日報社」を休んで、福岡の胃腸病院に入院中だった。発生翌日の九月二日の「九州日報」朝刊で、関東大震災を知った夢野久作は、即座に上京を決意している。東京にいた父母、妹たちの安否も心配だったからだ。特派員として、その日の午後には東京に向けて出発。まず列車で大阪まで行き、そこから震災救助船に便乗して、横須賀経由で横浜へ向かう。横浜港内でランチに乗り換えて、九月六日に品川の芝浦に上陸している。夢野久作の関東大震災の、その第一報が「九州日報」の紙面を飾るのは九月十一日のことである。

▽当局の絶大なる努力

そうやって、夢野久作は関東大震災直後の東京の取材ルポを「九州日報」特派員として書いていく。震災の翌年の大正十三年（一九二四年）三月にはいったん退社。だが一年後の大正十四年四月に再入社。さらにそれも大正十五年五月には退社している。このように夢野久作の「九州日報」記者としての期間は複雑だが、震災直後の記事以外に、震災の翌年から翌々年の東京をルポルタージュした膨大な原稿を書いている。

その後、再発見された、関東大震災ルポの記事のすべてが西原和海編『夢野久作著作集2　東京人の堕落時代』（昭和五十四年、一九七九年、葦書房、同著作集は全六巻）に収録刊行されている。「『東京震災スケッチと紀行』なる一文が残されたのであるが、残念乍ら未見」と狩々博士が記した文章もこの中に含まれるが、長篇ルポである「街頭から見た新東京の裏面」と、その続篇「東京人の堕落時代」を合わせた、その分量は実に四百字詰で六百枚強にものぼるものである。実際、『夢野久作著作集2　東京人の堕落時代』は解題部分を除いても、四百ページ以上の本となっている。

そして震災直後の記事は「その雑踏、その混雑、其の中を波打ち流るゝ紊《みだ》れた秩序回復の努力。之れは記者が大東京の本通りに来て、第一番に驚かされたものであった」と書かれているし、さらに当局の努力について、新橋駅近くに電車が貼り出し塔に使われていて「市民諸君、米が最早一万俵余到着して居ります。御安心なさい。罹災者は、芝浦第一埋立から船が、又汽車が日暮里から出ます。それぐ\無賃輸送をします（東京市役所）」というのを筆頭にさまざまな貼札が貼りつけてあること、そして「市役所の布告が肉筆で書いてある処に、市当局の努力の如何に物凄いかゞ察せられる」と書かれているのだ。

さらに東京駅のガード下の煉瓦壁には貼紙がびっしりある。そこに貼られた言葉をたくさん書きながら、「此等の掲示の数十枚は、東京が僅か数日の中に驚くべき加速度を以て秩序を回復しつゝある事実を、十二分に證明して居る。其間に於ける当局の絶対なる努力と、不可思議な程徹底的に発揮された市民の自制力、其間に横溢した人情美の極致……それは、人類史上の一つの偉大崇高なレコードとして、如何に全世界を驚嘆させ感動させたかと云ふ事を、記者は後になって聴く事が出来た」というように「当局の絶大なる努力」と「市民の自制力」「横溢した人情美の極致」を絶賛している。

だから夢野久作が、東京に入った直後の記事は「此の通信が読者諸君の目に触るゝ時、東京は前古未曾有の大打撃下の昏迷より意識を回復し、今七日よりも数倍の活躍を見せて居ると信ずる。通信事務は今日よりも組織立ち、食糧品は驚く可き豊富となり、政府の施設は加速度を以て、暗黒より光明へと全市を導きつゝある事と信ずる。さうして又、是等に関する報道は一々読者諸君の前に報道されて、日本国民の智力と意志とが如何に此の大打撃と闘ふ可く強烈なものであるかと云ふ事を、如何に力強く證明し、読者諸君をして喜悦安堵せしめ、併せて世界をして驚異せしめつゝある事を信じて疑はぬ」と、非常に昂揚した言葉の連続した文章となっているのである。

▽日本人の頭は何等の中心力を持たぬ

ところが、震災の翌年、翌々年の記事となると、これがまったく、同一人物が同一の新聞に寄せたものとは、とても思えない内容の文章となっているのだ。

「東京人の堕落時代」と題された長期連載ルポ（「九州日報」に大正十四年、一九二五年一月二十二日号から同五月五日号まで七十九回連載）を見てみると、「学校と父兄が生徒に頭が上らぬ」という回の書き出しは「日本人の頭は何等の中心力を持たぬ。『正しい』とか『間違つて居る』とか云ふ判断の標準を持たぬ。『善』とか『悪』とか云ふ言葉よりも、『新しい』とか『古い』とか云ふ言葉の方がはるかに強い響を与へる」と日本人への批判を強い言葉で展開している。

震災翌年の「街頭から見た新東京の裏面」(「九州日報」に大正十三年、一九二四年十月二十日号から同十二月三十日号まで五十八回連載)は、震災後の新東京を取材したものだが、このように幅広く、震災翌年の東京を長期連載したルポルタージュは、その内容、また分量において類似したものがないのではないかと思われるほどの内容だ。さらに、この続篇にあたる「東京人の堕落時代」は、震災が東京人に与えた不良化というか、少女から成人女性までの堕落、特に性風俗の堕落にスポットを当てて書いているのである。

「妾《あたし》は社交や何かで、これから益《ます〳〵》忙しくなるのです。とても哺乳の時間なぞありません」と若い夫人が初子を産んで、お乳を与える段となって、そう言った。もっともこれは九州方面のある有名な婦人科病院の話。でも夢野久作はこの回の最後を「東京風《ふう》がもう九州に入りかけて居る。今にわざ〳〵愛児を牛乳で育てる夫人が殖えはしまいかと」という言葉で結んでいる。

続く「上流家庭に不良が出るわけ」では「東京の社交婦人の忙しさは、とても九州地方の都会のそれと比べものにならぬ。哺乳をやめ、産児制限をやり、台所、縫物、其ほか家事一切をやめて、朝から晩まで自動車でかけ持ちをやつても追付かぬ方がお出でになる位である」と書く。さらに震災前の不良少年は、下層社会の親を持つ子弟だったが「それが、震災後は反対になつて来た。上流の方が次第に殖えて来たと東京市内の各署では云ふ」「こんな冷たい親たちを持つ上流の子弟が不良化するのは無理もない」ことを書いている。

警視庁から提供された不良少女たちのラブレターを引用する回が続いたりしているが、連載の「結論」という項の直前には、私立女学校の生徒である「不良少女享楽団長」について詳しく書いてある。「彼女の顔は極めて平凡で、これと云ふ特徴は一つも無いが、一度見たら永久に忘れられぬ程印象深い」「彼女は平凡な顔であり乍ら、表情が極めて上手である」……等々、記者の目を超えて、小説家、また個人的な興味もあるような筆致で記されているのだが、実際の夢野久作は「明治生れの、九州育ちの、しかも長男が七つにもなる記者」であることを記して、いわゆるジェネレーション・ギャップというものの壁か、東京と九州という壁かは知れねど、「不良少女享楽団長」への直接取材はしていないようである。愛児を母乳で育てない夫人たちへの意見にも、明治生れの男性としての価値観が潜んでいる面も否定できないだろう。

しかし夢野久作は、そのような新東京人の風俗ルポルタージュを通して、結論として、「彼等東京人の云ふ忠君愛国、勤倹尚武、仁義道徳は皆虚偽であつた」「彼等東京人の持つ外国文化の驚く可き吸収力、其不可思議な消化力、並びに其文化方面の宣伝力……それ等は只一時の上辷りのカブレに過ぎなかつた」「彼等東京人は文化民族としての日本人の価値を、真実の意味で代表して居たものでは無かつた」「彼等東京人が真実に模倣し得るものは、只外国文化の堕落した方面のみであつた。彼等が本当に持つて居るものは、唯浅ましい本能丈けであつた」……と激烈な東京人批判を述べていくのである。

さらに、地方と東京の関係について、「地方から起つた神聖な精神的運動、又は真剣な殖産興業等の事業は、それ等が土地で企画されて居るうちは、まことに真剣で且つ純真であるが、一度東京に持ち込まれると、忽ち其真剣味が抜き取られて、空虚な、不真面目な、汚らはしいものと化せられてしまふ」「東京は、地方に芽ざした聖い仕事の種子を積上げて、腐らして、あらゆる不良政治家、不良事業家、不良学者、不良老年、不良少年少女の根を肥やすための大堆肥場である」「日本の生命は首都には無くて、地方に在る。すべての地方の純美さ、真面目さが、日本の命脈を精神的にも物質的にも支持して居るので、東京が日本を支持して居るのでは決して無い」と書いている。

その後に続けて、江戸の侠客と、百姓のおやじとの次のようなやりとりを記している。

江戸の昔、或る有名な侠客は、ボロ〳〵の百姓おやぢに訪問を受けた時、わざ〳〵土間に降りて、低頭平身して挨拶をした。

「私どもは娑婆のアブク銭を摑んで喰ふ罰当りで御座います。お百姓様の様な、正真正銘の仕事をするお方の上手に座るやうな身分のものでは御座いません」

と云ふのがその趣旨であつた。

当局の農村振興宣伝と間違へてはいけない。それとこれとは意味がまるで違ふ。都会に住む、手の白い役人や学者が、日給を貰つて名文に綴り上げて、メガホンで吹き散らすお役目物の宣伝と、此侠客の態度とは、其真実味に於て、鉄の弾丸と風船玉ほどの違ひがある。

吾々日本人は、此博徒の一親分の言葉に依つて自覚せねばならぬ。

そのようなことを紹介して、夢野久作は「吾々地方人は東京に何物をも与へてならぬ」と記している。まるで、地方代表の侠客の親分のような感もある言葉である。

夢野久作が関東大震災直後に記者として、現場入りした時に書いた「当局の絶対なる努力と、不可思議な程徹底的に発揮された市民の自制力、其間に横溢した人情美の極致」と、一年後からの東京を見て書いた「彼等東京人の云ふ忠君愛国、勤倹尚武、仁義道徳は皆虚偽であつた」「彼等東京人の持つ外国文化の驚く可き吸収力、其不可思議な消化力、並びに其文化方面の宣伝力……それ等は只一時の上辷りのカブレに過ぎなかつた」という言葉の間にあるものは、いったい何であろうか。

▽同時代意識

一年後からのルポルタージュには、近代日本に対する呪詛のようなものが感じられる。『夢野久作著作集2　東京人の堕落時代』の解題の中で、夢野久作が、その「結論」部で記したことは「中央に対する地方の擁護であり、都市に対する農村の挑戦であり、つまるところ、日本の近代化コースに対して異議申し立てを提示することであった。彼の体制批判はこのような方向から主張されたのであり、これらの問題意識を初めて思想的に自覚するようになった点こそ、震災体験が彼にもたらした影響の第一の現われであった」と西原和海は指摘している。

さらに震災直後の記事と、一年後以降の記事とでは、紹介したものだけを見ても、あきらかな文体の変化がある。その「文体の質的変化」と「認識度の深化」も西原は指摘している。

また大杉栄と、夢野久作の父・杉山茂丸との間には、多少の私的交渉があったとみられることを述べて、夢野久作は、大杉・伊藤虐殺事件を近しい問題として意識していたことであろう、とも西原は書いている。

加えて「東京人の堕落時代」の中で「平塚らいてう」たちの「『青鞜』グループに依る婦人解放運動に言及しているので、既に早くから野枝の存在を知っていたとも見られる」と西原は指摘している。おそらく、これは「東京人の堕落時代」の中で「若い燕を求むる心」と「地震と智識階級婦人」と続いていく回のことを指しているのだろう。「若い燕」とは、女性から見て、年下の愛人のことだが、これは平塚らいてうと年下の画家・奥村博史との恋愛から生まれた言葉だ。そして「地震と智識階級婦人」は「彼等智識階級の婦人は、それでも永年の習慣で、さう〳〵思い切つた事をし得なかつた。筑紫の女王白蓮夫人?を初め、日向きむ子、神近市子、平塚明子、又は武者小路夫人など云ふ人々の、所謂合理的な行ひを、彼女達は口先丈けでゞも驚き呆れてゐた」と書き出されている。

筑紫の女王白蓮夫人は狩々博士が『ドグラ・マグラの夢』の中で指摘した『ドグラ・マグラ』の最終盤の登場人物かとも思われる女性。平塚明子は平塚らいてうの本名である。さらに、この「地震と智識階級婦人」の回でも「若い燕」という言葉が繰り返し使われているのである。そして、九州から上京した伊藤野枝は、十七歳の頃から、平塚らいてうの「青鞜社」に通い始め、二十歳で雑誌「青鞜」の編集・発行を、平塚らいてうから受け継いでいる。もちろん、伊藤野枝は「智識階級婦人」ではなかった。

西原和海は、その大杉・野枝に対する、夢野久作の「同時代意識（同時代を生きた者としての関係意識）」を述べて、さらに「そのことが彼をして、関東大震災を単なる自然災害や天譴として見るに留めさせず、震災を契機に一挙に露呈した、当時の日本の政治的・社会的矛盾の実態にその視線を向かわしめるに与って力があったと想像されるのである」と書いている。つまり、この震災体験は、夢野久作にとって「それ以前の文学と、以後の文学との特徴に截然《せつぜん》たる差異をもたらすほどに、彼の思想に多大なるインパクトを与えたと思量される」とも記しているのである。

最初に記したように、夢野久作の『ドグラ・マグラ』は、その題名も謎だが、その内容も迷宮的で、作者の意図が非常に掴みにくい作品である。だが、この『ドグラ・マグラ』の横に、関東大震災とそれをきっかけに起きたことを置き、さらに夢野久作の「街頭から見た新東京の裏面」や「東京人の堕落時代」などの長篇ルポルタージュを読んでみると、『ドグラ・マグラ』を通して、夢野久作が伝えたかったことが浮かび上がってくるように思えるのである。

良寛と三条大地震——吉本隆明

最晩年の良寛と若き貞心尼との愛と心の交流は有名である。文政十年（一八二七年）、数え七十歳の良寛を三十歳の知的で美貌の貞心尼が訪問。二人の交流は良寛七十四歳の死まで続いていく。

文政十年の夏、柏崎から島崎へ、詩歌が好きだった貞心尼は、信仰の道の先達でもある良寛を、自分で作ったのであろう手毬を持って訪ねたが、良寛は留守だった。実際に二人が会ったのは、その年の秋ぐち頃のようだ。

その貞心尼と良寛の深い愛の形は、良寛の死後に、貞心尼が書いた『蓮《はちす》の露』の中、二人の歌の唱和に残されていて、実際に出会う時までの贈答歌もある。

師常に手まりをもて遊び給ふときゝて奉るとて　貞心尼

これぞこの　ほとけのみちに　あそびつつ　つくやつきせぬ　みのりなるらむ

こんな貞心尼の歌に対して、次のような良寛からの返しの歌がある。

つきてみよ　ひふみよいむなや　ここのとを　とおとをさめて　またはじまるを

「ほとけのみち」を歌で問う貞心尼に、良寛は「つきてみよ」と実践による仏道を、という歌を返している。手毬をつきながら、一から十までを無限に繰り返すこと、それは数えることから脱却することである。

こうやって、貞心尼と良寛の交流が始まるのだが、その二人が知り合った翌年、文政十一年十一月十二日（一八二八年十二月十八日）午前八時ごろ、現在の新潟県三条市付近を震源に大地震が起きる。M6・9の直下型大地震で、死者一四〇〇人以上、全壊家屋一万三〇〇〇軒、半壊家屋九三〇〇軒、焼失家屋も一二〇〇軒に及んだという地震である。

▽災難に遭ふ時節には災難に遭ふがよく候

大地震から半月ほどたって、良寛は友人たちへの手紙を出している。山田杜皐《とこう》に宛てた手紙には、このようにある。

「地震は信《まこと》に大変に候。野僧草庵は何事もなく、親類中、死人もなく、目出度く存じ候」と書いて、その後に「うちつけに　死なば死なずて　永らへて　かかる憂き目を　見るが侘《わび》しさ」という歌を記した。

だしぬけに死んだら、でも死なず永らえ、こんなつらい目を見るなんてなんとも切ない、との歌。

それに続けて、有名なこんな言葉が記されている。

「しかし災難に遭ふ時節には災難に遭ふがよく候。死ぬ時節には死ぬがよく候。これはこれ、災難を逃るる妙法にて候」

良寛といえば、子どもたちと手毬をついて遊ぶ優しいお坊さんというイメージがあるのだが、この言葉には強い信念と気迫のようなものが貫かれている。しかも、これは日常の手紙ではなく、大地震という災難にあったばかりの人たちへの手紙なのである。

「災害の現実のただ中で、さらりと言ってのける境地は、ものすごい信仰の力だと思う。災難は向うからやってくる。否でも逃れられない。だから災難なのである。じっとしていても襲ってくる。逃げようとするほど苦しみは増す」と栗田勇は『良寛』に記して、さらに「死ぬがよく候」というのは「ただ成り行きに任せればよいというのではない。ただの成り行きなどはありはしない」とも述べている。

良寛は、備中（岡山県）玉島の曹洞宗・円通寺で十何年か修行した僧侶だ。越後（新潟）出雲崎の名主の長男に生まれたが、数え十八歳の安永四年（一七七五年）に発心して、出雲崎尼瀬の光照寺（曹洞宗）に駆け込み、出家。そして数え二十二歳の安永八年、円通寺の大忍国仙が光照寺に立ち寄り、良寛はその弟子となって随行して、善光寺・江戸・京都を経て、玉島・円通寺に赴いている。

良寛は、その円通寺での修行を通して、日本曹洞宗を開いた鎌倉初期の禅僧、道元に深く傾倒していった。その道元についての著作もある栗田勇は、この有名な良寛の言葉に、道元『正法眼蔵』の「生死」の巻の文章が響いてくることを指摘している。それは次のようなものである。

「生より死にうつる、と心うるは、これ、あやまりなり。生は、ひとときのくらいにて、すでにさきあり、のちあり。（略）生といふときには、生よりほかにものなく、滅といふとき、滅のほかにものなし。かるがゆえに、生、きたらばただこれ生、滅、来たらばこれ滅にむかひて、つかふべしといふことなかれ、ねがふことなかれ」

死や災難という天然に自我を立てて、配慮や抵抗をするのではなく、そのなかにとびこんでしまえば、生死を超える透明な境地にいたり、とらわれるものもないということを道元は言っている。

その道元に「春は花　夏ほととぎす　秋は月　冬雪さえて　冷《すず》しかりけり」という歌があり、良寛には辞世と言われる「形見とて　何か残さん　春は花　山ほととぎす　秋はもみじ葉」という歌がある。この道元、良寛の歌は川端康成が日本人として初めてノーベル文学賞を受けた際の受賞スピーチ「美しい日本の私」の冒頭でも紹介されているので、知っている人も多いかもしれないが、両歌を見てみれば、良寛が生涯、道元を慕っていたことがよくわかるだろう。栗田勇が指摘するように、良寛の「しかし災難に遭ふ時節には災難に遭ふがよく候。死ぬ時節には死ぬがよく候。これはこれ、災難を逃るる妙法にて候」という言葉の背後に、道元『正法眼蔵』の言葉を見るのも、無理なことではない。

▽吉本隆明の『良寛』

また吉本隆明の『良寛』は、良寛の残した漢詩を読みながら、良寛の思想に迫っていく本である。その中から、僧としての良寛の生活の特色がいちばんよく滲みでたいい作品と吉本隆明が言っている詩を、まず紹介してみよう。

「児童忽ち我を見／欣然として相将《ひき》いて来る／我を要す寺門の前／我を携えて歩遅々たり／盂《はち》を白石の上に放ち／嚢を緑樹の枝に掛く／此に百草を闘わせ／此に毬児を打つ／我打てば渠且《かれしばら》く歌い／我歌えば渠之を打つ／打ち去り又打ち来って／時節の移るを知らず／行人我を顧みて笑い／何に因ってか其れ斯の如きと／低頭して伊《これ》に応えず／道《い》い得るとも也《また》何かに似せん／箇中の意を知らんと要せば／元来只這《こ》れ是《こ》れ」という良寛の詩だ。

この詩の冒頭部は「青陽二月の初／物色稍新鮮なり／此時鉢盂《ほつう》を持し／得々として市鄽《てん》に遊ぶ」と、始まっている。

吉本隆明の訳に従って、この詩を紹介してみよう。

青みをおびた日差しがやや新鮮に映っている、早春の日に、こういうときは托鉢の鉢を持って得々として、町へ出て遊行しよう、と詩は始まっている。

するとすぐ子どもたちがたちまち自分を見つけて喜び、一緒に誘い合わせてやってくるのだ。彼らは寺の門前で待っていて、自分の手をとって、ゆっくり歩いて行く。托鉢の鉢を白石の上に置いて、掛けていた頭陀袋を緑の木に掛けて、子どもたちと毬を打って遊んだ。自分が打つと子どもたちが唱い、自分が唱うと子どもたちが毬を打った。時が移るのも知らずに遊んだ。通りかかる人は、何であんなことをしているのだろうと、自分を見て笑った。自分も、ただ頭をうなだれて何も応えない。仮に応えられたとしても、何といっていいかわからない。ただ自分の気持を知ろうとしてくれるのなら、もともとこれだけなんだ、これだけなんだということにしよう。そんな内容の詩だ。

吉本隆明は、ここに良寛の特色がいちばんよくでていると言う。確かに、鉢を石の上に置いて、頭陀袋を木に掛けて、子どもたちと毬をつき、草引きをたたかわせている姿も髣髴としてくるし、「子どもたちにまわりをとり囲まれて寺門のところまで歩いてゆく情景も、手にとるように浮かんできます」と吉本隆明は記している。なんの説明もなくても、まるで子どもたちと良寛の姿が眼前に浮かんでくるような詩を挙げてみせる吉本隆明の詩人としての鑑賞も訳も素晴らしいが、そこに「何よりも僧としての良寛の生活の位置を、もっとも鮮やかに語っているとおもわれる」と吉本隆明は加えているのだ。

▽生死もへちまもない

托鉢に出かけて、子どもたちと毬つきをして遊ぶこと。それは良寛にとって「思想の位置をくずさずに深入りできる唯一のことがらでした」「なぜ良寛はもっと意味のあることがらで村落の人々と交渉を持たなかったのでしょうか」「それは良寛は基本的には道元の徒だったからだとおもいます」「何か有意義なことを仕でかしたならば、ただの社会奉仕者にすぎなくなるからです」と吉本隆明は述べる。

「坐禅による肉体修練の方法こそが、釈迦が導入した脱化の概念をいちばんよく伝えているものだというのが、道元の根本思想」。だから「肉体の修練を契機に、いわば自分を、人間でもない、動物でもない、植物でもない、もっと極端に無機物だというところにもたらしてしまえば、生死もへちまもないんだ、自然の時間が永らえていくように人間も永らえて、流れていく」ということになると、道元の思想を吉本隆明は述べる。つまり「道元によれば仏教の本質そのものは宗派ではないということになります。良寛が感心したのはまさにそのところでした」としているのだ。

三条大地震の際に、良寛が書いた「しかし災難に遭ふ時節には災難に遭ふがよく候。死ぬ時節には死ぬがよく候。これはこれ、災難を逃るる妙法にて候」という言葉の横に、吉本隆明が言う「肉体の修練を契機に、いわば自分を、人間でもない、動物でもない、植物でもない、もっと極端に無機物だというところにもたらしてしまえば、生死もへちまもないんだ」という道元の考えを置いてみると、やはり良寛の中に、道元の思想がずっと響き続けていることがわかる。

さらに、吉本隆明『良寛』の中には、水上勉との対談も入っているのだが、その対談の中で、吉本隆明は、良寛について「たんに世捨て人とかんがえない方が」いいのではないかとも語っているのである。

例えば「寛政甲子《かっし》夏」という知られた良寛の漢詩があるのだが、その中に、洪水のために凶作となった状態のところを描いた部分がある。

「堤塘《ていとう》竟《つい》に支え難し／小婦は杼《ひ》を投じて走り／老農は鋤に倚《よ》りて欹《なげ》く／何《いず》れの幣帛《へいはく》か備わらざらん／何れの神祇《しんぎ》か祈らざらん／昊天《こうてん》は杳《よう》として問い難く／造物聊《いささ》か疑うべし」

これも同じように吉本隆明の訳で紹介してみよう。

川の堤防が切れて洪水になった。農家の若いかみさんが、機織りのおさを投げ出して駈けて行く。年をとった農夫は鍬に寄りかかって、田圃がこんなことになったことを歎いている。どうしても神さまにすがって祈らざるをえないが、こういうときに天然自然は、人間に対してどういうことを考えているのか、よくわからない。そんな詩である。

さらにこんな詩も。「且《かつ》去年の秋の如《ごと》き／一風三日吹く／路辺に喬木を抜き／雲中に茅茨《ぼうし》を揚ぐ／米価之が為に貴《たか》く／今春も亦斯くの若し」。

去年の秋などは、喬木は大風で抜けてしまって、茅や茨は雲の中に舞い上がるほどだった。そのために米価は高騰してしまった。今年の春もこんな状態のままだ。そんな詩だ。

▽強い社会的な関心

もう一つ、吉本隆明は別な詩から「渠儂《かれら》は尋常供物に乏しく／多く隣寺又市城に求む／市城は歳晩価十倍／家資を傾け尽すも籯《かご》に盈たず」というような一節も紹介している。農家の人たちは、ふだんは供え物に乏しいため、隣村の寺や街まで出かけて何かを買ってきて供えようとする。だが年の瀬で町では物価が十倍にもなっている。うちにある金をはたいてもカゴの中がいっぱいにならない。そんな内容だ。

自然災害と、それによる米価、物価の高騰に対する強い関心。「流布された良寛のイメージにあわないようにおもわれるかもしれません。けれど平穏に静寂に天地自然の音に耳をかたむける庵室生活とこのはげしい社会的な関心は矛盾してません」と吉本隆明は述べている。

この吉本隆明『良寛』は一九九二年の刊行なので、阪神大震災や東日本大震災のことを受けて書かれた部分はないのだが、良寛は文政十一年十一月十二日（一八二八年十二月十八日）の三条大地震の時にも「地震後作」という詩を作っている。

少し長いが、その詩を高橋庄次の『良寛伝説考説』から紹介してみよう。

「日々　日々　また日々／日々　夜々　寒さ肌を裂く／漫天の黒雲　日色薄く／匝地《そうち》の狂風　雪を巻いて飛ぶ／驚濤《きようとう》は天を蹴って　魚龍《ぎよりゆう》漂い／墻壁《しようへき》　相打って　蒼生《そうせい》悲し／四十年来　一たび首《こうべ》を回《めぐ》らせば／世の軽靡《けいび》に移ること　信《まこと》に馳せるが如し／況やまた久しく太平に褻《な》れ／人心は堕弛《だち》す／錯《あやま》りを将《もつ》て錯《あやま》りに就き　幾たびか時を経たる／己れを慢《おご》り人を欺《あざむ》くを好手《こうしゆ》と為す／者度《このたび》の災禍《さいか》　また宜《うべ》ならずや／謹みて尽《すべて》の地の人に白《もう》す／今より後は／各《おのおの》その身を慎《つつし》みて　非《あく》に効《なら》うこと莫《なか》れ」

これを高橋庄次訳で書いてみる。

「来る日も来る日も、日々また日々／昼も夜も寒さが肌を切る／そのとき果てしない空が黒雲に覆われて、日の光も薄くなり／いちめんの大地に、狂ったように暴風が雪を巻き上げた／巨大な波は天を蹴って荒れ狂い、魚も龍もただもてあそばれて漂うだけだった／家々の壁はぶつかり合って倒壊し、人々の悲しみは計り知れないものだった／四十年以前からこれまでをかえりみると／軽薄になびく世の推移はまことに速い／そのうえ久しく太平になれ／人心はすっかり堕落し、ゆるみきっている／誤りをそのまま受け継いで、誤りの時を過ごし／傲慢にふるまって他人を欺くのを、有能なやり手と思っている／このたびの大地震の災禍が起こったのも、もっともなことではないか／この大地に住む全ての人々に謹んで申し上げる／今から後は／めいめいが身を慎んで、悪事をまねるようなことがあってはならないと――」

読み下し文と、その訳を読んでもらえれば、良寛の言いたいことは、よくわかる。「軽薄になびく世の推移はまことに速い／そのうえ久しく太平になれ／人心はすっかり堕落し、ゆるみきっている／誤りをそのまま受け継いで、誤りの時を過ごし／傲慢にふるまって他人を欺くのを、有能なやり手と思っている」という部分を読んで、良寛が生きた時代も、今の世の中もあまり変わらないのだと思う人が多いかもしれない。

▽心の内の激しい思想

ともかく、子どもと手毬をついて遊ぶ優しいお坊さんという良寛像とは、まったく異なる良寛がここに存在していることがわかるだろう。いや、子どもたちと手毬をついて遊ぶ良寛の心の内に、これほど激しい思想が抱かれていたことがわかると言うべきだろうか。

この「地震後作」という詩にある「四十年以前からこれまでをかえりみると」の部分について、高橋庄次は、この「四十年以前」をぴったりの四十年とはとらず、三十八年前の寛政三年のことではないかと推定している。

その寛政三年（一七九一年）は大忍国仙が数え六十九歳で死去。大森子陽が五十四歳で亡くなっている。国仙は禅の本師であるし、大森子陽は良寛が幼い時から学んだ儒学の師である。その二人の師が相次いで亡くなったのである。

まさにその師たちの死後の世の中の腐敗堕落ぶりに、良寛の怒りが爆発したという詩なのだろう。子陽は庄内藩士に斬殺されたというような話もあって、子陽が思いを馳せた上杉鷹山の米沢と、子陽の最期の地となった庄内藩・鶴岡を足かけ三年もかけて、良寛は旅をしたこともある。三条大地震の悲劇が、良寛の中で師・子陽の悲劇と重なったのかもしれないのだ。

高橋庄次は、この「地震後作」や、もう一つの「地震後之詩」という漢詩を読むと、少年時代の良寛が受けた子陽の儒学教育をそのまま目のあたりにしているような錯覚に襲われるという。「経世済民への子陽先生の情熱が、そのままそっくり良寛に乗り移ったような詩であった」と高橋庄次は書いている。

さらに、子陽のただ一人の遺児・大森求古の死に対する良寛の長歌も残されている。この「求古哀傷歌」の最後は「うちつけに　死なめと思へど／たまきはる　さすがの命《いのち》の／惜しければ　かにかくにも／術《すべ》をなみ　音《ね》のみぞ泣く　丈夫《ますらを》にして」となっている。

高橋庄次は「うちつけに　死なめと思へど」という言葉に注目して、これは三条大地震の際に友人の山田杜皐に宛てた手紙に「うちつけに　死なば死なずて　永らへて　かかる憂き目を　見るが侘《わび》しさ」と詠んでおくった、その歌い起こしと同じであることを述べている。「良寛の『求古哀傷歌』は三条大地震となんらかの関わりのもとに作られた歌であった可能性は極めて大きいと言えるだろう。あるいは大森求古は大地震で重傷を負って病床に臥したまま亡くなったのかもしれない。というのは、この良寛の長歌が万葉集巻十三の『行路死人歌』によく似ており、それを踏まえて詠作したのではないかと考えられるからである」と高橋庄次は指摘しているのだ。

さてさて、良寛という人間を考えていくと、とても難しい問題にぶつかる。

強固な道元の思想を通して考えてみるならば、手毬を打って、子どもたちと遊ぶ良寛の姿も理解できるような気もしてくるし、「災難に遭ふ時節には災難に遭ふがよく候。死ぬ時節には死ぬがよく候。これはこれ、災難を逃るる妙法にて候」という言葉も理解できるような気がする。

でも、寛政二年（一七九〇年）、良寛数え三十三歳の時、師・大忍国仙から印可状を与えられるのだが、翌年、国仙が亡くなると、良寛は円通寺を出て、各地を修行して歩き、四年ぐらいかかって郷里に帰っている。寺を持つ僧侶とはならなかったのだ。

▽道元と荘子

良寛は道元だけではなくなった。道元に加えて、中国、戦国時代の思想家・荘子が、自分にとって大きな位置を占めるようになってきたのである。

「中国の古典思想のなかでは荘子はもっとも緻密で整った構成をもっています。良寛は道元禅つまり初期仏教禅の思想を放棄したとき、たぶん荘子によりおおく後半生の支柱を求めたのでしょう。詩人としての良寛を方向づけたものは、荘子の考え方であったように思われます。荘子の『無為』に解放されて、じぶんの若いときからの資質である風光に慰藉する情念を追求してゆきました」と吉本隆明が述べている。道元は詩文みたいなものに淫することを堕落とし、老荘の思想もしりぞけているが、逆に良寛は詩文、そして荘子に淫していったと考えられるのだ。

そして、吉本隆明が、良寛の修行中の逸話でよく紹介する話にこんなものがある。

江戸の文学者、近藤万丈が、若い頃に土佐の国にいったとき、雨に降られ、小屋があったので、炉端にいた痩せた坊主に雨宿りを乞う。あまり口もきかず、二人で炉端で横になって翌朝になる。小屋には木仏がひとつ、脇息がひとつ、机の上に二巻の本があった。それは唐刻の『荘子』だった。字がうまいので、帰りがけに揮毫してくれないかと扇子をだすと、そこに絵と字を書いてくれて「越州の産了寛書ス」と署名したという。この話の中に、吉本隆明は、良寛と、荘子の深い関わりを見ているようだ。

良寛には「生涯懶立身」〈生涯、身を立つるに懶《ものう》く〉で始まる有名な漢詩があるが、これに続く句が「騰々任天真」〈騰々として天真に任す〉というもので、この「天真に任す」が良寛の人生を、そのまま表す言葉としてよく知られている。

この「天真」も良寛、枕頭の書であったろう『荘子』の「漁父《ぎょほ》篇」の中の言葉である。その「漁父篇」は、漁師の老人と孔子の問答を主題としたもので、儒家の「礼」というものは、世俗の人間の営みであるのに対して、「真は天から受けたもの、自然のものであって、人為では変えることができないもの」（眞者所以受於天也、自然不可易也）とある。つまり「真」は人為の反対語で、自然、真実、純真の意味である。

森三樹三郎訳の『荘子』によると、この「漁父篇」に記されたことから「天真」の言葉が生まれたという。良寛の「天真」もおそらくここからきているのではないだろうか。

三条大地震の後に書かれた「地震後作」で「漫天の黒雲　日色薄く／匝地《そうち》の狂風　雪を巻いて飛ぶ／驚濤《きょうとう》は天を蹴って　魚龍《ぎょりゅう》漂い」と書いていることなども、『荘子』冒頭の「逍遥遊篇」の「北冥《ほくめい》に魚有り、其《そ》の名を鯤《こん》と為す」で始まる有名な文章を感じさせないでもない。詩の言葉の飛躍が、実に荘子的だ。

つまり良寛の中には生涯、心には道元禅もあったであろうし、それと同時に「荘子」の世界もしっかりあったということだろう。

▽女姿で徹夜の盆踊り

最後に、やっぱり難しい、良寛について、書いておこう。

良寛は天保二年一月六日（一八三一年二月十八日）、数え七十四歳で亡くなっているが、その前年の夏、旧暦七月十五日、盆踊りに出て、徹夜で踊っている。

この年、天保元年七月五日の夜に良寛が病に伏したという知らせを受けて、弟の由之が翌朝すぐ与板を出発して午前八時ごろに、島崎の草庵に駆けつけてみるとそれほどではなく、兄弟で歌の唱和をしている。

「海人《あま》の汲《く》む塩入坂《しほのりざか》を打ち越えて今日の暑さに来ます君はも」（良寛）、「塩入の坂の暑さも思ほへず君を恋ひつつ朝立ちて来《こ》し」（由之）。

良寛は七十三歳、由之は六十九歳で、与板と島崎の境の塩入《しおのり》峠は老いた由之の身にはつらかった。由之は三日看病して、八日に与板に帰っているが、由之は良寛の島崎草庵の家主である木村元右衛門宛に「禅師の腫《はれ》はいかがに御座候ふや」という手紙を書いている。病気は激しい下痢を繰り返す痢病で、良寛の体にはむくみがきていたのだ。そんな危険な病状だが、由之が帰ってから七日後に、良寛は盂蘭盆の夜を徹して踊るのである。

貞心尼の『蓮の露』には、その時の良寛の歌が収録されている。

「文月十五日の夜、詠み給ひしとぞ」という貞心尼の詞書があって「風は清し月はさやけし終夜《よもすがら》踊り明かさむ老《おい》の名残《なごり》に」という歌だ。

「老いの名残に」とあるので、自分の人生にわかれを告げるような歌とも言える。

高橋庄次『良寛伝説考説』によれば、「盆踊りは亡くなった者たちの精霊《しょうりょう》を供養する踊りであると同時に、御《ご》霊《りょう》神《がみ》（たたり神）を盆踊りの対象としても踊る。盂蘭盆の七月十五日は満月であり、豊年祝を兼ねた豊年踊りの性格ももっていた」。だが、この年は大旱魃だったのだ。

続けて高橋庄次は「大干魃のこの年の盆踊りは犠牲者への供養であるとともに御霊神を祭る魂鎮めでもあった。豊年踊りも出来ない満月の夜、良寛はただ懸命に人々を慰め励ますように踊ったのだろう」と書いている。

それから半年後に亡くなってしまう良寛が、病身をおして、徹夜で盆踊りを踊るのは、あまりに無茶ではあるが、確かに「老の名残に」「ただ懸命に人々を慰め励ますように踊った」というのまでは、わかるような気がする。

しかし、この時、良寛は、踊り手拭いをかぶって顔を隠して、女の身のこなしで、徹夜で踊ったという。なぜ、女の姿で踊ったのだろう。こういうところが良寛は難しい。

吉本隆明『良寛』も、少し細部が異なるが「風は清し月はさやけしいざ共に踊り明かさむ老の名残りに」を「難しい歌」に挙げている。

良寛が女姿で、徹夜の盆踊りを踊った時、頭にかぶった踊り手拭いは、最初のほうで紹介した山田杜皐の家から贈られたもののようだ。良寛は与板町の山田杜皐の妻の「およせ」が大好きだった。良寛の手紙などに「およしさ」と記される女性は、その「およせさん」のことを「およしさ」と訛って、良寛は呼んでいたのだろうと、高橋庄次は考えている。

「およしさ」は木綿の綿入れを着せてくれたり、酒をご馳走してくれたりしている。

山田家と良寛は縁戚関係にあるが、山田杜皐の家族から良寛は「ほたる」というニックネームをつけられて、呼ばれていたようだ。あるいは「からす」と良寛のことを「およしさ」が呼んでいたようだし、良寛は「すずめ」と「およしさ」のことを呼んでいる。良寛は「およしさ」の飾らない人柄を愛していて、山田家のほうも、良寛を明るい笑いの中に迎え入れていたようだ。

「初獲《はつと》れの鰯《いわし》のやうな良《りやう》法師やれ来たと言ふ子等《こら》が声々《こゑごゑ》」と山田杜皐が歌えば、「大飯《おほめし》を食《く》うて眠《ねむ》りし報《むく》いにや鰯の身とぞなりにけるかも」と良寛が歌い返す「鰯二首」も残っている。「初物の鰯のような良寛さんが、やあ来た来たと大騒ぎしてはしゃいでる子どもたちの声々までが、初物の鰯のようです」と杜皐が歌えば、良寛も「大飯を食らって眠り呆けてばかりいる報いでしょうか、とうとうわたしは鰯の身となってしまいました」と歌う。実になごやかな笑いの中にいる良寛がここにある。山田家では「鰯」と呼ばれ、「蛍」「烏」と呼ばれて、愛されている良寛がいたのである。

「子供たちが良寛を鰯と呼んで大さわぎするのだから、このあだなを付けた黒幕は『およしさ』だろう。このおよしさの家族の前では、良寛は『鰯』になり『蛍』になり『烏』になった。そして山田家の大黒柱のおよせさんも良寛の前では『およしさ』であり『雀』になった。島崎草庵時代の良寛の心を救っていたのは、貞心尼のほかにこの山田家の『およしさ』とその家族であったと言っていい」と高橋庄次は書いている。

およしさと良寛が、心を許す特別な関係だったのは、辞世の「形見とて　何か残さむ　春は花　山ほととぎす　秋はもみじ葉」という歌は、およしさが良寛の生前に形見を乞い、この歌を短冊に書いてもらったので、それが残っているということからもわかる。

その山田家から贈られた、たぶん「およしさ」が贈った踊り手拭いをかぶって、良寛は女の姿となって、徹夜で踊るのである。

もちろん、老いや病を隠すために踊り手拭いをかぶったということもあるのだろう。みなに交じって踊っていると、良寛であることに気づいた人たちが、近くにきて言う。「この娘子《むすめご》、品《しな》よし、誰《た》が家の女《むすめ》と。師これを聞きて悦《よろこ》び、人に誇《ほこ》りて曰《い》ふ。余《われ》を見て誰が家の女と云《い》ふ」との話が残っている。

▽思想と生活を繋ごうとする闘い

良寛は、実は激しい振幅を心の内に抱えて生きていた人なのではないだろうか。道元の考え、荘子の考え、さらに子どもの頃に学んだ儒学の考え、そういうものをすべて抱えた思想と、そして自らが生まれ育った故郷の中で、僧として、どう生きるかという現実の道にギャップを抱えて、でも自分を貫いて生きようとした人が良寛ではないかと思う。

　そのギャップが、三条大地震の後の「地震後作」などの激しい言葉となってあらわれているし、農民たちの生活を苦しめる自然災害による米価、物価の高騰に対する強い関心を示す詩になって出てきていると思う。

　だから悟りきった穏やかな僧侶という形で考えていったら、理解できないものを良寛は持っているのではないかと思う。吉本隆明が描こうとした良寛像も、そのようなものだったのかもしれない。子どもたちとやさしく手毬で戯れる像という姿だけでは見えてこないものを抱えていた人なのではないのか。貞心尼との、深い愛の唱和だけでは見えてこないものを抱えていた人ではないだろうか。

「老の名残に」「ただ懸命に人々を慰め励ますように踊った」というのなら、それは立派な行いだが、そういうちゃんと説明できるような立派な行いに没頭できるには、手毬を子どもとつけば、通りかかった人から「何であんなことをしているのだろう」と笑われることが必要だったし、盆踊りを徹夜で踊るには「この娘子《むすめご》、品《しな》よし、誰《た》が家の女《むすめ》と」笑い、からかわれ、親しまれるような視線が必要だったのではないだろうか。「およしさ」に「鰯」「蛍」「烏」と笑われながら、親しまれて呼ばれるような視線が必要だったのではないかと思う。

　なぜ、良寛が「老いの名残に」女の姿となって、徹夜で踊ったのか。それは未だに私に難しい良寛像だが、「およしさ」からの笑いと親しみのある視線の体現でもあるかのようにして、踊り手拭いをかぶった女踊りの良寛があったのではないかと思う。その視線があればこそ、良寛は子どもたちとの手毬にも入っていけたし、盆踊りにも入っていけたのかもしれない。

　手毬の漢詩も、さらによく読んでみれば、通りかかる人は、何であんなことをしているのだろうと、自分を見て笑っていることが記されていて、自分も、ただ頭をうなだれて何も応えないでいると書かれている。これは同じ手毬をつく子どもたちとは、良寛が違う位相にいるということである。

そういう良寛が内に抱えた思想と生活のギャップを三条大地震の後の詩は、我々によく見せてくれるのである。思想と生活の差に悩まない人はいない。それを一貫性の中に繋ごうとする人間の闘いは、尋常なものではないだろう。その姿を良寛と三条大地震の後の詩や歌や手紙はよく伝えているのである。

津波に追いかけられた芥川賞作家――新井満

「津波だ！」「津波が来るぞ！　逃げろ！」。恐ろしい形相の大人が叫びながら走ってくる。やがて地鳴りと、轟音《ごうおん》が近づいてきた。信濃川岸にいた僕と友人は土手を駆け下りる。走りながら振り返ると、二十メートル後方に水の壁が迫っていた。

新井満のエッセイ「地震と津波の高校三年生」に、そんな新潟地震（M７・５）の恐怖体験が記されている。

東海道新幹線が開業、東京オリンピックが開催された昭和三十九年（一九六四年）。その年の六月十六日に新潟地震は起きた。新潟の高校三年生だった新井満は、第五限のチャイムが鳴ったので着席して、数Ⅲの授業が始まるのを待っていた。授業する担任の片野先生の姿は現れず、ぼんやりと頬杖をついて黒板を眺めていた。

「そのときである。頬杖をついた格好のまま机と椅子と身体ごと、背後から誰か（悪者の巨人か、さもなくば獰猛《どうもう》な怪獣のような）の手によってヒョイと持ち上げられ、瞬間、空中を浮遊する気持悪く奇妙な感じがあった。と思うまもなく今度は急にドシンと、地面に向かって叩きつけられたときのような墜落感があり、それを待っていたかのように教室全体が大きく揺れ始めた」

新井満は、途方もなく強い縦揺れと、その後に、激しく大きな横揺れが来るまでの感覚を、このように記している。

▽地面を這ってくる亀裂の蛇

「地震だっ！」。男子生徒の一人が叫び、「伏せろ！」と他の男子生徒が叫んだが、たちまち女子生徒たちの金切り声でかき消されてしまう。

そして女子生徒は伏せるどころか、かえって立ち上がろうとするのだが、しかしすぐに重心を失ってしまい、机に突っ伏して両手で頭をかかえて泣き叫ぶ。

少し遅れて教室に入ってきたO（巨漢）は足をさらわれて、つんのめったりよろめいたりしながら、両手を広げ何かに摑まろうと必死だ。「しかし、Oの両手はむなしく虚空を摑むばかりで、さながら宇宙飛行士の宇宙遊泳、いや溺《おぼ》れかけた象を見る思いである」と、新潟地震を体験した人らしい観察と、その表現力で新井満は書いている。

さらに黒板の溝にあった赤白青のチョークが空中に飛び、天井の方でぐしゃっと音がして、次の瞬間、無数のガラス片が降り落ちてきた。新井満は咄嗟に摑んだ数Ⅲの教科書で頭と顔をかばいながらガラス片の雨の中を逃げたのだが、やはりやみくもに逃げようとしていたのだろう、同じように前方を見ずに走ってきたFと正面衝突して、したたか顔面を強打してしまった。

何度も足を取られながらも、やっとの思いで廊下に出て、眼下を見て仰天する。信濃川岸にある高校のグラウンドの地面に稲妻形の亀裂が蛇のように走り、またそれと交差する形で別な蛇が走り、さらにまた別な無数の蛇が地面に浮き出ていたのだ。そして、縦横に走る蛇の中から真黒な色をした地下泥水が噴き出してきた。新潟地震で有名になった、土地の液状化現象だ。

見ると、体操服を着た十数人の生徒たちが、グラウンドに取り残されていて、地面を這ってくる亀裂の蛇に追いかけられ、転倒するもの、亀裂の中に呑み込まれてしまうもの……。どの生徒も噴水のように噴き上げてくる地下泥水に直撃されて、顔も手足も白色の体操服も真黒になっている。十五分後にようやく地下泥水の噴出はおさまり、その後、グラウンドの中の比較的地割れの少ない一角に全校生徒が集められて、校長先生が、とても授業ができる状態ではない、諸君は自分の家族がどうなっているかが心配だろう、ただちに帰宅ということにする、ということで「校区ごとに、解散！」となった。冒頭に記したことは、その後のことである。

新井満はKと信濃川岸の土手に登ったが、土手に先に登ったKが「おい。昭和大橋がなんか、変だぞ！」と素っ頓狂な声で言う。見ると、昭和大橋の橋桁が次々に落下している。それよりもっと驚いたのは、信濃川の水位が異常に低くなっていることだった。それについて、Kと話しているときだった。

「津波だ！」という声がしたのだ。「津波が来るぞ！　逃げろ！」と口々に叫びながら大人が数人、下流の方から走ってきたのである。

やがて地鳴りがして、轟音《ごうおん》が近づいてきた。五、六メートルはありそうな、どす黒い水の壁が、波しぶきをまき散らしながら、上流の方へ、落下した昭和大橋の橋桁をこえて押し寄せてくる。

「Kと僕は、両足をもつれさせながら土手を駆けおりた。どこに向かって逃げたらよいのかわからなかったが、とにかく信濃川から離れようと思い、ただがむしゃらに走った。津波は、土手を乗りこえて近づいてきた。走りながら振り返ると、二十メートルほど後方に水の壁が迫ってくる。土手の近くにいた数十人の生徒たちが一団となって走った」と新井満は書いている。同じクラスのS子が並んで走りながら、新井満に「助けて！」と叫んだが、亀裂に足を取られて新井満のほうが泥水の中に転倒して、助けてもらうべきは自分のほうだった。

幸い、津波にのみ込まれた生徒は、新井満を含めていなかったようだ。だがこのような津波から逃げる恐怖を味わった芥川賞作家というのは、新井満以外にはいないだろう。

▽十四キロの上流まで逆流

新潟地震の発生は同日午後一時一分四十秒。震源は新潟県北部西方沖、深さは四十キロメートルの海底だった。そして海底地震に津波はつきものだ。震源近くの粟島では、地震から数分後に津波が押し寄せたが、幸いにも島全体が地震で大きく隆起したために被害を免れた。そして新潟市に津波の第一波が襲来したのは、発生から十九分後である。

新潟県が震災から一年後にまとめた『新潟地震の記録』によると、津波の高さは第三波あるいはそれ以後の波が最高で、新潟港には最高波高二・三メートルという第三波が午後二時二十五分に襲来している。

「噴出する地下水に追われ、あるいはとりあえず避難した道路や広場で、裂ける地面を目にして不安におののく住民たちの間に、やがて津波警報が伝わり、避難者の流れは高台へと動き始めたが、陥没した埠頭や護岸を越えて津波は容赦なく市街地に侵入し、市街地といわず農地といわず新潟市の低地帯では津波と地下水により約5000haもの地域が泥海と化した」

そのようにして、新潟港を襲った津波が、ぐんぐん信濃川をさかのぼっていく。午後二時三十三分、新潟地方気象台付近をさかのぼる津波の姿が写真に残っているが、この逆流は遠く十四キロの上流までに及んだという。

その時、新潟市内の通信網は地震で寸断されていて、新潟地方気象台からは県など新潟市内の関係官庁へ徒歩による連絡員が派遣され、津波警報の発令が伝えられたという。直ちに高層ビルや高台への避難が指示され、避難者の群れを縫うように広報車が走り回った。Kと新井満が聞いた「津波だ！」「津波が来るぞ！　逃げろ！」と叫びながら走る大人たちは、この津波による避難指示を聞いた人たちなのだろう。

瞬く間に、高校のグラウンドの地面に稲妻形の亀裂が縦横に走りだし、真黒な地下泥水が噴き出して、水浸しになる姿を見た直後に、さらに津波襲来の知らせを聞いて、逃げ惑う。その時の高校生の心理状態は想像を絶する恐怖に違いない。

その恐怖を書いた「地震と津波の高校三年生」は「別冊　文藝春秋」（一九九三年十月号）に掲載されたものだが、このエッセイの冒頭に、一九九三年（平成五年）七月十二日の夜十時十七分に、発生した北海道南西沖地震（M７・８）のことが書かれている。

以前にも皇后と天皇が、その地震への復興状況視察などのために、一九九九年八月に、奥尻島をフェリーで訪問していることを紹介したが、これは奥尻島沖の日本海海底で起きた地震で、日本海側で起きた地震としては、近代以降最大規模の地震だ。北海道南西沖地震では奥尻島を最大遡上高約三十メートルの津波が襲い、死者、行方不明者が一九八人にも上る大きな被害が同島であった。

「別冊　文藝春秋」の一九九三年十月号は同年の九月発売だろうから、「地震と津波の高校三年生」は奥尻島が津波に襲われた地震から、それほど間を置かずに書かれたものだろう。現在の自宅（当時の別荘）が北海道にある新井満が、自らが津波に追われた体験を思い出し、奥尻島の被災者たちに思いを馳せながら、書き始めたことも理解できる。新潟地震の津波は、自身にとって、それほどの恐怖体験だったのだろう。

▽震災の恐怖によるＰＴＳＤ

エッセイ集『死んだら風に生まれかわる』（二〇〇四年）に「地震と津波の高校三年生」は収録されているが、そのすぐ後に「れんぎょうの花」という文章が置かれている。

「十九歳の六月、もう少しで死ぬところであった」。そんな言葉で書き出されているエッセイだ。新井満は新潟地震の翌春、上智大学に進むのだが、入学から二カ月後の深夜、猛烈な腹痛で、救急病院に運ばれて、緊急開腹手術を受けたが、急性の十二指腸潰瘍のため、腹の中は血の海で、危ない状態だった。十二指腸潰瘍と胃のほとんどを摘出して、一命は取りとめたものの術後の経過も思わしくなかった。腹痛も依然としておさまってくれないので、新潟に帰り静養することになったが、何度も腸閉塞を起して、そのたびに救急車で入院するという状態で、大学一年生を休学することになった。

新井満といえば、あの痩せて、スマートな体形が頭に浮かぶかもしれないが、高校時代は体重が八十キロもあって、相撲部に所属するスポーツマンだった。それが病後は体重が半分の四十キロになってしまったという。病気の原因は、新井満自身にも分からなかったが、ある時、あの新潟地震の津波の恐怖の心的外傷後ストレス障害（ＰＴＳＤ）ではないかと思うようになったという。つまり震災の恐怖による、ＰＴＳＤを抱えたまま、大学生活に入ってしまったのではないかと、新井満本人は考えているのである。

翌春、大学に戻った新井満は自問自答する。自分という人間は必ず死ぬ存在なのだ。もう一度大病にかかったら、今度はまちがいなく死ぬだろう。人生はしばしばマラソンにたとえられる。長い人生という旅のゴール（死）は、つねに道の彼方にあるように言われる。でも、そうではないのだ。絶対に、そうではないのだ、と思うようになった。ゴールは彼方にあるどころか、すぐそこにある。それを十九歳で、自分は実感してしまったのだ。

「れんぎょうの花」の最後に、復学して一週間後、久しぶりで東京・四谷のキャンパス横にある土手を新井満が歩いていると、土手にれんぎょうの花が咲いている。その黄色いれんぎょうの花の美しさに感動する自分を発見する。それは一年前にも咲いていたはず、見ていたはず。死にそこなって生還してきた今の自分にとってその風景は、同じ風景でありながら、まったくちがった風景としてせまってきた。「美を再発見し、伝達する」。死にそこなった自分に残された生命を、そこに賭けてもよいのではないかと思い始めた瞬間だった。そんなことが記され、「れんぎょうの花」は終わっている。

信濃川の土手から、駆け逃げた「地震と津波の高校三年生」。四谷キャンパス横の土手の上で見つけた花の美しさによって、生を取り戻した「れんぎょうの花」。それらが、エッセイ集の中で続けて並んでいるのは、偶然ではないだろう。つまり新井満自身が、自分は新潟地震によって生まれた表現者だと思っているということなのだろう。

東日本大震災後、たまたま岩手県で新井満に尋ねる機会があった。大きな地震に遭遇して、その恐怖に捉えられてしまった人はどうしたらいいのだろうか。その時、新井満は「夢中になれることを見つけること。スポーツでも音楽でも、何でもいい。それが唯一の方法かな」と話していた。それは「れんぎょうの花」への自身の感動を語っていたのだろう。

▽「液状化現象」と鉄筋の県営アパート横倒し

新潟地震のことについて、私のことを少しだけ記しておきたい。当時、私は隣県の群馬県伊勢崎市の中学三年生であり、やはり授業が始まったばかりか、まだ始まる前ごろだったと思う。突然、校舎が激しく揺れて、教室の窓から校庭を見下ろすと、前日が雨天だったのか、校庭の何カ所かに水たまりがあって、地面の所々が濡れていた。その水たまりが地面の揺れで、みるみる濡れた部分を拡げていったさまが忘れられない。校舎の揺れもかなりのものだったと思うが、拡がっていく、校庭の水たまりの姿を見て、どこか遠くない所で、大きな地震が起きているのもかもしれないと感じたことをよく憶えている。

まもなく揺れが収まって、授業が始まったのだが、この日の午後の授業の間、東京から新潟への飛行コースに、私の町の上空を通過することが適していたのだろうか、何機ものヘリコプターが続々と学校の上を飛んでいった。いっぺんにたくさんのヘリコプターが通過していく音で、先生の声が一時、聞こえなくなるぐらいだった。

この地震で、新潟、山形両県を中心に二十六人が死亡したが、新潟地震と言えば、その地震を知る者にとって、多くの人の記憶に残るものが三つほどある。一つは、新潟市川岸町の鉄筋四階建ての県営アパートがごろっと横倒しになったことだ。横倒しにならないまでも、まるでピサの斜塔のように激しく傾いてしまった鉄筋アパートもあった。のちに「液状化現象」と呼ばれるようになる地層の流動化が起きたのだ。新井満が見た信濃川岸にある高校のグラウンドの地面に稲妻形の亀裂が蛇のように走り、その蛇の中から地下泥水の噴出してくるさまも、まさに「液状化現象」であるが、新潟市川岸町のように「鉄筋アパートが、その底までさらけだすような倒れ方をしたのは世界にも例がない」と専門家も驚くような被害で、海外でも大きく報道された。

東日本大震災の際にも、震度5強を観測した千葉県浦安市で液状化現象が起きて、道路が大きくゆがみ下水道も寸断され、東京湾を埋め立てて、その上に建築したマンションや一戸建て住宅が立ち並ぶベッドタウンで、地割れや陥没を起こした地表から泥水が噴き出した。その液状化現象ということが、日本人に記憶されていくきっかけになったのが、新潟地震である。

もう一つは、昭和石油新潟製油所で地震直後に火災が発生、周辺民家も三六一世帯を焼きつくして、延々、三五〇時間余も燃え続けたことだ。新潟市上空へ立ちのぼるその煙は、まさに地震後における被災者の不安を象徴するかのようで、タンクの残油が燃え尽きて鎮火したのは、七月一日午前五時のことだった。

▽最新鋭となればなるほど、脆弱な橋

そして、さらには、これは新井満が「地震と津波の高校三年生」の中でも書いているが、出来たばかりの昭和大橋が無残にも信濃川に落橋してしまったことだ。

新潟地震の当時、日本最長河川である信濃川の河口近くには、大きな橋が三本架けられていた。下流から上流に向かって順に万代橋、八千代橋、昭和大橋の三橋である（現在は万代橋より下流に柳都大橋が架かっている）。

その三橋について新井満は次のように書いている。

「一九二九年（昭和四年）に架けられた万代橋は三橋のうち最も古い橋ではあるが、地震によって何の被害も受けなかった。びくともしなかったのである。地震より数年前に架けられていた八千代橋は、地震によって破壊。新潟国体の開会に間に合わせようと、最新鋭の建築工法によって超スピードで完成したばかりの昭和大橋は、地震によって落橋。橋桁《はしけた》中央部は完全に水没し、残る橋桁も片側ばかりを次々に水没させ、さながらドミノ倒しの様相を呈した。

私が通学していた新潟明訓高等学校は西新潟にあり、しかも校舎は道路ひとつをへだてた信濃川に面して建てられていた。落橋した昭和大橋とは、目と鼻の距離である」

新潟国体は六月六日に開幕、同月十一日に閉幕している。新潟地震が起きたのは、閉幕から五日後の昼であるが、ここで、新井満が言いたいことは明らかだろう。橋がより新しくなればなるほど、最

新鋭となればなるほど、信濃川河口の橋に関しては、脆弱な橋となっていったということである。

さらに、少しだけ加えておきたいのは、新潟地震が当時の人たちに非常に強いインパクトを与えた理由のなかに、ヘリコプターによる上空からの写真が、各報道機関で使われたことも大きいかもしれない。ある年代以上の人ならば、ドミノ倒しのように落橋した昭和大橋を手前にして、その向こうに地震で壊れた八千代橋、さらにびくともしなかった万代橋が見え、さらに奥に炎上する昭和石油の煙が上空高く覆っている写真を記憶している者も多いだろう。新潟地震と言えば、「液状化現象」というほど、強烈な印象を残した県営アパートがそのまま横倒しになっている像も、上空からの写真でみると、さらに驚くような惨状だった。

▽「死」からの視線

最初に紹介したように、この年の秋には、東京オリンピックが開催された年である。新幹線も開業している。日本が大きく変わっていく年である。そもそも新潟国体は秋にオリンピックが開かれるので、秋季大会を春季に前倒しして行われた。そして夏季大会は新潟地震のために中止となった。ちなみに新潟国体では、新潟県勢が活躍し、新潟県が天皇杯、皇后杯を獲得している。だが日本中が東京オリンピックで昂揚している年に、新潟の人たちは震災にみまわれ、その後の復興への苦難の時を過ごしていたのである。

そんな新井満と新潟地震の関係を紹介してきたが、やはり新井満というアーティストを考えてみると、この新潟地震はその活動に深い影響を与えているのではないかと思う。

最近はあまり小説を書かなくなって残念だが、新井満の書く小説やエッセイには必ずと言っていいほど、「死」からの視線というか、「生」の中にある「死」についての考えがある。またこの世を謳歌する者には見えてこない、日本人社会のターニングポイントのようなものが潜み、必ずのように記されているのである。

まず、一番わかりやすい例は「地震と津波の高校三年生」が入った『死んだら風に生まれかわる』に収録された最も長いエッセイが、同郷の人「良寛——水のように、風のように」であることだろうか。その中には、良寛が三条大地震（M6・9、文政十一年、一八二八年）の際に書いた「うちつけに死なば死なずて永らへて　かかる憂き目を見るがわびしさ」や「災難に逢時節には災難に逢がよく候。死ぬ時節には死ぬがよく候。是はこれ災難をのがるゝ妙法にて候」という言葉が記されている。これは新潟地震の経験者ゆえの引用だろう。

デビュー作「サンセット・ビーチ・ホテル」（「文學界」一九八六年四月号）の主人公の名字は「桜木」というもの。これはつまり「ミスター日本人」の意味だが、ミクロネシアの美しいサンゴ礁の島にビデオ映像を撮影に来た「桜木」は島で知り合った日系の家族が肺の病気で亡くなり、重病者もいることを知るということが記されている。それは、近くのビキニ環礁での水爆実験による「死の灰」の影響らしい。またミクロネシアは使用済みとなった人工衛星のごみ捨て場となっていて、「桜木」も、最後に天から落下してきた宇宙廃棄物に当たって死亡するという話である。

▽予言的な作品

昭和二十九年（一九五四年）にアメリカの水爆実験で被爆した第五福竜丸のこと、半年後に亡くなった無線長クボヤマ・アイキチさんの名前も記されている。作品が発表されたころには、もう「死の灰」もかなり死語に近い言葉だったかもしれないので、少し奇妙なものが交じったデビュー作だった。これを実際に書いたのは一九八五年の秋から冬にかけてのころのようだが、その約半年後にチェルノブイリ原発事故（一九八六年四月二十六日）が起きているし、逆に「宇宙廃棄物」はまだ珍しい用語だったが、やはりこれを書いた三カ月後にはスペースシャトル・チャレンジャー号の爆発事故（一九八六年一月二十八日）が起きて、乗組員全員が死亡したりした。そんな予言的な作品でもあった。

一九九三年に「地震と津波の高校三年生」で「最新鋭の建築工法によって超スピードで完成したばかりの昭和大橋は、地震によって落橋。橋桁中央部は完全に水没し、残る橋桁も片側ばかりを次々に水没させ、さながらドミノ倒しの様相を呈した」と書く、新井満の言葉が、デビュー作で書かれた内容と重なって読めるのだ。最新鋭のものには、脆弱性や危険性も同時に存在しているのである。

さらに最初の単行本となり、野間文芸新人賞を受けた『ヴェクサシオン』は、主人公であるコマーシャルフィルムの演出家が、眠りから目覚める場面から始まっている。いかにも大手広告代理店、電通に当時勤務していた新井満が書きたいような作品にもみえるが、その冒頭でテレビニュースが伝えているのは、第四次中東戦争勃発のことである。つまりその後の日本のオイルショックの起点となった戦争の勃発の日、その日に目覚める主人公の物語である。それは戦後、ずっと往き道を進んできた日本社会が、帰り道を歩き始めた最初の日から始まる物語だった。作品が発表された一九八七年は、まだバブル経済を日本人が謳歌していた時代だが、その崩壊を予見するような小説となっていた。

▽背中から前に進む「リゴドンダンス」

芥川賞受賞作『尋ね人の時間』の主人公の名前は「神島」だが、これも「ミスター日本」ということだろう。この作品には、後ろ向きになって一歩前進、二歩後退を繰り返して踊る「リゴドンダンス」という不思議なダンスが登場する。それは、前に進むのではなく、少しずつ後退していく日本人の生き方を探った小説と言えるだろう。

『ヴェクサシオン』はエリック・サティの曲の名で、短いフレーズを八百四十回も繰り返すという音楽。前に進むのではなく、少しずつ後退していく、つまり背中の方から前に進む踊りの世界と、限りなく音を引き算するサティの音楽。それはバブル経済を突き進もうとする日本社会に、果たしてそれでいいのかと、問うているかのような物語だった。

そして、あの『千の風になって』の新井満による訳詞作曲歌唱があるわけだが、これらに、新潟地震で、津波の恐怖の中を駆け、その後、緊急の開腹手術で、体重が半分になってしまったままの人生を生き続けている、新井満というアーティストの中にある「死」と、その後の「生」の世界を感じるのだ。

「私のお墓の前で／泣かないでください／そこに私はいません／死んでなんかいません／千の風に／千の風になって／あの大きな空を／吹きわたっています」

エッセイ集『死んだら風に生まれかわる』は、この大ヒット曲のタイトルを受けて名づけられたものだろう。そのエッセイ集の題名にも「死」と「生」の文字が含まれている。

西村伊作と濃尾地震

「汽笛一声新橋を／はや我汽車は離れたり／愛宕の山に入りのこる／月を旅路の友として」で始まる「鉄道唱歌」（東海道篇）。六十六番まであって、神戸まで歌は続いている。その三十四番は「名だかき金の鯱《しゃちほこ》は／名古屋の城の光なり」と始まって、続いて「地震のはなしまだ消えぬ／岐阜の鵜飼も見てゆかん」となる。

「鉄道唱歌」が発表されたのは明治三十三年（一九〇〇年）だが、この、まだ消えぬ「地震のはなし」とは明治二十四年（一八九一年）十月二十八日朝、午前六時三十八分に起きた濃尾地震（M8・0）のことである。この濃尾地震は日本の内陸部で起きた近代以降最大の直下型地震で、その震源は浅く、震動は現在の震度階数でいえば、激震（震度7）だった。

濃尾地震に伴って生じた地震断層は、延長距離八十キロにも及ぶ世界的にも大規模なものであり、震源地である根尾水鳥地区（岐阜県本巣市）では上下に六メートル、長さ一キロにもなる断層崖が隆起した。この「根尾谷断層」は国の特別天然記念物に指定されていて、私もJR大垣駅から樽見鉄道に乗り、水鳥駅近くの根尾谷断層を見に行ったが、現地にある地震断層観察館で、見学者のために垂直に断ち切られた基盤岩石の六メートルに及ぶ、地層のくいちがいの地震跡を目の前にして、これほどの地面が片方だけ六メートルも一瞬にして、隆起するという自然の力にただただ驚くばかりだった。

▽チャペルの煉瓦で父母の即死

その濃尾地震では、全国で十四万戸を超える建物が崩壊し、七二七三人もの人が亡くなったが、この中に「文化学院」創立者の西村伊作の両親も含まれていた。西村伊作の父・大石余平はクリスチャンで、伊作が父母と名古屋のチャペルで朝の祈禱中に濃尾地震が発生。避難中、落下してきたチャペルの煉瓦が父母を直撃して即死してしまった。

西村伊作の自伝『我に益あり』（昭和三十五年、一九六〇年）によると、朝の祈禱会という、朝食前に集まって礼拝する会の時のことで、その時、牧師が演壇のところでお祈りをしていた。当時まだ七歳の西村伊作は「手に一銭銅貨を持っていた。それで自分の前のテーブルをこつこつとたたいていた。そうすると父がそんなことをしてはいけない、と小さい声でしかって私の手を押えて祈りのじゃまにならんようにした」。その時「ドカン！　と大きなショックが来た。同時に大きなランプが床の上へガチャンと落ちた。父と母とは私の手をひいて、立って会衆といっしょに入口の方へ走った」と述べている。

その直後、チャペルから逃げる途中、落ちて来た煉瓦の直撃を受けて、父母は即死しているのだが、伊作も「頭から血が流れて私の顔一面が血になって目が血のために閉じて、目を開けようとしても開けられなく」なるほどの大怪我を負った。

西村伊作は人に抱かれて家に帰ったが、そこには幼い二人の弟と女中がいるだけで、家の中では危ないため、街路に連れ出されて、道に植えてあるヤナギの木の根もとへ寝かされた。しかし傷は頭だけでなく、両足にもあって、血がどんどん出ていたらしく、今度は近くの医者のところに運ばれたが、その医者の家もめちゃくちゃに崩壊していたので、さらにまた何カ所かまわったうえ、天幕の中で医師から傷を縫ってもらったようだ。その夜は竹藪に障子、畳、ふとんを持ち出して寝たという。「大きな地震があったときにはそのあとでしばらく何十回も何百回も余震というのがあって地震がゆり続けるものである。だんだん地震が少なくなると私たちは家の中で寝るようになった」と、西村伊作は語っている。

地震発生で父母が亡くなった知らせを受けて、母方の祖母・西村もんが名古屋に来て、祖母に伴われて、生まれ故郷の和歌山県新宮に西村伊作は帰っている。父母の死を教えると、怪我をしている伊作の体に悪いだろうということで、葬儀に弟は参列したが、伊作自身は参列せず、両親の死を知ったのは、葬儀の後だった。

そして、西村伊作は一時、父方の祖父母、大石増平・かよ宅に預けられ、弟二人は奈良県下北山村の西村家に引き取られたが、翌年には伊作も下北山村の西村家へ移っている。そして西村家には家督を継ぐ者がいなかったので、その年に西村家に入籍して、祖母・もんから家督を相続している。西村伊作が父、大石余平と姓が異なるのは、このためである。その西村伊作が八歳で戸主となった西村家は「吉野第一の山林地主」だった。こんな西村伊作の生涯を描いたのが、黒川創『きれいな風貌　西村伊作伝』（二〇一一年）である。

もちろん顔の容貌だけで「きれいな風貌」と名づけたわけでもないだろうが、西村伊作はたいへんな美男子である。明治三十九年（一九〇六年）、東京三越で撮影された三つ揃い姿の西村伊作の写真を見てもとてもハンサムだし、明治三十一年（一八九八年）高等小学校の友人たちとの卒業記念写真に写る姿も、さらに昭和三十年（一九五五年）ごろ文化学院の陶芸室で作陶中の写真を見ても、なかなかきまっている。ちなみに一九〇六年という年には、伊作は東京の大森・八景園に家を借りて、末弟・大石七分や叔母・くわと住んでいて、東京・深川の親族の家で働く津越光恵を知り縁談が浮上、翌春に結婚している。

西村伊作の風貌は、もちろん父・余平のものも受け継いでいるが、でももしかしたら本人は、その美しさを母親の「ふゆ」ゆずりのものと考えていたのかもしれない。『我に益あり』に「母の嫁入り行列」という章があるのだが、そこで母親について「ふゆは美しい人だった」と伊作は書いている。その西村家は、吉野スギで名高い奈良県吉野郡の中でも特に手入れのよくいきとどいた真っ直ぐ高く伸びたスギやヒノキの樹齢のそろった山林を何百ヘクタールも有した財産家だった。

▽ワッショイ、ワッショイ

そして、父・余平のほうを黒川創『きれいな風貌』から紹介すると、明治十六年（一八八三年）新宮で宣教師A・D・ヘールから余平は洗礼を受け、翌一八八四年には余平の父親・増平、余平の弟・玉置酉久がA・D・ヘールの弟の宣教師J・B・ヘールによって洗礼を受けている。さらに余平の末弟・誠之助も大阪西教会で洗礼を受けているし、この年には、余平が自分の所有する新宮の土地を提供して、信者仲間で大工・左官を手伝って、地元初のキリスト教会・新宮教会を竣工させている。「ときに一族の者をとらえる、沸騰するような熱意と行動のほとばしりが、ここにもあろう。余平は牧師ではなく、また伝道師でもなかったが、酒を飲むことなどは遠ざけ、ただ信仰をもつ民間の一人として、布教のために近隣の村々を歩きまわった」という。

そんな父の新宮から、母の下北山村までは、川沿いに七十キロ余りもあるのだが、その中間に尾呂志という村があって、そこの旧家に、母の「ふゆ」は娘時代に山を越えてよく遊びにいき、父親の余平も新宮から尾呂志を訪れていたようだ。

余平が新宮教会を建てた明治十七年（一八八四年）の秋には、余平とふゆの間に伊作が生まれる。名前は旧約聖書の中の「イサク」からつけた。三歳年下の次弟の真子《まこ》は「マルコ」、六歳年下の末弟は「七分《しちぶん》」「スティーブン、ステファン、ステファノ」で、いずれも聖書から名づけられている。

余平とふゆの一家の新宮時代。伊作、五歳の時に、この一家一族の生き方を彷彿とさせる話が、西村伊作の『我に益あり』の中に記されているので、それを紹介しよう。

ある日の夜明けごろ、家の表戸をドンドンたたく音で、家の者は起こされる。父親が玄関で外の人と話している。それによると、川の水が氾濫してこの町全部が水浸しになった。水は刻々増してくる。非常に危険だから、町の人たちは山の方へ避難している。父親は「私たちもそこへ避難しなければならなくなった」と言うのだ。

伊作は「父の背に負われて……父はひざまで水の来る町をじゃぶじゃぶと私を背負って小山まで歩いた」。そして父は伊作の祖父（自分の父）を助けるために、また家の方へ引き返した。祖父は伊作たちの家の近くに小さな隠居所を作ってそこに住んでいた。

その祖父・増平は足が不自由なのでいつでも寝ていた。しかも「この祖父も大石家の一族だけあって、他人の言うことを聞かないで、自分の考えばかりによってことをしようとするたちであった」という。

父が祖父に向かって「早くここを逃げなければいけません。水がだんだん増して来るからここにいるとあぶない」と言った。しかし祖父は「大丈夫だ。この土地は昔から決して水が上がって来て、家を流すようなことはなかった。そういう例は聞いたことがない。そのように恐れなくてもいい、私は家に残っている」と言って、どうしても避難しなかったので皆がたいへん心配した。

伊作の母親が「早くおじいさんを逃がさなければ」と非常に気をもみ、皆はどうしても、無理にでもこの祖父を安全な所へ連れて行かねばならんと思った。

そうしているうちにどこからか大きな樽が流れて来た。それは醤油を入れたりする樽であった。伊作の母は「ああそうだ！　おじいさんをこの樽に入れて、水に浮かして連れて行ったらいいだろう」と言い、皆も「ああ、それはいい考えだ！」と祖父を無理やりにその樽に入れて、さらに祖父が樽の中で動かないように祖父のぐるりに皆の着物を詰めて、どうしても避難しないという祖父を入れて連れ出した。祖父の周囲に詰めた着物も助かるという一石二鳥の作戦で、そのようにして祖父も山の上に避難させることができたのだ。

さて、私が紹介したい、伊作の父・余平、母・ふゆの活躍はこれからである。

山の上から、伊作が下を見ていると、新宮の町から海の村に繋がる道路の向こうのほうから、ワッショイ、ワッショイと何十人もの人たちが一隻の船をかついでやってくるのだった。そのうしろにもう一つの船をかつぐ一団がある。その人たちを指導しているのは伊作の父・余平だった。

余平は自分の父親を救出した後、四キロ離れた海岸のほうに行って、漁師や百姓たちを呼び集めて、「今からここにある船を持って新宮の町へ行く。町は水浸しで船無くしてはとても町の者を救出することはできない。さあ、これからすぐここにある船をかついで町へ行こう」と話した。「そんな、船を人がかついで四キロ近くもある道を行くことは今まで聞いたことがない」ので、集まった漁師や百姓たちはびっくりしたが、しかし余平は「早く船を出さなければ人が死んでしまう。家が押し流されて人々が多数死んでしまう」と熱心に、誠意をもって、大声を出しながら頼んだので、その勢いに押されて、皆が仕方なしに船をかついでワッショイ、ワッショイと元気をつけて町へ進んで来たのである。

▽熊野川大洪水

そして水の出ているところまで来ると船をおろして、それに乗り込み、町の人々を助けるために方々へ行った。水がもう軒の近くまで来ているから、人々は二階に避難していて、二階の窓から首を出して心配そうな顔でおののいていた。

余平たちは船をあやつり、助けを求める人たちを探しては近づき、二階の窓から船へ人を救っては岡の方へ運んで助けた。

そして、伊作の母・ふゆも、その船に乗って活躍した。ふゆは西村家の近くにある小さな川で泳いでいたから、泳ぎが相当じょうずだったという。泳いで行かなければ救えない人々を、伊作の母は自分でそこまで泳いで行って助けた。

「財産家の娘として、幼いときから非常に甘やかされて育った母であるけれども、また一方にはそのような勇気を持っていた。いなかの山の中で村の子供といっしょに遊ぶことは、いろいろの意味から言っていい勉強になって、普通の町の女のできないようなことをすることができる。子供が小さなときにいなかで育つことは、そういうことから考えても非常にいいことだと思う」と西村伊作は『我に益あり』の中で述べている。

黒川創も記しているが、これは明治二十二年（一八八九年）八月二十日、紀伊半島を巨大台風が直撃して起こった「熊野川大洪水」のときのことである。『きれいな風貌』によれば、『新宮市誌』（一九三七年）には、この時「突如として三輪崎より九隻の船舶を大八車に積みて陸送し来るあり、この船舶が勇敢に、縦横に漕ぎ廻わり、人命を救助したりしこと幾許《いくばく》なるやを知らず、為にこの大惨禍に際しても、死者僅《わずか》に七人に過ぎざりし」とあるそうだ。ワッショイ、ワッショイと何十人もの者が船をかついでやってくるのと、船舶を大八車に積んで陸送して来るのとでは記述にズレがあるし、また個人名も記されていないが、これらは伊作の父母の活躍を含んだことであろう。

なお、この熊野川大洪水では、上流部はたいへんだった。「この洪水の原因は川の奥の山が崩れて、そのために一度に水が押して来たものだそうで、それが急激に来たものだから、全部の人がいっぺんに避難することができなくなって、逃げ遅れて人は何にでもつかまって川を流れていた。それが新宮の町の方まで何キロも流れて来る」と西村伊作の『我に益あり』にある。

つまり熊野川上流の十津川郷（現在の十津川村）では、一千カ所を超える山岳崩壊が起こり、土砂で出来た堰き止め湖が三十七カ所もできていた。また北十津川村では、幅八七〇メートルにもわたって山頂から崩れて、川をふさぎ、堰き止められた水が、高さ数十メートルの激流となって、四、五キロ上流まで逆流し、死傷者が続出した。さらに十津川郷のあちこちで出来た堰き止め湖のほとんどが、その日の真夜中に決壊し、堰き止め湖の崩壊で一気に洪水が襲ってくるという現象が同時多発的に起きたのだ。

この水害で十津川郷の六〇〇戸、約二五〇〇人が村を捨てて、北海道に移住し、新十津川村を作らざるを得なかったし、中流部の本宮でも、千年を超えて熊野川の中州に鎮座していた熊野本宮社殿が流され、これ以降、社殿は約五〇〇メートル離れた川べりの山上に移った。私も熊野本宮社殿跡を見に行ったことがあるが、熊野川流域は日本有数の降水量をほこる地帯だが、その基壇のみ残る社殿跡を見ると、この熊野川大洪水は、何百年に一度、あるいは千年に一度という洪水だったのだろうと、思えた。

その後、余平は、洪水の様子を絵に描いて、大阪・京都などの友人たちに「こうゆうありさまだから早く救済の物資を送ってくれ」という手紙を送っている。それを受けて、米、みそ、梅干しなど様々な物資が、続々送られてきた。これらの食物を伊作の父母らは町へ行って避難民にわけてやった。

握り飯には梅干しを入れて配った。皆手を出してもらう。「時には既にもらった人が再びくれと言って手を出す。『あなたにはもうあげたではないか』と言うとその人は前にもらった握り飯を自分の背中に片方の手で隠して『いやまだもらわない』と言っていたと母は笑っていた」と伊作は記している。

この二年後には、伊作の父母は濃尾地震によって亡くなってしまうのだが、社会のために自ら行動していく、余平・ふゆ夫婦の明るさがよく表れたエピソードである。

私も幼い時に父親を亡くしているので、父に関する記憶が両方の手で折って数えても指が余ってしまうぐらいしかない。余平の人々を思う気持ち、また洪水の中を得意の泳ぎで人々を救った、颯爽とした母・ふゆの姿、避難民との握り飯をめぐる話を笑いながら話す母の明るさは、ずっと伊作の心の中で生き続けていた憶いだろう。

その父親・余平の遺伝子を伊作は強く、意識している。左利きで、石を投げたり、ナイフを使ったり、絵を描いたり。しかし字は右手で書く。弟たちは漬け物が食べられるのに、自分はたくわんが絶対に食べられない、野菜の漬け物がきらい……。これらは父親も同じで、父の遺伝は伊作にだけ最も強く働いているという。そして、こんなことを記している。

「私は私の父の遺伝を自然に受けついでいると思うばかりでなく、意識的に私は父の行為や思想を守って生きようとする。私の父はこんなことを好きだったからと、私もそれを好きになり、父がきらいだったと思うことは私もそれをしない。そういうふうに何事につけても死んだ父の心に従い、父の霊の許しを受けて事をしたいといつも考える」

当然、のちに、東京に「文化学院」という学校を創る時にも、伊作は心の中の父・余平に相談しただろう。「真実の孝行は親の心を自分の心とし、親の歩いた跡を歩こうとする心であると思う」とも加えている。

余平は西村家の山林から出る材木などを、委託を受けて、市場にまわす材木問屋のような事務所を新宮で営んでいたのだが、熊野川大洪水のころには西村家の親戚たちと材木をめぐって争いになったりしていた。もはや、材木業に望みがないと思った余平は、家屋敷を手放して、新宮から名古屋に向かうのだ。その地でキリスト教の布教に取り組みつつ、亜炭（燃料用の褐炭）の採掘事業を考えていたようだ。

▽太平洋食堂

さて、西村伊作という人間を語るには、もう一人、重要な人物がいる。

「父のほかに私に大きな影響を与えたのは、父の弟大石誠之助であった。私の父は弟の誠之助を教育のためにアメリカへ行かせた。彼はオレゴン大学で医学を学んだ。ドクトルとなって新宮の故郷へ帰り開業した。彼は恐るべき事件のために、その生涯を終った」

そのように、西村伊作が書いている。「恐るべき事件」とは幸徳秋水、管野須賀子、宮下太吉、そして大石誠之助らが天皇の暗殺を計画したとして大逆罪で逮捕、処刑された大逆事件のことである。大逆事件に際しての、大石誠之助と西村伊作のことも、後で紹介したいが、その前に一つだけ書いて置かねばならないことがある。

それは明治三十七年（一九〇四年）十月に新宮で、大石誠之助と、西村伊作が二十歳のころに、町で初めて開いた「太平洋食堂」という洋食レストランのことである。

「表の看板にペンキで私が絵を描いた。洋食屋の名前を太平洋食堂（ゼ・パシフィック・リフレッシュメント・ルーム）とつけた」と西村伊作の『我に益あり』にある。その太平洋食堂には、新聞雑誌の縦覧所もあるようなものだった。

西村伊作の研究者である加藤百合の『大正の夢の設計家　西村伊作と文化学院』によれば、「この太平洋食堂という一つの施設が、料理、建築、インテリア、貧民救済、啓蒙事業など、当時の彼らの関心事を総合的に実現するユートピアを実現しようとしたものであったことがわかる。太平洋食堂(ゼ・パシフィック・リフレッシュメント・ルーム)の名は、『平和主義者(パシフィスト)』と、『太平洋に面する(パシフィック・オーシャン)』新宮の町、という意味を兼ねた命名である。それは理念によらず、具体的な生活改善の指導によって人々を啓蒙せんとする試みであった」。その太平洋食堂の開店は日露戦争の最中でもあるが、社会主義青年、荒畑寒村も訪ねたと言われている。だが、加藤百合の本によれば、この食堂は一年ほどでつぶれてしまったようだ。

「誠之助、伊作の二人の意欲が強すぎ、一般の町民がついてこなかったのである」。つまり最初は町の人たちもおもしろがって来たけれども、あまりに教育が厳しかったようで、敬遠されてしまったのだ。「うっかり手で食べたりすると、どちらかがとび出してきて、『なんでフォークを使わんのかあ!』と、どなったりした」という。これでは店がつぶれるのは当たり前である。客商売の食堂というよりは、教育施設という感じだ。

しかし、ここに「ユートピアが計画され一応完成したことは、それだけでも意義がある」と加藤百合が指摘するように、後の大正十年(一九二一年)の「文化学院」創立にまでつながっていく原型がある。「伊作は生涯にわたって自分のユートピアを設計しつづけた人である。彼のこの段階でのユートピアはこのように啓蒙的な意図のものであり、叔父誠之助との間にそれは共有されていたのであった」と加藤は書いている。

▽「遠くの地震」

西村伊作の人生は地震との縁が非常に深いのだが、黒川創『きれいな風貌』はその地震との関係を意識しながら書いている作品でもある。それに「遠くの地震」の章がある。明治三十九年（一九〇六年）二月、西村伊作の次弟・真子が十八歳の時、米国ロサンゼルスへの留学に向けて横浜から船に乗っている。その年の四月十八日、現地時間午前五時すぎ、サンフランシスコで約三十万人が罹災したと言われる大地震（M7・8）が起きる。でも同二十日には真子から誠之助のところに電報が届く。サンフランシスコとロサンゼルスとは四八〇マイルも隔たっているので、損害はないので安心してくださいとの内容。

「とはいえ、この天災は、のちの誠之助や伊作の運命に、遠くから、少しずつ作用しはじめる」と黒川創は書いている。つまりこの時、偶然にも幸徳秋水はサンフランシスコにいた。被災下での「無政府的共産制（Anarchist Communism）の状態」を直接に見聞したことを引きがねに「彼も、彼の周囲にいる少数の在米日本人による革命運動も、急進化を増していく」「幸徳自身は、この滞米期間を通して、従来の普通選挙の実現という主張から、『直接行動』論、つまり、労働者のゼネラル・ストライキにもとづく政府転覆論へと運動家としての立場の転換を鮮明にして、日本に帰国する」のだ。

その幸徳秋水と一緒に叔父・大石誠之助が大逆事件で死刑となり、一方で西村伊作は大逆事件に巻き込まれながら、きわどく逃れて生き残ったわけだが、西村伊作の心の中には、当然、亡くなるまで、この大逆事件のことが深くあったであろうし、その後の西村伊作が、創立する学校「文化学院」にも、やはり影響を与えていると思われるのである。

大石誠之助と西村伊作の二人の運命の分かれ目を判断することは難しいが、『きれいな風貌』の中から少し紹介してみよう。

サンフランシスコの大震災が起きた明治三十九年（一九〇六年）の十月には、大石誠之助は上京して、米国から帰国した幸徳秋水と初めて会っている。幸徳の渡米の際には、堺利彦の口添えで三十円を寄付していたのだ。

その翌月には与謝野寛（鉄幹）、北原白秋、吉井勇、茅野蕭々ら「明星」の面々が、関西歴遊の旅の途上で、新宮の大石誠之助を訪ねてきた。大石誠之助は一行を伊作の家にも案内している。

さらに「平民新聞」が日刊紙として復刊するのにむけて、このころ、誠之助、伊作は、それぞれ出資人となることを約束している。翌明治四十年（一九〇七年）一月十一日夕刻、東京で日刊「平民新聞」の編集をおおかた終えた堺利彦は創刊号発刊（同月十五日）を待たずに、支援者の中でも重きを置いていた紀州の大石誠之助のもとへ向かう。そして誠之助から援助を受けた後、堺利彦は西村伊作の家に泊まっているのだ。この旅は早くも資金繰りに困った「平民新聞」の金策を誠之助と伊作に頼む旅だった。

また地元・新宮には「はまゆふ」という俳句・雑俳を中心とする文芸同人誌があり、伊作は、この年の新年号から雑誌の表紙・裏表紙の絵を担当。誠之助は筆頭格の客分で毎号のように随筆を寄せていて、巻頭に掲載されることが多かった。

『きれいな風貌』には、このように大石誠之助と西村伊作の動きが、社会・政治に関わる話と、文化に関わる話が交互に紹介されている。二人はその両側に関わっていたのだ。

翌明治四十一年（一九〇八年）七月末、幸徳秋水が故郷の高知・中村から上京の途中、大石誠之助のところに半月、滞在した。

▽死者と生者を分かつ

七月三十日ごろのことのようだが、大石誠之助は幸徳秋水を熊野川での船遊びに誘っている。大石の家族、親戚、女中、そして前年夏に新宮教会に赴任してきた牧師で、後に小説家になった沖野岩三郎といった顔ぶれだが、この賑やかな夕暮れ前の催しは、のちに〈大逆事件〉が仕立てられていく時には「爆弾製造の謀議」の舞台としての役割となるようだ。だが沖野岩三郎は、聖職を志してから飲酒をやめており、酒席となりそうな集いには加わらなかった。のちに、やはり「謀議」の場とされる、明治四十二年（一九〇九年）一月の大石誠之助宅での新年会では「沖野は酒を飲まないからな」と大石が言い、招待予定者の一覧から沖野を除外した。「こうした、ほんの偶然にもとづく一線が、のちの〈事件〉のもとで、死者と生者を分かつ」と黒川創は記している。

そして西村伊作についても、彼は「芸者遊びが嫌いだった。酒を飲むことも」と書き、「絵を描くとか、家具を作るとか、そういうことのほうが好きで、自分の気が向くことだけを勝手にやっていた。叔父の大石誠之助との交際は親しく続いていたが、そこにも、いくばくかの趣味の違いはあった。そのことが、彼を誠之助の取り巻きの若者たちに、ある程度以上には近づけさせず、きわどく、知らず知らずに、その命を救ってくれていたのかもわからない」と黒川創は述べている。

明治四十三年（一九一〇年）六月三日早朝、大逆事件に関して、家宅捜索を受ける。西村伊作、大石誠之助、沖野岩三郎も、警察に連行され、取り調べを受けるが、その日のうちに帰宅。翌日、誠之助が伊作の家に遊びにきて話したことが、二人の永遠の別れとなった。翌六月五日に誠之助はふたたび警察に連行されて、翌六日、身柄を東京に向けて送られる。

予審が終わって、大石誠之助の面会が許されると、誠之助の妻らが面会に赴いたが、伊作は新宮から動かなかった。「平民新聞」への寄稿、援助など、過去の関わりを心配する周囲の者たちが上京を止めていたのだ。

しかし伊作は弟の真子と相談をして、東京へ、叔父・大石誠之助を見舞いに行くことになった。この二人の新宮から東京までの行き方が、なんともすごい。二人は東京までモーター・サイクル（オートバイ）に乗っていくのだ。真子が米国から持ち帰ったもののほかに、もう一台、新たに真子が米国から取り寄せたモーター・サイクルがあった。さらにピストルも携帯していた。まだ当時はピストルの取り締まりが緩かったのだ。伊作は虎の皮のように見える毛皮のオーバーを着ていたという。

これは百年以上前、明治四十三年（一九一〇年）の話である。二人は航路、二台のモーター・サイクルを積み込み、神戸から陸路、同年十一月の末頃、モーター・サイクルで東京までをめざす。だが、伊作のモーター・サイクルは名古屋付近で故障、汽車で十二月二日に東京に着いている。

▽チャップリン

二人の行動を知った警察はびっくりした。伊作たちは監視対象の人物で、警察は二人を尾行しなくてはならないのだが、その時分には警察にモーター・サイクルがないので自転車を使って追うのだ。「警察は道ばたに隠れて私たちの行くのを待っていた。私たちが過ぎ去ると彼らは全速力で自転車で追っかけた。けれどもわずかな道を走ってもはるかに遅れてしまって尾行することができない。そうすると彼らは電話をかけて次の警察へ知らせたので、次の自転車がまた追って来た。うまく尾行できないで彼らは非常に困ったらしい」と西村伊作『我に益あり』にある。

さらに弟の真子のモーター・サイクルが横浜の近くに来たとき、警視庁の巡査が尾行し出した。警視庁にはそのときたった一台の古いモーター・サイクルがあった。その尾行のモーター・サイクルが途中で動かなくなってしまった。「それで弟は『その車をひっぱってやろう』と言って巡査の持っている捕縄でひっぱり、東京まで走り、そして私の待っていた宿に着いた」という。

急ぎの電話がきて、自転車で追いかけて、すぐ諦めて、また次に連絡して、また自転車で追いかけて、また諦めて、また電話をするという警察官との追いかけっこ。たった一台の警視庁のモーター・サイクルも途中故障してしまい、監視対象者のモーター・サイクルに引っ張ってもらって尾行する……大逆事件と、その関係一族にまつわる非常にシリアスな話なのだが、この話に関する部分は何度読んでも、外国のユーモラスな古い無声映画、伊作が好きだったというチャップリンの映画を観ているような感覚に襲われる。

身の安全を考えて、しばらく叔父・大石誠之助に面会に行かなかったというのは、その通りだろうが、「しかし何もしないで、知らない顔をしているということは、あまりに不人情のように思われて私は弟と相談して東京へ叔父を見舞に行こうと計画した。しかし実は東京へ遊びに行きたかったのである。それに叔父の事件に好奇心を持っていたからなのである」と伊作は『我に益あり』に書いている。戦後の昭和三十五年（一九六〇年）の本なので、西村伊作の自由な語りと考えていいのだが、でもここに語られていない思いも深くあったのではないだろうか。またこのようにして、語りたいという思いも西村伊作には強くあったのではないかと思う。

「何事につけても死んだ父の心に従い、父の霊の許しを受けて事をしたいといつも考える」と伊作は同書の中で語っているし、弟と相談して、という伊作の心の中に、父・余平ならどうするかという問いもあっただろう。でも、その大逆事件に関係して、このような語りぶりを通して、読者に届けたいという人間性が西村伊作の中に生き続けてもいたのだ。逆に言えば、叔父・大石誠之助の命を奪った大逆事件に対する思いが、それほど深く、伊作の心の中にあったということだろう。

そして東京で合流した伊作と弟・真子の二人が翌日外出した後には、二人の宿屋の部屋は捜索を受けて、その後、二人は警視庁の留置所に二十九日間も拘留されている。「その時分、すでに私の叔父たちは大逆罪によって死刑に処せられるということがわかっていた。それで私も巻き添えになって彼らといっしょに死刑に処せられるのであろうと思った。死刑にされたらどんな気持がするだろう。日本の死刑は首をつるのである。それで私は自分の手で自分の首を絞めて、こういうふうにして死ぬのか、と思ってみたりした」と『我に益あり』の中で西村伊作は語っている。

ふつう「死刑にされたらどんな気持がするだろう。日本の死刑は首をつるのである。それで私は自分の手で自分の首を絞めて、こういうふうにして死ぬのか、と思ってみたりした」とは、人は語らない。ここにも何か、非常にシリアスな状況を、ユーモアとも言えるかもしれない感覚を通して語る西村伊作がいる。私はかえって、そこに生きている悲しみ、またそこに、当事者しか語り得ない残酷性への深い怒りのようなものが伝わってくるのである。ここにもチャップリンの映画のような感覚があるとは言えないだろうか。

西村伊作兄弟は、翌明治四十四年（一九一一年）の一月三日に留置所を出された。出る前に、兄弟を引見した鬼刑事が「今、政府の力は非常に強いものだから、政府に敵対してもだめだ、早く国へ帰ってじっとしているがよい」と言ったそうである。

警視庁を出ると、町が非常に広々としたように思った。外の世界がオレンジ色に見えた。ずっと留置所の中にはいっているときは高い窓の、空の青い光線だけを見ていたからである。その反対色のオレンジ色にすべてのものが見えた……そんな印象的な言葉も記されている。「歩くのに足がふらふらするようで変な気持がした。私と弟とは、まず死刑を免れたなと思った」という。

その月の二十四日に大石誠之助ら十一人が死刑執行となり、管野須賀子だけが翌日執行された。

二十六歳の西村伊作も、一カ月の留置生活と叔父・大石誠之助らの処刑で身心の疲労が重なって、健康を損ない、この年の春から熱が続くようになり、医師から「これは肺浸潤だ」と診断された。「私は大逆事件の死刑は免れたけれども、この病気で死ぬのであろうかと思った」という。他の有名な医師も「結核だ」というので、療養のためにシンガポールまで船で行くことになった。

シンガポールへ着く朝、船の船長と機関長が伊作を食堂に招いた。その二人がこんな話をする。君は大逆事件に関係し、社会主義者であり、国家に害のある人だから殺すつもりであった。しかし君は機械のことなどあまりに無邪気に質問したので、反政府的な運動や何かをするような人とは思えなくなった。また国のために害になる人でもないだろうと考えてきたから、殺す気になることはできなかった、と言う。そういえば二人に船の機関室を案内されたことがある。それと気づかず危ない体験の中を伊作は生きてきたのである。

▽文化学院の設立

一九一二年、西村伊作は牧師・沖野岩三郎との共同で、新宮教会で幼稚園を始めているし、人間関係のつきあいのほうも文化系のほうに拡がっていった。

翌大正二年（一九一三年）には、伊作は、沖野に、洋画家の石井柏亭を新宮に招きたいと、相談している。石井柏亭は後に文化学院の設立の際に中心となる人物である。以前、伊作は石井柏亭と一度会ったことがあるし、その後、柏亭は二年ばかりヨーロッパに外遊していた。そのことも知っていたのだろう。そして石井柏亭は同年夏にはおよそ一カ月間、新宮の西村伊作家に滞在していった。

もう一人、文化学院の設立の際に、中心となる人物が与謝野晶子である。夫の与謝野鉄幹のほうは既に新宮を訪れたことがあったが、与謝野晶子が初めて新宮を訪ねてきたのは大正四年（一九一五年）三月十三日のことである。この時、新宮出身の作家で大石誠之助や西村伊作と親交のあった佐藤春夫が案内役に立っていた。

黒川創も『きれいな風貌』で紹介しているが、与謝野晶子を迎えて、新宮駅前で撮影された写真がある。肝心の与謝野晶子は身を隠すかのように半分しか顔が写っていないが、そのほか佐藤春夫、沖野岩三郎がいて大石誠之助未亡人の栄子、二人の遺児、西村伊作の妻・光恵と彼らの三人の子どもたちもいるが、西村伊作が写っていない。おそらく写真の撮影者が西村伊作ではないかという推測がある。

この与謝野晶子の新宮行きには、まだよくわかっていないことが多い。香内信子《こううちのぶこ》の『與謝野晶子と周辺の人びと―ジャーナリズムとのかかわりを中心に』によると、この与謝野晶子の新宮行きには夫・与謝野寛（鉄幹）が、同三月二十五日に行われる衆議院選挙に京都の選挙区から立候補していて、そのための資金集めが必要だったようだ。

つまり西村伊作も、旧知の若い資産家という存在として、資金提供者たるべくあてにされていたのだ。この時、新宮で調達された資金は「二百円」であったことがわかっている。与謝野寛自身が、三月十五日の丹後・綾部の演説会場で「妻の電報によりますと紀州の親族で二百円の調達が出来たと申して来ました」とあり、数日後の別の演説会場では妻が「和歌山の友人弟子から二百円調達してくれました」と言っているからである。

でも、この旅行の目的はそれだけではないのではないかと、黒川創は推測している。新宮滞在中の二泊三日、与謝野晶子は、新宮教会と一体の、牧師・沖野岩三郎宅二階に泊まっていた。その翌年に与謝野晶子は少女雑誌「新少女」で〈私の見たる少女〉という連作を一年間書く。そのうちの一篇「紀州のおふかさん」で大石誠之助の娘・鱶のことを次のように書いているのだ。

▽大ぎゃくざいを犯せし

「私が新宮へ行きまして、沖野さんという牧師の方の家で泊まっていました時に、すぐその二階の下に見えたのが大石さんというおふかさんの家でした。そのお母さんは信者で、教会へ手伝いに来てピアノを弾いたりしておいででした。おふかさんとその弟の二つ下の信太郎［舒太郎］さんとは片親のない人なのです。そのお父さんであった方は私もお心易くしたことのある方だったのです」と与謝野晶子は書いている。

晶子の新宮行きの前年、大正三年（一九一四年）三月、「明星」の同人でもあり、大逆事件の弁護人も務めた平出修が病没した。「明星」は与謝野晶子の「君死にたまふこと勿れ」が載ったことでも知られる、与謝野鉄幹（寛）主宰の詩歌中心の月刊文芸誌。その「明星」の同人であり、「明星」の廃刊後に、森鷗外、鉄幹、晶子らが協力して出した月刊文芸誌「スバル」の盟友でもあった平出修の死に際して、大阪在住の文学仲間であり、与謝野夫妻の支援者だった小林天眠に宛てたものの中に、晶子はこんなことを書いている。

「私は昔大ぎゃくざいを犯せし女が、私の詩集をよみたしと云いしに（すでに死ざいもほぼきめられてありし人に）私は臆病さにそれのさし入れをえせず候いき」とあることを黒川創は紹介して、この与謝野晶子の新宮行きに、大逆事件の影響を見ているのである。

大逆事件で死刑判決の迫った管野須賀子が、かねてから愛読してきた与謝野晶子の歌集の差し入れを弁護士の平出修に頼んできた。そのとき、晶子はそれを自分自身の手で行わなかったことをずっと悔やんでいたのだ。平出によって、歌集『佐保姫』が差し入れられ、獄中の管野須賀子からの、感激に満ちた礼状が残っているという。

『きれいな風貌』に「その時のざんげを平出氏に今度あわばと、まだそれほどの病のあらぬ時、私はよくおもい候いしが、そのままになり候」（大正三年（一九一四年）三月二十日付）という与謝野晶子の小林天眠への手紙が紹介されている。

なお大逆事件の被告らの処刑ごろは、与謝野晶子は六度目の妊娠の臨月近くで、しかもそれが双子であることがわかっていて、ひどく体にこたえる日々で、思うように振るまえない事情があったことも、黒川創は加えている。

ともかく以上のような、思いもある与謝野晶子の新宮行きであった。おそらく新宮駅前で与謝野晶子を囲んでの記念写真のシャッターを押したであろう西村伊作は、若い山林資産家というだけでなく、「まず何より、刑死者・大石誠之助につながる、その甥である。また、晶子には、誠之助の遺族を直接に慰めておきたい気持ちもあっただろう。そして、そもそも、夫・寛の立候補自体が、大逆事件などでの政治弾圧を念頭に置いたとおぼしき、『憲法に由て得たる全日本人の自由を実現する為に、出版法条例、新聞紙条例、政社法、治安警察法等の改廃を実行すること』を公約に含むものだった」（『與謝野晶子と周辺の人びと』）と黒川創は書いている。

▽アヤちゃんのはいる、学校を

そして、この新宮での与謝野晶子の滞在、大石誠之助の遺族、また西村伊作一家との交流の延長線上に、文化学院設立の話があると考えてもいいのだろう。

大正九年（一九二〇年）の夏、西村伊作は長野県沓掛（中軽井沢）の星野温泉に滞在した。伊作の長女・アヤ、長男・久二、大石誠之助の遺児・大石鱶、そして与謝野寛・晶子夫妻、木版彫刻家の伊上凡骨、女子高等師範を出て教員歴のある河崎なつも一緒だった。

その場で「文化学院」の構想が持ち上がったようだ。与謝野晶子の「西村あや子さん」という、この星野温泉での滞在を記したエッセイがあるのだが、それは「私達一行の中に、今年の夏『ピノチヨ』と云ふ童話を出版して世人を驚かせた十三歳の天才、西村あや子さんも加はって居ました」と伊作の長女・アヤを紹介するところから始まっている。

星野温泉では、皆で短歌を作る一夜もあったようで、「温泉へ山をば下りて行く時に紅い苺が何時も目につく」というアヤの作為の跡のない歌を紹介して、激賞。そして「あや子さんは来年の春に小学を出られるのですが、伊作さんは、あや子さんを入れる女学校の無いのを今から苦にして、その持論を実行することの出来る西村氏の女学校を東京に起さうと云ふ計画があります」と与謝野晶子は書いている。

文化学院の創立に参加して、戦後は参議院議員なども務めた河崎なつの「学校の朝」によると、星野温泉で、与謝野晶子はアヤのことを「絵の天使！」などと呼んでかわいがったようだ。アヤが四月から行く女学校で、東京に良い学校があるでしょうかと伊作が晶子に聞くと、「河崎さんどーですか」と晶子が尋ねたので、唯一教員経験のある河崎が「女学校はいま行き詰ってゐまして、アヤちゃんの様なお子さんは可哀さうです」と女子教育の現状を話すと、「西村さん、アヤちゃんのはいる、学校を作ったらどうです」と晶子が言い、「西村君そうしたまへ」と与謝野寛も賛成したようだ。

一行は、軽井沢の奥に有島武郎を訪ねて文学の話をしたりしている（この別荘で、有島武郎は三年後の大正十二年（一九二三年）六月に、波多野秋子と心中している）。その有島武郎と軽井沢からは帰りの列車が一緒で、車中、与謝野晶子はアヤの優秀さを有島武郎に話し、「そのためによい女学校を作ってはと話が出まして」とも話していたという。

そんな急激な盛り上がりぶりが分かるエピソードだが、西村伊作『我に益あり』からも、文化学院設立のいきさつを述べた部分を紹介してみよう。

新宮の家の近くに高等女学校があって、生徒が門から出入りする姿も見えるのだが、その女学校の生徒は「袴丈が長いとか短いとか、学校の先生はやかましい。頭の髪の結い方もある一定の型に結わなければならない。女学校はなるべくぶかっこうにすることが教育上いいことだと教育者は思っていたらしい」「この女学校では教室で講義を聞くときにも、手をひざの上にきちんと置いて少しもからだを動かさずに聞かなければならぬ。自由な態度や表情をすることはできない。ある女の子は男の子からもらった手紙を持っていたというのですぐ退学させられた」という。

▽自己が自己の主人となり

だから「私は自分の子供のための学校を作ったらいいと思った」と話している。そして西村伊作のほうから与謝野夫妻に相談。与謝野晶子は「私たちは詩人であるからあなたといっしょに学校をしても、意見が合わないでけんかすることがあるかもわかりません。ですから美術家の石井柏亭、あの人は常識があり円満な人ですから、あの人をいっしょに入れて学校を始めたらいいでしょう」と提案、西村伊作もそれに賛同して、文化学院が設立されることになったという。

それぞれに少しずつズレがあるが、何か、大筋は一致しているのだろう。「文化学院」という名前にしても、西村伊作は「それは私がつけた名である」と語っているし、河崎なつの「学校の朝」によれば「名は文化学院はどうだろう」と与謝野寛が提案したと記されている。ともかく八月に軽井沢・星野温泉で新教育の学校を作る話が出て、十月には学校設立の話が具体化。その準備期間、わずか半年で、翌大正十年（一九二一年）四月中旬には東京・神田駿河台に校舎が完成。四月二十三日に開校式が行われている。

そうやって、長女アヤが学ぶ女学校の話から始まった文化学院が出来ていったわけである。校長・

西村伊作、学監・与謝野晶子・石井柏亭、主任・河崎なつ。新入生は女生徒三十三人。だが近い将来の男女共学への移行を見込んで、入学資格の項目には「この学校に入学することの出来るのは、尋常小学校を卒業した者とする」とだけ記してあった。

与謝野晶子、石井柏亭の他に外国文学・戸川秋骨、日本文学・与謝野寛、音楽舞踊・山田耕筰。さらに寺田寅彦、吉野作造、馬場孤蝶、阿部次郎、有島武郎、和辻哲郎、有島生馬、正宗得三郎、木下杢太郎、北原白秋、茅野蕭々、竹友藻風らが先生として名を連ねていて、これは本当に豪華メンバーである。

「文化学院の設立に就いて」という与謝野晶子の文章を読んでも、「私たちの学校の教育目的は、画一的に他から強要されることなしに、個人個人の創造能力を、本人の長所と希望とに従って、個別的に、みずから自由に発揮せしめる所にあります。これまでの教育は功利生活に偏して居ましたが、私たちは、功利生活以上の標準に由って教育したいと思ひます。即ち貨幣や職業の奴隷とならずに、自己が自己の主人となり、自己に適した活動によって、少しでも新しい文化生活を人類の間に創造し寄与することの忍苦と享楽とに生きる人間を作りたいと思ひます」と新しい教育への高い理想宣言を記している。

ここまでの西村伊作の人生をたどってくると、伊作が七歳の時に、両親を即死させた濃尾地震のことから、一つの人生がずっと繋がってあることがわかる。伊作が両親を亡くし、母親の実家の「吉野の山林王」である西村家を継がなければ、自分の長女のために学校を設立するというようなことはできなかっただろう。熊野川大洪水の際の両親の活躍は伊作の心の中にずっと息づいていただろう。父親の大石家の人びとの他者を思う精神は大逆事件で殺された大石誠之助にも脈々と受け継がれていたし、大逆事件での大石誠之助の刑死が、与謝野晶子の文化学院学監就任まで導いていると考えることができるのである。

▽一度も使われぬままの新校舎

さて、その西村伊作を、もう一度、大きな地震が襲うのである。関東大震災だ。

関東大震災が起きた大正十二年（一九二三年）の四月に文化学院は新校舎建築に着手。七月には木造四階建の校舎が完成。同月には有島武郎が、軽井沢の別荘で人妻・雑誌記者、波多野秋子と心中しているのが発見されている。死後、一カ月ほど経過していた。その有島武郎は自作『生れ出づる悩み』を文化学院の生徒たちに講義してくれた先生だった。

文化学院は設立当初、二クラスの生徒を教育する設備しかなかった。三年目の生徒を入れるために校舎を建築したのだ。新築した校舎の教室の数が多かったので、その教室のいくつかを自分たちの住む部屋として、アパートメントのように使用する算段だった。生徒が増え、クラスが増えてきたら、その部屋をあけて自分たちは別に家を建てて住むつもりだったのだ。そのため西村伊作の妻、子供ら全部の家族が上京。ちょうど夏休み中で、生徒は来ないので、その間に自分たちの住む部屋を整備したのだ。でも西村伊作だけは、新宮で用事があるので、新宮に留まっていた。

九月一日、東京で大変な地震が起こったと町の人たちが話している。人びとが、東京にいる家族はどうだろうか、と言って心配顔で聞いてくる。もし東京が火の海になったら……西村伊作は閉まっている銀行を特別にあけてもらって金を引き出し、新宮を出発した。

名古屋へ行って汽車を乗り換え、中央線を行く。東海道線は不通なのだ。信州の松本駅に汽車が着いた時に、そこで降りた。この松本市に自分の家族が逃げてきているのではないかと思ったのだ。駅前にいる多くの避難民に、こういう人を見かけなかったかと自分の家族のことを聞いている。西村伊作は建築家として仕事もしていたが、自分が建築事務所を持っている時に、事務所の一員が松本に関係があって、時々、松本に行くので、その男が伊作の家族を松本に避難させたのではないかと思ったからだ。でも家族はいなかった。

列車はたいへんな混雑で、窓から乗り込まなくては乗れない。松本駅から、窓より乗り込み、篠の井駅まで行って、また降りて駅前の旅館で休んだ。西村伊作は篠の井の町で木綿の大きな布を買って、それに「西村家」と大きな字を書いて旗を作った。そしてまた窓から乗りこんで、東京に向かったが汽車は大宮までしか行かない。大宮駅前の商家の軒下に縁台のようなものがあり、そこで横になって一晩を過ごした。また汽車に乗り、「東京の町はずれの田端と言う駅」まで来て、汽車は止まった。西村伊作はその駅で降り、文化学院建築のため新宮から連れてきた大工の住んでいる家に行くと、幸いにも彼の家は焼けていなかった。西村伊作は大工の自転車を借りて、文化学院の方へ走った。

焼け跡の町を走って、文化学院に着いたが、学校は全部焼けてしまっていた。新築の校舎は一度も使われないまま、関東大震災で焼失してしまったのである。校舎が焼けてしまった文化学院には、誰もいなかった。焼け残った学校の門に家族の避難先が書いてあるのを見つけて、それによって家族が与謝野家へ避難していることがわかり、また自転車に乗って与謝野家に行った。西村伊作は、興奮した面持ちで与謝野家の玄関に立った。「すると私の家族が『わぁーお父さんが帰って来た』と言ってぞろぞろ出て来た」と、西村伊作は『我に益あり』の中で書いている。

西村伊作は、濃尾地震で両親をいっぺんに失っている。自分だけが家族と離れて新宮にいる時に、家族たちが関東大震災に遭って、またもや、自分は地震で家族を失ってしまうのではないか……そんな思いをずっと抱きながら、自分の家族のもとに駆けつけたのだ。

「すると私の家族が『わぁーお父さんが帰って来た』と言ってぞろぞろ出てきた」との、この西村伊作の言葉は、二重の意味で語られたものだろう。濃尾地震ではお父さんもお母さんも帰ってこなかった。でも関東大震災では、お父さんと家族が誰も失われることなく再会できたのだ。

▽与謝野鉄幹・晶子の家へ

落ちついて、西村伊作は家族から、地震の際の行動を聞いたようだ。

西村伊作の長女アヤの話が、上坂冬子『愛と反逆の娘たち　西村伊作の独創教育』（昭和五十八年・一九八三年、中公文庫、原題『伊作とその娘たち』）に記されているが、地震の当日は、二科会の招待日だったので、アヤたちは早昼をすませて出かけようと食卓から立ち上がり、椅子の背もたれに手をかけたその時……」に、ドシンと床から突き上げられるような震動があったという。

絵画が好きな島崎藤村の息子たち（鶏二と蓊助）も、この日の二科会の展覧会を朝から見に行って、昼少し前に帰って来ている。当時の二科会展というのは、始まると同時に多くの人たちがこぞって見に行ったということなのだろう。

縦揺れの後の激しい横揺れについて、アヤたちは文化学院新校舎に居住していたわけだが「家全体がマッチ箱の中味を抜いてきしませたように左右に揺れはじめた」と述べている。家の外に出てみると、ニコライ堂のドームは姿を消して、そこにはただ空だけが広がっていた。文化学院講堂のファイア・プレースの煉瓦の煙突が倒れて屋根を突き破り、グランドピアノを潰していたのである。

伊作の『我に益あり』には、アヤたちの母親の光恵がもう一度建物の中に入っていって、ベッドの上ですやすやと快く眠っていた、生後数カ月の八知《はっち》を連れだしたりした後、だんだん余震が少なくなったので、また家の中に入って寝るつもりだったが、あちこちから火の手があがり、文化学院からあまり離れていない所からも煙が上がり、そこで初めて、地震による火事が非常に恐ろしいものであることに皆が気づいたと記されている。

まず近くの師範学校に逃げ、そこも危なくなって、上野公園の方に逃げた。その晩は上野公園の野外の木の下で眠ったが、光恵は子供たちをみるためにほとんど寝なかったという。火災は翌日も続き、火はだんだん上野公園の方にも近づいてきて、上野公園も危ないので、また家族は手をつないで、歩きだした。群衆にもまれてつないでいる手が離れそうになるので、帯でくくりつけたり、それからコーモリがさへ、ふろしきをつけて旗をつくり目標にして歩いた。上京途中の西村伊作が、篠の井の町で買った木綿の大きな布で「西村家」と大書した旗を作ったのと、発想が似ている。

九段の靖国神社の境内にたどりつき、光恵が靖国神社の近くに与謝野家があることを思い出したが、すぐには家の場所がわからなかった。また野外で野宿していると、巡査が来て、西村家の家族に対して、「私も新宮の者です」と言って、非常に親切にしてくれたという。そのうち家族についてきていた一人の青年が、翌朝、与謝野家を捜してきて、家が焼けていないということがわかって、そこで与謝野夫妻の家に行ったのだ。

西村一家はそれから数日東京にいたが、与謝野家の友人に郵船会社の船客課長をしている人がいて、その会社の長崎丸がちょうど横浜に来て、またすぐ横浜から神戸に向けて出帆していくというので、与謝野家に紹介してもらって西村家も乗船することになった。

その際の印象的な話が幾つかある。一つは品川から、横浜まで、法外な料金をふっかけられたが、ともかく自動車二台に分乗して横浜に向かったが、片方の自動車のタイヤがパンクしてしまった。その自動車はパンクしたタイヤへつぶれた家からボロ布を拾ってきて、そのボロ布をタイヤに詰めて走ったという。

そして横浜も震災の被害がすごかった。正金銀行の建物の前にはたくさんの死人が真っ黒くなって入口の階段に腰かけたまま、ブロンズの群像のように見えた。その地下室にはたくさんの人が逃げ込んで、蒸し焼きになって死んでいた。

ようやく、長崎丸に乗り組み、夕方になって出帆すると、デッキに上品な身なりをした母親が四人ばかりの子供をずらりと整列させて、横浜の町へ向かって、じっと立って合掌して拝んでいる。西村伊作がその婦人に話しかけると、彼女の夫は横浜の税関長であったが、その税関長は震災のために亡くなったのである。船は翌朝神戸着。神戸からいったん京都の弟・真子の家に行ってしばらく滞在。その後、皆が新宮に帰っている。

▽めげるものは何もない

このように西村伊作は人生二度、歴史に残る大地震の被害を受けた稀有な人だが、関東大震災で、完成したばかりの新校舎が全く使われないまま焼失したにもかかわらず、意気軒昂だった。『我に益あり』は関東大震災後のことについて、こんなふうに書かれている。

「震災で学校が焼けてしまったあと、私はからだが弱いと思っていたのに急に元気になってきた。焼け太りという言葉がある。火事にあったりすると、人は活気が出て事業などをし、焼けない前より発展するようになるものである。それで私はすぐ学校を再建する気になった。新宮から木材を送らせて、前の校舎の地下室が残っていたからその上に建築した。木造の仮建築であった。日本では仮建築のことをバラックという。それは震災のときに、そういう仮建築の建物がたくさんできてから、日本でバラック（兵舎のこと）という英語を使うようになった」

この西村伊作の立ち直りの早さにも濃尾地震で両親をいっぺんに失ったという人生を生きてきた人の地震災害に対する強さを感じる。上坂冬子『愛と反逆の娘たち』にも、一人、新宮で関東大震災による東京全焼の噂を耳にした西村伊作が、「その瞬間、濃尾の大震災で七歳にして両親を失った自らの幼少時代を思い出し、ああ、また自分は一人ぼっちかと茫然とした」ということが書きとめられている。だが今度は、家族全員が無事だったのだ。全員が無事であれば、西村伊作にとってめげるものは何もないのである。

なんと震災の翌月には東京・東中野の日本女子高等学院の校舎を一部借用して、午後のみ文化学院の授業を再開。それに合わせて、長女・アヤ、長男・久二を上京させているし、さらにその翌十一月には文化学院の校地に再建途上の新校舎で授業を再開させている。

そして翌大正十三年（一九二四年）には文化学院のバラック二階建て校舎が出来ているし、さらに昭和十二年（一九三七年）には、西村伊作が設計した鉄筋コンクリート造り三階建ての新校舎を完成させているのである。

また与謝野晶子と関東大震災について一つだけ触れておけば、晶子は『新訳源氏物語』を出していたが、さまざま事情で訳に欠陥が多いものだった。そのため一からやり直して、源氏五十四帖のうち最後の『宇治十帖』を残すまで書き上げたが、文化学院に保管してあった原稿が関東大震災で灰燼に帰してしまった。だが与謝野晶子は、もう一度やり直し、さらに十五年以上かけて『新新訳源氏物語』を完成させている。

西村伊作の震災などに関する話は、以上のことで尽きているが、やはりこれだけは書いておかねばならないのは、昭和十八年（一九四三年）に不敬罪などで西村伊作が拘留、起訴されて、それにともなって、同年八月末日をもって、文化学院を突然閉鎖する命令が東京都からあったことである。

同年四月十二日、文化学院の第二十三回の入学式の早朝、大雨の日に、西村伊作の家に私服の刑事七人が黒の乗用車でやってきて、不敬罪ならびに言論出版集会結社等臨時取締法第十八条（時局に関し人心を惑乱すべき事項を流布したる者は一年以下の懲役若しくは禁錮に処す）違反の疑いで、西村伊作は拘禁され、八月四日、同罪で起訴された。

警視庁の警察官が、文化学院に来て、そっと西村伊作の講義を立ち聞きして、伊作の話の危険と思われるようなところを筆記していった、というようなことを西村伊作は『我に益あり』の中で話している。加藤百合『大正の夢の設計家　西村伊作と文化学院』によれば、その学院の「精神講座」（伊作の雑談）の速記録が証拠であったという。例えば、そこには「君主はどのようなものであるか。いろいろ学者の説があるが、私の考えて一番正しいと思うのは、君主は社交の中心人物であるという説である」というような発言があったことを加藤百合が紹介している。

▽「今度はちょっと長びくかな」

上坂冬子『愛と反逆の娘たち』での伊作の三女・ヨネは「偉い人でした、私の父は。警官が土足で家の中にあがりこんで父を連れていった様子を、私はこの目で見ていましたけれど、父はたじろぎもせず『良くても悪くてもパワーはパワーだ。今度はちょっと長びくかな』といいながら、車の窓から私たちにむかって手を振って去っていったんです」と証言しているし、五女・ナナの証言によれば、「父はその人たちを待たせておいて朝食をとり、すぐ帰ってくるといいながら背広に着替えて出かけていきました」という。

「今度はちょっと長びくかな」の「今度は」に対応するのは、あの弟・真子とモーターサイクルで叔父・大石誠之助に会いに向かって、東京で捕まった時のことだろうか。

そして、その不敬罪などで逮捕されるより三年前の昭和十五年（一九四〇年）は、その年の「紀元（皇紀）二六〇〇年」の記念行事にむけて、国を挙げて動いていたような年だったが、三月の学内報

「月刊文化学院」に西村伊作は「数字と偶像」という一文を寄せる。加藤百合『大正の夢の設計家 西村伊作と文化学院』によると、それは「紀元二千六百年は紀元後二千五百九十九年を経過したので、二千六百一年に於て二千六百年の歴史をもつわけである」と始まる文章である。

つまり黒川創『きれいな風貌』によれば、二十世紀の始まりは一九〇一年であるように、本来、祝い事は、正味の年月が過ぎてから、つまり、紀元二六〇〇年は、二六〇一年に祝われるべきものではないかと思うことを述べて、「文化学院を創立してから、今年は二十年目である。即ち、満十九年を経過したのである。だから今日の記念日には大げさなお祭り騒ぎをしなくてもよい。国を挙げて、実は世界全部を相手に緊張している時に、我々個人や、この小さな学校は、静かに、少しばかりの平和と楽しみとを許され得るのである」などと書かれている。

だが、文化学院の美術部長を長年務めてきた石井柏亭は、ある程度は国策に合わせていかねば、この非常時に学校を生きのびさせていくのは難しい、との現状認識の人だった。西村伊作と石井柏亭ら教員との対立が深まり、教員内部から、内務省に対して、この文章の検閲削除を求める声が出てきたことが、『我に益あり』に記されている。

当初は担当の警視庁検閲課でさえ、それほど目くじらを立てるような内容ではないではないか、との反応だったが、結局、それほど言うなら、というようにして、削除の処分が下ったという。これ以後、伊作と石井柏亭、柏亭に同調する教員、さらに柏亭を支持する在校生・卒業生とが激しく対立していったのである。

そして、同年五月六日には長年女学部長を務めてきた与謝野晶子が、自宅で入浴中に脳溢血を再発して倒れて、翌年二月には石井柏亭、河崎なつらが文化学院を辞職。文化学院の二十周年の同年四月には校長を長女アヤに譲って、名誉職的な「校主」に退かなくてはならなくなっていた。そして翌昭和十七年（一九四二年）の五月二十九日には、伊作の深い理解者だった与謝野晶子が六十三歳で死去している。（ちなみに与謝野鉄幹は昭和十年（一九三五年）に六十二歳で死去）

▽突然閉鎖命令

そのように西村伊作の孤立が深まる中での昭和十八年（一九四三年）四月十二日、文化学院の第二十三回入学式の当日早朝の西村伊作の逮捕、拘留だったのだ。

裁判は秋から始まったが「ほとんど罪になるような事件でないから大丈夫であろう」「執行猶予をいい渡されるであろう」と伊作自身、そんな希望を抱いていたようだ。だが判決は、懲役一年の実刑だった。伊作は上告（不敬罪は二審制）するとともに、保釈を申し入れたが、なかなか許可にならない。アヤの米国留学時に世話になった元シカゴ領事で、外務省の市河彦太郎が、伊作には大動脈瘤の持病があると訴えて奔走、身元引受人に自身が名乗り出てくれて、十月二十三日、半年ぶりに保釈されて、家に帰っている。

だが上告審の日程はいっこうに決まらず、ようやく昭和二十年（一九四五年）三月二十六日に始まるはずだったのが、同年三月十日の東京大空襲で、当時の東京控訴院の庁舎も裁判記録もすべて焼けてしまった。その後は裁判が開かれることもなく、日本の敗戦とともに伊作の不敬罪などについてはうやむやのうちに消えていくのである。

突然閉鎖命令を受けた文化学院の建物のほうの運命も記しておくと、巣鴨拘置所にいた西村伊作のところに陸軍参謀本部の者が面会にきて、文化学院の建物を陸軍に貸してくれと言い、拒む手立てもない伊作が受け入れると、陸軍参謀本部駿河台分室が開設されて、外向きには「駿河台技術研究所」のという表札が、「文化学院」の表札にかわって掲げられた。対敵謀略ラジオ放送「日の丸アワー」の拠点として使ったのだ。敷地奥の校舎が、放送に従事させられた連合軍俘虜たちの居住区だった。

西村伊作の逮捕、拘留、起訴。文化学院の突然の閉鎖命令。それについて西村伊作の長女アヤは必ずしもその原因を伊作と、石井柏亭との対立から発したものではないのではないかと考えていたことが、上坂冬子がアヤらから取材した体験を通して、『愛と反逆の娘たち』に記されている。つまり「文化学院の建物そのものに執着した陸軍が、周到な筋書きによって伊作を巣鴨に送り込み、留守をねらって接収したのかもしれない」というのだ。

そのようなことは、当時、言われていたことのようで、『我に益あり』の中でも西村伊作自身が「私が拘置所にいる間に、私の経営している文化学院が閉鎖を命ぜられ、それが新聞へも大きく書かれた。自由主義の教育はいけないという理由のほかに、何か学校の中が乱れているふうに宣伝してあったけれども、それは文化学院を閉鎖させたいために無理につけた理由であって、文化学院を閉鎖して、その建物を政府側のある者が取りたいと思ったからである。その目的のために私は拘禁されているのであった」と語っている。

▽日の丸アワー

濃尾地震によって両親をいっぺんに失った西村伊作が、再び関東大震災の被害にも遭ったが、今度は家族全員が無事だったことから、まったくくじけることなく、文化学院を復興させ、昭和十二年（一九三七年）には、伊作自身設計の鉄筋コンクリート造り三階建ての校舎を完成させたが、その建物が対敵謀略ラジオ放送用の拠点の建物として、国から狙われたということなのだ。その中庭を囲んで、コの字型に鉄筋コンクリートの校舎が並んだ文化学院は入口のアーチに扉をつければ中の様子は全く分からなかった。その建物構造に軍が目をつけたということのようだ。

さらに、この文化学院の建物には、後日の話もある。『きれいな風貌』に紹介されているが、この文化学院の校舎は、東京大空襲でも、幸い、無傷で残った。相次ぐ東京空襲の下、神田界隈で、駿河台一円だけが焼け残ったのには理由があった。その駿河台分室（文化学院校舎）に「俘虜を収容していることはアメリカ側も知っていたから、東京を爆撃するB29の東京の地図には、駿河台だけ赤く染めてあって、爆撃しないように命令が出ていたのである。それで、町会の方に、俘虜のいたことについてあとで感謝された」。そんなことを謀略ラジオ放送の制作責任者を務めた池田徳眞が『日の丸アワー』の中で述べている。

敗戦から数日して、アヤが文化学院の様子を確かめにいくと、入口のアーチは大きな板壁で閉ざされていた。だが、そこにはスウェーデン語のシェルベリ（Kjellberg）という社名が、大きく黒々と記されていた。西村伊作の三女ヨネの夫、カート・リーベルが、今度はこの建物が進駐軍の占領米軍に接収されないように、機転を利かせて、いち早く、自分の会社が借り受けた体裁にしたのだ。

そして、西村伊作や子供たちの何人かも文化学院の校舎の一部に住み始める。ヨネの夫、カート・リーベルが日本支社長を務める貿易会社シェルベリ社、アヤの夫、石田周三がかかわる全日本科学技術連盟（全科技連）、戦災で建物を失った語学学校のアテネ・フランセなどが、文化学院の校舎内に間借りを始める。昭和二十一年（一九四六年）一月に創刊される雑誌「近代文学」の同人たち、つまり本多秋五、埴谷雄高、荒正人、平野謙、佐々木基一、山室静、小田切秀雄たちが、全科技連の部屋に又借りのように居候して、編集会議を開いていく……。もうこの後、西村伊作が災害に遭うことはないのである。

▽自由思想家さ

西村伊作は戦前・戦中に時局と、したたかに闘ったが、しかし西村伊作の時代が到来したとも言える戦後となっても、世の前面に出るという人ではなかった。西村伊作と、その家族らしい話をいくつか紹介して、西村伊作の思想を考えてみたい。

佐藤春夫に『我に益あり・西村伊作自伝』の出版を記念して「文化学院新聞」に寄せられた「わが伊作さん」という文章がある。佐藤春夫と西村伊作は新宮で家も近かったが、年は佐藤春夫のほうが八歳も年下である。しかし佐藤春夫は西村伊作の知遇を受けるようになる。「わたしが中学校の小生意気な不良学生だといふことが、わがつむじ曲がりの伊作さんの気に入ったものと見える」と佐藤春夫は書いている。

伊作は、身の上話を面白く佐藤春夫に語る人だったらしい。広島の中学校で制服というバカゲたものにあいそをつかし、アメリカへ渡って勉強することを思い立ち、アメリカへ行ったら、アメリカ人が「お前は何者か、クリスチャンか、ナショナリストかソシアリストか」などと問うので、伊作は一語、「自由思想家さ（オンリー・フリー・シンカー）」と答えてやったという。「この一語こそ彼の自画像の最も簡略に正確な素描であろう」と佐藤春夫は記している。

「つむじ曲がり」の中心に「自由思想家」としての西村伊作がいたのだ。この「つむじ曲がり」ぶり、「自由思想家」ぶりは、筋金入りで、いくたのエピソードを残している。

六女の九和（クワ）の話が語る西村伊作像が、上坂冬子の『愛と反逆の娘たち』に、次のように書きとめられている。

「何しろ天の邪鬼というのかしら。父は人と反対のことをことさらに言う人で、例えば皆に美人といわれる女の子のそばへ行って、あんた皆が美人だって言うけど私はそれほどに思わんけどねえなんてわざと言ってみたり、自他共に不美人と認めている子のところへ行って、君は実にいい表情をしている、訴える目をしている、雰囲気全体がとてもいいよとほめそやしたりするんですよ」

家族や周囲の奔走によって、ようやく保釈となって、巣鴨から出てきたときの天の邪鬼ぶりもすごい。「帰宅するなり巣鴨の拘置所の生活はとてもいい、ああいうところの生活は非常におもしろく、自分の一生に非常にいい経験であったと、さも私が拘引されたことを楽しかったというふうに言った」という。

当然、家族の全部がそれを不思議な顔をして聞いていて、伊作の言うことを喜ばなかった。「私は拘禁された間、非常に苦しくつらかった、出してもらって家へ帰れたことが非常に嬉しい、と言って皆に心配をかけたお礼を言わなければならなかったのに、私は自分の思ったことを正直に言って、人に対するお礼などは言うことができない性分である」と伊作自身が語っている。伊作の天の邪鬼、つむじ曲がりぶりの根はほんとうに深い。でも、この心の形、素敵ではないだろうか。

▽一番高い神様を買って来い

その巣鴨の拘禁生活をさも楽しそうに語った時、それを聞いていた五女のナナは「私の態度を見て、そういうことを不満に思ったのか涙を流して泣いた」と西村伊作は語っている。ナナも上坂冬子の取材に対して「あたしは情けなくなって泣いちゃったの覚えているわ」と語っている。だがその上坂も「ナナはしきりに伊作をなじってみせたが、その口調には父親へのいたわりと思慕がかくしきれない」と加えている。この父と娘の互いの自省的な言葉の中にほんとうの西村伊作像があるということなのだろう。

この度はご心配かけましたなどとは、どう間違っても口にできないのが伊作の伊作たるところだと百も承知のナナの発言であることを上坂は記した後、こんな伊作の発言もナナから引き出している。

巣鴨から出てきた、その日、西村伊作は出迎えの人から謹慎の態度を見せるためにせめて神棚を用意してはどうか、とすすめられる。それに対して、伊作は「よし誰かデパートへ行って一番高い神様を買って来い」と豪語したという。上坂冬子は「西村伊作の不敬罪の周辺をいま幻燈でもみるように次々にさぐり出しながら、私は踏絵の試練に立った自由主義者の貴重な記録をひもとく思いである」と書いている。

そして、敗戦。戦後は伊作にとって、自由な時代が来たとも言えるのだが、そんな世間の単純、真っ直ぐな見方では、とても見通せないものを西村伊作という人物は持っていた。

上坂冬子の『愛と反逆の娘たち』には、アヤの証言による、終戦直後の文化学院を訪れる人々の話も記されてある。いろいろな人が西村伊作を訪ねてきて、「貴方は立派でしたなどと慎しんだ面持ちで頭を下げる方」「さあ、これから貴方たちの我が世の春ですねといった意味の事を少しニヤリとしながらいう人びともあった」という。だが伊作や西村家の家族の者たちは、こういう外からの言葉をうれしくないものとして聞いていたようだ。

そして、そんな変転するこの状況の中で、西村伊作は「わしはこれからマッカーサーに叱られるようなことをするんだ」と宣言したという。

▽ピンクのリボン

最後に、西村伊作の姿を最も髣髴とさせると感じているエピソードを記して、この章を終わろうと思う。

西村伊作は長女・アヤの教育のために文化学院を作ってしまった人である。長男にも「久二」と名づけたのは、二番目に生まれた子どもだからだ。何番目に生まれた子どもでも、最初に生まれた男の子には、「太郎」と名づけたりするのは、現代でもよくあることだが、そうではなくて、女の子も男の子も、子どもとしての価値は同じだと考えていた人であることがよくわかる。そして、伊作は戦争中も自分の娘たちに英語とフランス語を学ばせた。伊作の娘は六人中、四人が外国人と結婚しているのである。

さて、文化学院卒業の俳優に木村功がいる。妻で女優・エッセイストの木村梢（作家・邦枝完二の長女）も文化学院卒だが、木村功が上坂冬子の取材を受けて、戦中の文化学院の姿について、こんなことを語っている。

昭和十六年（一九四一年）、つまり真珠湾攻撃、太平洋戦争勃発の年の春、木村功は佐藤春夫から文学の講義がきけるというだけで胸をわくわくさせて、広島から上京してきた。御茶ノ水の駅でおりると、人びとの服装は紺かカーキ色だった。ところがその中にピンクのリボンをひらひらさせた娘たちが、舞うように文化学院のアーチをくぐっていくのだった。驚かされたのはリボンだけではない。学院の男子生徒の中にゲートルを巻く者は一人も居なかったという。時間割に軍事教練は一時間もなく、当時としてはあり得ない話だった。

「佐藤春夫の講義は期待通りの重さがありました。久留米絣で作ったワイシャツを着て、実に訥々と語られるんですが、ああこの学院に入ってよかったとしみじみ思いましたね。ウン、そういえば佐藤春夫も伊作先生も、休み時間は大てい女の子の肩を抱いて歩いていたなア」と木村功は述懐している。

そして、与謝野鉄幹・晶子夫妻の高弟で、文化学院で短歌を指導した歌人の岩野喜久代が『愛と叛逆──文化学院の五十年』に再録された「西村伊作先生を憶う」の中にこんなことを記している。岩野喜久代の長女ハンチントン・文世も文化学院卒だが、「私は娘を文化学院で育てて頂いたことが、彼女の生涯の幸福をもたらしたと今も信じている」と述べている。長女文世は最初、古風な躾のやかましい学校に入って、超国家主義、超精神主義の横行する暗い世代の意地の悪さを虚弱な心身に受けとめかねていたようだ。それが文化学院に通うようになって、心身共に暖風に氷がとけるような好成績となったという。

「怠けて遅刻するのはいけないけれど、どうしても具合がわるくて遅刻するのは許して上げる」という態度で、西村伊作は生徒たちに接したようだ。その学期に岩野の長女文世は四十八回遅刻したけれど、伊作は叱らず、文世も電車の乗降もうまくなって、殺人電車にのれないと泣いた長女が、十六歳の年には単身で国外へ行くほどの勇気と自信を持つ人間に成長したという。

西村伊作は「文化学院の門を一歩入れば罰はない」「誤ちを犯した子は叱らずにいたはってやる。さうすると心の病気が早く回復する」とよく言っていたという。

そして、西村伊作と文化学院の女子生徒とのこんなやりとりを岩野喜久代が書きとめている。それは戦後の何かの集まりの際のこと。「卒業生の若い娘たちがドヤドヤと西村先生を囲んで、〝今日は〟の挨拶代りに〝イサク！〟と叫んで手をふったのを目撃した」というのだ。若い娘たちに「イサク！」と叫ばれて、それに応える西村伊作のスマートさも、板について、「何と爽やかで清新な、外国映画の一場面みたいなハイカラさだらうと微笑せずにはゐられなかった」と岩野は記している。

加藤百合は『大正の夢の設計家　西村伊作と文化学院』の「あとがき」の中で、人は誰も人生のごく早い時期に自分の幸せの原型ができることを記し、伊作も「自分の子供たちの幼年時代を守ることを『最も大切な仕事』とした」と書いた。自分の子供を学ばせるために文化学院を作った西村伊作の心の中に、濃尾地震で一人助かった幼い伊作自身の姿があったであろう。

この卒業生の若い娘たちから、「イサク！」と叫び呼ばれる西村伊作、それにスマートに応える西村伊作の姿に、私は西村伊作の面目躍如たるものを感じるのである。

数多くの試練の中を生き、柔軟に、自分の一貫した世界を保ち続けることはとても難しい。西村伊作は数少ない人物の一人であることは間違いないだろう。西村伊作に多くの資産があったことは事実だが、それらを割引いたとしても、過酷な時代の中に、自分の夢を貫いて生きた人は、決して多くはない。

西村伊作は昭和三十八年（一九六三年）二月十一日、七十八歳で亡くなっている。文化学院は平成二十六年（二〇一四年）、東京・両国に移転した。

風土に合った耐震建築の追究——寺田寅彦

「天災は忘れた頃にやって来る」。自然災害に関して、これほど有名な言葉はないだろう。高知市の寺田寅彦記念館（寺田邸跡）の前の記念石碑には「天災は忘れられたる頃来る」とあり、寺田の言葉として知られるが、だが寺田が書き残したものに、これらの言葉はない。そのこともかなり知られるようになっている。石碑の言葉は寺田の考えていたことについて書いた弟子の中谷宇吉郎の随筆名からつけられたという。その寺田寅彦の考えていたこととは何か。そのことを紹介したい。

寺田寅彦は、明治四十二年（一九〇九年）一月十二日、満三十歳で東京帝国大学助教授となり、その二カ月半後、ヨーロッパ留学に向けて出発した。ベルリンを拠点に、フランス、イギリス、アメリカを経由して、明治四十四年（一九一一年）六月二十二日に帰国するまで、二年三カ月の留学生活である。

▽同じ船に乗り合わせる

寺田寅彦は、明治四十二年（一九〇九年）三月二十九日にドイツ汽船、プリンツ・ルドウィッヒ号に神戸から乗船したのだが、この船には、たまたま二十四歳の西村伊作も乗り合わせていた。西村伊作は同年の春ごろ、アメリカのハイスクールに留学中の次弟大石真子から、肋膜炎になったという手紙を受け取り、これを口実に祖母もんを〝これは非常にあぶない病気なので、どうしても自分が真子を日本に連れて帰らなければならない〟と説得して、外遊の許しを得たのだ。

黒川創『きれいな風貌――西村伊作伝』によると、当時日本からの移民労働者の増加が社会問題化するにつれ、アメリカへの入国には旅券が必要とされるようになっていた。だから西村伊作も旅券申請をしたのだが、不許可となってしまった。「平民新聞」への西村伊作の関与が知られていたのと、アメリカの日本人排斥の動きも影響しているようだった。

しかし、西村伊作はヨーロッパなら旅券なしで行けることを知っていた。そこで彼はまずヨーロッパに渡航して、現地の在外公館で米国行きの旅券を調達して、そこから米国の真子のところに向かうという世界一周の旅を思いついて、すぐ実行に移したのだ。ピンチな状況を、最良なことへのチャンスと転換させる、この西村伊作の感覚は一貫している。

同年三月二十七日、プリンツ・ルドウィッヒ号の一等船室を占めて、横浜港を西村伊作は離れる。まもなく四月一日ごろ、西村伊作は同船の二等船室で、二人の日本人青年に会う。それが東京帝国大学助教授になったばかりの寺田寅彦と、同室の理学士・友田鎮三だった。寺田寅彦たちと西村伊作は、気が合ったのか、寺田寅彦の日記にしばしば西村伊作のことが登場する。

寺田寅彦の日記「西遊紀行」によると、船が寄港するたびに、寺田、友田、西村で香港の町を歩いたり、シンガポールの町などを歩いたりしている。特に西村伊作が勝手知ったるシンガポールでは「西村氏が案内してやろうといふので一処に行く」とあって、西村は年長の寺田、友田の二人を案内して歩いている。「西村氏の知合の支那人の店を尋ねて絵葉書を少し買ふ」と記してあるし、コロンボでも「西村氏も誘ふて会社のランチに乗り上陸す」とあり、さらに現地の案内人が「西村氏の英語はうまいが友田氏のはno goodだといふ」などとも書かれている。イタリアに入ると、五月一日には送別会が開かれ、西村伊作がみなにシャンパンを奢った。一等船室といい、シャンパンといい、西村伊作がお金に苦労したことのない人であることはよくわかる。その翌日、西村伊作はナポリで下船している。

このように、たまたま同じ船に乗り合わせた者同士ならではの寺田寅彦と西村伊作の親しさが、よく伝わってくる「西遊紀行」なのだが、この二人の間に「濃尾地震」というものを置いてみると、互いに強く結ばれた関係にあることもわかるのである。

▽お雇い外国人の煉瓦造り

西村伊作が七歳の時、明治二十四年（一八九一年）十月二十八日朝に、父母と名古屋のチャペルで朝の祈禱中に濃尾地震（M８・０）が発生。両親と一緒に避難する途中、落下してきたチャペルの煉瓦が父母を直撃、即死してしまったことから、西村伊作の人生が大きく変化していったことは、前章で紹介した通りだ。

この濃尾地震は日本の内陸部で起きた近代以降最大（史上最大とも）の直下型地震だが、それは建築物の歴史の上で、「日本における近代」というものに、大きな疑問が最初に突きつけられた出来事でもあった。名古屋郵便電信局など公共建築物の多くは、文明開化の象徴である煉瓦造りだったが、その多くが崩壊したのだ。

明治時代は法律、行政、経済、文化など、多岐にわたって西洋のものが導入され、近代国家を目指す時代だった。その中で、お雇い外国人の指導で建築物は煉瓦を積み上げる構造物が採用された。しかし、この構法は地震の少ない西洋のもので、揺れに対して、脆弱だった。地震の多い日本では耐震性が不足していて、通用しない工法だったのだ。

「今もいきる、濃尾地震」(中部建設協会)によると、濃尾地震の際、愛知郡熱田(現・名古屋市熱田区)の尾張紡績では、工場の真ん中から崩れた煉瓦で三十五人が圧死、一三〇人が負傷。名古屋電燈会社も煉瓦造りの機械館と大煙突が崩壊し、当分の間電気の供給が不能となった。

濃尾地震の死者は七二七三人だが、震源から遠く離れた摂津(現・大阪府)でも二十三人の死者が出ている。これは煉瓦造りの浪花紡績会社が崩壊したことによる死者である。文明開化の象徴である煉瓦造り建築は、日本の風土に合わず、耐震性においてそれほどまでに脆弱だった。西洋文明をそのまま信じることが非常に危険であることが、濃尾地震で明らかになったのである。

そして、西村伊作の両親が亡くなったのも、教会の煉瓦造りの暖炉の煙突が屋根の上から崩れ落ちてきて、父親は後頭部、母親は前額部を打ち砕かれて即死したのだ。

濃尾地震によって、西欧直輸入の煉瓦造り建築の大問題が露呈し、これを契機に日本の風土に合った耐震建築の追究が始まった。地震発生後、一カ月あまりのうちに、貴族院において震災予防調査機関の設置建議案が可決成立。地震の原因究明、耐震建築、地震予知などの研究を行うための機関を国がつくるべきとの考えで、これを受けて文部省に「震災予防調査会」が濃尾地震の翌年、明治二十五年(一八九二年)に設置されている。

つまり日本が近代化していく中で、初めて遭遇した巨大地震、この濃尾地震から日本の耐震設計の歴史は始まったのだ。建築物の敷地・設備・構造・用途について、その最低基準を定めた法律として、建築基準法(昭和二十五年)が、よく知られているが、その源流をたどると、この濃尾地震に行き着くのである。

西村伊作の次弟大石真子は明治三十九年(一九〇六年)二月十日に米国留学に向けて横浜から出航

しているが、その年の四月十八日には、サンフランシスコ大地震（M７・８）が発生。大石真子は、この時、ロサンゼルスにいたが、幸徳秋水がたまたまサンフランシスコに滞在していて、その時に見た被災下の状況から、幸徳秋水の思想が急進化していくことは、前章でも紹介した。このサンフランシスコ大地震を知って、日本から建築家で構造学者の佐野利器、地震学者の大森房吉、建築学者の中村達太郎らが派遣されて、現地調査を行い、どのような構造物が耐震性に優れているかという報告がされている。

また東京タワーの設計者として知られる内藤多仲が、大正十一年（一九二二年）に耐震壁による耐震構造理論を考案、その理論を用いて日本興業銀行本店（渡辺節設計）の構造を設計。その竣工からわずか三カ月後に関東大震災が起きたが、それほど離れていない当時の丸ビルが内外の壁に亀裂が入るなど大きな被害を受けるなか、日本興業銀行本店はほぼ無傷で耐えた。このような建築物の耐震性研究を促していく出発点となったのが濃尾地震なのである。

さて、寺田寅彦のほうの年譜を見ていくと、明治三十六年（一九〇三年）、それは東京帝国大学物理学科を卒業して大学院に進んだ年だが、その時、二十四歳の寺田寅彦は、震災予防調査会の委嘱を受けて、自分が少年期を過ごした高知の海水震動調査を行っているし、翌年にも震災予防調査会の委嘱で、熱海、宮城（塩釜）、岩手（両石、釜石、吉浜）に出張している。さらにヨーロッパ留学中の明治四十三年（一九一〇年）にも震災予防調査会の委嘱で、ロンドン博覧会を見るためにロンドンに滞在するなど、濃尾地震を契機に作られた震災予防調査会とのつながりがとても深い。この延長線上に「天災は忘れた頃にやって来る」という伝説的な言葉があるのである。

このように寺田寅彦と西村伊作は、濃尾地震で結ばれているとも言えるのだ。果たして、二人は日本からヨーロッパまでの船上で、また寄港地を散策中に、地震の話をしたのだろうか。寺田寅彦の

『西遊紀行』を読む限り、その点はわからない。

▽忘れられてしまった「相地術」

そして、寺田寅彦が留学中、ドイツの町を歩いていたとき、「空洞煉瓦一枚張りの壁で囲まれた大きな家が建てられているのを見て、こんな家が日本にあったらどうだろう」と言って、友人らと話したことが「颱風雑俎」という一文に記されている。さらにドイツの「ナウエンの無線電信塔の鉄骨構造の下端がガラスのボール・ソケット・ジョイントになっているのを見たときにも胆を冷やしたことであった」と寺田寅彦は続けている。

「颱風雑俎」は昭和九年（一九三四年）九月に高知県に上陸し、死者行方不明者合わせて約三千人を出した室戸台風について、寺田寅彦が書いたものだが、その中で、ドイツ留学中に抱いた思いを記す前には、こんな言葉が置かれている。

「昔は『地を相《そう》する』という術があったが明治大正の間にこの術が見失われてしまったようである。颱風もなければ烈震もない西欧の文明を継承することによって、同時に颱風も地震も消失するかのような錯覚に捕われたのではないかと思われるくらいに綺麗に颱風と地震に対する『相地術』を忘れてしまったのである」と寺田寅彦は書いている。さらに、ドイツの建物への感想に続いて、こんなことも加えている。

「しかし日本では濃尾震災の刺戟によって設立された震災予防調査会における諸学者の熱心な研究によって、日本に相当した耐震建築法が設定され、それが関東震災の体験によってさらにいっそうの進歩を遂げた。その結果として得られた規準に従って作られた家は耐震的であると同時にまた耐風的であるということは、今度の大阪における木造小学校建築物被害の調査からも実証された。すなわち、昭和四年三月以後に建てられた小学校は皆この規準に従って建てられたものであるが、それらのうちで倒潰はおろか傾斜したものさえ一校もなかった」

だが、寺田寅彦の最も述べたいことは、次の言葉のようなものではないだろうか。「このように建築法は進んでも、それでもまだ地を相することの必要は決して消滅しないであろう。去年の秋の所見によると塩尻から辰野へ越える渓谷の両側のところどころに樹木が算を乱して倒れあるいは折れ摧《くだ》けていた。これは伊那盆地から松本平へ吹き抜ける風の流線がこの谷に集約されしたがって異常な高速度を生じたためと思われた。こんな谷の斜面の突端にでも建てたのでは規準様式の建築でもまったく無難であるかどうか疑わしいと思われた」というのだ。

寺田寅彦が言いたいことは、欧州と日本の風土の違いである。日本独特の風土のことである。

▽吊り橋の上にかかった日本の国土

昭和十年(一九三五年)五月に、箱根に修学旅行に来た岐阜県立大垣女子校の生徒約五十人が記念撮影のために、渓谷にかかる高さ十メートルの吊り橋の上に並んだところ、ワイヤが切れて墜落した事故に触れて、寺田寅彦は「災難雑考」というものを書いている。その中で寺田寅彦は「平生地震の研究に関係している人間の眼から見ると、日本の国土全体が一つの吊り橋の上にかかっているようなもので、しかも、その吊り橋の鋼索が明日にも断たれるかもしれないというかなりな可能性を前に控えているような気がしない訳には行かない。来年にもあるいは明日にも、宝永四年または安政元年のような大規模な広区域地震が突発すれば、箱根の吊り橋の墜落とは少しばかり桁数のちがった損害を国民国家全体が背負わされなければならない訳である」と記している。

また東日本大震災(二〇一一年三月十一日)の発生後、寺田寅彦の著作がたくさん再編集されて出版されたが、その中で、最も読まれた文章の一つに「天災と国防」というものがある。

これも昭和九年九月に襲来した室戸台風の直後に書かれたものなので、「颱風の襲来を未然に予知し、その進路とその勢力の消長とを今よりもより確実に予測するためには、どうしても太平洋上ならびに日本海上に若干の観測地点を必要とし、その上にまた大陸方面からオホツク海方面までも観測網を広げる必要があるように思われる。しかるに現在では細長い日本島弧の上に、云わばただ一連の念珠のように観測所の列が分布しているだけである」という気象観測網の充実などの提言が記されている。

だが東日本大震災後に、この寺田寅彦の文章を読んでみると、一番迫ってきたのは次のような言葉だ。まず寺田寅彦は、人類がまだ未開人だったところから、説き起こしている。

「人類がまだ草昧の時代を脱しなかった頃、岩丈《がんじょう》な岩山の洞窟の中に住まっていたとすれば、大抵の地震や暴風でも平気であったろうし、これらの天変によって破壊さるべき何らの造営物をも持ち合わせなかったのである。もう少し文化が進んで小屋を作るようになっても、テントか掘立て小屋のようなものであって見れば、地震には却って絶対安全であり、またたとえ風に飛ばされてしまっても復旧は甚だ容易である。とにかくこういう時代には、人間は極端に自然に従順であって、自然に逆らうような大それた企ては何もしなかったからよかったのである」という。

これは誰でも異論はないだろう。そして、寺田寅彦はこう述べる。

「文明が進むに従って人間は次第に自然を征服しようとする野心を生じた。そうして、重力に逆らい、風圧水力に抗するような色々の造営物を作った。そうして天晴《あっぱ》れ自然の暴威を封じ込めたつもりになっていると、どうかした拍子に檻を破った猛獣の大群のように、自然が暴れ出して高楼を倒壊せしめ堤防を崩壊させて人命を危うくし財産を亡ぼす。その災禍を起こさせたもとの起りは天然に反抗する人間の細工であると云っても不当ではないはずである、災害の運動エネルギーとなるべき位置エネルギーを蓄積させ、いやが上にも災害を大きくするように努力しているものは誰あろう文明人そのものなのである」

▽文明が進むほど天災による損害も累進する

さらに続けて、こんな言葉を寺田寅彦は記しているのだ。

「もう一つ文明の進歩のために生じた対自然関係の著しい変化がある。それは人間の団体、なかんずくいわゆる国家あるいは国民と称するものの有機的結合が進化し、その内部機構の分化が著しく進展して来たために、その有機系のある一部の損害が系全体に対して甚だしく有害な影響を及ぼす可能性が多くなり、時には一小部分の傷害が全系統に致命的となり得る恐れがあるようになったということである」

東日本大震災に伴う東京電力福島第一原発事故を考えると、この寺田寅彦の言葉は、我々に、実に重く響いてくるのである。

そして、この「天災と国防」には、次のような言葉も記されている。

「文明が進むほど天災による損害の程度も累進する傾向があるという事実を十分に自覚して、そして平生からそれに対する防御策を講じなければならないはずであるのに、それがいっこうに出来ていないのはどういう訳であるか。その主なる原因は、畢竟そういう天災が極めて稀にしか起こらないで、丁度人間が前車の顚覆を忘れたころにそろそろ後車を引き出すようになるからであろう」

この文章から「天災は忘れた頃にやって来る」という言葉までは至近のものである。

「天災は忘れた頃にやって来る」を寺田寅彦の言葉として、よく受け取ってみれば、天災に遭いながら、その教訓をすぐ忘れがちな人間への警告が含まれていることがわかる。日本人の健忘症に対して、こんなに天災の多い国なら「科学的国防の常備軍を設け、日常の研究と訓練によって非常時に備えるのが当然」と「天災と国防」で提言しているのだ。

寺田寅彦が指摘したように、自然災害が文明の進歩によって、国家、国民の有機的結合の進化によって、その有機系のある一部の損害が系全体に対して甚だしく有害な影響を及ぼす可能性が多く、一小部分の傷害が全系統に致命的となりうる恐れがあるようになった時代を我々はまさに生きている。

そして、日本という国は、国土全体が一つの吊り橋の上にかかっているようなものなのである。しかも、その吊り橋のワイヤがあすにも断たれるかもしれないというかなりな可能性をもっている風土の中にあるのである。

このことを、我々は「忘れて」はいけないのだ。

章の最後に、寺田寅彦と西村伊作の関係について、少しだけ加えておきたい。二人が地震をめぐって、どのような会話をしたのかは、分からない。だが寺田寅彦と西村伊作の関係は、たまたま同じ船に乗り合わせただけの関係で終わってはいないのである。

西村伊作が開いた文化学院の講師を寺田寅彦は務めているし、与謝野晶子の「文化学院の設立について」によれば、「数学科で理学博士寺田寅彦先生の御意見に由って第一年級より代数を教えるというような特殊の新教育法を他の諸科においても断行致します」と書かれている。さらに昭和七年（一九三二年）の春には、寺田寅彦の三女雪子が文化学院に入学している。

そんな関係からすると、おそらく濃尾地震や関東大震災について、二人が話す機会もあったのではないかと思うのである。

対立する地震学者の運命を分けた関東大震災
――吉村昭、寺田寅彦

大森房吉と今村明恒。この二人の対立する地震学者の運命を関東大震災が分けた。いや分けたというより、その評価を一挙に逆転させたというべきかもしれない。十万人余の死者を出した、この大震災を克明に描いて菊池寛賞を受けた吉村昭の『関東大震災』（一九七三年刊）は、冒頭と巻末に、この二人の地震学者の対立と、その結末を記している。

東京帝国大学地震学教室の教授である大森房吉は地震学界の第一人者。大森は明治元年（一八六八年）福井に生まれ、東京帝国大学物理学科卒業後、日本の近代地震学研究の端緒をひらいたイギリス人、ジョン・ミルン、同大学教授の関谷清景の指導を受けて、地震学研究の道に入った人だ。大森式地震計といわれる水平振子微動計などの発明、地震帯の発見、余震の研究、初期微動と震源距離の関係式（大森公式）など、その業績で「ノーベル賞候補にあげられる話さえ伝えられたほどだった。つまりかれは、日本の地震学研究の最高権威であると同時に世界地震学界の第一人者でもあった」と吉村昭は書いている。

この本の田山花袋の章で、花袋の兄、田山実が地震史の調査を依頼され、古文書などから地震関連の史料を収集したことを紹介した。それを依頼したのが、関谷清景であり、その史料をもとに「大地震概要」を表したのが、関谷のあとをついで、地震学教室の主任教授になった大森房吉である。田山実の業績はその後の『大日本地震史料』に発展している。

一方の今村明恒は明治三年（一八七〇年）鹿児島生まれ。大森と同じ東京帝国大学物理学科を卒業して、大森の下で、地震学教室の助教授を務めていた。しかし当時の地震学教室の助教授は無給で、今村は陸軍士官学校の教官として勤めながらの地震学研究だった。大森、今村は二年違いの先輩・後輩の関係だったが、大森は有給の教授であり、今村は二十三年間も無給の助教授だった。見方を変えれば、地震学というものが、まだそれほど重要視されていなかったということかもしれない。

▽長期間続く大きな軋轢

この大森、今村の対立は、母校である「東京大学地震研究所」のホームページにも「明治・大正期の日本の地震学を代表する大森と今村ですが、二人の間には長期間続く大きな軋轢がありました」と記されているほど、有名な対立だった。

その対立の原因は学説上の対立、防災についての基本的な考え方の相違と、感情的な齟齬とに分けられるという。

学説上の対立が最初に起きたのは、明治二十九年（一八九六年）の明治三陸地震（M8・2）の津波がきっかけだった。津波はなぜ起きるのか、その原因について、今村は「海底地殻変動説」を唱え、大森が「流体振子説」を主張して、十年間も論争。現在は今村説のほうがもちろん正しいわけだが、当時の研究者の多くは大森を支持。今村は学界で孤立してしまう。

さらに、大正三年（一九一四年）の桜島が大噴火を起こした時のこと。今村の出身地である鹿児島では不安が高まり、出張調査を依頼された大森は、現地入りして、さっそく知事と面談し、調査もしない段階で安全宣言を出す。東京大学地震研究所のホームページは、そのことを紹介した上で、本書で幸田文の章に紹介した「住民ハ理論ニ信頼セズ……」という言葉が刻まれた「科学不信の碑」の文言の「草案を書いたのは今村だと言われています」と記している。もし、東京大学地震研究所の紹介の通りだとすれば、故郷鹿児島が大きな被害に遭ったことに、今村の心は穏やかでなかったのだろう。大森の行為は「人心の安定が喫緊の課題だった」と、東京大学地震研究所の記述にもある。確かに、地震学の権威者ゆえに、影響が大きく、うかつなことは言えないのは実際のことだろうが、この未調査の段階での安全宣言という行為が、同地震研究所の記す通りだとすれば、科学者の行動としては、いかがなものだろうか。

そして、大森、今村の対立で、最も有名なものは、関東大震災をめぐるものである。

今村は「市街地に於る地震の生命及財産に対する損害を軽減する簡法」という論文を明治三十八年（一九〇五年）に雑誌「太陽」九月号に発表。その中で今村は弘化四年（一八四七年）の善光寺大地震（M7・4）、安政二年（一八五五年）の江戸大地震（M7・0～7・1）、明治二十四年（一八九一年）の尾張名古屋の大地震（濃尾地震、M8・0）を例に挙げて、地震によって起こる火災の驚くべき災害について警告した。それら三大地震の記録をもとに、大火災が同時に発生した折には、火災の起こらぬ地震にくらべて死者数が三倍から四倍にも達していると指摘した。

▽五十年以内には大地震にと今村明恒

そして論の最後に、東京市に関係するもので、過去に最も激烈で多数の倒壊家屋、死者を出した地震は慶安二年（一六四九年）、元禄十六年（一七〇三年）、安政二年（一八五五年）の三回の大地震であって、これらの三大震は平均すると百年に一回の割合で発生していて、最後の安政二年以後、既に五十年も経過して居るから、今後五十年以内には、こういう大地震に襲われることを覚悟しなくてはならないと書いた。

また、東京市が元禄、安政の大地震に襲われた場合どの程度の災害をうけるかを指摘。火災がなかった場合でも、全壊家屋三万、圧死者三千に達し、火災をともなった場合は損害が三倍から四倍にも増大、その被害度は地盤のやわらかい下町に激しいと記した。

加えて、今村は、現在の東京は、過去の大地震の襲来を受けた江戸よりも事情は一層深刻であること、つまり明治の文明開化以後、東京市では石油ランプなどの西洋の新しい器具が入ってきているので地震とともに起こる火災原因は多く、延焼も容易になっていることを指摘した。その上、道路はせまいので人々は逃げることも出来ず、過去の江戸大地震よりもはるかに多い死者が出ることを述べて、その数は、十万人から二十万人にも達するはずであると予測したのだ。

大森も、火災の被害を甚だしく受けるであろうことなどは、自分も考えていたことだった。アメリカのサンフランシスコ地震を調査した際、薬品によって発火した例が多いことに注目して、薬品の保存管理を地震対策の重要事項に提唱していたし、地震による水道管破裂が消防能力の崩壊につながるので、その対策も提案していた。

吉村昭『関東大震災』は、それらを紹介した後、ただ大森が今村論文の言う「五十年以内に大地震が東京を襲うという予測には同意できなかった」と記している。

大森も過去の地震発生を統計的に研究することに努めていたが、今村は大胆にも過去に起きた江戸を襲った大地震の統計から百年周期説をとなえて、今後五十年以内に東京が大地震に見舞われると警告している。大森は、それには同調できなかったのだ。

「今村の論文は、地震に対して無知な一般人に動揺をあたえるおそれが十分予想される。地震学研究者は、社会的影響も十分考慮した上で慎重に発言すべきだと思った」

そのように、吉村昭が大森の気持ちを書いている。そして、大森の危惧は現実のものとなる。翌明治三十九年（一九〇六年）一月十六日の東京二六新聞に「大地震襲来説—東京市大罹災の予言—」と題した記事によって、今村の論文がセンセーショナルに紹介された。その年が丙午《ひのえうま》で、丙午の年には大天災が起きるという俗説があったために、今村の論文が読者に大衝撃を与えたのだ。

今村も、思いがけぬ事態に驚いて東京二六新聞に訂正を申し込んだり、万朝報に手紙を出して、騒ぎの鎮静を依頼した。万朝報も今村の論文は啓蒙的な警告で、いたずらに狼狽することはないと主張。大森も同様の意見を発表して、事態は沈静化しかけたが、翌二月二十三日の夕方から二十四日朝にかけて、千葉県の九十九里浜沖を震源とする地震が連続して発生。二十四日午後になって、大地震が来るという説がいっせいに広がっていったのだ。

東京大学地震研究所の紹介するところによると、中央気象台員をかたる者が「午後三時と五時の間に東京に大地震あるべければ用心すべき趣」を電話であちこちに通報するなどの、悪質なデマも飛び交うようになったという。そして大森は遂に「東京と大地震の浮説」という一文を翌三月の雑誌「太陽」に掲載。今村の論文を「学理上の価値は無きもの」「今後約五十年の内に、東京に大地震が起こりて、二十万人の死傷者を生ずべしとの浮説」として「俗説・迷信」と厳しく批判、さらに『震災予防調査会報告』でも同趣旨の厳しい批判を繰り返すようになった。

▽平均数百年に一回と大森房吉

具体的には、五十年以内に大地震が襲来するという今村の予知に対しては、東京が非常の震災をこうむるのは平均数百年に一回と見なしてよいと、大森はした。二十万人の死者を出すという説も、東京市の道路も広く、消防器械も改良されたので、昔のような大災害の再演はないことを説いた。「大森の反論は執拗に繰り返され、また学者も大森の説を支持する者が多かったので、市民の間にひろがっていた恐怖は徐々にうすらいでいった。そして、それと同時に地震予知をした今村を大法螺《おおぼら》吹きだという激しい非難もまき起った」と吉村昭は記している。

この意見の対立をきっかけに、今村と大森との間には、学者としても、人間としても深い溝ができた。大森の「浮説」との執拗な発言に、今村は、少なからぬ不満を持ったのだ。吉村昭の『関東大震災』には、大森に対して激しい恨みを抱くようになった今村が、妻に「大地震は必ず五十年以内に起る。もしもそれまでに自分が死んだら、大地震の起きたときにはすぐ墓前に報告してくれ」と命じたことが記されている。

▽今村の論文の予言通り

この後も大森、今村は同じ地震学教室で研究をしながらも、その対立は続いていったのだが、今村論文から十八年後、大正十二年（一九二三年）九月一日午前十一時五十八分に関東大震災（M7・9）が起きるのである。東京は今村の論文の予言通りに、震災で大火災が発生、十万人余の死者・行方不明者を出したのだ。

吉村昭は『関東大震災』の「東京の家屋倒壊」の章で「東京帝国大学地震学教室の今村明恒助教授は、東京に大地震が発生した折には大火災が起ると警告していた。それは、安政二年の江戸大地震をはじめ地震が火災発生をうながす前例にもとづいたものだが、殊に東京市では石油ランプ等の新しい西洋器具が入っているので火災原因が増していると指摘していた。また市内に水道は発達してきているが、地震によって水道管が破壊され消防能力も失われ、市街は延焼するにまかせられるだろうと予測していた。こうした今村助教授の警告はすべて的中し、さらに悪条件が加わって火災は随所に発生した」と書いている。

今村明恒は、関東大震災発生時、陸軍士官学校ではなく、東京帝国大学地震学教室にいた。大森房吉の考案した地震計によって、その震動のさまを確実にとらえることができた。

そして、大森のほうは、オーストラリア・シドニーにいた。第二回汎太平洋学術会議に出席するため、同年七月十日に日本を離れていたのだ。関東大震災発生時の、この二人の位置の差にも、運命の転換を象徴するようなものがある。シドニーにいた大森は会議に出て、地震学分科会の座長として講演もしていた。九月一日、シドニーにある天文台の台長の招きで、地震観測所を視察中、地震観測室に入った時、関東大震災による地震計の針がふれて、異様な線をえがくのを見たという。そして大森は自身の計測の結果、日本の地震であることを知ったのだ。やがて現地にも関東大震災のことが電報で伝わってくる。

大森の「受けた衝撃は、大きかった」。吉村昭はそう記している。今後、五十年以内に大地震が起こるという今村に対して、大地震の発生は数百年に一回だと言い、十万から二十万人の死者が出るという今村に対して、被害は少ないだろうと断言した。大森の敗北は明かだった。

しかもこの時、大森は体調をひどく崩していた。シドニーに着いても、食欲がまったくなく、無理に食べると嘔吐していた。だが、濃尾地震の翌年、明治二十五年（一八九二年）に発足した震災予防調査会の大森は責任者だった。それゆえに一日も早く帰国したいと思った大森は、学術会議に参加した人々と別れて、一人で船でハワイに向かい、九月二十四日ハワイから貨客船「天洋丸」で日本に向かったのだ。

▽冷静に観察する寺田寅彦

若い時から、震災予防調査会の委嘱を受けて、日本各地で調査をしていた寺田寅彦は明治十一年（一八七八年）の東京市生まれで、大森房吉より十歳年下、今村明恒の八歳年下だが、二人と同じ東京帝国大学物理学科を卒業した後輩である。

明治四十二年（一九〇九年）、東京帝国大学助教授となったばかりの寺田が、欧州に留学した際にも、震災予防調査会の委嘱でロンドン博覧会を見にいったことを前章でも紹介したが、その欧州に向かうドイツ汽船の旅の途中も、寺田は地震への関心を抱いていた。

寺田の日記「西遊紀行」によると、明治四十二年四月二日、船が上海に着くと、早速、上陸して、宿で昼飯を食した後、宿の小僧を案内に連れて徐家匯《じよかわい》の測候所を訪ねている。「測候所に着きて呼鈴を鳴し案内を乞ふも答なし」とあって、近くの寺院に行って、尋ねてみると、二時まで訪問に応じないというので、しばし待っている。

つまり、しっかりした目的をもった訪問で、測候所に行くと、長老が迎え入れて、まず地震計室に案内されている。「大森微動計の外に近頃据付せたるウイーヘルト式あり」と記されている。大森の地震計が広く認められていたことがよく分かるし、寺田の地震計への関心も示した記述だ。さらに四月七日、香港に上陸した際にも測候所を訪問している。

それから十四年後、関東大震災が起きるのである。寺田寅彦が、その関東大震災を体験したのは、上野の二科会展を見物に行った時だ。

二科会展は、開催の招待日に多くの人たちが、観に行くような展覧会だったようだ。この本の中でも何回か紹介したが島崎藤村の息子の鶏二と蓊助は朝から上野まで出掛け、昼少し前に飯倉片町の藤村宅に帰って来ている。西村伊作の長女アヤたちも、その日が、二科会の招待日だったので、早い昼食をすませて出かけようと食卓から立ち上がった時に、大きく揺れ出した。

寺田寅彦の「震災日記」によると、寺田が二科会展の会場に入ったのは、午前十時半頃。「蒸暑かった。フランス展の影響が著しく眼についた。Ｔ君と喫茶店で紅茶を呑みながら同君の出品画『Ｉ崎の女』に対するそのモデルの良人《おっと》からの撤回要求問題の話を聞いているうちに急激な地震を感じた。椅子に腰かけている両足の蹠《うら》を下から木槌で急速に乱打するように感じた」とある。

ちなみに、「Ｔ君」とは二科会創立メンバーの津田青楓（一八八〇年～一九七八年）のこと。「Ｉ崎の女」は、津田青楓が第十回二科会展に出品した油彩の裸体画「出雲崎の女」のことだ。「多分その前に来たはずの弱い初期微動を気が付かずに直ちに主要動を感じたのだろうという気がして、それにしても妙に短週期の振動だと思っているうちにいよいよ本当の主要動が急激に襲って来た。同時に、これは自分の全く経験のない異常な大地震であると知った。その瞬間に子供の時から何度となく母上に聞かされていた土佐の安政地震の話がありあり想い出され、丁度船に乗ったように、ゆたりゆたり揺れるという形容が適切である事を感じた」と寺田は書いている。

母親から聞かされていた土佐の安政地震とは、安政元年十一月四日（一八五四年十二月二十三日）にあった安政東海地震（Ｍ８・４）、その翌日の安政南海地震（Ｍ８・４）、さらに二日後に起きた安政豊予地震（Ｍ７・３～７・５）と、四日間に三つの大きな地震が発生したことを指している。これらの安政地震は、東海、東山、北陸、山陽、山陰、南海、西海諸道がことごとく揺れて、寺田寅彦が育った土佐も、大きく揺れ、津波の被害などに遭っている。これらの地震の名前は「安政」だが、実はまだ「安政」と改元する前の地震。度重なる地震と黒船の来航、内裏の炎上などから、嘉永七年十一月二十七日（一八五五年一月十五日）に「安政」と改元されたが、安政二年十月二日（一八五五年十一月十一日）には安政江戸地震（Ｍ７・０～７・１）が起きて、一万人近い死者が出ている。

そして、関東大震災を観察する寺田寅彦の眼は冷静である。

「仰向いて会場の建築の揺れ工合を注意して見ると四、五秒ほどと思われる長い週期でみしみしみしみしと音を立てながら緩やかに揺れていた。それを見たときこれならこの建物は大丈夫だということが直感されたので恐ろしいという感じはすぐになくなってしまった。そうして、この珍しい強震の振動の経過を出来るだけ精しく観察しようと思って骨を折っていた」と書いている。

続いて「主要動が始まってびっくりしてから数秒後に一時振動が衰え、この分では大した事もないと思う頃にもう一度急激な、最初にも増した烈しい波が来て、二度目にびっくりさせられたが、それからは次第に減衰して長週期の波ばかりになった」と観察している。

寺田と同じ食卓にいた人々は大抵最初の最大主要動で我勝ちに立ち上がって出口の方へ駆けだして行ったが、一組だけ残った、印象的な男女の姿を寺田は書きとめている。

▽平然とビフテキを食う夫人

「自分等の筋向いにいた中年の夫婦はその時はまだ立たなかった。しかもその夫人がビフテキを食っていたのが、少なくも見たところ平然と肉片を口に運んでいたのがハッキリ印象に残っている」という。しかしそれも「二度目の最大動が来たときは一人残らず出てしまって場内はがらんとしてしまった。油画《あぶらえ》の額はゆがんだり、落ちたりしたのもあったが大抵はちゃんとして懸かっているようであった」と報告している。

つまり、この建物の震動は激烈なものではなかったのだが、それについても「あとで考えてみると、これは建物の自己週期が著しく長いことが有利であったのであろうと思われる」と科学者らしい考察も加えている。

▽低湿地の街路は危険

寺田は、この日、二科会を見てから日本橋辺へ出て昼飯を食うつもりだった。地震後、「下谷の方から吹上げて来る土埃りの臭を嗅《か》いで大火を予想」した寺田だが、東照宮の石燈籠が一つ残らず将棋倒しになっているのを見ても、それでも昼飯のプログラムは放棄していなかった。しかし、池之端の「弁天社務所の倒潰を見たとき初めてこれはいけない」と思って、初めて自分の家のことが気になってきたと書いている。

それでも、震災に精しい科学者らしく「低湿地の街路は危険だと思って」谷中三崎町から団子坂へ寺田は向かっている。帰宅して、妻から家の様子を聞いてみると、「かなりひどいゆれ方で居間の唐紙がすっかり倒れ、猫が驚いて庭へ飛出したが、我家の人々は飛出さなかった。これは平生幾度となく家族に云い含めてあったことの効果があったのだというような気がした」とある。その前の記述には、隣家の煉瓦塀がすっかり道路へ崩れ落ち、隣と寺田宅の境の石垣も全部、寺田家の方へ倒れていて、もし裏庭に出ていたら危険であったことが記されている。煉瓦建築の危険さが露呈した濃尾地震のことなどを知る寺田寅彦が、家族にうかつに外に飛び出さないように言ってあったということだろうか。

寺田家には大きな被害がなく、「それで、時々の余震はあっても、その余は平日と何も変ったことがないような気がして、ついさきに東京中が火になるだろうと考えたことなどは綺麗に忘れていたのであった」と寺田は書いているが、「そのうちに助手の西田君が来て大学の医化学教室が火事だが理学部は無事だという。N君が来る。隣のTM教授が来て市中所々出火だという」と、火事が広がっていく様子が記されている。N君は東京日日新聞記者の円地与四松（一八九五年～一九七二年）。その夫人が、作家の円地文子だ。円地与四松は学生時代の読書会で寺田の知遇を得ていた。TM教授は倫理学者の友枝高彦（一八七六年～一九五七年）のことである。

寺田が、縁側から見ると南の空に珍しい積雲が盛り上がっている。「それは普通の積雲とは全くちがって、先年桜島大噴火の際の噴雲を写真で見るのと同じように典型的のいわゆるコーリフラワー状のものであった。よほど盛んな火災のために生じたものと直感された」と記している。

「震災日記」は寺田寅彦が亡くなる昭和十年（一九三五年）に発表されたものだが、関東大震災後の積雲がカリフラワー状の形をしていて、それが桜島の噴火の写真のようだというのは、震災当日の寺田の日記の原文にも記されていることなので、桜島の噴火や関東大震災のことについて大森房吉と今村明恒との対立のことを考えて書かれたものではないだろう。大正三年（一九一四年）一月十二日午前、猛烈な噴火を起こした桜島のことは寺田の記憶に残るものだったのだ。なお、その夜には桜島地震（M７・１）も発生。噴火と地震によって五十八人が亡くなり、降灰は仙台まで達したという。

▽地震火災学組織の必要

九月十一日の寺田の日記には、午前九時過ぎより地震学教室に行って、今村明恒と面会して意見交換したことが記されている。寺田は「自分は数年内に同地震帯上他地に強震発生の可能性多かるべき事を述べる。地震火災学組織の必要、大阪警戒の要など話す」と記している。「地震火災学」の必要など、寺田と今村は、共通する問題意識を持っていたのか、この後、寺田、今村は頻繁に行動をともにするようになる。

翌九月十二日には午後二時から地震学教室で震災予防調査会相談会が開かれ、今村の地震経過報告などがあり、寺田も出席して意見交換の後、「火災に関する調査要目編成の特別委員指名、今村、中村清、佐野及自分の四人にて明朝九時会合相談の事」に決したとあるし、九月十六日には「今村氏より研究上の連絡を保ちたしとの希望を伝へる」とある。

その翌十七日は午後二時過から、今村らと四人で自動車に乗って、寺田は焼跡の視察をしている。「白鬚橋元瓦斯会社横より吉原に入り池中惨死の跡を実見す。泥土中の衣服に交りて頭髪の束の残れるもの最も酸鼻の感あり、焼却せる遺骨を木箱数個に満たせるものを仮の祠に入れ蠟燭や香火を具へたり」と、悲惨な焦土と化した東京を、寺田は今村と一緒に詳しく見てまわった。

さらに次の十八日は「今村中村両氏と消防本部に赴き調査の事依頼」。既に調査した材料を貰っている。そして二十日は自動車で、今村らと横浜に行っている。六郷川畔には亀裂が多く、橋は自動車より乗客を下ろして通過しなくてはならなかった。京浜電車鉄橋は煉瓦の根元のアーチの処で折れていて、濃尾地震の時の木曽川鉄橋に同じだと寺田は書いている。煉瓦建築が日本の風土に合わなかったことが、濃尾地震で明かになったことは、前章でも記したが、寺田は関東大震災での煉瓦建築の倒潰ぶりを詳しく日記に書いている。

▽煉瓦殆んど粉砕せるが如し

鶴見、子安、神奈川までは思いの程に倒壊家屋はなかったが、横浜は一面の焼け野原で「煉瓦建の骨骼にて残れるもの稀なり」と、文明開化の象徴であった煉瓦建築の脆弱さを確認している。自動車のタイヤが破れ、応急修理に若干時を費やしたが、横浜正金銀行前から海岸通に出て測候所の倒潰跡を見て、居留地に向かう。「此辺の煉瓦殆んど粉砕せるが如し、グランドホテルも同様なり」

西村伊作一家も、東京から横浜まで二台の自動車に分乗して向かったが、片方の自動車のタイヤがパンク。パンクしたタイヤへボロ布を詰めて横浜まで来ている。そして正金銀行の建物の前でブロンズの群像のようになっているたくさんの死者を見た。西村一家が横浜から、長崎丸に乗って、神戸に向かったのは、九月十日のことだが、その十日後、寺田寅彦も、自動車のタイヤのパンクに遭いながら、正金銀行前を通過して、横浜の惨状を目の当たりにしていたのである。寺田寅彦が明治四十二年（一九〇九年）の欧州留学への船上で、西村伊作と出会い、二人は気が合って、寺田の日記にはしばしば西村伊作のことが登場するし、寺田寅彦は西村伊作が創った文化学院で教えたりもしているのだが、その二人が、関東大震災直後に、自動車で、同じようなところを通過しているのである。この横浜の震災調査について「驟雨の中を帰途につく。トタン葺トタン下見の家は殆んど皆無難なるを見る」と、寺田は書きとめている。

この後、寺田は今村と、関東大震災の被災調査を重ねているのだが、そのような行動を知って、寺田寅彦の残した文章を見ると、妙に今村明恒の論文と重なって、読めてくる。

▽「断水の日」

例えば、「断水の日」。このエッセイは「十二月八日の晩にかなり強い地震があった。それは私が東京に住まうようになって以来覚えないくらい強いものであった」と書き出されている。この地震は、関東大震災の二年前に起きた茨城県龍ケ崎付近を震源とする龍ケ崎地震（M7・0）だ。

その龍ケ崎地震では、淀橋浄水場近くの水道の溝渠が崩れて、付近が洪水のようになり、そのため東京全市が断水に遇う恐れがあって、応急工事となった。寺田は、あの程度の地震で、あの種類の構造物が崩壊するのは少しおかしいと思ったが、新聞記事を読んでみると、「かなり以前から多少亀裂でもはいって弱点のあったのが、地震のために一度に片付いてしまったのであるらしい」と書いている。

続けて「そのような亀裂の入ったのはどういう訳だか、例えば地盤の狂いといったような不可抗の理由によるのか、それとも工事が元来あまり完全でなかったためだか、そんな事は今のところ誰にも分からない問題であるらしい」と記して、さらに「それはいずれにしても、こういう困難はいつかは起るべきはずのもので、これに対する応急の処置や設備はあらかじめ十分に研究されてあり、またそのような応急工事の材料や手順はちゃんと定められていた事であろうと思って安心していた」と加えている。

十二月十日は終日雨で、そのために工事が妨げられて、とうとう十一日は全市断水の事態となった。困った人は多かったはずだが、寺田家は幸いに隣の井戸が借りられるのでたいした不便はなかった。ただ「水道がこんなぐあいだと、うちでも一つ井戸を掘らなければなるまいという提議が夕飯の膳で持ち出された」という。

翌日も水道はよく出なかった。新聞には、先日、出来上がったばかりの銀座通りの木煉瓦が雨で浮き上がって破損したという記事が出ていた。多くの新聞はこれと断水とをいっしょにして市当局の責任を問うような口調を漏らしていた。

ここからの思考が、実に寺田寅彦らしい。「私はそれらの記事を尤《もっと》もと思うと同時にまた当局者の心持ちも思ってみた」と寺田は書いている。相手の責任を問うのは分かるが、一方で、自分たちが、そういうものを本当に望まないなら、そのような破損事故のようなものは起きないだろうと考えていくのが、寺田寅彦である。

寺田はそれについて「水道にせよ木煉瓦にせよ、つまりはそういう構造物の科学的研究がもう少し根本的に行き届いていて、あらゆる可能な障害に対する予防や注意が明白に分っていて、そして材料の質やその構造の弱点などに関する段階的系統的の検定を経た上でなければ、誰も容認しない事になっていたのならば、おそらくこれほどの事はあるまいと思われる」とまず記している。

そして「永い使用に堪えない間に合せの器物が市場に蔓《はびこ》り、安全に対する科学的保証の付いていない公共構造物が到る処に存在するとすれば、その責を負うべきものは必ずしも製造者や当局者ばかりではない」として、「もしも需要者の方で粗製品を相手にしなければ、そんなものは自然に影を隠してしまうだろう」というのだ。

さらに「こんな事を考えていると吾々の周囲の文明というものがだんだん心細く頼りないものに思われて来た。なんだか炬燵《こたつ》を抱いて氷の上にすわっているような心持がする。そして不平を云い人を責める前に吾々自身がもう少ししっかりしなくてはいけないという気がして来た」と、寺田寅彦らしく、問題を自分のこととして考えている。寺田寅彦も「ブーメラン的思考」の人である。

そして、エッセイの結びは「断水はまだいつまで続くか分からないそうである。どうしても『うちの井戸』を掘る事にきめる外《ほか》はない」というものだ。

▽「石油ランプ」

もう一つ紹介しよう。「石油ランプ」というエッセイだ。寺田寅彦の実際の日記の関東大震災当日の書き出しは「朝はしけ模様で時々暴雨が襲つて来た。書斎で『文化生活』と『週刊朝日』の原稿を書き上げた。雨が少し収まつたので、今日から開催の二科会展覧会を見に行く」とある。この「文化生活」の原稿というのが、「石油ランプ」である。

八月末に書き上げて、関東大震災の九月一日の朝、最後の筆を加えた後、これを持って外出したが、「途中であの地震に会って急いで帰ったので、とうとう出さずにしまっておいた。今取出して読んでみると、今度の震災の予感とでも云ったようなものが書いてある」という短い前文のようなものが付いている。

このエッセイは「生活上のある必要から、近い田舎の淋しい処に小さな隠《かく》れ家《が》を設けた」と書き出されている。関東大震災のあった年の五月に、寺田寅彦は東京近郊の志村中台（東京都板橋区）の丘の上に自ら設計した洋館を建てて、週末の別荘にした。寺田はここでフレンチホルンを吹いたり、写生や庭いじりをした。

その隠れ家は「大方は休日などの朝出かけて行って、夕方はもう東京の家へ帰って来る事にしてある。しかしどうかすると一晩くらいそこで泊るような必要が起るかもしれない。そうすると夜の燈火の用意が要る」のだ。電燈はその村に来ているが、寺田の家は民家とかなり離れたところにあるので、架線工事が少し面倒だし、月に一度か二度くらいしか使わないので、「石油ランプ」を買うことにするという話である。

寺田は、ランプを売る店を尋ね歩くのだが、どこの店にも持合わせなかった。店の店員や主人は「石油ランプはドーモ……」と、当惑そうな、あるいは気の毒そうな表情をしている。傍で聞いている店員の中には顔を見合せてニヤニヤ笑っている者もいた。「おそらくこれらの店の人にとって、今頃石油ランプの事などを顧客に聞かれるのは、とうの昔に死んだ祖父の事を、戸籍調べの巡査に聞かれるような気でもする事だろう」と書いている。つまり、既に電燈の時代となっていたのだ。

銀座の店にあるだろうという話を聞いて、行くと、米国製でなかなか丈夫に出来ていて、実用的には申し分のなさそうなものがあった。だが座敷用、書卓用としては、あまりに殺風景のようなものだった。でも台所用として一つ購入した。

自分が求めるような石油ランプはなかなか見つからない。

▽脆弱な文明的設備に信頼し過ぎている

だんだん意外と当惑の心持が増してきた寺田は「東京という処は案外に不便な処だという気がして来た」と述べて、次のようなことを記している。「今度の震災の予感とでも云ったようなもの」と寺田が書いた部分だ。

「もし万一の自然の災害か、あるいは人間の故障、例えば同盟罷業やなにかのために、電流の供給が中絶するような場合が起ったらどうだろうという気もした。そういう事は非常に稀な事とも思われなかった。一晩くらいなら蠟燭で間に合せるにしても、もし数日も続いたら誰もランプが欲しくなりはしないだろうか。

これに限らず一体に吾々は平生あまりに現在の脆弱な文明的設備に信頼し過ぎているような気がする。たまに地震のために水道が止まったり、暴風のために電流や瓦斯の供給が絶たれて狼狽する事はあっても、しばらくすれば忘れてしまう。そうしてもっと甚だしい、もっと永続きのする断水や停電の可能性がいつでも目前にある事は考えない。

人間はいつ死ぬか分らぬように器械はいつ故障が起るか分らない。殊に日本で出来た品物には誤魔化しが多いから猶更である」

寺田は、そのうち石油ランプを売っている店がある事を教えられ、家族を見せに遣《や》って、石油ランプを手に入れる。しかし、ランプの体裁だけはしているが、非常に粗末な薄っぺらな品で、店員が「これはほんのその時きりのものですから永持ちはしませんよ」と言ったような品なのである。

「どうして、わざわざそんな一時限りの用にしか立たないランプを製造しているのか。そういう品物がどういう種類の需要者によって、どういう目的のために要求されているかという事を聞きただしてみたいような気がした。何故もう少し、しっかりした、役に立つものを作らないのか要求しないのか」

「作らないのか要求しないのか」が、実に寺田寅彦的。製造者を追及するだけでなく、吾々は「要求しないのか」と書いている。続けて「この最後の疑問はしかしおそらく現在の我国の物質的のみならず精神的文化の種々の方面に当て嵌《は》まるものかもしれない。この間に合せのランプはただそれの一つの象徴であるかもしれない」とも述べている。

今村明恒は明治三十八年（一九〇五年）に発表した「市街地に於る地震の生命及財産に対する損害を軽減する簡法」という論文で、地震発生時には、水道管が破壊されて、水道による消防能力も失われるだろう、石油ランプ等の新しい西洋器具が入っているので火災原因が増しているので市街は延焼するにまかせられるだろうと予測した。

「石油ランプ」に関しては、寺田のエッセイを読むと、今村の論文から、十八年後に起きた関東大震災までの間に、東京市中から消えかけているようだが、二人とも、地震発生の際などに起きることを、事前に考えて、それに対処しようとしているという点では共通したものがある。

▽「防災」の言葉を作った寺田

寺田寅彦は「天災は忘れた頃にやって来る」という言葉で知られるが、「防災」という言葉を作った人でもある。昭和十年（一九三五年）に岩波書店から刊行された『防災科学』というシリーズに「防災」と名付けたのが寺田寅彦なのだ。

昭和八年（一九三三年）三月三日に起きた三陸地震津波（M８・１）について書いた寺田寅彦の「津浪と人間」というエッセイの最後に「それで日本国民のこれら災害に関する科学知識の水準をずっと高めることが出来れば、その時にはじめて天災の予防が可能になるであろうと思われる。この水準を高めるには何よりも先ず、普通教育で、もっと立入った地震津浪の知識を授ける必要がある」「日本のような、世界的に有名な地震国の小学校では少なくも毎年一回ずつ一時間や二時間くらい地震津浪に関する特別講演があっても決して不思議はないであろうと思われる」と、寺田は防災教育の必要性について、論じている。

小学校での防災教育といえば「稲むらの火」が有名だ。安政南海地震（一八五四年）による津波が、和歌山県広川町を襲った際、浜口梧陵が、田に積まれた稲わらに火をつけて避難路を示し、村民を高台に誘導した実話を、小泉八雲が「生神様」という小説として書き、これを浜口の地元の小学校教員・中井常蔵が子供向けに再話したのが「稲むらの火」である。昭和十二年（一九三七年）から十年間、小学国語読本（五年用）に掲載された。

これは、この本の中でも詳しく紹介したが、今村明恒は、「『稲むらの火』の教方に就て」というものを昭和十五年（一九四〇年）に書いているのだ。

関東大震災を機に、震災予防調査会が改組されて出来た震災予防評議会から、今村明恒が頼まれて書いた文章。つまり「稲むらの火」で語られていることのもとが、実話であることを加味するような教え方をしたほうが、さらに効果が増すので、教師向けの参考書的な小冊子を作ろうということになり、その原稿作成を今村明恒が命じられたのだ。それに先立つ昭和四年（一九二九年）には、「地震に関する一篇を尋常小学校の課程に加ふるの議」という文も今村は書いている。

今村明恒は、関東大震災後、人の力の及ばない自然現象である「地震」と人的努力で防止できる「震災」を区別し、震災防止策を展開した。大森房吉から「浮説」と激しく批判され、一般からは大法螺吹きだとまで言われた、あの今村の論文も「市街地に於る地震の生命及財産に対する損害を軽減する簡法」というタイトルにも表れているように、それは地震予知を主たる目的にしたものではなく、

「震災」の防止策についての警告だった。昭和の三陸大津波の際には、三陸沿岸の家々を高所に移転させる提案も今村はしている。

さて、大森房吉の運命のほうに話を戻そう。

寺田寅彦の大正十二年（一九二三年）十月三日の日記を読むと、「朝気象台行」「午後今村氏と、王子署を訪ひ、王子震害踏査、尾久村新開地の被害を見て帰校」などとあったあとに「昨日天洋丸船長より無線入電、大森先生、来四日横浜着の処病気故迎のものを送れとの事にて明朝今村氏、助手、及大森家々族横浜行の筈」と記されている。翌四日の日記には「大森先生三時入港　直ちに三浦内科16に入院」とある。

大森は、脳腫瘍だった。

「死期の迫ったことを知ったかれは、今村に対する悪感情も捨てていた。かれは、震災予防調査会の会長兼幹事であったが、無給で地震学研究にとりくむ今村を、自分の研究を受けつぐ有能な人材として、職責の一部である幹事に推挙した。

この処置に感激した今村は、大森に対していだいていた反感も消えた」

そう、吉村昭『関東大震災』に記されている。

十一月八日、大森房吉は死去。同月二十二日の寺田の日記には「午後教授会、今村氏教授に推薦の件可決」と書かれている。

大森と今村の一連の論争は、地震学についての知識を一般に広める意味では役立ったが、一方で、当時の地震学研究の限界もわかった。明治・大正期の地震学は、統計と地震計測に重きをおくものだった。

▽地球物理学的自然現象の地震研究へ

関東大震災を契機に、それまで欠けていた地球物理学的方面から自然現象としての地震を追究することと、震災防止のための研究が求められるようになった。その新しい地震学をひらくために大正十四年（一九二五年）十一月十三日に東京帝国大学内に地震研究所が設立された。その中心となったのが、工学者の末広恭二（一八七七年〜一九三二年）と寺田寅彦である。

寺田寅彦は物理学者にして、文学者である。その寺田寅彦の物理学者としての面も紹介しておきたい。関東大震災の翌年の五月に行われた東京地質学会総会での講演をまとめた「大正十二年九月一日の地震について」という文章の中で、現代のプレートテクトニクス理論につながるウェーゲナーの大陸移動説などに注目して、寺田は「東亜の地形的構造を説明すべき一つの鍵を与える見込みがあるものと信じる」と書いている。ウェーゲナーはドイツの気象学者、地球物理学者で、一九一二年に大陸移動説を提唱した。

寺田寅彦は大正十二年四月、日本天文学会において「ウェーゲナー大陸移動説」という講演をしており、この説の日本への紹介者である。ウェーゲナーの大陸移動説は発表当時、受け入れられず、プレートテクトニクス理論が提唱されるようになって再評価された説だが、「ウェーゲナー等の説に関しては、各方面殊に地質学者からの異論が多数にあるようである。またその基礎をなしている陸地移動の原動力すらも未だ充分な説明がつかないくらいである。それにもかかわらずこの説が大体より見て有力な作業仮定である事は否み難い事である。私の寡聞な範囲では未だこの説の基礎の考えに致命的と思われるものは見当らない」と、寺田は大陸移動説を高く評価、先見の明を示している。

その中で「今回の地震を起した原動力は、過去の歴史時代から引続いて今後なおある時期の間は継続するものと見なければならない。今村博士は千葉県東岸に並行するラグーンの列をもって過去における間歇的の海岸隆起の痕跡であろうと云っておられるが、自分はその説に多大の興味を感ずるものである。おそらくそういう週期的の隆起と、おそらくそれに伴うべき大地震とは今後も時々繰返さるるものと考えなければならない」と寺田は記して、地球物理学的な側面から、今村の考えに賛意を示している。

さらに「地震に伴う光の現象」というエッセイでは、大地震の時に、空や地面に光る物が見えるという現象を古今東西の文献や話にあたって考えている。日本で一番古いのは貞観十一年（八六九年）の陸奥の大地震（貞観の三陸沖地震、M８・３）の際に見えたというもの。この現象は関東大震災などにもあったし、ドイツの哲学者、カントが見た地震の光など、大きな地震にはよくあることを述べている。カントが見た地震の光とは、一七五五年十一月一日にポルトガルのリスボン付近を震源として発生したリスボン大地震（M８・５）の際のもの。カントはこの地震に衝撃を受けて、「地震論」（一七五六年）を書いた。「大地が揺れ始める数時間前に空が赤く光った」という現象を記している。これらの現象は、地震の研究上、かなり注目すべき現象で、寺田は、それを研究してみたいとも記している。

▽カントとリスボン大地震

このリスボンの大地震では、津波による死者一万人を含めて五万五千人から六万二千人が死亡したと言われる。当時のリスボンの人口は二十五万人なので五人に一人が亡くなったという惨事だった。敬虔なカトリックの国であるポルトガルの首都で起きた大地震であり、起きた十一月一日が神の恩寵を讃える「万聖節」にあたり、教会での祈りの最中に地震が起きたため、慈悲深い神が支配する我々の世界では「すべては善である」という、それまでの神学では説明のつかない出来事だった。

若きカントもこの大地震に衝撃を受け、地震のメカニズムの研究を始めたり、『地震原因論』『地震の歴史と博物誌』『地震再考』と三つの地震論を書いて、科学的なアプローチを考えており、哲学者としてのカントの「崇高」の概念もこの大地震を考えることの中から発展させたものと言われる。さらにヴォルテールはこの大地震を織り込んだ『カンディード』を表しているし、またヴォルテールとルソーの間にこの大地震をめぐって論争がおきるなど、リスボン大地震はヨーロッパの思想家たちに大きな影響を与えた。科学、哲学、文化、思想の転換点に、このリスボン大地震がなったのである。近代的な思想が、そこから始まったとも言える大地震なのである。

「断水の日」の寺田家では、偶然、その日の夕飯の膳でエレベーターの話をしていた。あれを吊るしてある鋼条が切れる心配はないかというような質問が子供のうちから出たので、寺田はそのような事のあった実例を話し、それからそういう危険を防止するために鋼条の弱点の有無を電磁作用で不断に検査する器械の発明がされている事も話したりした。

このようなことを記した後で、「それを話しながらも、また話した後でも、私の頭の奥の方で、現代文明の生んだあらゆる施設の保存期限が経過した後に起こるべき種々な困難がぼんやり意識されていた。これは昔天が落ちて来はしないかと心配した杞《き》の国の人の取越苦労とはちがって、あまりに明白過ぎるほど明白な、有限な未来に来たるべき当然の事実である。例えばやや大きな地震があった場合に都市の水道や瓦斯が駄目になるというような事は、初めから明らかに分っているが、また不思議に皆がいつでも忘れている事実である」とのことが記されている。

これは東日本大震災以後に読むと、味わい深い文章であるし、まさに、忘れっぽい日本人に対して、「天災は忘れた頃にやって来る」と言っていたという、寺田寅彦らしい文章とも言える。

東日本大震災とそれにともなう福島第一原発の事故もリスボン大地震と並ぶような巨大な地震だが、

それがどのような新しい転換を我々に与えたのか。科学への不信、技術への不信、それに対応する人間力に対する不信が日本人に広がっていることは事実だが、思想、文化の中にどんな新しい転換が生まれているのか。

リスボン大地震は、完全なる神が退場して、大地震のメカニズムなどを科学の力で解明していこうという時代に道をひらいた。神学的な権威から、人間の理性によって、考えていくという哲学、科学を生んだ。

大災害は、このように人間の世界を大きく変えていくものである。東日本大震災は、福島第一原発事故によって、人間中心的な科学的世界の危うさもあらわにした。我々は、科学とともにもう一つ、それを支える世界観を持たなくてはいけないのではないだろうか。

人間は自然界の一部分としてあるが、原発事故は、その人間と自然の関係を切断する根源的な不安を投げかけているように見える。人間は自然の中に生きているということを忘れてはいけないだろう。

あとがき

私ごとから書くことを許していただきたい。私が生まれ育った群馬県伊勢崎市の家の一部には、じっと目を凝らしてみると、床から約一・七メートルのところに、一筋の薄い線が走っていた。つまりその高さから下の柱やガラス戸の桟の木の色が、それより上の木の色より、ほんの少しだけ白かった。それは私の異母兄姉たちの母の命を奪った洪水の跡である。私は兄姉たちから、子供のころにその線の由来を聞いたのだが、幼い私にとっては、自分の背丈を遙かに越える水が、家の中に浸入してきたということがただただ恐怖だった。

その兄姉たちの母親は昭和二十二年（一九四七年）九月のキャサリン台風による利根川水系の洪水で亡くなり、後添えとして嫁してきた私の母は、私一人だけを生み育て、平成三年（一九九一年）の一月に亡くなっている。この洪水の跡の残る家には、私を含めて、一家眷属、四世帯十一人が暮らしていたが、小さかった私の背丈が、次第に、家の中を走る線に近づいていくと、その自然災害の痕跡は複雑な意味を持って迫ってきた。それは、家族の中で、兄姉たちと私とを明確に分離する線だったからである。

この『大変を生きる　日本の災害と文学』は、日本で起きた古代・中世から現代までの自然災害（大変）が描かれている文学作品と、その災害の姿を追ったものだ。地震や噴火のことばかりでなく、洪水や台風のことを描いた作品まで取り上げている理由には、おそらくそんな洪水の跡が残る家に育ったことがどこかにあると思う。もしかしたら「災害と文学」というものを考えてみたいと思ったこと自体に、そのような家で育ったことが関係しているかもしれない。

平成二十三年(二〇一一年)三月十一日、東日本大震災が起き、それに伴って起こった東京電力福島第一原子力発電所の爆発事故により放射性物質が拡散して、報道陣たちもいったん全員が避難した後、同四月七日、私は福島第一原子力発電所に近い南相馬市に入った。当時、私が担当していた連載の筆者が南相馬市を訪ねたいという希望をもっていて、それを実現するために一緒に、その地に入ったのだが、私の勤務先である共同通信社の記者としては、記者たちが退避後、最も早い段階だった。

海岸線は悲惨だった。海岸からはずいぶんと距離のある畑に「第二宝栄丸」という船が打ち上げられている。道路脇にもさらに大きな船が横倒しになっている。送電線の鉄塔が、恐竜か、巨大な怪物が、まるでハリガネ細工の作り物を簡単に上から押し潰したかのようにグシャッとなって立っている。橋脚部だけが残ったコンクリート橋、三十人以上が亡くなった老人保健施設……。原発方向へ通じる道には「通行止」「立入禁止」のガードが並んでいて、一般車両は進めないようになっていた。ちょうど警察の大型バスが車列を組んで何台も、立入禁止地区に入っていくところだった。それらの光景を前にしながら、果たして、自分は文学担当の専門記者として、どんなことができるのか……、どのようなことをしていくべきか……そんなことを考えていた。

そして、日本人は自然災害からどのようにして立ち直り、復興してきたのか、それを、災害を描いた文学作品を通して書いてみたいと思い、東日本大震災からちょうど二カ月後の五月十一日から「大変を生きる　災害と文学」という題名で一年間、毎週一回の新聞連載を始めた。準備期間もほとんどないままの連載開始で、本当に一年間書き続けることができるかどうかもわからなかったが、書かなくてはならないという思いのほうが強く、見切り発車のような連載のスタートだった。

だが書き進めるうちに、一つの困難にぶつかった。それは災害と日本文学を結んで書いたような資料がなかったことである。個別の作品と描かれた災害について論じるものはあっても、災害と日本文学を俯瞰するような本がなかったのだ。正直に言って、類似の仕事があれば、それを目途に連載を組み立てていくことができる。だが、管見ゆえだろうが、日本は地震、噴火、台風、洪水、地すべりなどによる被害が毎年必ずのように生まれる国であるにもかかわらず、それらの災害とそれを描いた文学を結んで書いた書籍がなかった。

そのため、作品を読みながら資料集めに図書館に通い、さらに可能な限り被災した現地の取材を繰り返して、各回を書いていくことになったのだが、かえって、既視感のないまま連載を続けられたのは、いかにも記者らしい仕事となってよかったかもしれない。

連載中に作品社の髙木有氏から単行本化の申し入れを受け、連載終了後、単行本のための原稿を書き出したのだが、連載を通して、災害と文学、さらに災害と日本社会の関わりについて、私の考え方が広がっていったこともあって、新聞連載そのままで書籍化することができず、そのテーマだけを残して、全作品、全資料を読み返して、全文を単行本のために書き下ろすことになった。このため、書いた原稿の量は新聞連載時の七、八倍の長さとなってしまった。

新聞連載中に岐阜市の図書館が、記事を掲載した新聞紙面を使って、取り上げた作品と連動するような展覧会を開いてくれたり、この連載の単行本化を望む読者の声も多くあったが、本書のような形で実現したことを許していただきたい。

以下、本書を書いて思うことのいくつかを記しておきたい。

自然災害をテーマにした本はたくさんある。情報として必要なものは、知識として頭の中に入ってきて、それは大切なことだが、ともすると、心の中に深く残らない場合も多いのではないかと思う。だが文学作品で自然災害が描かれた場面を読んでいくと、その文章の見事な描写力によって、災害のことが深く心に残る。もし読者が災害に遭遇した時に、印象深い文章の記憶が、その人の生死を分けるかもしれない。それだけの喚起力を文学作品は持っている。私がここに紹介した作品は、災害と日本文学についてのほんの一部にすぎないが、もっともっと多くの人たちによって「災害と文学」について、まとまったものが記されてもいいのではないかと思う。

また災害から立ち直っていく過程を読んでいくと、復興には長い時間がかかるということも感じた。例えば、青ヶ島噴火による全島避難から、すべての島民が青ヶ島に戻るまでには五十年の年月を要している。復興を焦りすぎてはいけないし、復興への島民の不断の情熱があって初めて復興が就ったのだ。宝永の富士山大噴火の場合は復興までに、それ以上に長い時間がかかっている。被災者への物心の援助が断たれてはいけないし、また被災者たちの自立的な力の結集が必要なことも事実である。

さらに、地震や噴火などの天変、大変時には、ふだん、日常生活では現れてこない人間の姿が表面に出てくる。関東大震災の時の自警団のようなものもあったし、また大変時に自らの全財産を提供したり、自分の運命までかけて、被災民を救おうとした人たちが歴史上、何人も実在した。それらのこともできるだけ紹介した。

そして何よりも、子供たちの力、子供たちを通しての人間の本来的な力を考えていくことの大切さについて、この仕事を通して痛切に感じた。吉村昭の『三陸海岸大津波』には小学生の胸を打つ作文が紹介されているし、谷崎潤一郎が『細雪』で描いた阪神大水害の名高い場面にも小学生たちの作文からディテールが採られている。

「私の知らせておきたいと思うのは、まず第一には青ヶ島の少年たちだ。それからまたこういう歴史をもった島が大海のまん中にあるということを、一度も教えてもらわなかった地理の生徒たちにも、好奇心をもって聴かせてみたい」。近藤富蔵が書き留めた『八丈実記』を、柳田國男が子供たちにもわかるように、まとめ直して書いた「青ヶ島還住記」の中で、そのように書いている。この柳田國男の思いに、深く動かされるものが、自分の中にあった。

『荒ぶる自然—日本列島天変地異録』『島焼け』など自然災害についての著作もある高田宏は十五歳の時、福井地震に遭った人だ。その高田宏に『遊びをせんとや』という本がある。高田氏も好きな『梁塵秘抄』の有名な平安末期の、この今様の歌「遊びをせんとや生まれけむ　戯れせんとや生まれけん　遊ぶ子どもの声聞けば　わが身さへこそ揺るがるれ」はNHKの大河ドラマ「平清盛」の挿入歌に使われたので、さらに多くの人たちに知られるようになったが、本書を書いている間も、一心に夢中になって遊ぶ子どもたちのことが、繰り返し、私の心に迫ってきた。

連綿と続いていく、命の力が凝縮されたような歌で、八百年以上の年月を超えて心に響いてくる。本書で、ラフカディオ・ハーン（小泉八雲）の「生神様」を小学生向けに再話した「稲むらの火」について書いた時にも、島崎藤村の関東大震災の時の「子に送る手紙」や「嵐」を紹介する際にも、この今様の歌のことが私の心に響いていた。西村伊作が自分の子供たちのために文化学院を作ったことを紹介する時にも同じ歌が響いていた。『方丈記』には、武将の幼子が大地震で崩れた土塀などに押しつぶされ、目も飛び出して死んでいる姿が描かれている。その愛児の姿を見て、恥も外聞もなく泣く武将の悲しみに共振する力は、夢中になって遊ぶ子どもたちの命の力と同じところからやってきているると思う。

本書では東日本大震災を直接、描いた作品には触れていないが、通読していただければ、東日本大震災と原発事故後の日本社会のことを常に考えて書き進めたことは分かっていただけるかと思う。

この連綿と続く、命の繋がりというものを決して切断させてはいけないと思う。そして、人間は自然の一部であり、自然とともにあるということを、この本を書いて強く感じた。

膨大な資料を読み返して、書き直していくゆえに、作業が遅れがちの私の仕事を辛抱強く待ってくれた髙木有氏に深く感謝したい。多くの死者が出ていることを前提にした作品を紹介していくという重たい仕事ゆえに、ひととき筆も滞りがちであったが、昨年秋から仕切り直しをして、この一年、この本を書くことに集中してきた。

髙木有氏とは、氏が雑誌「文藝」の編集長時代から、記者と編集者として三十年来の付き合いであり、同じジャーナリストとして、尊敬する仕事がある髙木有氏の編集で、この本が生まれたことを、とてもうれしく思っている。

二〇一五年十月

著者略歴

小山鉄郎（こやま・てつろう）

1949 年、群馬県生まれ。一橋大学卒。73 年、共同通信社入社。

川崎、横浜支局、社会部を経て、84 年から文化部で文芸欄、生活欄を担当。

現在、同社編集委員兼論説委員。2013 年、文芸記者として初めて日本記者クラブ賞を受賞。

著書に『白川静さんに学ぶ　漢字は楽しい』『白川静さんに学ぶ　漢字は怖い』

（共同通信社・新潮文庫）、『村上春樹を読みつくす』（講談社現代新書）、

『空想読解 なるほど、村上春樹』（共同通信社）、『村上春樹を読む午後』（文藝春秋、共著）、

『あのとき、文学があった―「文学者追跡」完全版』（論創社）など。

大変を生きる
——日本の災害と文学

二〇一五年十一月二五日第一刷印刷
二〇一五年十一月三〇日第一刷発行

著者 小山鉄郎
装幀 小川惟久
発行者 和田肇
発行所 株式会社作品社
〒一〇二-〇〇七二
東京都千代田区飯田橋二ノ七ノ四
電話 (〇三)三二六二-九七五三
FAX (〇三)三二六二-九七五七
http://www.sakuhinsha.com
振替 〇〇一六〇-三-二七一八三

印刷・製本 中央精版印刷㈱
本文組版 ㈲一企画

ISBN978-4-86182-425-8 C0095